U0133385

非常诗道

臧棣／著

 华东师范大学出版社
·上海·

华东师范大学出版社六点分社　策划

目　录

序

敬文东

1

臧棣是当下中国不可多得的重磅级诗人，又是研究诗歌出身的文学博士。在眼下的中国诗坛，不乏诗人兼事诗歌批评，也不缺少诗歌批评家兼事诗歌写作，但两者尽皆高水准者，实在寥寥无几。臧棣是一个很罕见的例外，在两个方面都接受过极为严格的训练。他的批评新著《非常诗道》，就是关于诗歌的断章式、片段性思考。从外形上观察，《非常诗道》好像很散漫，很随意，"像是不留心丢在那里的一袋土豆"，①实则考究、谨慎，

---

① 这个比喻是尼克松(Richard Milhous Nixon)用来形容毛泽东的，赞美的是毛泽东的不拘小节。参阅尼克松：《领袖们》，世界知识出版社，1985年，施燕华等译，第329页。

法度森严,具有深远洞察力的见解不是比比皆是,而是在在皆是和俯拾即是。

如果将《非常诗道》置入中国悠久的词话、诗话传统,也许更能清楚地看到臧棣对于现代汉语诗歌独有的思考方式,尤其是这种思考方式在力度、深度上的巧妙性。对于中国的古代文人,诗话、词话是一门历时长久、规模盛大的行当。它一般被认为起源于北宋欧阳修的《六一词话》;从象征的角度上说,它止于静安先生的《人间词话》。古典汉诗是对于农耕经验的一种内在反映(而不仅仅是反应);它讲述的,是中国古人在与农耕关系密切的人、物、情、事面前的灵魂反应(而不仅仅是反映)。较之于现代经验,它显得清澈、简单,像一池清水,能一眼见底。古典汉语诗歌的进程与发展,主要集中在形式的变化上面,从《诗经》《楚辞》、古体诗、近体诗,再到后来影响很大的长短句,概莫如此;到得两宋,古典汉诗无论是在主题方面,还是表达范式方面,都基本定型,元明清三代没有任何根本性的变化,更遑论推进或发展。对此,闻一多颇有一些情绪较为激烈的抱怨①。因此,《六一词话》现身于北宋,也许并不是纯粹的巧合。卡尔·克劳斯说,起源即目标。欧阳文忠公差不多一锤定音:自他开始,诗话、词话基本上都是寻章摘句式的鉴赏论。受制于中国古人特有的思维方式,漫长的汉语文学传统对纯粹的理论并不特别重视;它对类似于亚里士多德或黑格尔那种有系统、成建制、上规模的文

---

① 参阅闻一多:《神话与诗》,上海人民出版社,2005年,第165页。

论兴趣不大，甚或毫无兴趣。西学大规模东渐后，这种状况搞得说汉语的西装革履者——他们间或夹杂几句英语——脸面上很难看，内心里很难堪①。小说评论大致上散见于毛宗岗、张竹坡、金圣叹等人对几部名著的评点，诗歌批评则主要集中于鉴赏式的诗话、词话，像钟嵘的《诗品》或刘勰的《文心雕龙》这样成体系的文学论著，在中国古代文学传统中颇为罕见，就算是一般性规律得以成立需要的那些个例外吧（所谓"有一般就有例外"，事实上还必须得有"例外"，"一般"才能成立）。

虽然《非常诗道》使用了断章性、片段性的诗话体式，却不是寻章摘句的鉴赏论方式：它在用一种战略性的眼光，审视现代汉语诗歌的内部问题；它在对新诗进行深度的，并不乏形上的思考、批判，有时候甚至是形上式的辩护——臧棣的玄学脑袋在他的诗歌写作中，早就给人留下了深刻的印象。《非常诗道》更乐于谈论的，大都是汉语新诗自身的关节点。它不无坚定地认为：新诗强调的应当是整体，新诗应当以自身为单位，不必计较句段上的一城一池之得失，虽然它必须首先在乎句段上的一城一池之得失。或许现代汉语诗歌中也有名句，也有某些能让读者的眼睛怀孕的打眼之句，但如果某首新诗中的三四个句子可以像古典汉诗中的句子那样被摘取出来，这首诗在质量上恐怕就要

---

① 为了解除"难堪"和"难看"，后人努力寻找过中国的诗学体系，比较显著的例子应该是陈良运先生的《中国诗学体系论》（中国社会科学出版社，1992年）。陈先生在行文中充满了激情，可以视为对中国诗学无体系之误解或定论的愤慨之情。

大打折扣。古典汉语诗歌有时候可以容忍有句无篇[1]，现代汉语诗歌似乎打一开始，就必须强调有"篇"，而后才强调有"句"；"篇"统摄下的"句"，才是真正的"句"、有效的"句"。《非常诗道》放弃寻章摘句式的古老写法，很有可能基于这样一种目的：不是因为鉴赏不重要，而是在现代汉语诗歌中，鉴赏并不针对某一句、某几句。它针对的是整体。或许，这就是罗丹砍掉他雕塑的巴尔扎克之手的原因所在。但《非常诗道》并没有论证，也没有解释现代汉语诗歌为何必须专注于整体。这种无论证、无解释的局面，大概是诗话体式的小性子使然，而这种体式似乎有权利这样使小性子，或有权利使这样的小性子，因为断章性、片段性的写法确实具有省略中间环节的特权。

除此之外，《非常诗道》还可以，也有必要被置于思维轨迹的角度来观察，来审视，进而来品味它的身板、神态和眉宇。回溯一下中西方早期的思维方式不难发现，无论是赫拉克利特的片段式写法，还是毕达哥拉斯神秘的断章性运思，也无论是孔子的学生记录的《论语》，还是来历神秘莫测、众说纷纭的《道德经》，它们呈现出来的，都是思维的原生态，被省略的中间环节隐隐可见，但也同时隐而不见——上古先人们的思维之妙，正在见与不见之间。中国古典时期历时漫长的"语类"式写法（比如《朱子语类》《榕村语录》），将华夏思想家们的思维方式赤裸

---

[1]　这种情形造成的结果之一是：很多诗人将精力放在了造句上，有时候甚至是想到了某几个精彩的句子或一联精彩的对句敷衍成篇。

裸地呈现出来;近现代西方思想史上,也至少有两位重量级人物值得重视,他们似乎更愿意恢复早已失"传"的古希腊"传"统。尼采的大部分著作都是片段式的,比如《快乐的科学》《查拉图斯特拉如是说》《权利意志》,甚至包括看起来很成体系的《悲剧的诞生》,也不例外。读者从中满可以看出:狂人尼采的思想如何自粗糙的瓦砾中发生,如何在原生态中,获取稳健的摩擦力与火爆的脾气。时间距离现在更近的,是又一个犹太人维特根斯坦。他的《哲学研究》是对原生态思维的直接呈现。那种自我纠缠、左右手互博的情形,那种絮絮叨叨,那种左顾右盼,被暴露无遗,也显得诚实无比,让人感动于思想的来之不易,也让会心的人一步步紧随思维峻急的维特根斯坦,急他之所急,乐他之所乐。这种思维方法,随着学院化、科层化的到来,尤其是随着现代性的嚣张与霸道,失传久矣。西方思想更强调体系,最晚自新文化运动以来的中国也学会了强调体系,体系性的思维方式已经渐成神话。而体系,势必以放弃呈现思维原生态的重要性为其前提之一。这跟今人急切需要的完成感有关。完成感是一种很强烈的仪式感,视所有片段式、札记式的东西为未完成的东西,而未完成是现代性绝对拒斥的玩意。这种宗教祭祀性很强的仪式感,与今天几乎所有的学术怪象紧密相连。各大学主持的学报、各省市社科院主办的"某某(地名)社会科学",都绝不允许札记式、片段式的文章出现,要的就是有头有尾、看上去自成体系的学术论文,却不过是为了满足宗教味很浓的完成感。这是一种强迫性的、自欺欺人的完成感,就像无论房子如何东倒西歪、摇摇欲坠,只要看起来是一座完整的房子,就算万事大吉。将未完成的、没有体系的《非常诗道》,置于诗话写作和原生态思维方式这两条线索之中,或许更能看出它的特殊性,以及它与如今各式各样的所谓专著之间的区别,因为它也将自己的原生态呈现了出来。

2

在此,有必要提供一桩跟臧棣有关的诗学轶事。大概在2015 年,出版人、小说家、诗人蒋一谈突然灵感大发,定义(或称发明和独创)了一种新文体,名曰"截句"。根据蒋氏的规定,"截句"不需要题目,每篇最多四句(或行),最少一句(或行),偶尔还可以出现空白页(亦即零句/行)[①];"截句"的内涵,被诗意性地规定为"截天截地截自己"[②],它允许莫名其妙,允许胡思乱想,允许不知所云,因为"截句"的原始语义之一,本来就是"断章截句,破坏义理"[③]。臧棣是"截句"的实践者,被

---

① 参阅王珺:《截句:中国人日常生活里的诗心启蒙——对话截句写作发起人蒋一谈》,《中国教育报》2016 年 7 月 8 日。

② 张珍:《作家蒋一谈长沙谈〈截句〉创作灵感:截天截地截自己》,红网 ht-tp://hn.rednet.cn/c/2016/01/16/3889725.htm,2016 年 12 月 5 日 16:49 时访问。

③ 《宋史·选举志二》。此处之所以说"之一"是因为赵翼《陔余丛考》卷二三引《诗法源流》说:"绝句,截句也。如后两句对者,是截律诗前半首;前两句对者,是截律诗后半首;四句皆对者,是截中四句;四句皆不对者,是截前后四句也。"

6

蒋一谈拉入了"截句诗丛"的作者行列①。2016 年中秋节之后大约两三天的一个晚上，在西藏林芝某家宾馆的某个房间，我和南京师范大学的何平教授跟臧棣喝夜酒，顺带"声讨"了他的截句观。臧棣为给自己辩护，很可爱地提供了一种很可爱的理论：截句之所以成立，是因为一首诗中只有几句话能成为诗之精华，有截句就足够了。按照臧棣对某家媒体的话说，所谓截句，就是"词语在行动"。何平兄反问他：既然只需要截句，为什么还要把一首诗写得那么长，看上去就像是"完成"了似的？不用说，"词语在行动"根本无法定义截句，因为所有的写作，还有说话，都是"词语在行动"。虽然臧棣对截句的辩护苍白无力，近乎诡辩甚或偷换概念，但对于《非常诗道》使用的那种诗话体的诗论写法，却是成立的，因为一篇文章中最精华的部分，或最主要的观点，几句话就能表述清楚。1980 年代李泽厚招收博士的题目之一，就是要求学生在五百字以内阐述海德格尔的生死观，超过一个字扣一分。之所以写得很长，是因为需要将这几句话进行详细的解释、论证；而原生态的思维方式，则省略了论证展开的过程，只提炼了精髓性的东西——现代性鼓励下的体系和完成感，或许自有它的道理、它的无奈，虽然这种道理和无奈显得霸道、独断，令人难堪。

----

① 截至 2016 年 6 月，黄山书社已经推出了"截句诗丛"第一辑共 19 本，收入西川、欧阳江河、于坚、邱华栋、柏桦、臧棣、树才、桑克、俞心樵、伊沙、朵渔、沈浩波、蒋一谈、周瑟瑟、霍俊明、杨庆祥、臧濰娜、严彬、李壮等 19 位诗人的截句集（王觅：《"截句诗丛"展现短诗之美》，《文艺报》2016 年 6 月 27 日）。

虽然诗之精华的观点无法为截句或诗辩护,却可以为诗论辩护:在臧棣那里,诗论不仅仅是片段式的东西,而是直接将诗论的精华,给片段式地萃取了。实际上,读《非常诗道》这样的书,反倒比读那些充满了完成感的大部头还要艰难,因为它按照诗话和原生态思维的要求,省去了过程,在见与不见之间呈现结论,需要有素养和有教养的读者填补许许多多思维和知识上的空白,才能健全地和健康地读解它。类似于《非常诗道》这样的著作对读者的要求极高,如果对诗这个行当了解不够多,或对诗没有独到的体验、体会,根本就无法读懂它,压根儿不知道它到底说了些什么。王国维在《人间词话》中,会突然拧出一两句唐人或宋人的词,毫无过渡地下结论说它们"不隔";或者拎出一两句后马上指认它们很"隔",却从不解释何为"隔",何为"不隔"。能否体察静安先生的观点,取决于读者的慧心,端看他们准确填补空白的能力何在。与《人间词话》一样,甚至与《哲学研究》《快乐的科学》大致相同,《非常诗道》的写法也是对读者的严峻考验,因为它根除了体系性、具有完成感的大部头中的诸多废话。而那些废话的用途之一,乃是采取漫不经心的方式,或霸王硬上弓的方式,将一个"废"观点转渡到下一个"废"观点。《非常诗道》可被视为一座矿山,可以从中找到许多矿脉,并发展出不同品位和种类的矿产。如果真要将《非常诗道》中包含的主题全部展开,将是很多本专著的任务——这就是根除废话和"废"观点后,方可获取的局面。

3

既然《非常诗道》可以发展出很多本专著,也就是说,既然它包含着很多个主题,在此,只能挑选我认为很重要,臧棣也写得很精彩的主题略加谈论,有点"以飨读者"的意思。首先可以谈论的,是《非常诗道》着意强调的诗歌的肉体性。在《非常诗道》中,臧棣写道:

> 诗道有严肃的一面,但诗道更有朴素的那一面。为着那朴素的一面,我想到的招数是,樽言和鳟燕。樽言,有酒话的意思。本人早年尚能豪饮,所以,深觉有些酒后的话能触及诗道的微妙。至于,鳟燕,一个在天上飞,一个在水中游,优哉游哉,优哉游哉,性情自然。不惮如此,鳟鱼的美味亦是诗道的一种延伸。

在接下来不远处的文章中臧棣亦有言:

> 在他的诗中,你看不到什么口味,只能感到某种品味。而在她的诗中,你能感到某种口味,却感觉不到丝毫的品味。在他她的诗中,口味似乎完全被品味代替了。而她他的诗中,只有荡漾的口风,时松时紧,口味和品味已被彻底稀释。

有时,写出有品味的诗,不是什么难事。但写出有口味的诗,却很艰难。这和我们置身其中的诗歌文化有关。我们的诗歌文化只喜欢品味,对诗的口味一无所知。

这里的"他",指的是 T.S.艾略特;而"她",则指某位不受臧棣待见的女诗人。在臧氏眼中,该女诗人有些奇葩性地不喜欢艾略特。如果将思维和知识上的空白尽可能多地填充之后,也许可以发现:这两段话是在特意强调诗自身的肉体性。巴赫金认为,文学是对语言的一种特殊用法,比如,陀思妥耶夫斯基的小说就是人类的知觉器官①。巴氏强调的是小说的肉体性。而所谓肉体性,"仅仅是指人类中擅长和喜欢虚构的那些人,乐于征用语言以为自己的手足或犬马;犬马或手足则乐于在虚构者的意向性(intentionality)给予的方向和路径上,奔赴万物、偷窥万物、挑逗万物,以至于采撷万物、熏蒸万物"。② 真是英雄所见略同,臧棣在此着意强调的,乃是诗的肉体性:品味不是最重要的,口味才是最重要的。口味关乎味觉、味蕾,意味着零距离,意味着纯粹的肉体;品味关乎精神,意味着观感,观感意味着理智,

―――――――――――

① 巴赫金最早,也可能是迄今为止最著名的传记作者卡特琳娜·克拉克(Katerina Clark)和迈克尔·霍奎斯特(Michael Holquist)断言:"巴赫金将文学看作语言的一种特殊用法,它使读者能够看到被语言的其他用法所遮蔽起来的东西。作为一种体裁,小说,尤其是陀思妥耶夫斯基式的小说,实际上是另一种知觉器官。"(卡特琳娜·克拉克、迈克尔·霍奎斯特:《米哈伊尔·巴赫金》,语冰译,中国人民大学出版社,2000 年,第 319 页)。

② 敬文东:《何为小说? 小说何为?》,未刊稿,2016 年,北京。

理智意味着对零距离的反对,被用于"观"而导致"感"的眼睛,才由此被古希腊人认作哲学器官①。从品味的角度看,臭豆腐显得无比低下、卑贱。可它为什么会得到无数人的喜欢呢? 那仅仅是因为臭豆腐能满足无数人的味蕾。很多人面上人五人六、很有品味的"高级"人物,暗地里很下流,那仅仅是因为下流给他们带去了口味上的享受。人们在精神上追求品味,但骨子里更喜欢口味,口味离肉体最近,口味就是肉体。对于诗,人们也好这一口。

由口味(亦即肉体性)出发,臧棣强调的,乃是诗的及肉性,而不是及物性,或不仅仅是及物性。及肉性更乐于强调以肉身为方式,面对诗所面对的人、事、情、物;以赤诚的、裸体的方式,面对物、事、人、情,突出的是诗的感受性,而不是诗对人、事、情、物的解释。解释永远是理智一马当先,罢黜了肉身,突出了品味。钱锺书的《谈艺录》开篇便讲"诗分唐宋"。后人之所以偏爱唐诗,不那么喜欢宋诗,就在于宋诗特别强调理智和说教,面对山川河流它不说人家长啥样,却老说人家为什么长那样,或长那样后意味着什么。唐诗更倾向于突出肉感。杜甫有一个名句:"少陵野老吞声哭。"一个人在面对山河破碎、世事沧桑的时候,唯有及肉性的、口味性的哭最有分量,一切解释或理智——亦即品味——都是不饱和性的,都有残缺和亏损,都不完全对得起如

---

① 参阅柏拉图:《蒂迈欧篇》,谢文郁译,上海人民出版社,2005 年,第 32 页。

此这般的世事沧桑,如此这般的山河破碎。再比如,《石壕吏》开篇就是大白话式的惊呼:"暮投石壕村,有吏夜捉人!"这是某个人突然目击到某个非人的行为时,常有的那种口不择言,很具肉感,却因了它的大白话外貌,因了它的口不择言,反倒更有力量——一种来自肉体的力量。通过对思维和知识上的空白进行填充之后,《非常诗道》显示出了强大的力量:这或许是诗话式、思维原生态式的写法所要求的读法之一。

乔治·斯坦纳(George Steiner)在评价华莱士·斯蒂文斯(Wallace Stevens)时说,斯蒂文斯"将语言看成是礼节性和戏剧性的姿势。他热爱语词的味道与光芒。他用舌头品尝它们,就像品尝稀有的葡萄酒"①。和巴赫金与臧棣一样,乔治·斯坦纳倡扬的也是口味,是诗人以肉身的方式让语言直接感受事物,感受场景,尤其是感受场景与事物散发的光芒。看起来,《非常诗道》得到了来自世界范围内的呼应;而作为一种思维方式和知觉器官,诗更愿意饱满地呈现事物,它致力于展示事物的肉体性,却又并非道与逻格斯那种把握事物的方式能够企及。一百多年来,语言和世界的关系是西方哲学的主流,尼采甚至成功地证明了哲学都可以是肉体性的,而"语词是世界的血肉"之类的观点,早已为汉语学界所共知。到得这个紧要的关头,一个小巧,但并非不重要的结论浮现于眼前:要破译《非常诗道》的微言大义,需

---

① 乔治·斯坦纳:《语言与沉默》,李小均译,上海人民出版社,2013 年,第41 页。

要仰赖很多附着物;填充知识和思维的空白,必须在肉体性得到世界性呼应这个大背景下,才能实现。

4

《非常诗道》以片段性、断章性的方式,轻描淡写地提到了诗的神秘性;因为《非常诗道》的特殊表达方式,诗的神秘性很容易被读者所忽略——但这是《非常诗道》的重大发现。一提到神秘性,人们总是更愿意从惊悚的角度看待问题。这是一种思维惯性,不让人奇怪,却令人头疼。比如,我们常常会说一件云遮雾绕的谋杀案很神秘,百慕大很神秘,神龙架的野人很神秘……但是,只要谋杀案被侦破,只要百慕大和野人的真相被揭开,神秘性便自动解体。从逻辑的角度观察,凶杀案也好,百慕大也好,野人也罢,总有可能得到恰切的解释;凡是在事后可以得到解释的,都不是《非常诗道》道及的那种神秘性。所谓神秘性,就是在所有机会均等的可能性中,不知何德何能,偏偏是某一个可能性化为了现实性,并且是唯一的现实性。神秘性的句式是:"不多不少,正好是……"这样状况完全无法解释,只能以天意名之。这就是维特根斯坦说过的那句很高级的话:神秘的不是世界是怎样的,而是它就是这样的。《非常诗道》乐于道及的神秘性也不是必然性,必然性只是一种极端性的事后解释,并且是从逻辑的角度来说的,它仍然是一种可以解释的东西,因为它本身就是一种解释。《非常诗道》暗示的那种神秘性更多地存乎于日常生活——

在写作的内部,我们很容易感受到这句话的含义,以及它带给我们的无尽的启示。但是,在诗歌史的公共空间里,我们却很难解释它。这种艰难,不是说我们缺乏解释的能力,而是说我们对本来完全可以解释清楚的事情产生了神秘的厌倦。但事情到此还没有完结,这种神秘的疲惫最终变成了一种诗歌的自我防御。

依米兰·昆德拉之见,小说只表现唯有小说能表现的东西,诗也应当表达唯有诗才能表达的东西。《非常诗道》道及的神秘性的微言大义是:日常生活本身的神秘性才是诗唯一要面对的对象;而从看似普通、清晰甚至被认为一目了然的日常生活身上发现神秘性,刚好是诗的首要任务。如今,谈论诗歌中的日常生活,已经成为新的陈词滥调,新的神话。但何为日常生活?似乎它就是摆在我们面前的事情及其集合,我们对之熟视无睹,似乎它理当如此,没什么特别,以至于我们完全忘记了它身上暗含的令人震惊的神秘性:它何德何能,偏偏就是它那副样子?《非常诗道》所谓的"很难解释",大体上就是指对这个"偏偏"很难给出像样解释,而诗歌厌倦的,则是"本来完全可以解释清楚的事情"。中国最近六十多年来的日常生活充满了魔幻色彩,只有你想不到的,没有不可能出现的。1950 年代到 1980 年代初期,官方意识形态对诗歌有特定的要求,它强调形式和内容上的同质化,它被任命为表达必然性的先锋官,日常生活何以偏偏如此的神秘性不允许被表达。臧棣看得很清楚,1980年代至今的中国充满了另一种传奇色彩,日常生活与此前的三十年形态不同,但在魔幻色彩方面性质相仿。这是新闻业的黄金时代,毕竟没有日常生活的传奇性,新闻业难以为继;当此之际,就呈现日常生活的表面而言,诗歌写作注定不是新闻的对手。新闻是不可过夜的商品,但它只报道日常生活的传奇性本身,却对传奇性的日常生活的神秘性置之不理。《非常诗道》的眼睛很尖:正是在这里,诗找到了自己的用武之地,放弃可以解释的东西,书写完全无法解释的东西。所谓"这种神秘的疲惫最终变成了一种诗歌的自我防御",或许指的就是在现存诸多写作方式之外,诗歌仍有其用武之地:有用即防御。这个看上去简单、功利、不乏自我安慰的结论,实则严肃、深刻,甚至不乏霸道:它为诗歌提供了真正的合法性,却又使用了一种容易被人忽略的诗话体写法,太容易被粗心时代的粗心读者所放弃。

米兰·昆德拉有一个很有意思的观点:所谓小说,就是对人类存在的勘探与编码。诗何尝不是这样?但昆德拉说得有些抽象,通过什么方式来展现人的存在呢?《非常诗道》暗示得好:通过对日常生活的神秘性的肉感呈现,才能具体地、及肉地、准确地呈现人的存在方式,从而完成对存在的勘探与编码,毕竟人只有笼罩在生活世界之中才能成其为人。1990年代以来,很多人开始谈论诗歌中的叙事问题,好像诗歌中的叙事可以和小说中的叙事相提并论。流沙河说过:"一首诗总不能没有赋,因为赋是主体。兴(以及比)可以或缺,仍能成其为诗;无赋则不成其为诗矣。"①但"赋"的叙事能力不可高估;而有了小说叙事,诗的叙事就是加引号的叙事,亦即所谓的叙事,或特殊的叙事。诗歌叙事是一种伪叙事。经由《非常诗道》可以得到一个推论:诗歌叙事只有针对日常生活的神秘性时,才真正构成现代汉语诗歌的有效技法。日常生活本身是由事情组成的;谈论日常生活,就是谈论组成事情或事情的片段;事情本身是叙事性的,只有用语言性的叙事性肉感地呈现事情本身的叙事性,才能呈现日常生活的唯一性和天意——这个有些拗口的表述是《非常诗道》的内在秘密提供的。只有这样,诗歌叙事才可能为诗歌的抒情功能提供服务,让人在日常生活的神秘性面前产生惊讶感,将人从习焉而不察的生活表面拯救出来,将他们从麻木中打捞出来。诗歌的叙事(亦即"赋")绝不仅仅是一种写作技术,它带有本体论性质的东西;对于现代汉语诗歌,叙事的出现,乃是为了呈现神秘性而达到勘探存在的目的。

5

接下来,有必要谈一谈臧棣诗论中对于诗之形式的关注。《非常诗道》有言:

---

① 流沙河:《流沙河诗话》,四川文艺出版社,1995年,第218页。

有机的形式,听上去很诱人。但其实,在不同的文化语境中,它的含义是有很大区别的。

它只是一种特例,而绝非普遍的原则。

在形式的自由和形式的尊严之间,存在着一种内行的迷惑。

如前所述,古典汉语诗歌排开主题、体裁不论,它的发展、推进主要集中于形式,到宋代,形式建设已经彻底完成;人在农耕经验面前的所有型号的内心反应,都可以被业已完成的诗歌形式一网打尽。自胡适以后,这种一劳永逸的解决方案被打破了;对于现代汉语诗歌写作来说,一个重要的任务,就是对形式的发明:每一位诗人在写每一首诗时,都要发明一种新的形式。在中国现代汉语诗歌史上,很容易找到两个极端的例子。一个是卞之琳,他的作品很少,但每一首诗的形式都是不一样的,不像新月派的很多诗人,比如徐志摩,后者的很多诗在体式上甚至可以互换。另一个极端的例子是张枣。张枣写诗长达三十余年,作品数量却很少的原因在于:被发明出来的每一种形式,只针对此时此刻要处理的情、事、人、物。张枣不允许在诗歌形式方面有重复性。因此,《非常诗道》形式无论怎样推重,都不会估计过高。臧棣的另一个看法也很重要:"形式,是一种批判性的力量。"这是非常富于洞见的观点,却能在片段式和思维原生态的层面一语破的。一切被发明出来的诗歌形式之所以能够被发明、允许如此这般被发明,端在于某位诗人在某个特殊时刻机缘巧合面对了日常生活某方面的神秘性;此时此刻的神秘性对于这位诗人所要发明的诗歌形式一方面是对称的、匹配的,另一方面,这种神秘性对形式的要求是严格的,它必须准确、传神、精密,并且肉体性地表达此时此刻所呈现的神秘性。神秘性并非每时每刻都一样,因为事情本身在不断变化。就是在这个意义上,形式在对日常生活的神秘性的揭示过程中,批判了、抗击了日常生活。《非常诗道》的意思很明确:它批判的不是日常生活的神秘性,因为日常生活的神秘性本身不善不恶,或无所谓善恶,它只是一个不容回避和无法改变的事实——唯一性和天意无所谓善恶好坏;但日常生活本身有善有恶,有价值方面的区分。因为日常生活的神秘性与诗歌形式之间生死与共的关系,使得诗歌在呈现日常生活的神秘性的同时,达到了批判日常生活的目的。很显然,臧棣眼中的诗歌形式不仅是技术层面的,更多是从写作伦理的角度,对形式给予的深刻界定。这种认识非常精辟,在其他人或著作中,不太容易见到。但《非常诗道》对形式的描写远没有到此结束——

> 人们习惯于从内容中寻找一种批判性,这确乎是一种顽固的习性。但假如以为只有内容能带来批判性,那就显得狭隘了。其实,形式才是一种根本性的批判的力量。
>
> 对于像诗这样的文类,诗的形式中蕴含的批判性远远比内容里包含的批判性要深刻得多,也持久得多。

有必要暂时抛开日常生活的神秘性,来谈一谈形式自身的岌岌可危,并从这个维度,来认识诗歌形式的批判性。乔治·斯坦纳在一篇文章中说到过,十七世纪以后,数学以及在数学支撑下的自然科学,比如物理学、化学、生物学,培养了一套专门的人工语言,亦即符号语言;这些学科从此不再仰赖语词语言,它们只能在符号语言中才能被谈论,而符号语言无法还原为语词语言,符号语言因此大大削减了我们的现实。乔治·斯坦纳说:"在莎士比亚和弥尔顿的语言所属的历史阶段,语词能够自然控制经验生活。今日作家用的语词往往更少、更简单,既是因为大众文化淡化了文学观念,也是因为能够由语词给出必要而充分阐释的现实的数量在锐减。"所谓锐减,就是"世界的意象正从语词交流的控制中撤退"[①]。弥尔顿、莎士比亚所见到的现实,远比我们今天所见到的现实要多,因为那时的语词语言能够有效地管理、支配和控制我们的经验世界。今天,在科学主义支持下生产了大量的人造现实,这个现实不是语词语言可以控制的。《非常诗道》的思考是深沉的:别看我们今天能够观察到的东西,比弥尔顿那个时代多得多,但能被我们的语词语言控制的,反而在大量减少。因此,诗作为一种艺术形式,理应显示它的紧迫性:一方面现实的大量削减最终削减了诗的范围,另一方面诗要介入到现实中去便需要对形式有所发明。1980 年代的中国倡

[①]　乔治·斯坦纳:《语言与沉默》,李小均译,上海人民出版社,2013 年,第33 页。

扬"纯诗",强调诗的抒情性,1990 年代以后,随着一代诗人的成长,以及局势和经验在复杂性上的不断加剧,中国的诗人们才如梦初醒,他们终于明白:诗歌形式在怎样遭致日常生活的神秘性给予的考验。诚如臧棣所言,诗歌形式在揭示被削减同时又陌生化的现实时,对现实本身产生了批判——这就是考验带来的结果,或者应该带来的结果。在古典汉诗中,形式是格式化的,赞美皇帝可以用五言律诗,讨厌皇帝统治下的社会现实也可以五言律诗。杜甫早期写了很多歌颂皇帝以及达官贵人的诗;但他用几乎同样的诗体,也写了很多有关长安繁华生活的诗篇,关于"安史之乱"痛苦生活的伟大诗篇。古典诗歌的形式不存在批判性。它基本上是中性的,仅仅是形式而已。这是经由《非常诗道》能够得到的一个了不起的推论。这个推论的另一面只能是:今天,现代性和现代经验把现代人弄得死去活来,诗的形式不可能再是中性的,一方面它岌岌可危,另一方面,它又在岌岌可危中,展示它的致命性,而致命性爆发出的力量,却又是惊人的——《非常诗道》不仅从有用即防御的角度给新诗赋予了合法性,也从诗歌形式的批判性维度,为新诗展现出了辉煌的前景。

6

《非常诗道》还以诗话体的方式,提到了诗歌的拯救作用。但此处所谓的拯救是世俗的、经验的,和上帝无关,与彼岸无关,也跟 1980 年代海子们的诗中经常出现的神、上帝、鹰无关。《非常诗道》很明确地写道：

> 诗，既是一种拯救，也是一种放任。
>
> 伪善的东西往往只想让我们看到前者，而害怕我们接触到后者。更可怕的是，我们也想让我们自己相信，我们只应该看到前者。

刘勰说："道沿圣以垂文，圣因文而明道。"[①]在此，"道"可以被理解为构成世界的真理。乔治·斯坦纳发现了一个既很重要，又简单的事实：自亚里士多德以来，人们普遍相信的知识能给人带来尊严和解放的教义，因希特勒们的极权主义而失效了，人类居然有本事因文明而野蛮。有一句被广泛引用的话：奥斯维辛之后写诗是野蛮的。臧棣既然已经赋予诗以合法性，甚至以光辉的前景，但他提到的拯救究竟是什么意思呢？世俗性、经验性的拯救意味着：诗能把我们从日常生活的神秘性导致的陷阱中，从不断拉拽我们向下的力量中，拯救出来。它能让我们自由于日常生活的下拽性。不用说，日常生活有强大的引力，它让我们不断向下，而不是让我们飞升；与此同时，渴望堕落是人的第一天性，往上飞行作为天性顶多是后置性的。下拽性是日常生活的本性；但它何以让我们堕落和怎样让我们堕落，却是神秘性管辖的范畴。这个过程是无解的。人想要获取自由，就必须

---

① 刘勰：《文心雕龙·原道》。

脱离这样的引力,这或许就是马克思常说的,从必然王国到自由王国。今天的一切,都在必然性的控制之下,人必然要死;只要想到死,人就不可能有彻底的自由,受制于引力的人跟自由无缘。自由王国是空想的东西。诗通过特殊的形式,通过这种形式对现实的批判,能够给人带来瞬刻的自由。所谓拯救,就是离地五厘米的拯救,不是海子那种注定虚妄的拯救,在现代性缠身的世道,那种虚妄本身是不诚实、不真实的。莱昂内尔·特里林(Lionel Trilling)认为,我们从前推崇的人类最高品德是热情、诚恳,而现在,我们唯一强调的是真实,也就是一元钱加两元钱等于三元钱的那种真实。真实就是对热情和诚恳的矮化①。两米高的凌空蹈虚是可以的,飞向天空、飞向太阳便是自我爆炸。《非常诗道》在最后部分谈到的拯救,乃是对孤独的拯救。《非常诗道》不无坚定地认为:诗一方面能让我们在必然王国中获取瞬刻的自由,另一方面,也让我们在绝对孤独的尘世拥有瞬刻的被理解。这是诗可以给我们带来的,也是我们对诗的期待:这是《非常诗道》为诗给出的又一个合法性。

---

① 参阅莱昂内尔·特里林:《诚与真》,刘佳林译,江苏教育出版社,2006年,第4—25页。

上　卷

词语是埋藏在诗中的独特的爱。现实中,一个人可以拥有爱。但在我们和诗的关系中,一个人却无法像拥有爱那样,去拥有词语。试图拥有词语,会将我们引向对语言的错误的感觉。一个诗人必须适应更严酷的写作情境:不是去拥有词语,而是去遭遇词语。换句话说,词语不是用来拥有的,而是用来遭遇的。

诗是有方向的。诗的方向并非诗人的方向感,也不是人们经常会误读的,它是诗人对外部世界的一种指认。诗的方向,即语言从内部散发出来的味道。闻起来,它确实有点像心灵的芳香,虽说并不总是如此。进一步的,诗的方向是诗人对生命的自我意识的一种清晰的感知。

诗和批判性的关联,其实仍处在一种生成之中。诗的批判性,并非如人们设想的那样,非要以思想的深刻见长;它也不一

3

定要彰显在空洞的道德表演之中。

在我们的诗歌文化中,诗的批判性似乎有一个固定的模式,就是诗人必须以道德家的姿态去从事社会批判,仿佛只有这样,才能伸张诗的社会责任。不是说,这样做,就绝对不可以。但必须明白,这样做,其实只是诗和批判性的关系中极其特殊的一种方式。诗的真正的批判性,主要是对诗人自我的挑战,而不是奔命于对外部世界说三道四。

也可以这么说,对诗人自我进行挑战,是现代诗兴起后,重新确立的一种新的诗歌方向。它也是现代诗所做的最重要的一种工作:既涉及文化共同体的自我反省能力,也关涉个体生命的自我省察。物之间的隐秘的关联,扩展生命的内在灵视,可以说是诗的最核心的任务。诗的境界如何确立,如何形成,又如何演绎,和诗人如何自觉于大千世界中隐秘的关联很有关系。

里尔克曾抱怨,再没有比批评同一件艺术品更隔膜的事情了。福克纳也曾表示,批评根本无能触及作品本身。假如把阅读也包含在批评之内的话,卡夫卡还说过,阅读即谋杀。文学逸闻中,有关批评和作品之间的罅隙,还有很多例子。但某种意义上,恰恰也从反面表明,批评和作品的关系,实际上比人们想象的要密切得多。对批评的误解,恐怕就在于没有分清,批评和作品有着各不相同的对象。作家之所以会对批评感到不适,是因为他将自己放到了批评的对象之列。这是一种不甚有趣的对号入座。事实上,批评为自己设定的对象,是文学思想史中的一个想象的标准序列。作品的对象是人类对自身理解的可能性。但在批评的实践中,最直观的感觉是,批评常常会跑偏。其实原因说起来,也不复杂。因为这种跑偏行径有助于释放一种廉价的快感。真正的批评其实是很难的。真正的批评也是很罕见的,它是一种很高级的东西,高级到经常令人性感到沮丧;这也让它很容易被不良的情绪所利用。对诗而言,还是那句话,如果不能展示一种友谊的政治,批评不过是一种自我亵渎。

新诗历史上,主题先行一直像幽灵一样,不仅在观念上,也在感觉上,操控着诗人的写作。诗人变成了主题的奴隶。在紧张的历史格局中,新诗的主题在很大程度上被政治化了。诗的主题不再由具体的诗歌意图生成,而是先于诗的题材,先于诗人具体的感受和经验,像达摩克利斯剑一样悬浮在创造主体的头顶。这样,诗的自由,诗人的创造性的发挥,就被既定的主题扼杀了。诗歌写作最可贵的,或许就是我们可以通过体验写作过程中的艺术自由,来摆脱文学主题对人的感觉的束缚。

有一个情形被忽略了很久,那就是在我们谈论诗的技术的时候,更隐蔽的,诗的技艺常常也是对诗的技巧的反思。

诗的声音,既是语言的面具,也是诗人的灵魂。诗的声音很容易被误读成它仿佛在自然界有一个原型,比如,人们经常用天籁来辨认诗的声音。这其实是一种偷懒的行为。诗的声音,最根本的针对性,是冲着人性的堕落来的,永远都不要忽视这一点。

写诗应该注重语感,作为一种常识,或者作为一个秘诀,怎么强调似乎都不算过分。但同时也必须明白,现代诗的写作是一种综合性的书写,它不再是简单的情感或情绪的抒发;仅仅凭语感,也许可以对付一些体制短小的抒情诗,但却无法驾驭并统合更复杂的诗歌经验。

诗和语感的关联存在着一个修辞的趋向性,就是语感更像是一种修辞的自我过滤装置,试图对复杂的诗歌经验进行漂亮的音韵处理。如果题材合适,又碰巧诗人的天赋很高,也确实能对付很多日常感受,并顺手写出一批才气四溢的作品。但是,现代诗的任务并不仅仅是对日常感受进行语感的简化,它的文学目标是要将我们的生存经验引向更强悍的自我塑造。

其实,中国古代诗人也很重视语感。从诗的体式上看,诗的句法从五言扩展到七言,原因固然很多,但其中最重要的一个标记,恐怕不是如人们想当然的,是出于容纳更多的意义的需要,而是出于一种语感的欲求。

现代诗和口语的关系,仿佛是确立新诗的实践究竟是否合法的最关键的一个环节。但问题很诡异,无论我们在理论上显示了多么充分的理由,汉诗传统中阴暗的那一面,还是会觉得现代文化掀起的诗的口语化的浪潮,败坏了汉诗的典雅的品性。这似乎是一个顽劣的偏见,但偏见的背后却又潜伏着很深的文化政治。

什么时候,作为一种真实的体验,诗和旅行的关系会成为一个人和世界的关系中最重要的组成部分? 也不妨这么说,对你而言,诗和旅行的关系是对这个世界的一次有效的净化。如果幸运的话,它也是诗的最内在的一种工作。

诗的精确和诗人的感受力之间的关联是非常奇妙的。现代诗的一个很重要的审美维度,就是对诗的精确的欲求。古典文论中,诗眼好像在概念上很接近现代意义上的精确,但如果从诗歌想象力方面去衡量的话,还是有着很深的不同。诗的精确,反映出诗人对世界的细节的好奇。所以说,诗的精确源于新的感受力,其实一点都不夸张。不仅如此,在我看来,诗的精确甚至主要不是风格上的诉求。诗的精确更像诗人意欲改进诗的眼力,从更新异的角度去辨认世界的一种举动,甚至是一种措施。

更多的时候,诗其实不是诗,而是一件特别的事情。诗作为一件事情的含义是,在生存的历程中,你需要认真用生命去处理一些东西。

在一首诗中,最令诗的现代性感到奇妙的是,非凡和平凡的界限如此清晰,而且它不断在移动,甚至不断在自我消解。非凡的,不会变成平凡的,平凡的,也不会变成非凡的,但是,奇妙的是,有一种相互融合正在将非凡和平凡包容在宇宙的瞬间之中。

换句话说,诗的结构在本质上类似于宇宙的结构。但残酷的是,不是每一首诗都是如此。

我多少会感到遗憾。在诗歌史上,活力论几乎没有灰色地带。让诗重新获得活力,这是什么意思呢?

在写作的内部,我们很容易感受到这句话的含义,以及它带给我们的无尽的启示。但是,在诗歌史的公共空间里,我们却很难解释它。这种艰难,不是说我们缺乏解释的能力,而是说我们对本来完全可以解释清楚的事情产生了神秘的厌倦。但事情到此还没有完结,这种神秘的疲惫最终变成了一种诗歌的自我防御。

纯粹的活力,它是一种诗歌之梦。

诗的活力,可以被私人发明,最终变成一种诗歌遗产。

诗的活力,是诗的内部诸种关系之间的平衡木。无形,却具有某种可感的硬度。

从诗的结构的角度说,形式的活力是诗在内容上达到的一种美妙的最佳状态。

就写作而言,让形式充满活力比让内容充满活力,更具有针对性。

在当代诗界,人们对诗和修辞之间的关系的误解乃至成见,是很深的。修辞和诗歌观念有关系,但毕竟,在本质上,它还是一种语言现象。在现代的诗性书写中,诗和修辞的关系并不单纯;它们中间其实还夹杂着诗和语言的关系,修辞和语言的关系。这些关系纠缠一起,它们并不是静态的,它们之间的相互碰撞相互渗透,也是非常复杂的。但在流行的诗歌批评中,特别是在惯常的诗歌阅读中,存在着一种想当然的判断:好像诗和修辞之间是矛盾的;很多时候,带着极度的轻蔑,两者的关联被指认为就像灵魂和皮毛。修辞,只要稍稍靠近一点智性,或稍稍偏向一点实验性,就被说成是背离诗的本真。按这样的话语逻辑,修辞事实上成为了诗的对立物。这其实是很大的误解。古人也不是这么讲的。尽管修辞容易出问题,但古代诗人的核心信念还是:修辞事关诗的诚实。修辞立其诚。这表明,在古代的表达信念中,我们的先辈非常透彻地理解:修辞和诗的诚实之间的本质联系。修辞决定着诗的诚实。修辞绝不是外在于诗的表达的,也就是说,修辞绝非诗的皮毛。修辞本身就是诗的灵魂的一部分。

再回到现代的诗性书写中看,人们经常反感的所谓的"过度修辞",其实多数情形下,都是成熟的诗人对诗的语言的个人化使用的一种风格印记。事实上,很多被说成是"过度修辞"的例子,不过是诗人对诗歌语言的一种反常规的独特的使用。更常见的情形:所谓的过度修辞,如果从想象力的角度看,它们大多都是出于诗人所面对的现代经验的复杂性造成的。所以,公平地讲,过度修辞,其实一点也不过度,它不过是对诗的表达的综合性的一种体现而已。

诗,存在的目的就是要抵抗思想的阴郁。更特异的,甚至是要抵抗文学自身的阴郁。

读不懂诗,作为一个问题,经常被人夸大。其实,绝大多数情形下,读不懂诗,只是一种现象,既很正常,但有时也很可疑。爱因斯坦的相对论,对有些人来说,你怎么解释,他/她都会说,还是不明白。同样,在诗歌的阅读史上,被反映出来的很多难懂的诗,对另一些人来说,根本就没什么难懂的。就个体的差异而言,有些诗,读不懂,其实是很正常的。如果涉及阅读的伦理,那么可以说,读不懂的情况,原因完全在于个人。这种情形下,有几种选择。第一,感到极其懊恼:天下怎么竟然有我读不懂的诗。懊恼的极端,是把不良的阴暗的个人情绪怪罪于诗的作者。这种行为,深究下去,就涉及一种人性的恶劣。每个人的智识都是有限,天下之诗,诗的多样性如此丰富,一个人如果不过分自恋的话,他怎么能自信到以为能理解所有类型的诗呢。也可以扪心自问一下,作为一个人,作为一个读者,你到底付出过什么样的努力呢？第二种，读不懂，就是我一直提倡的，我觉得这恰恰预示一种人生的机缘，心智的挑战。嘿，普天之下，竟然有让我费神的诗。那我倒要好好深究深究了。这样，通过扩展阅读，通过更耐心的体会，大多数曾经让人感到难懂的诗，其实都不是那么难懂的。所以，读不懂，就诗的阅读而言，就人性的自我改进而言，其实是我们的一次机缘。第三种，读不懂，就阅读而言，一定是相对的。大部分好诗，最终都是能读懂的。就诗歌文化的道德性而言，如果有的诗，确实涉及读不懂，那么，主要的责任不在于诗人，而在于诗的批评没有尽到责任。第四种，记住一个原则，作为读诗的人，一个人没必要觉得自己能读懂所有的诗。我们的诗歌文化惯于鼓励一种恶劣的倾向，读不懂的诗，往往被判定为不好的诗。其实，大部分好诗，都是有点难懂的。所以，真遇到读不懂的情形，最好问，自己究竟有什么问题。当然，这也确实有点艰难，因为这涉及我们愿不愿涉足心灵的自性和自省。第五种，对于读不懂的诗，最好能怀有一点深刻的同情心。在我们的历史语境里，如果真有读不懂的诗，那么，它很可能是一件非常好的事情。就像德国人阿多诺表露过的，诗的晦涩，尤其是给这个麻木的世界的一记耳光。诗的晦涩，是个人对普遍的堕落和麻木的一种必要的防御术。

对个人来说，大多数时候，所谓诗的形式，就是你有没有过形式这一关。形式和权力的关系也非常诡谲：如果你足够强悍，形式最终会屈服于你的审美意志；如果你过于柔弱，形式就会毫不留情地将你的才华吞噬殆尽。

没被语言处理过的诗,就像人的内心没被大海处理过一样,最终会显得极其乏味。

诗的想象和物理学的想象有何不同?诗人的想象和哲学家的想象具有通约性吗?诗的想象必须依靠它和其他认知方式的差异来显示自身的独特吗?

这些疑惑,也许无法仅仅凭诠释来消除。但有一点是明确的:诗的想象确实更敏感于想象的差异。

说到底,诗的形式取决于抒写的快乐如何严谨于语言的神秘。换句话说,诗的形式,既体现为和文体有关的一种外在的现象,更表现为和审美意志相关的一种内在的体验。真要翻底牌的话,诗的形式,既不是客观的,也不是主观的。它取决于美感如何影响到我们的觉悟。

诗和形式的关系,在我们的诗歌文化中,依然是检验人们的诗歌认知程度的一块试金石。想想,这其实挺悲哀的。但也未尝不是一种喜剧。诗的形式,按文学认知的惯性,容易被框定成一套既成的文体规则。这种规则默认,或许在封闭的文化环境中,还可以勉强维持。但对现代诗这样的正日益面对的开放性的世界景观而言,必须意识到情况已发生了根本的变化。诗的形式,不仅是诗人要面对的一件工作,更主要的,它已演变为诗人要去完成的一项任务。过去的经验,过去的范例,固然可以参照,但既然是一项任务,诗人就必须深入到语言的行动中,通过积极的行动,根据处境的变化,来完成它。不懂得诗的形式是一种语言的任务的人,怎么可能领会现代诗的形式之美呢。

重要的,不是新诗的命名是否恰当,而是伴随新诗的实践,我们的表达最终形成了哪些新的文学能力。

百年新诗历史,一个有趣的现象就是,新诗的合法性只是在特定的场合里,在特殊的时段里,才成为一个问题的;事情本来很简单,却被一帮笨伯整成了背叛祖业的是非问题。讨论新诗的合法性,其实存在着一个常识的限度:即一个人喜欢写新诗,你拥有再大的权力,也不能杀了他。如果我们的讨论能常常顾及这个底限,许多被归入新诗的合法性来纠结的话题,其实根本就没什么好讨论的。

作为一种经验,诗最重要的特性,是它对个体生命的激活能力。用法国诗人兰波的话说:我是一个他者。没有这种激活,我们的感知力就会处在一种封闭的自恋之中。更重要的,假如没有这种激活,一个人就不会接触到内含在他自身的生命的潜力。所以,写诗,读诗,绝不仅仅是一种无用的消遣,它们事关一个人对自己的生命机遇的把握。

与其探究个人性如何在诗的写作中发挥作用,不如省察个人性如何在诗的写作中留下独特的印记。一个敏锐的诗人往往面临两种内在的选择:通过你,诗成就了语言。抑或,通过我,语言成就了诗。对诗而言,最好的个人性,其实就是一种即兴性。缺乏即兴性的诗歌写作,会导致严重的后果:一开始,它可能只是让诗人的风格意识变得越来越迟钝,最终它会窒息诗人的想象力。

事情其实很简单:伟大的诗产生伟大的精致。伟大的精致源于强悍的想象力。

小诗人的写作,诗的自由即绝对不允许有阴影和边界。它近乎一种虚张声势的能量释放。大诗人的写作中,诗的自由即诗的责任。换句话说,诗人的自由是一种神秘的责任。它包含着对阴影和边界的接纳。诗的自由是一种独特而又清醒的现实感。

小诗人和大诗人,并不仅仅指向一种写作身份。更多的情形下,它们是写作主体内部的两种偏爱相互角逐的力量。从这个意义上,大诗人身上的小诗人往往比小诗人身上的小诗人更活跃,也更反动。另一个明显的标识是,大诗人身上往往有很多小诗人,它们构成形形色色的分神;而小诗人身上往往只有一个很少受待见的大诗人，它常常令小诗人感到狂躁。

吊诡的是，大诗人身上的大诗人，往往比小诗人身上的大诗人更难见到。一旦出现，它就把作品提升到伟大的高度。大诗人之所以是大诗人，就在于他总能在关键的时候遏制住他身上的小诗人的分神伎俩；小诗人之所以是小诗人，就在于他也总能在紧要关口杀死自己身上的大诗人，以获得一种浅薄的终于摆脱了羁绊的感受。

写诗的动机，如果从本源上讲，它是对生命意愿的一种意志的表达。如果从文明的角度看，它则是一种顽强的探究；主要任务是，用生动的细节去重新刻画被意识形态抹平的世界的本来面目。

就境界而言，诗是一种更好的运气。严格地说，这也涉及写作的一个动机：假如诗不是出自一种运气，它其实完全可以不必写出来。再进一步，一般认为，诗的好坏是由诗人的天赋决定的。也许这种印象的确可以在诗歌写作史中找到一些佐证，但从根本上，诗的好坏是由运气决定的。诗人的天赋，博学，良好的心智，充沛的灵感，在某种程度上会起一点作用，但这些都无法改变这个事实：诗是由运气来决定的。

诗的批评的好坏取决于它是否能成为诗的运气的一部分。

通常，人们会觉得诗的批评的好坏，是由批评者的才学和见识决定的。这其实也是很皮毛的观感，批评主体的文学才智，固然重要，也值得尊重，但好的诗歌的批评只能建立在它是否有可能能变成诗的运气之上。如果仅仅满足于对一首诗，表达一些不凡的看法，虽然也不错，但这还不足以让这些看法成为一种好的诗歌批评。

其实，也可以这样理解，诗的乐观，从文学想象力的角度去理解，它并不需要得到现实经验的验证，它本源于人的精神感受。而且，诗的乐观，更可能是诗的"天真之歌"的面具。换句话说，诗的天真，牵涉到诗对人类的生存面貌的一种发明。

诗主要不是用来理解的。这不是说，诗和理解无关。理解诗歌非常重要的。如果愿意努力的话，理解一首诗能带来非常大的生命的愉悦。但由于人类个体的差异，以及人的理解力本身的局限，从文学行为学上看，理解诗歌，在我们和诗的关系中其实又是非常特殊的一种情形。但目前的流行的诗学理论从来不愿意正视这一点。如果缺乏对诗歌和理解之间关系的正确态度，那么，理解诗歌本身就有可能招致一种令人懊恼的状态。

其实从阅读行为上看，读者作为个体，其阅读活动是很有限的；而诗作为世界性的存在，则是浩瀚的，多样态的。这样，即使一个读者的理解力再强悍，面对诗歌的丰富性，他总会在有些诗歌面前,感到力不从心。这原本很正常。但在我们的阅读文化中,这种力不从心,经常会归纳为诗的晦涩。其实,这不是读者本身的错,也不是诗本身的错。正确的态度是,作为读者,他必须知道诗的晦涩,大多数情形中,恰恰是他自身的阅读经验抵达他的诗歌认知极限的一个自然的反映。所以,如果他足够慧心,他其实应该感谢诗的晦涩。

诗人得到一首诗,需要的时间是非常漫长的。哪怕人们在传记的意义上,从表面获知,一个诗人的某一杰作是在几个小时内就完成的。而读者得到一首诗,或说接触到一首诗,需要的时间则越来越短。付几十元,就能买到一本诗选;或在互联网上,用搜索引擎数分钟内就能捕捉到想读的诗。这就导致了人们在接触诗歌方面巨大的失衡。由于获得诗歌的时间太短,读者,特别缺乏耐心和同情心的读者,就会把读诗行为降格为一种肠胃蠕动,在这种阅读惯性下,读诗所涉及的审美反应已简化为一种生理反应。不幸的是,大多数所谓的诗歌批评都是建立在这种生理反应之上的。所以,诗人对批评的反感或憎恨,作为一种文学的直觉,是有深刻的原因的。

小诗人的写作:诗人总是意欲变成诗中的角色,诗则设法逃避这角色的侵袭。大诗人的写作:诗在同语言的搏斗中成为了一个角色,而诗人则是对这一角色的反叛。

诗和大众的关系有一个真相就是,诗不是用来安慰大众的。诗和大众的关系,用最通俗的一个比喻来说,其实就是空气和大众的关系。

美国女诗人莱维托芙曾说:"在我接触威廉姆的作品之后,我就完全抛弃了艾略特。"表面上看,这句话没什么问题。在一个诗人的成长过程中,他总会被另外的诗人所吸引,不断调整他个人的诗歌系谱。但是将"疏远"以前曾深深影响过他的诗人这一举动称之为"抛弃",就显得有点狂妄了。

当莱维托芙以为是她主动抛弃了艾略特,投向威廉姆的影响的怀抱时,很可能存在着另一种更深刻的情形:就是在莱维托芙抛弃艾略特之前,艾略特实际上已经抛弃了莱维托芙。但即使艾略特可以站出来讲话,他也不会意识到是他主动抛弃了莱维托芙;更不会说是他先抛弃了莱维托芙。

艾略特可能在风格上或在类型上已经过时,或者多少显得有点老套。但在诗人的心智上,他是一座屹立的雪山。他是一个重要的源泉。我们可以通过赞同他,或反驳他,获得一种神秘的成长。

现在,很多当代中国诗人也喜欢炫耀他们终于摆脱了艾略特的影响。其实,他们基本上没怎么受过艾略特的影响,只是跟着文学史的风向标转来绕去。假如每首诗都写得跟《荒原》似的,这会让人烦死。但假如《荒原》这样的文本从未书写过,那么,每首诗也会失去它的某种神秘的分量。

"艾略特已经完全不重要了"，每当有人这样的宣称时，《荒原》就会在那里微笑。

有时，我想，《荒原》的幽默劲确实比艾略特本人要强出许多。

你也许从未读过艾略特的《荒原》。但你依然会以一种从未听说过《荒原》的方式读到过《荒原》。在我认识 XS 之前，我不相信会有这样的事情。但诗对诗人的影响，有时就是这样。

从诗歌写作的角度，我赞同人们时不时跳出来说，《荒原》已经过时了。因为就人的愚蠢而言，不这样自我满足他们的口感，人们也许永远不会有机会意识到《荒原》所包含的新鲜感究竟在哪里。

确实是这样。很多时候，只有当人们说一个诗人已过时了时，他的诗歌才能所包含的启示性才会重新放射出异彩。

在他的诗中，你看不到什么口味，只能感到某种品味。而在她的诗中，你能感到某种口味，却感觉不到丝毫的品味。在他她的诗中，口味似乎完全被品味代替了。而她他的诗中，只有荡漾的口风，时松时紧，口味和品味已被彻底稀释。

有时，写出有品味的诗，不是什么难事。但写出有口味的诗，却很艰难。这和我们置身其中的诗歌文化有关。我们的诗歌文化只喜欢品味，对诗的口味一无所知。

我们往往不善于从自身寻找原因。比如,从没有人会对误解艾略特的非个性化原则而道歉。理由之一是,艾略特也误解了非个性化原则。

把非个性化原则放进一个木箱里,这是我可以理解的。但是,假如再往木板上钉长钉,这是我难以接受的。

其实,非个性化原则很可能是一种钟摆现象。对于不同的诗歌题材,诗之钟摆会在诗的个性化和诗的非个性化之间晃来晃去。

这种摇晃意味着一种奇妙的动感。

对智力的反叛,是必要的撒娇。它是一幕戏,很容易让二流文学史感到亢奋。开始时它半真半假,但随着诗人演员的投入,它把所有的人都绕进去了。

但是从诗歌写作的角度看,虽然在本质上是撒娇,而且带着青春期的许多特征,但它是必要的。不过,这种必要性却经常受到误解。文学史经常容易陷入这样的惯性思维,以为对智力的反叛是一类诗人对另一类诗人采取的风格行动,是从一方到另一方的审美对峙,是一种可见的以诗歌史为舞台的表演。不错,某种意义上,确实很有看头。但对诗歌而言,对智力的反叛,不是一种外部现象,而是一种内在的自我现象。它时常发生在一个诗人的成长过程中。它必需在内部。

在诗中，有一个钟摆。对有的人而言，它的摆动是从绝望到希望。对有的人而言，它只是在希望和绝望之间来回摆动。

诗的希望是一个伟大的游戏。它不会适合所有的人。它常常会令人感到不适，甚至它本身就是一种深刻的挑衅。与之相比，绝望尽管真实得多，却很浅薄。

在我们的诗歌文化中，只有救亡，没有救赎。个体的拯救，就像一种文化的暗礁，往往遇到不可理喻的敌意。有趣的是，我现在知道，这不是什么缺陷，而只是一种深刻的空白。

不断革新，但是非常严谨。这是诗做过的一个梦。而作为诗人，我们偶尔会进入这个梦，就好像有时我们不知道我们已出现在别人的梦中。

也许，我们不应该如此直接地问什么是直接性。对诗歌而言，它不是一个概念，而是一个话题，像浮云一样的话题，不断从诗歌的天空飘过。你看到它，有时会默默地联想，有时会和朋友聊聊。如此而已。

记住，还有一个细节，就是唐代的诗人从不会谈到诗的直接性。但是，我们会。

诗曾经这样问过，对组织的组织是什么意思？

组织中最有组织的，作为一种结构之梦。

有机的形式最喜欢听到的一句话是，让有机的形式见鬼去吧。

但是，记住，无论在哪里，鬼都怕诗歌。

有机的形式，听上去很诱人。但其实，在不同的文化语境中，它的含义是有很大区别的。

它只是一种特例，而绝非普遍的原则。

在形式的自由和形式的尊严之间，存在着一种内行的迷惑。

用外行的方式写内行的诗。这是被大诗人小心翼翼掩藏过的事情。

在诗歌中，意味意味着意味不止是一种意味。

我曾听到有人戴着面罩说，我他妈的就奇怪了，居然有人到今天为止还认为现代汉语不成熟。

对诗歌而言，粗鄙永远是成熟的一部分。

另一个准真理是，诗，从不是用成熟的语言写出的。

你可以说，诗的语言包含了成熟的语言，但除了包含成熟的语言之外，诗，还需要包含其他形态的语言。

什么是诗的直接性？

简单地说，直接性就像是一种天气。

在日常生活中的某些场合里，我们会谈到天气。而在诗歌写作中的某个阶段中，你可以说，让我们来谈谈诗的直接性。

对诗歌来说，将事物直接呈现出来，永远是一个不会过时的原则。但更有趣的是，它也是一个随时可以调整的原则。

意味让直接性开花。

诗的意味是诗的直接性的花朵。这多少意味着，直接性像植物的茎秆一样，因直接而醒目。

假如自我需要超越的话，那它就从不是你的自我。这种情形，对诗而言同样有效。

小我和大我，不过是诗的两个角色。

在坏诗那里，大我经常向小我撒娇。

在写得还算有点眉目的好诗那里，小我则向大我表白，它曾多么狭隘。

所以，记住，假如我们真想严格地讨论诗的自我，那么必须清楚，诗的自我是一种和小我大我这样的二流辩证法无关的东西。

对诗而言,最不需要的,就是克服自我。最需要的,是不停地发现自我。

这与生活中的情形很不相同。在生活中,你可以用克服自我来发现自我。但在诗歌中,克服自我,就像超越自我一样,是对珍贵的诗歌时间的一种浪费。

假如你想提升你的诗歌能量的话,你必须得过诗的随意性这一关。

说白了,随意性就像是诗歌的大麻。

诗的随意性,并不像看起来那么随意。

没有人能看透诗的随意性。对于诗歌写作而言,它是一种极有魅力的行规,也是唯一的不受大诗人束缚的行规。

作为诗人,有时,你会觉得你需要新的语言。但更多的时候,你其实只需要一种处理语言的新的方法。

所以,你必须过新的方法这一关。

回顾新诗的历史,现代汉语既是一种新的诗歌语言,也是一种诗歌的新方法。如此简单的事实,我们却还得花几十年来说明它的意义。

我们很少会对技巧使用软弱一词,比如,在诗歌中我们几乎不说,这技巧很软弱。

但是,这不意味着在另外一些场合里我们不会说,这技巧很强悍。

从强大的技巧到强悍的技巧,意味着在诗歌写作中我们确实需要对技巧的强度保持最足够的敏感。

技巧的强度不会随着情感的强度而变化。

作为诗人,你得经得起这样的挑战,没有那种思想,你就不会写出那种感觉。

这是一种奇妙的霸气。它只作用于诗人的自我。

60秒的思想家,也许比康德对诗的贡献还大。

但是,这种事,你最好别想歪了。因为很多人都会想歪的。

没有境界,就不会有那种感觉。这是诗歌之爱中美妙的时刻。

先有感觉,才会有思想,这种常识并不妨碍在诗歌写作中存在着另一种可能更珍贵的机遇:先有那种思想,才会萌生那种感觉。

在我们写作的过程中,先验之花一路盛开。

你可以说,诗像一株植物,或者,诗像飞过草丛的蝴蝶。但是,说到最根本的方式,诗像太阳一样每天都在工作。

一场有目的的风暴,让疯狂变得明智。

另一场目标暧昧的风暴,让明智变得疯狂。

在有的诗人那里,疯狂只是一种阶段。而在有的诗人那里,疯狂是一种状态。

在诗歌中,没有明智,只有伟大的明智。

要么避开明智,要么直取伟大的明智。

形式,作为一种批判的力量。

形式,作为一种最根本的批判。

形式的自主性远远超过了人们对形式与内容的关系的想象。

用形式保存下来的东西,甚至比用时间保存下来的东西,还要持久。

为什么?

越是神秘的东西,越是可以被我们用一种特殊的方式加以理解。这是诗带给人生的启示。

形式不是衣服。但在有些情境里,你找不到其他的例子,于是,形式就是那临时充当了例子的衣服。比如,从诗歌能力上看,一个诗人应该不断创新他的形式。这有点像每隔一段时间,我们就需要换一套新衣服一样。

形式不止是一种表面的东西。

人们喜欢从内容和形式的关系来理解形式,以为内容是内在的,形式是表面的。从功利的认识论的角度看,这大致说得过去。但假如以为这是一种最终的认知,那就大谬不然了。

从审美感知的角度看,内容很可能是比形式更表面的东西。

换句话说,形式既是一种表面,同时它也是一种内部。

形式在深度上远远超过了内容。最深的内容,也不曾抵达过形式曾触及的深度。

只要形式是新的,它就会包含一种内容。

在批评上,人们喜欢说,只有形式,没有内容。说的倒是很尖刻。但仔细一想,这不过是傻瓜在对自己说傻话。严格地讲,从来就没有过一种没有内容的形式。相反,在我们的阅读史上,倒是有很多这样的例子:只有内容,却没有形式。

形式,作为一种批判的力量。

人们习惯于从内容中寻找一种批判性,这确乎是一种顽固的习性。但假如以为只有内容能带来批判性,那就显得狭隘了。其实,形式才是一种根本性的批判的力量。

对于像诗这样的文类,诗的形式中蕴含的批判性远远比内容里包含的批判性要深刻得多,也持久得多。

新颖的形式,其本身足以构成一种批判。

20 世纪 80 年代,有人曾费劲地想我们意识到我们的诗歌需要突围。但是,需要突围的诗,最终不过表明它们只是诗的一次诡异的夜袭行为。

诗从来没有被围在某个地方。

神秘的慷慨,这确是我们能在诗中感觉到的东西。它不是秘密,它只是一个关于秘密的秘密。

我不敢奢望我能写出这种神秘的慷慨。我只是恰当地保持着这种希望。

将诗的希望维持在一种自尊的明亮之中。

诗歌宝贝曾经控告我试图消解历史。其实,我不过是想在任何可能的场合里明确一个基本的立场:诗的任务是比历史更有吸引力。王尔德也说过类似的话。

通过写作抵达的自由，似乎很容易被想象，但它却是所有自由中最美的。

不是通过写作获得自由，而是通过写作抵达自由。

诗的自由是一种可抵达的自由。它不是一种可获得的自由。

讲得低调点吧。我对通过写作获得自由没有丝毫的兴趣，但对通过写作抵达自由满怀着神秘的热情。

狂热的诗，通常惹人厌烦。这是一种我们绝少会公开表露的厌烦。

但是伟大的狂热，却是引领诗向更深处的力量。

诗里有伟大的狂热，这是诗歌文化是否深邃的一个标记。

诗的戏剧性是诗歌之谜的敲边鼓。

走向戏剧性，意味着诗在我们中间做出了某种选择。

太阳作为一种诗的反应。

不是微妙的变化，而是微妙的根本变化。

诗决定神可以决定诗的部分含义。

神服从诗。或者说,神意放任诗意。

不是诗服从神秘,而是神秘服从诗。这似乎是对诗与神秘的关系的一个新的解释。

神秘的是,诗的神秘并不是完全无法理解的。

作为诗人,我们有自己的命运。但是,诗却没有命运。
诗不是由命运来决定的。
诗无法交由命运。这确乎是好的诗歌容易被湮没的一个原因。

与其说一首诗是另一首诗的延续,不如说一首诗是由另一首诗激发出来的。
或者也可以这么表述,对有些诗人来说,一首诗延续着另一首诗。
而对另一些诗人来说,一首诗只可能激发出另一首诗。
是否被激发? 这是我们在读诗时很难察觉到的一个标准。尽管很难察觉,但它却被经常使用着。

在诗歌中,自由是矛盾的。

诗的自由是它意识到没有一首诗是自由的。

我们在语言上拥有的自由,不过是对不自由的一种深刻的省悟。

用自由作为一个例子去讨论诗的形式,是一种几乎不会让我们感到羞耻的冲动。

在当代文化面前,我们感到了当代诗歌的无能。

在当代诗歌面前,我们感到了整个现代文化的无能。

我们的当代诗歌没能在当代文化中找到自己的位置,这似乎不难理解。难以理解的是,我们的当代诗歌居然不能在当代文化中开辟自己的领域。

我们的当代诗歌很勤奋,但我们的诗歌文化太懒散了。

对于这个世界,假如存在着道德的判断,那么也就存在着诗的判断。

有的诗,自觉地走向诗的判断。

有的诗,写得非常出色,却几乎无涉诗的判断。

对诗的判断缺乏敏感的写作,不会赢得真正的尊敬。

公开的赞美已不适合诗。

诗必须强大于隐秘的赞美。

对赞美的感受是一种绝对的感受。不懂得赞美的人通常也写不出诗的伟大。

对语言的爱，很像是对自由的爱。这不是诗教给你的，而是诗让你体会到的。

我们的诗歌文化对诗的神秘缺少必要的幽默感。这种欠缺，既是一种文化品性上的匮乏，也是一种微妙的可耻。

最聪明的办法，是诗要避免的诱惑。

也不妨说，最聪明的办法不适合诗。诗的方式看上去是多少有点笨拙，特别是从文化政治的角度看，因为诗着眼于更为深邃的人类学的目标。

有些诗人迷恋尖锐的诗歌方式，是因为他们以为用这种尖锐的方式能解决我们的问题。

这是一种聪明的诗歌幻觉。它的好处很多，而它的缺陷却非常隐秘。

我们还不曾意识到的事情，诗却能意识到它。而且，最奇妙的是,不仅意识到它的存在,还意识到它对我们的情感所起的作用。

从诗歌写作的角度看,有些事情,你不去使用语言,你就永远不可能有意到它们的机会。这也许不是写作本身的损失,而是生命本身的一种损失。

绝对的幻想,有时这是诗靠近我们的现实的一种特别的方式。

它的意思是,我们对现实的理解,如果离开了绝对的幻想,是难以实现的。

我们拥有的诗的定义已足够多了。但我们为它们制作的合身的衣服少得可怜。以至于我时常感到,我们在谈论这些诗的定义时,它们就像在旅馆的大堂里没穿衣服的淑女。

一个最大的错觉就是,我们常常会良好地感到诗是不需要定义的。

其实,我们更应该搞清楚的是,在什么样的场合里,诗不需要定义。

此外,这一问题还可以这样理解,有些诗人可以宣称他们不需要诗的定义,但这不意味着诗本身不需要定义。

有时,我们能做的只是,我们不必太依赖诗的定义。

对诗歌技巧的认知,其实在很大程度上与我们对不同的诗歌的主题的分类有关。写隐秘的诗歌主题所涉及的技巧,和传达公共经验的诗歌主题所需要的技巧,严格地说,几乎没有什么太大的关系。

从风格学上讲,在诗歌中,技巧上的完美只能是狭窄的。但这恰恰不是说,我们反对完美。而是说,完美在诗歌写作中是一种技巧上的意外。完美只是一种涉及具体的作品的现象,而不可能是一种范例。

假如谁想在诗歌中追求完美,那么他也许该去仔细想想时间对完美的态度。时间从不追求完美。

小诗人和大诗人的区别之一就是,小诗人从不知道诗的敏感性为何物,而大诗人的任务之一,就是不断保持诗的敏感性。

在不同的诗歌文化中,诗的敏感性有着不同的含义。诗的敏感性,一方面涉及诗人对他所处的时代的语言特征是否有敏锐的捕捉能力,另一方面涉及诗人对他所处的时代的文化经验是否有敏锐的洞察力。

在有的诗歌语境里,诗的敏感性在诗歌写作中所占的比重并不重要。但在像当代汉语诗歌这样的诗歌语境里,诗的敏感性在我们的写作中所占的比重却很重要。

在新诗历史上,在诗歌技巧的问题上,人们说了太多的有道理的蠢话。这是一种有趣同时也令人感到悲哀的现象：虽然说的是蠢话，却似乎有某种道理。就此而言，这种现象在可见的未来也不会完全绝迹。关于技巧，人们还将兴致勃勃地说出更多的有道理的蠢话。这或许同一种愚蠢的快感有关。

我曾在多种场合被目为当代诗歌中一味追求技巧的代表人物。而反对者所持的见解是，在诗歌中，技巧是次要的，是第二位的。假如技巧没有和主题有效地结合在一起的话，那么这种技巧就沦于一种炫技，滑入形式至上主义的泥淖。

其实，我的立场很简单，既然我们赞同诗歌是一种语言的艺术，那么，追求技巧，讲究技巧，就是一门基本功，同时它也意味着一种诗人的责任。另一方面，我更鲜明的立场是，在诗歌写作中，作为诗人，我们不仅要不懈地讲究技巧，但重要的是，让技巧成为悬在诗歌写作中的达摩克利斯之剑。

换句话说，对于诗歌写作，技巧的作用之所以关键，就在于技巧是一把双刃剑。技巧可以让诗歌写作中保持一种高度的警醒。

为什么我只愿意说讲究技巧，而刻意回避说完善技巧？天知道。

在诗歌写作中，技巧是一种急迫感。一种内在的高度警觉。这也许不是关于诗歌技巧的定义。但是，从定义的角度这么看待它,对我们理解诗歌技巧究竟为何物也许会有帮助。

在当代诗歌场域里,我们常常说,作为诗人,我们在追求诗歌的独立性。但这些申明往往流于空洞的表述,甚至更糟糕,流于一种人云亦云的口头复述。

从原则的角度讲,人们或许知道什么是诗歌的独立性。

但从历史的角度讲,对如何追求诗歌的独立性,通过什么方式追求诗歌的独立性,人们或许缺乏足够的认知。

从实践的角度讲,对这种诗歌的独立性有可能基于怎样的文化类型而建立起来这样的问题,人们也缺乏耐心的想象。

诗曾这样想象过你的故事,它看上去像一个关于寻找的故事,但回想起来,它更像是一个关于等待的故事。

我们见过太多这样的例子:这个诗人和他的诗歌天赋协调得很好,他非常清楚他的天赋在哪里。他的天赋适合什么样类型的诗歌。

但是,也许最重要的是,一个优异的诗人必须学会经常和他的诗歌天赋发生冲突。

在诗歌写作中,一个诗人需要学会解决他和天赋之间的矛盾,而不是一味顺应天赋的暗示。

我们常常能真实地感到悲哀。但幸运的是,最真实的,不是悲哀。这或许是诗尝试讲述的一个故事。

反抗时间的欺骗和腐蚀,这是诗的一个主题。

凡被时间埋葬的事,都应该被重新揭示在诗歌中。

我们很容易轻信这样的诱导:时间可以埋葬我们经历过的一切。但是,这种结局在诗中很难得到信任。

假如你真正看待过新鲜的食物,那么你就会懂得新鲜的感受在诗歌中所起的神秘作用。

新鲜的风格比新鲜的主题更容易磨损。但正是这种磨损让我们领略了新鲜的审美意义。

在诗的所有发明中,轮回是最意外的一种发明。

诗是暗示。没错。但这暗示是关于什么的呢?它在向我们暗示一种它对诗的本质的自我揭示吗?我们确实常常这么以为。但或许,更微妙的是,它在向我们暗示我们对生命自身的神秘性的忽略是多么地不可原谅。

诗是暗示,与其说这是诗显示给我们的东西,不如说我们喜欢这样看待诗。

只有经历丰富的人,才会懂得暗示的作用。

微妙的暗示,已经很稀少了。美妙的暗示,更是罕见。

强有力的暗示,是自我教育的伟大的诗篇。

沉醉的诗几乎很少是由沉醉的诗人写出的。
沉醉的诗人是一个罕见的美学物种。
沉溺的诗人经常披着沉醉的诗人的外衣。

识破乖戾的诗试图如何精明是容易的,但困难的是,揭露和批评这种诗的乖戾却是十分复杂的工作。

奥登和阿赫玛托娃的惊人的一致。奥登说,艺术是从羞耻中诞生的。阿赫玛托娃说,诗是从垃圾里诞生的。
我们容易听懂奥登所讲的话的意思。但很少有人明白阿赫玛托娃究竟在说什么。

平实的语言,平静的语言,平凡的语言,是诗人的三道关口。
你就这么想吧。这件事能用平凡的语言讲得这么真切,简直是一个奇迹。

平凡的语言必须看起来确实是平凡的。

从风格的角度看,平凡的语言也需要避免去卖弄平凡。

诗在写作中遇到的问题,远比诗在文学中遇到的问题多得多。但现有的新诗史几乎只对后者感兴趣,对前者几乎完全没有觉察。

诗对境界的敏感,引申出批评对品味的敏感。

聪明的诗歌,这几乎是不可想象的。但是,有太多的人喜欢写聪明的诗歌。

聪明的诗歌批评,这倒是可以想象的。

最神秘的友谊的一个例子:孤独即兄弟。

我很孤独。这句话的最不可思议的回声是,我们是兄弟。

微妙的神圣,是诗的一副面孔。而神圣的微妙,是诗的另一副面孔。

有趣的是,很多诗人对此毫无反应。

对神圣的迟钝,是一种聪明的反应。

惟有神圣的事物还能触动诗人的神经。这句话,在什么情形下,才能被借用成惟有神圣事物才能触动我的神经。

我对真实的感觉远不如我对神圣的感觉更令我警觉和清醒。

每一首诗都是由三个人同时附体在我们身上写成的。

假如有人对附体感到不舒服，也可以换种说法，即我们在写一首诗时，自觉或不自觉地至少使用了三种不同的诗人身份。

诗歌和烹饪的关联远远超出了人们的想象。

诗面临的最苛刻的批评是，这是有味道的诗，那是没味道的诗。

对味道的追求，将诗、烹饪和女人交织在命运之中。

半公开地，诗追求着伟大的无知。

伟大的无知教会给我们的东西甚至比智慧带给我们的启示还要深刻。

对诗来说，伟大的无知既是一种谦卑的立场，也是一种骄傲的立场。

确实可以这么理解，在诗歌中，无知是作为一种美学立场出现的。但它包含的意味却不仅仅限于美学。

作为一种视野的无知。

诗的真理的弦外之音听上去很像是我只知道我什么也不知道。

真正的感恩始于伟大的无知。

确实存在着一种天真，它梦想着伟大的无知能帮助我们完成最后的自我教育。

波兰诗人扎加耶夫斯基曾为伟大的无知捕捉到一种新的节奏：

> 我不懂得世界而我甚至
>
> 高兴它如不息的
>
> 海洋超过了我的理解能力

除了深入生活，你还需要浅出生活。

我们的诗歌史喜欢呼吁深入生活。其实，最根本的问题是，我们是否还能把握到机会用想象力严格地观察生活。

生活不过是诗使用过的一个身体。

这么说，确实有点傲慢。所以，克服对傲慢的偏见是诗人要过的一关。

对诗而言，孤独是最有必要的傲慢。

思想宝贝的雌黄，真像是一幕有趣的戏。它们的泄愤越是接近所谓的当代诗歌的真相，它们也就越接近我们的思想文化中的无耻。

一个连起码的自尊感都没有的思想宝贝,却妄图让我们惊觉他是在谈论当代诗的自尊。

因为要克服历史带给我们的羞耻感,我们的诗歌文化变得越来越不知道什么叫羞耻。

对历史的羞耻不敏感的人,弄不了新诗史。

诗是一种劳动。换句话说,你必须让诗出点汗。

给现实一个希望,这是有些诗人做过的事。
给希望一个现实,这是有些诗人已经在做的事情。
给希望另一个现实,这是有的诗正在做的事情。

与其探究诗人的时间观,不如去问问他早晨几点起床。

他起得很早。这没什么。即使他碰巧是一个诗人,也没什么。
他起得比太阳还早。这已经有点意思。
他起得比星星还早。这事就有意思了。

有的诗人只生活在一种时间里,所以,他只能成就一种风格。

有的诗人好像有分身术,他可以让自己生活在不同的时间里。所以,他有可能成就多种风格。

时间和风格的关系之所以有趣,在于我们似乎愿意相信,通过改变我们的时间,我们能拥有并掌握风格的奥秘。

对风格的极度推崇,是因为我们知道,离开了对风格的领悟,我们不可能领略到诗的意义。

风格的最高境界之一,风格让自己看上去只是一些迷人的迹象。

小弯道技术诗歌会拐弯。尤其是小坡的时候。

看出来了吗。技术,在这里是动词。

技术,在诗歌中,经常是一个动词。

这关乎风格的速度,语言的力度。

我们把诗的自行车骑上山之后,发生了很多事情。

我用迪金森作一排诗歌的篱笆,安放在东边。在西边,我用苏东坡做一排诗歌的篱笆。

在南边,诗歌的篱笆是由史蒂文斯做成的。在北边,我用拉金做了一排诗歌的篱笆。

门呢? 诗之门在哪儿。

没门。

愿意的话，你可以从前后左右的任何一点，穿越诗歌的篱笆，走进院子。

我不想通过任何一扇门，走进诗。

我们的诗必须学会克服致命的怀疑。必须为我们的怀疑找到一种诗的自尊。

从诗的角度看，对人生的怀疑从来就没有恰当过。
越是高深的怀疑，越接近小情调。

我们通过挽歌返回生活的可能性是巨大的。
我们通过挽歌找到另一个自我，这是诗送给我们的一种礼物。

悲剧和悲观稍有不同。悲观，及其阴郁，说白了，就是操蛋。

诗展开翅膀在空中久久地盘旋，就像一只灰棕的鹰隼在谷地上空盘旋。
这是一种针对着题材的盘旋。
对诗来说，确实存在着好的题材。它既是可遇的，也是可求的。但大多数时候，我们都害怕灵感转瞬即逝，所以会迅速地扑向题材。眉毛胡子一把抓。或是像传统的题材观训导的那样，我们要将题材放进身体，反复酝酿，以便成竹在胸。这两种对待题材的方式，都没错。只是，第一种，有可能玉石俱下。第二种，倒是酝酿了，但最终可能在审美上缺少一种行动的力量。

捕捉诗的题材和捕捉短篇小说的题材，也许存在着一个神秘的区别。

题材是有动物性的。所以，需要捕捉。

有时，我们的题材只是安静的植物。但关于植物的题材也是有动物性的。

这么说吧。所谓诗的神秘，一方面是讲，诗在我们和世界之间建立起的联系，是非常丰富的，同时也是非常微妙的。另一方面是讲，我们的耐心在审美上也是非常神秘的。但我们很少会意识到我们所可能拥有的耐心也是很神秘的。大多数情形中，我们在诗歌上还缺少足够的耐心。

人的神秘还远远没有达到诗的神秘。

但这种差距也有神秘的一面。它并不是指我们在能力方面的缺陷，而是指我们在体验和自尊方面的缺陷。

我们的诗曾给予历史足够的尊敬。新诗史上，对历史的过度的信任，一方面让新诗渐渐丧失了诗的自主性，另一方面也让历史变得盲目与骄横，以至于发展到当代，诗变成了历史的一个道具。

    诗对历史的过度的依赖，其实也是对历史的力量的一种削弱。

    诗不在历史中。诗与历史是一种有时交错有时平行的关系。

    有些神力喜欢向我们夸耀它们抹平深渊的能力。而诗曾做到的，只是从我们身边把深渊向旁边移开了十米左右。

    孤独的眼泪可以让诗的智慧不被风干在生存的艰辛中。

    诗没有谜底，就像人生没有谜底一样。这才是谜底留给我的礼物。

    人们喜欢在诗中寻找谜底。而谜底的意思却是，现在该轮到你了。

    唯一的真实不适合诗。
    唯一的真实意味着对真实的取消。

    太阳底下没有新鲜事。但是，如果碰巧不在太阳底下呢？
    对诗而言，即使面对就旧事物，也存在着新的想象的可能性。

站得太高，会觉得太阳底下没有新鲜事物。但是，诗，从不想站得这么高。

诗喜欢近距离地看事物。

诗，好奇地看待事物。而不是在意于以多高的眼光看待事物。

准确地把握到一种想象的可能，是诗对其所使用的语言的一种自我诊断。

这种事，做起来不太难。但是需要运气和持续的敏锐。

敏锐是对敏感的一种矫正。近似于风格对措辞的纠正。

对有些诗的题材，我们希求的是敏感的语言。而对另一些题材，我们诉求的是敏锐的语言。

让敏感的语言变成敏锐的语言，在风格的层面，几乎很难做到。但是，我们确实可以做到让敏感的语言变得稍稍敏锐些。

孤独的秘密在于它有一个不孤独的命运。

伟大的孤独中会有伟大的友谊。假如这不是诗人的命运，那么它肯定是诗的命运。

越是优异的诗越是会让我们感到孤独的力量。

孤独的时间中有时间的不孤独。

西蒙娜·薇伊曾说,死亡是赐给我们的最珍贵的礼物。她说得犀利而正确,但还不够绝对。

绝对地讲,孤独是比死亡更珍贵的礼物。

人们经常拿诗歌举例子。比如,思想就喜欢拿诗歌举例子。严格地说来,这并不恰当。只有孤独才配得上拿诗歌举例子。

诗从未不是任何他物的例子。但是,诗愿意成为孤独的例子。

在诗的孤独中,我们能感到生命的丰盈和盛大。

不。不是写出人的孤独。而是要写出诗的孤独。

在一个诗人成长的过程中,孤独给他的上的那一课是最关键。

不妨这样说,孤独是诗的导师。

诗的意思是,你可以不相信永生。但你没必要假装可以绕开永生。

比永生显得更聪明,这不过是某些诗人的特长项目。

希望诗学以黎明为操场。

诗的希望不针对人生的绝望,它不是对人的绝望的一种治疗。

明智的希望。这确乎是人们希望诗能给他们带去的一种东西。但是,诗并不想诱导我们去追寻明智的希望。诗甚至不想我们开朗于希望有可能是明智的。诗只是在暗示,我们可以明智地看待诗的希望。

诗的希望是一种神秘的布局。这种布局既针对诗与我们的关系,也包容着我们与存在的关系。

我们的诗歌批评应该经常去逛逛水果店。

我们的诗歌批评依然迟钝于诗的类型。几乎任何聪明都不能根治这种迟钝。

经常能看到这样的诗歌批评:它拿起柑橘,吃了几口。你问它,好吃吗？它的回答是,这柑橘怎么没有苹果的味道。

从未去早市上买过菜和水果的诗歌批评家,几乎没有不是蠢驴。本来,驴肉是天赐的美味,再配上诸如火烧之类的风味面食,更是令人难忘。但在驴肉没有端上桌之前,确实存在着一种令神秘的愤怒感到愚蠢的东西。

写明智的诗确乎没有必要。但,明智地看待诗歌却是很有必要的。

我们的文化批评里不乏犀利地看待诗歌的例子,但极其缺乏明智地看待诗歌。

在诗歌中,假装深刻是很容易的。假装不深刻却是很难的。

深刻的诗其实并不想知道我们是如何看待深刻的,它只是存在于深刻的诗与我们之间的一种联系。

深刻于很简单。这是一种诗的诱惑。另一方面,它也是诗对致命的诱惑的一种回击。

偶然的积累,撩开了诗的神秘的裙子。

为什么不直接说偶然的积累可以对诗起到神秘的作用呢。

让那偶然的积累进入即兴发挥,这一状态确乎是诗歌写作中的兴奋点。

诗也喜欢这样的想法,与其勤奋,不如兴奋。

你也许从未想过要让语言兴奋起来。但是,从今天起,你必须学会在写作中让语言兴奋起来。

风格的兴奋。那是更高的台阶。

最近流行的自我怀疑是:诗歌和网络有什么关系?

网络是诗歌的郊区。

抱歉。我不可能说,网络是诗歌的农村。或网络是诗歌的城市。

各种诗歌流派中,最耀眼的将会是这两个流派:天才派,中国派。

但有趣的是,这两个诗歌流派都不想从对方身上认出他们自己。

而在当代诗歌史中,最孤独的诗歌流派必然是,天才派 + 中国派。

何谓诗歌先锋?

诗歌的先锋就是它曾当面对历史说:抱歉,有些事不是历史能做主的。

先锋,是诗的现实感的一种。

几乎所有的文化观念都受益于诗的先锋性。但作为一种实践,诗的先锋确实名声不佳,原因就在于几乎所有的诗歌文化史都偏爱诗的得体。但诗的先锋只偏爱极端的领悟。

诗,形式梦见形式梦到了它自己。

语言的逻辑和想象的逻辑,并没有睡在两张床上。

它们都想向对方表明,只有自己最爱诗的逻辑。

诗的逻辑经常光顾经验的逻辑开设的酒吧。

而很少去逛酒吧的人,很容易以场所取人,他们常常把经验的逻辑误认为诗的逻辑。

更糟糕的是,他们有时还会反省经验的逻辑,并把反思的结果看成是对诗的逻辑的一种领会。

在一间诗歌的屋子里,西尔维亚·普拉斯和埃米莉·迪金森像新娘和伴娘一样交谈着。这种热烈的交谈的基础在于她们亲密如她们是一个人。

我并不比其他的诗人更爱做梦。但我的确梦想着能在西尔维亚·普拉斯身上看到埃米莉·迪金森的影子。

我看到过吗?上帝知道。

思想的火花四射,这是诗在书中,比思想在书中更经常做到的事情。

最重要的,也常常被人们忽略的,很可能不是诗对一种事物的理解有多么深透,而是它同时表明了对多种事物的理解。

不可能共存的多种事物共存于诗的政治之中。没错。这的确是一种想象力的政治。

读埃米莉·迪金森那样的女诗人,我们或许能聪敏地意识到我们能用我们的羞愧做什么。

诗歌史喜欢告诫我们说,不要把埃米莉·迪金森仅仅看成是一个女诗人。似乎那样会小看她。但是,作为女诗人的迪金森,其实远远比作为诗人的迪金森要伟大多。

不在于诗歌有没有公开的标准,而在于诗歌有没有秘密的标准。
这秘密的标准,存在于诗人和诗人之间的死亡的关系中。

一个诗人去世,诗歌的秘密标准就会浮出水面。
海子之死,张枣之死。诗人之死是诗歌的秘密标准的浮标。

在当代诗歌史的某些时刻里,人们常常会对诗歌的标准感到困惑。人们经常抱怨我们的诗歌越来越缺少可公度的标准。
其实,在诗歌中,好的标准从来就没有缺席过。
人们在当代语境中感到的诗歌标准的缺失,并非由于好诗的缺少,或我们的诗人没有多少好诗,而是由于我们的文化语境变得越来越臣服于市场的野蛮。

在我们的诗歌语境里,思想宝贝伙同诗歌宝贝一起,特别爱咬住形式主义不放。那劲头就好像终于有一个诗歌的狐狸尾巴被逮住了。

其实,我们对形式的关注,并非像人们指摘的,是没有意识到形式也会有局限,会滑向教条和刻板。而是我们坚持诗歌写作的现代性包含着一个重大的人生的原则,即语言的形式关乎生活的形式。

对语言的形式改变即意味着我们对生活的形式的改变。

形式观即世界观。形式观始源于人生观。

新生,这是诗的语言讲给人生的故事。而不是相反。

有的诗人备受语言的折磨。

而有的诗人却在用没有被折磨过的语言写出了最有分寸感的诗。

诗,对人生的分寸的一种隐秘的感受。

在个人的敬畏和文化的敬畏之间,存在着诗人对生命限度的一种认识。

是否理解诗的敬畏,只是文学史对诗人的一个额外的要求。

假如把有没有诗的敬畏作为一个标准来使用,那就不恰当了。

诗和人生有什么关系呢?

仅仅回答有,或没有。都是一种过于深奥。

我设想的是两者之间的一种特殊的友谊:诗的可能即生活的可能。

我们在诗的可能中认出了生活的可能。

有时,人们错把用诗来辩论当成是在和诗辩论。

诗是对历史的一种布局。

有时,诗确实很像一张渔网。

但你不能满足于诗很像一张网。你还得做点什么。你需要来到水中,把它用力撒出去。

在诗歌中,有一条道路叫我思故我在。

在诗歌中,有一种境界叫我诗故我在。

在诗歌中,有一种欢悦叫我湿故我在。

在诗歌中,幽默可以异常深邃。

我不仅仅是强调,诗依赖心灵的乐趣。

不是精神和物质的关系变得陈旧了。而是说由于时代的变迁,我们再也不能像笛卡尔那样清晰而有趣地感到精神和物质之间的那些界限。

诗,记得所有那些被历史之手触摸过的界限。

你读笛卡尔,能感到这家伙很聪明,但几乎什么也没说对。不过,从诗的角度看,时间在笛卡尔那里没有被浪费过一秒钟。

我对有些诗人的感受也是如此。比如在惠特曼的诗中,时间就没有被浪费过。

但在海子的诗里,我常常觉得时间被过度挥霍了。

玩狷狂的诗人几乎从未听说过康德对独断主义的犀利的诊断。

狷狂离精明的利益比它离犀利的洞察要近得多。狷狂的人最喜欢利用诗的极端。

在某些诗人那里,诗的狷狂其实是裸阳癖的一种自恋的表演。

诗是有前提的。

诗的前提是诗的前蹄。假如我们在谈论诗歌时忘了诗是有前提的,诗就会用它的前蹄踢我们的屁股。这种暴力是非常恰当的。

在诗歌中,存在着一种极其准确的暴力。

只有绝望的抵抗才能有可能触动诗的信任。

不是对幻灭的可能的觉察,而是对幻灭的不可能的觉悟,构成了诗的一个起点。

我们不乏聪明的诗人。但我们确实缺乏聪敏的诗人。

这个问题的逆向表述是,我们不缺乏聪明的大诗人。但我们确实缺乏有境界的大诗人。

垂直的灵感。它就像诗的一个悬念。

诗。给疯狂一个伟大的形式。

在流行的看法里,形式即内容。但在我这里,形式即新生。

在柏拉图的著作中,有一间布局和氛围都很适合谈论诗歌的客厅。

柏拉图最大的愿望是想知道怎样才能反柏拉图。

天堂仅次于迷途。

这是诗的最伟大的发现之一。

迷途的人,是我们走向并成为可能的人的一个机遇。

这是诗的一种纯粹的感觉。

诗的魅力的最极端的例子。我把我看傻了。

从诗的角度看,迷雾常常是必要的。

换句话说,为了迎接那最深的领悟,迷雾常常是一种必要的布局。

诗的自由在于诗是一种帝国。

打倒诗歌帝国主义。我准备了这口号。但历史不准备让这口号流行。这是一种奇怪的自知之明。

理想的组织长久以来一直想从诗歌那里借到距离的组织。

一个例子。通过距离的组织,卞之琳深刻地觉察到了一种诗的诱惑。

诗本源于世界是多元的。

也不妨说,诗既是多元的,也是多源的。

其实,你完全可以放下架子问,同心圆有多圆?

有能量的诗和几乎没有能量的诗,这确实是我们有时会用到的一种区分。它是我们区分诗人是否有觉悟的一个方法。不是总那么有效，但总比没有好。

在孔子的"思无邪"和苏格拉底的"无知"之间，存在着一种诗的真理。另一方面，尼采对人类本性做出的超善恶的判断，可以被视为孔子的"思无邪"的一种异名。尼采曾断言，人类在本质上是天真无邪的，不涉善和恶。

诗存在于最伟大的无知中。
换句话说，诗人乐于担当最大的无知者。

我们的福音书的别名叫思无邪。

无眠的夜晚是我们熟悉的。无眠的美妙呢？
诗曾抵达无眠的美妙。现在，诗想从你身上唤醒无眠的美妙。

不眠的诗歌激情试图驯服无眠的思想火花。

诗是对思想的一次布局。但是，思想看上去更像是思想对自身的一场布局。

不眠的诗歌之井。挖金子的人挖到了他自己。

这是诗的一个秘密。

从未不眠过的人还远远没有抵达今夜星光灿烂。

对自我的忠诚,是现代诗的最大的标志。

或者说,不仅仅是对自我的认同,而是对自我的忠诚,支撑了诗的现代性。

这么说是基于一种现实感。即考虑到各种文化势力对诗的自我的任意肢解,对自我这一概念的貌似深刻的质疑和排斥。

向惠特曼致敬。仅仅因为他明确地申明:诗是自我之歌。

很多好诗都是我们在极其偶然的情形下读到的。这说明了一个有趣的问题,即诗从未止步于世界是偶然的。

我们也许会错过一些迷人的好诗。但我们几乎不会错过诗。

但最大的愿望却有可能是,我们宁愿错过诗,也不愿错过一些真正的好诗。

诗,就是在不可能的事物上打凿的一个小孔。

一个小孔间隔着一个小孔。它们的作用依赖于我们的即兴发挥。可以是透气孔,也是窥视孔。

我确实写过一首名为透气孔协会的诗。

无知者无畏,你以为王朔只是随便讲着玩的吗?
另一种可能是,只有真正懂得敬畏的人,才能怀着最大的敬畏,讲出无知者无畏。

王朔的聪明,只是一种他想在比他更聪明的更世故的我们的文化史面前,表现得不那么笨而已。
吊诡的是,王朔的聪明是一种诗的聪明。

迷人的方式。他们在它的周围竖起了一道铁丝网,意在阻断这种方式和诗歌的方式之间的亲密接触。但是,正是这道樊篱激怒了诗歌。让诗歌变成了一头迷人的野牛。
这是最近发生的故事的一个遥远的讲法。

不是摆脱概念,而是在概念和概念的绳索中荡来荡去。这是诗寄给思想的一封还没来得及拆开的信。

一种持续的超越情感的吸引力,把我们带进了诗的陌生之中。

强有力的形式是对诗的形式主义的一种克服。

在诗歌中,形式的力度优于语言的力度。它甚至优于风格的力度。

简洁,但最好是有分寸的简洁。

流行的诗歌观念史往往只是一味呼吁简洁。但并不知道简洁也是讲究适度的。

就好像圆领短衫固然穿起来舒服,但有时也要穿一下礼服。

一味地简洁不亚于饮鸩止渴。相反,一味的复杂倒不一定意味着饮鸩止渴。

过于复杂有可能只是复杂对我们的一种麻木。而不是人们通常设想的那样,是复杂对复杂自身的麻木。

如何复杂是要看人的。这是诗歌阅读中比较暧昧的地方。

在新诗史上,在当代诗歌史上,都不乏这种可笑的例子:有些人经常替传统想象我们是如何反对传统的。这种僭越就像一种很深的吗啡依赖症。

我们的传统,其实比我们想象得要开明得多。问题在于它的开明不够开放。

假如传统是无罪的,那么反叛传统也是无罪的。有罪的是假如我们什么都没做。这是有人留给我们的新诗史的一份遗言。

有些诗人认为他们是在为理想的读者写作。他们等待着理想的读者出现。

毕竟，我们确曾有过那样的历史机遇。理想的读者的别名不叫戈多。

另有些诗人，他们为可能的读者写作。他们也许模糊地意识到，理想的读者只是可能的读者的一部分。

可能的读者创造了更具有启发性的阅读。

与其说读者也参与创造了诗，不如说读者有可能创造了对诗的一种阅读。

无限的诗存在于有限的阅读中。这是诗给予我们的友谊的一个例证。

我们不说，诗的阅读是仁慈的。我们只是说，诗的阅读有可能是仁慈的。

诗与当代文化的对立，是必然的。

我们的诗歌批评却总喜欢梦想着能调和这种对立。当它办不到时，为掩饰自己的无能，就转而谴责诗背离了当代文化。

诗是当代文化的对立面。这既是诗对其立场的一种选择，也是当代文化对诗的一种内在的要求。这里，无论是选择，还是要求,都是彼此主动确认的。我们应该把诗和当代文化的对立看成是一种正常的关系。它存在于历史语境之中。

而且,这种对立,并非只是简单地呈现了一种文化的不协调,相反,它也激活着文化本身的创造性。换句说话,这种对立关系是一种文化的框架。

诗,对我们所思考的东西进行一次根本性的想象。

不是扭转我们所思考的,而是将我们所思考的引入到一种想象中。根本性的想象。并且假如有必要的话,它也是一次伟大的想象。

诗,不幻想它能给权力带去一次恐惧。

这反而意味着诗的一种深远的政治性。即诗不把反抗的意义建立在权力的恐惧之上。

说得再简单点吧。诗不迷信流亡。

有时,诗,只是低调地想让我们看到,什么是没有主见。

有时,不是对已存在的存在,而是对可能存在的存在的巨大的好奇,构成了诗对审美责任的自觉。

这就是说,卞之琳身上曾有过一个不够强大的斯蒂文斯。

卞之琳身上所有的弱点,都是一个大诗人的弱点。而且,由于历史对诗人的机遇的压制,这种弱点被固化了。诗歌史的势利在于,它认为有这些弱点的诗人不可能是一位大诗人。但其实,我们恰恰是通过这些明显的弱点,明确无误地辨认出卞之琳是一位大诗人。

诗,不仅仅意味着我们应该对现实保持警觉。
诗不是一种象征性的警觉。虽然,能做到象征性的警觉已很不容易。

极妙的话,甚至超越了语不惊人死不休。
极妙的话不是存在于诗和诗之间,而是存在于诗和我们之间。
它诉诸于依然有可能在我们身上找到一个敏锐而真诚的倾听者。

想象力的奋斗,这是我们的诗和他们的诗的一个区别。如此而已。

在诗歌写作中,你的身份不仅仅是一位诗人,你确实需要把握说出某种重要的东西的语气。
仅有口吻还不够,还需要语感的分寸。仅有语感的分寸还不够,还需要更适合的语气。

秘密的感染力,这确实是诗想公开得到的一种东西。

新诗和古诗之间的差异是巨大的,但也许不是根本性的。新诗和西方诗之间的差异有可能是根本性的,但却不是巨大的。

我曾说,新诗是关于差异的诗歌。我现在更想说的是,就这些差异尽情发挥作用吧。

我们的诗歌史不必将时间浪费在试图弥合这些差异上。

差异是新诗的机遇。也是当代诗的机遇。

当代诗是新诗中的新诗。有时,我确实感到有必要这样看。

诗,意味着同时存在着许多诗。

假如我们倾向于把目光只投向唯一的诗,那么,我们就会以诗的名义将我们自己变成阴郁而乏味的人。

奇异的魅力,这是有的诗歌从未追求就已经获得的东西。

真的很抱歉。诗不考虑真和假。

这确实是我有时想对我们的诗歌史说的话。

新诗史上,诗歌运动层出不穷,并汇入到一种无所不在的历史势力之中。

于是,人们开始反感诗歌和运动之间的关联。这种反感常常只是停留在一种简单的抵触情绪之中。它并没能深入到对诗歌和运动之间的现代性关联的有益的思考之中。

换一个角度看,诗歌运动其实是新诗的现代性的一个行动方案。

这尤其意味着这样一种视角,新诗不仅存在于诗和个人的发现的关系中,新诗也存在于诗的运动之中。

在摆脱了意识形态的粗暴的介入之中,诗的运动依然是诗对我们的生活发生作用的一种根本的方式。

生命在于运动。诗也在于运动。

运动之于诗,就像政治之于历史。

从诗的角度看,世界不可能仅仅是荒谬的。

这确乎不是一种立场,这只是一种想象在想象的开始。

从历史的漩涡中,重新把美赢回来。

这不是诗的不可能的任务。这是诗的命运。

美矛盾于美是高级的,而不是矛盾于美是罕见的。

这不只是诗和美之间的一个契约。

在拔除了政治的腿毛之后,迷人的运动,依然是诗为它自身确立的一个目标。这个目标也许会很有益,也许会很可怕。

诗,用空间将时间拨慢了。

诗把我们从时间中解放出来,将我们放置在那既美妙又警觉的空间之中。美妙在于生命是能够获得某种意义的,警觉在于自我是可能的。

不在于诗是不是游戏,而在于诗也许从未就是一种激进的游戏。

诗是根除生存的可耻的那一面的一种最基本的方式。

你以为我只是想和你讨论诗是游戏吗?

在诗歌和散文之间有一种迷人而模糊的界限。

不。也许不只一个界限,而是一个完整的地带。

将诗歌和思想联系在一起,甚至将诗歌看成是思想,这种观念并不像人们所想象的那样,是对诗的主体性的一种遮蔽。这种观念与其说是对诗歌有危害,不如说是它对思想更危险。

诗先于思想。

对有些人来说,这是一个有趣的假设。而对有些诗人来说,这只是一个简单的事实。

将直接性做成一个用木框框好的格言,然后把这小木牌钉在书桌旁边的墙上。

左边一点,上边一点,都无所谓。但在写作中,要做的却是避免过于直接。

换句话说,诗的直接性的秘诀在于避免过于直接。

在诗歌中,暗示是非常重要的。它关乎诗的品味。但过多的暗示,却非常耽误事情。这就像人们在谈情说爱时一样,暗示太多了,反而会耽误事情。

在诗歌中,过度的暗示,和过多的暗示一样,都会令诗歌的精力感到十分疲惫。

另一方面,假如有人据此力主取消诗的暗示,那也是混账的想法。

没有诗的暗示,就没有诗的诱惑。

而一旦没有诗的诱惑,诗也就丧失诗和我们之间最深刻的联系。

从诗的角度看从诗的角度看,是可能的,也是富于启示的。

在你提供的线索中,为什么会有那么多的从诗的角度看?

因为有些重要的事情,只存在于从诗的角度看。从别的角度看,看不到。或者,退一步讲,从其他的角度看不到它们的有趣之处。

我们常常会感到各种压力。但我们不会因诗的智慧感到压力。

从诗的角度看，最深的悲哀有可能是最温柔的。

在诗中，不存在有致命的温柔。

两个诗人在温柔地谈论万古愁。其中一个突然说道，我就不信万古愁就没有积极的那一面。

诗，对人生的悲哀的一次感人至深的使用。

与其驾驭语言，不如运用语言；与其运用语言，不如使用语言。

人们常常以为能够驾驭语言的人算是达到了一种语言的境界。假如语言是天马行空，驾驭这个词，还说得过去。或者，假如语言是一匹野马，驾驭这个词也还凑合。但语言只是一种日常的人生状态，抑或在写诗的时候，我们面对的只是日常语言，那么，对于语言的使用，也许看上去不如对语言的驾驭那么花哨，那么酣畅淋漓，但它却意味着我们有可能警惕到一种描绘的准确。

大温柔里的小聪明,这确实是有人写过的一种风格。

灵感以诗为源泉。而不是相反,诗以灵感为源泉。

有灵感的诗恰恰不喜欢标榜灵感。

复杂的灵感,是风格的个人起源的一个线索。

复杂的灵感会羡慕单纯的灵感,但它从来没想过要将自己简化成单纯的灵感。
但这却常常是我们的诗学史所盼望的一个场面。

鲁迅曾想消除劣根性。但他没意识到,要消除劣根性,必须让劣根性有羞愧感。
诗并不针对劣根性,但是诗,有可能让劣根性产生那种羞愧感。

隔着诗歌这条街,奇异的思路离人生的道路越来越近。

在理解新诗和新诗史之间的张力中,存在着一种诗歌的哲学。
没错。没错。没错。没错。确实不是所有的人都需要这种诗歌的哲学。但也不是所有的人都必须拒绝这种诗歌的哲学。

看待诗歌史的角度,需要经常更换。

在新诗对传统实施的反叛中,可能有一个重大的理由,迄今都被我们的文学史所忽略了。新诗的反传统的一个起点是,传统对现在的遗忘。

在鲁迅那代作家的作品中,我们会发现"眼睛"其实是一个非常重要但又被一再忽略的意象。而愤怒的原因在很大程度上基于传统不想看现在,也不知道如何去看现在。而传统的本义应该是帮助我们更敏锐地看现在。

所以,从诗的角度看,忘记现在恰恰是对过去的极大的背叛。

在诗歌中,一种存在的激情帮助我们克服了我们在文化上的自恋。

诗的自恋,是一个可能的自我解放。

但我倾向于我们应尽可能少地去动用这一方式。

对明智的反思,不是不可能,而是那是一种诗的悲剧。

与其将诗歌用于沉默,不如将诗歌用于肯定。

存在着这样一种新的诗歌写作类型。诗歌是为第三者写的。

不是你，也不是我，而是你我。你我是诗歌的第三者。

我们读过为你写的诗，这一写作类型源远流长。我们也读过为我写的诗，这一写作类型还没有走到尽头。到目前为止，我们很少读过为你我写的诗。

很快，我们也将会读到为你中有我写的诗。

从哲学的角度看，对诗的理解，存在于我们对自身的理解之中。

因此可以这么看，人们宣称他们不理解现代诗，其实，这只是说他们不理解他们自身和诗的一种现代的关联。

假如不那么宽宏的话，完全可以极端地讲，人们说他们不理解现代诗，这很可能意味着他们对古典诗歌的理解也是非常有限的。

我们能对诗做什么，也许并不像我们焦虑得那么重要。重要的是，诗已经对我们做了什么。但某种意义上，我们反思的很多，做的却很少。

换句话说，当代诗对我们做的事情已经很多。它解放了诗歌的写作。它将诗的自由与人们的生存感受更紧密地联系在一起。它超越了文学史给定的限度。它激活了我们对语言的使用。

我们这代诗人曾讲出的最明智的话就是：诗到语言为止。

因此毫无疑问，韩东是当代诗歌的一个原点。人们经常对当代诗的起点想入非非。其实，从诗歌史的角度看，找出当代诗的原点，比盲目确定当代诗的起点，更有益处。

从写作的角度看，每个诗人也必须意识到找出他个人的诗歌原点，要比确认他个人的诗歌起点更有助于他的成长。

诗歌即湿哥。这谐音触及的幽默不是偶然的。

换一个角度，诗意即湿意。这谐音带来的幽默也不是偶然的。

但凡神圣的诗性，里面都会有一种湿。

在印度的经典中，有湿婆。在基督教中，有洗礼。

我在阅读伽达默尔的《真理与方法》时，常常会想到《诗经》。

在读《诗经》时，也会跳跃性地想到《真理与方法》。

值得庆幸的，也许是我们对诗的真理一无所知。但我们能清晰地感到，诗的真理是讲方法的。

在杜甫的诗中，你能感到杜甫的天才受到了巨大的压抑。

在苏东坡的诗中，你更感到苏轼的天才得到了巨大的释放。

仅以才能而论，苏东坡显然要高于杜甫。但杜甫的很多诗句,苏东坡是写不出来的。你可能有巨大的才能,但你还需要某种诗的运气。

我经常读苏东坡,但是我几乎从不重读苏东坡。

同样,我经常读惠特曼,但我也从未感到我是在重读惠特曼。

东坡兄,你觉得这件事应该怎么看?

对诗的阅读,不是重读。

严格地讲,诗是无法重读的。越是伟大的诗,越是无法重读。

希腊人讲过,人们不可能两次踏进同一条河流。诗就是这样的河流。

对于诗歌的才能,有时,应该这么看:与其拥有令人羡慕的巨大的才能,不如找到让你适应巨大的才能的一些敏感的方法。

从诗歌写作的角度看,我们必须学会让自己适应诗歌的才能。这比简单地确认我们是否拥有诗歌的才能要有用得多。

不是我们,而是我,没想到的是,孔子其实是一位被埋没的大诗人。

反传统,有时并不是反对传统本身,也不是要诊断传统的好与坏,而是意在纠正我们自身对传统的态度。

这倒是值得新诗批评史考虑的事情。

诗本身就是现场。

不是我们把诗带进了现场。而是作为一种存在,诗的现场能在多大程度上包含我们这些热爱诗歌的人。

人们经常抱怨当代诗远离现场。如果针对某些诗的题材,或某种类型的作品,这种感受也许还有点道理。但从诗学上看,这种抱怨更像是对公共设施的服务质量的一种过分的要求。

人们越来越喜欢看到这样的事情:诗终于被带进了现场。

我们去参加一个诗歌朗诵会,我们得把自己的诗歌作品带到那个地方。据说,如果我们不把要朗诵的诗带到那个场合,那里就不会有诗。这个幻觉很有趣,但它是一种错觉。

如果我们没有把要朗诵的诗带入那个朗诵会,那只表明那个现场没有我们自己的作品,并不表明那个现场必然就不存在着诗。

这个问题还可以这样看,诗是否在那里,并不以我们是否写诗为前提。

人们对诗的现场的渴求,并不意味着诗曾缺少现场。但它确实代表着人们对诗的某种现实氛围的期待。

诗,通常不是一种卓绝的方式。它是可以被用于经验的卓绝。

不是诗人有智慧,而是诗本身有智慧。

换句话说,诗人的聪明应该止于诗的智慧。

在诗歌中,聪明总能模糊地感到智慧。而智慧则能清晰地感到聪明是怎么聪明的。

把诗写得太聪明,是不会让诗的智慧嫉妒的。

这意思是,与其把诗写得太聪明,不如把诗写得有分寸些。

另一个意思是,将诗写得聪明,相对而言是容易的;但将诗写得有分寸,却很罕见。

诗人的主体性借自诗。

但是,要完整地确认出这种诗人的主体性,却常常需要我们跨越到更广阔的文化语境之中。

我们常常借得太多,但很少想到怎样去还。

在诗歌中,转瞬即逝的东西常常是我们自身受到假象诱惑的一种反应。

比如,诗的灵感常常被感觉到是转瞬即逝的。其实,凡是可以称得上是灵感的东西,它就不会转瞬即逝。

诗的运气倒是有可能转瞬即逝的。

从诗的角度看,悲哀是学会的。而欢乐却是天生的。

这或许多少让我们意识到诗的纠正是可能的。

诗不跟历史讨价还价。

新诗史上,凡是新诗总幻想着可以跟历史讨价还价。其结果,既降低了诗的自尊,也轻慢了历史的自尊。

诡怪的是,现在人们想僭越诗的自尊,代替诗跟历史讨价还价。这也许不是思想宝贝们有什么思想障碍,而是他们看到在历史中存在比在诗歌中更多的专属于他们的思想利益。

在新诗的批评史上,思想宝贝们经常干的事,是拿历史当原子弹威胁新诗。

我不想浪费时间来判断伽达默尔说得对不对。我只是觉得他说得比直觉说得还有趣。

伽达默尔在《真理与方法》中说:"艺术的使命不再是自然理想的表现,而是人在自然界和人类历史中的自我表现"。

喂。这哥们说的真是"自我表现"吗?

我想起了某些思想宝贝们在大学学术委员会里私设的一个刑具:你不懂德语,怎么能谈里尔克?

斧子的遗憾是,但是我知道里尔克是一位诗人。他并不被德语所囚禁。

诗人愿意向不同的母语敞开。

斧子的仁慈是,但是,上帝知道,汉语懂不懂里尔克的德语。

斧子的历史观是,思想宝贝似乎懂汉语,但他未必知道苏东坡是不是庄子。

说来说去,诗歌的使命之一,就是,里尔克可以是在汉语里的一种自我表现。

在诗歌中,与其说语言是可以被理解的存在,不如说语言是可以被接受的存在。

最简单的事物最值得一看。

这好像是一种世界观,但其实,这是诗不同于世界观的地方。

诗这样排列看。第一次,看到。第二次,看。第三次,有点看明白了。第四次,看见。第五次,还想看。第六次,看上瘾了。第七次,不看就是错过了。

你瞧,这里,没有给看透留下丝毫的位置。

也可以这样说,诗,就是全都看明白了,但看不透。

这不止是我们对诗如何存在的一种感觉。

在诗歌中,真理可以扩大为体验。

为什么说扩大,而不说转化?

有时,遥远的例子反而会有一种新颖的传递性:不识庐山真面目,只缘身在此山中。

作为一种此在,新诗和汉语共存亡。

海德格尔讲到了点子上。这不是什么危机,或危机意识。这是一种焦虑。

几乎所有关于新诗的危机的论调,都没有看到新诗的伟大的能力。

从诗的观点看,未来是现在的前戏。

这是一种观点,但这种观点却不是对现在是未来的前戏的一种翻转。

你翻转过诗吗? 没有。听上去有点玄。但你去健身房看看,思想常常随着身体在翻转。

诗的真理是一种能力。

人们通常以为诗的真理是一种领悟,一种穿透力极强的认知,针对事物的本性或存在的本质。这种想法大致还过得去。但还远远没有触及诗的真理中那更朴素的一面。

诗的真理表现为一种能力,一种神秘的行动能力。它揭示出我们是如何存在的。

在五四时期,新诗借助了历史的力量,同时也被历史的势利所借助。

　　收获是有的,代价也很大。于是,有人想到在这收获和代价之间应该有一个天平。这种聪明,鲁迅曾讥刺过很多遍,看来效果不大。但,这种想法确实很聪明的,就好像为新诗寻找它的最幸运的星座。新诗的星座:天秤座。

　　假如这个挂歪了。那么,新诗的星座一定是金牛座。

　　当代诗已知道如何为未来而工作。但我们的诗歌史还没有学会为未来工作。

　　顾城曾说,我的诗是为未来的读者写的。当他这样说,他肯定不知道叔本华也曾说过,他的哲学是为未来的时代写的。这是带有孩子气的谚语。这也是大人物才讲得出来的小孩话。

　　某种意义上可以说,阅读诗的理想的状态是:我们读一首诗时,能隐约感到一个来自未来的读者依附在我们的眼光里。

　　我们在现在读诗,但我们有一个读者身份是,我们也是未来的读者。

　　如果没意识到这一点,也许不会减少阅读的乐趣,但肯定会削弱阅读的智慧。

　　一个有趣的现象是,康德是诗歌的一种瘾。

　　一方面,游戏即创造。另一方面,创造即游戏。

　　这不是思想宝贝们的不走运。这是我们和诗歌之间的一种运气。

诗超然于游戏。这是一种最愚蠢的观念。

对某些喜欢以不懂诗歌来谦逊的人,完全可以这样开导我们自己:为什么非要懂诗歌才能读诗歌呢? 你不懂游戏吗? 难道游戏是以懂游戏为前提的吗?

诗的游戏已是诗的最大的仁慈。

诗的阅读,也许不像人们习惯的那样,是一种安静的看。相反,诗的阅读是一种生机勃勃。就像在春天,野草对大自然的机运和秘密所表现出来的强烈的反应。

我们可以把一张朗诵的脸放进诗的游戏之中。
朗诵的脸是诗的一面镜子。

在时间的流逝中,唯有具体最逼真。诗并不特别依赖具体性。但是,诗特别喜欢回到具体的事物中。

你不必讲什么是诗的具体性。你只需告诉自己,诗的具体性可以避免诗歌流于乏味和无趣。

用具体性给诗歌开窍,做这种事,最好是在一间远离闹市的屋子里。

从这个角度说,整个世界是依赖诗而存在的。

嘿。你说的是哪个角度?

我说的是,从这个角度,这个只与你的直觉有关的角度。

诗在我这里抵达了它的自我意识。

这与其说是我的骄傲,不如说是诗的骄傲。

诗,有时看上去像让我们意识不到诗是自在之物。它想看上去像旋转木马。它邀请我们上去转几圈。这几圈是宇宙的同心圆的一部分。

诗经常被用于做梦,但它几乎从不对人类最高贵的冲动做梦。

这很容易理解,但却难以解释。

诗用直观看到它自己。而我们却总是倾向于用直观看到他者。

诗倾向于直观,但是另一方面,诗也很少迷信直观。

原因在于诗的结构不是直观出来的。

在日常生活中,我们常常会觉得超越诗歌是很容易的。

这种错觉,或者这种幻觉,并不表明我们有多少超越的能力,相反,它倒是表明了诗的天真是多么地深刻。

唯一不必要的事情,就是没必要去超越诗歌。

在偶然中看到必然。这固然可贺。但是,诗想做的事情只是在偶然中看到伟大的偶然。

关于诗的纯粹。

在诗歌史上,一些诗会喜欢推荐另一些诗去抵达诗的纯粹。而它们自己早已意识到我们的诗歌文化对历史的依赖最终会排斥诗的纯粹。

诗纯粹于我们还不是纯粹的人。

正是因为这个原因,我们的悲剧可以转向我们的喜剧。

诗的力量很容易被误解成语言的艺术的力量。但这种误读也会给我们带来一种有趣的启示。

在诗歌中,启示是有趣的。

诗,不会为了获得某种本质而牺牲掉那些存在于事物之间的关系。

要本质,还是要关系? 假如存在这样的选择,诗的选择是要关系。

诗会帮助我们获得对生命的自我意识。

生活是一种存在的方式。那么,诗就是独立于生活的另一种存在的方式。

不仅独立于生活,诗也是独立于历史的一种存在的方式。

但如何理解诗的独立性却是一个很大的问题。我们的诗学史倾向于夸大这种诗的独立性,而我们的诗歌批评史则倾向于抨击这种诗的独立性。

其实,这种独立性并不是说,诗与生活是无关的。

这种独立性,可以被看成是诗的超越性的一种反映。诗的独立性即诗的超越性。

忘我是诗的最大的秘诀之一。

忘我并不意味着自我意识的减弱,相反,忘我是自我意识的一种高级的状态。

最大的自我是诗的忘我。

天才,既是一种人的类型,也是一种诗的类型。

诗人的对象是诗,天才的对象是诗中的诗。

天才的读者通常比天才的诗人更能享受到天才的乐趣。

而且最有趣的是,天才的读者对诗中的诗有一种天然的冷淡,天才的读者的对象只是诗。

在诗中,天才是一种让事物清晰起来的能力。

从诗的角度看,自由像是一种太深奥的教养。

并且,从诗的角度看,自由是没有秘密可言的。

诗人是意志的谜底。

当然,假如有别的选择的话,我们最好是不这么说。

比如,作为一种审美的激励,我们可以这么说,并不是每个人都是意志的谜底。

一个缩影接着一个缩影。诗比我们更迷恋缩影。

低级的诗不一定就不是好诗。低级的诗是常常我们感到放松的诗。我们需要这种松弛,就像我们有时会需要酒吧里的那种松弛的气氛。

高级的诗是让我们重新回到生命的最大的渴求的诗。并且,让这种渴求演化成一种巨大的愉悦。低级的诗只提供愉悦的替代品——放松的感觉。

从诗的角度看,死亡也是幽默的。

死亡有一种礼物的幽默。

人生的一切都是幻觉。哲学喜欢这么看问题。比如,叔本华的哲学。

但是,诗不喜欢这么看问题。诗不喜欢我们在幻觉的问题上说过的每一句话。

诗不以幻觉为出发点。

诗不仅仅是把全部的人包括在了诗中。

在诗看来,对生命的肯定,既不那么复杂,也不那么天真。

这只是诗的高贵的一种倾向。

如果我们真的对语言的艺术怀有一种人文的热忱,那么,在某些特殊的历史机遇中,诗就会发生革命。如此而已。

和意境相比,诗的世界有时更像是一种神秘的图像。

这种神秘的图像,对我们在诗歌写作中把握意象是否准确是有帮助的。

从世界的角度看,这是诗想建议的一件事情。

从世界的角度看,诗是正在发生的事情。

对世界的感受依赖对事实的感受,而对诗的感受则依赖对情境的感受。

大部分诗歌在类型上都要过情境诗这一关。

几乎所有的意境都可看成是情境。但不是所有的情境都可被看成是意境。

在诗学概念上,意境偏向于古典诗的范式。而情境则更倚重现代诗的范式。

诗是一条唯心的海豚。

意思就是,从逻辑上说,即使没有世界,也会有诗。

有时,问题并非是诗究竟有着怎样的先验性,我们必须敢于设想诗是先验的。

诗的自我常常令我们的诗歌史感到怒火焚烧。

其实,也可以这样看,诗的自我出自于维特根斯坦的一个判断:我就是我的世界。

诗的起源必须在现代和未来之间的某个空隙中去寻找。

正是诗的传统向我们明智地指出,诗的起源在未来之中。

诗最想让我们看见的,也许只是一种情形:诗只存在于这样的关系之中。

你可能迫不及待地想知道:嘿。你说的到底是哪种关系?

在已经不胜枚举的诗歌的例子中,还存在着像顾城的《颂歌世界》那样优秀到自如的例子。

对传统的批判是不可能的。但是,尖锐地批判传统却是可能的。

不过,需要记住的是,这不是传统本身的弱点。这是文化的弱点,也是人性的弱点。

诗的传统是一只睁开的小眼睛。

不幸的是,在看世界的时候,有些围着诗歌转圈的人,总想用他们自己的大眼睛去替代传统的小眼睛。

从未尖锐地看待过传统的人,也不会意识到传统有多么伟大。当然,也就更无法指望他能对传统抱有一种伟大的情感。

另一方面,人们对传统抱有的伟大的情感,曾被他们的论敌所利用,但更常见的情形是,被他们自己所误用。

他们曾尖锐地批判传统,表面看确是如此。但问题可能还有另外的一种表述,他们只是在历史的特定情境中曾尖锐地看待传统。

换句话说,尖锐地批判传统,更多的意味着尖锐的看待传统。

真正的传统其实喜欢我们尖锐地对待他们。至少,在我们的汉诗传统中,有过这样的机遇。

诗的传统有尖锐的那一面。这是我们常常忘记的。

另一方面,专属于传统的这种尖锐也常常被一些聪明的家伙用于诗歌的人格表演。

传统是尖锐的。

作为一种文化的品质,或作为一种审美的用途,它是多么地珍贵。

聪明,但是缺乏教养,这是某些诗人献给我们的诗歌史的一种特别的礼物。

世界是我的表象。叔本华未必就没有想过,世界也是诗的表象。

从诗人和诗的关系中,我们觉察到诗的本质,很可能不在于诗有没有可以被我们认识到的主体,而在于诗包含有多少可以被我们意识到的关系。

诗和自我之间的关系,奠定了诗的自尊的基石。我们也可以靠在这块基石上,给语言和蝴蝶的关系发一枚奖章。

诗和历史之间的关系,构筑了诗的博物馆。这也就是说,在这个博物馆之外,诗的范围像生活的范围一样广阔。这种广阔又是暧昧的,诗的多样性就存在于这广阔的暧昧中。诗和事物之间的关系,因为这暧昧而免除了不必要的语言的磨损。

暧昧,是诗的悬念。就像在生活中,它是平庸的感情之外的悬念。

诗并不总是处在诗的中心。

诗存在于关系之中。从审美认知上看,诗存在于神秘的关系之中。从风格上看,诗存在于不同语感的关系之中。

有时,人们抱怨说,他们没能在主题的意义上看懂一首诗。其实,在某种程度上,这是他们没能看明白一首诗所包含的关系。

从阅读效果上看,浅,经常是一种风格的犀利。这种犀利,似乎也可以类比成短刀上的锋刃。

讲得越深的话,越喜欢思议浅的迷人之处。

人们似乎熟知诗用语言说话。但人们不熟悉的是，诗也常常喜欢用手说话。

我们也可以这样认为，语言也喜欢用手说话。

该出手时就出手。该动手时，也要学会动手。

常识常常喜欢将诗歌用于验证。但是，用于验证的诗，也是最容易被出卖的诗歌。

这就像追求真实的诗歌常常被真实出卖一样。这不是真实本身的悲剧，也不是诗歌本身的悲剧，而是诗人作为诗的局限的一种悲剧。并且，这还是一种比较次要的悲剧。

从我们被当成是诗歌动物的那一刻起，新的故事开始了它的新生。

诗的道德存在于个体生命所体会到的那些幸福的时刻。如此而已。

诗很少折磨人。但是，诗的美丽却常常会对人构成一种折磨。

这差不多也是生活中的一幕戏。

另一方面。人们往往会误以为这种折磨是由外部施加的，是由他们钟爱的美丽的对象施加的，其实，这种折磨在本质上是一种自我折磨。与其说是由外在对象施加的，不如说是由自我施加给自我本身的。

诗的用途之一,就是诗可以避免我们被折磨。

诗是一种慢,是诗的正义的一种方式。

从诗的角度看,绝望有可能只是一种哲学的心理反应。但是,希望却从未不是任何意义上的一种心理反应。

希望是诗的一种秘密的建树。正如,诗是宇宙的一种秘密的建树。

但是,关于这种秘密的建树,我们没必要去过多地讨论它。因为我们的时间有限。我们只需要指出它,就可以了。如果幸运的话,我们还可以用一些诗的例子显示它。

我在诗歌咖啡馆里确曾听到这样的话:喜欢牛逼的诗人。

这也许不是诗人本身的修养有什么大的问题,而是我们的诗歌文化有很大的问题。

人们往往以为喜欢牛逼是某类诗人的一种诗歌姿态。他们应该想到,喜欢牛逼更像是这类诗人的一种自我治疗。它的功效类似于诗歌的春药。

可悲的是,诗歌史的势利没能揭示出诗的神圣,但却有可能充分地揭示出了诗人如何存在的真相。

我们的诗歌文化里有挥之不去的江湖气。

人们对此想的更多的是它的缺陷，以为理想的诗歌文化里绝对不会有这种江湖气的痕迹。其实，这是一种非常可爱的幼稚的想法。诗歌语境中的这种江湖气，也有它高级的那一面。它是对诗歌史的教条主义的一种删繁就简。

此外，这种江湖习气也有可能酝酿出一种和诗歌秘密有关的特殊氛围。在那种氛围里，诗人的江湖气是诗歌美学的太极的一种通俗的仪式。

也可以这样讲，假如我们的诗歌文化中存在着诗歌美学的太极的话，那么，诗的江湖气就不会轻易地绝迹。

有趣的是，内心细腻的诗人常常比诗歌上的粗人更喜欢这种江湖气。

同样有趣的是，被人们认为是有很重的江湖气的诗人往往在诗歌写作中能轻易地戒掉这种江湖气。

诗的江湖气，是诗的原始主义的一个变种。

对有些诗人而言，诗的江湖气是他的诗歌风格的房中术。

也许存在着无法阅读的诗，但无法解释的诗是不存在的。

阅读的乐趣常常被我们意识到，它超过了诗的乐趣。因为阅读的乐趣并不局限于诗的乐趣。它经常是对诗的乐趣的走神。

在诗的语言和诗的风格之间,有一个传动带。诗人的个人癖性常常喜欢去借用它。

在我们的文学史语境里,一旦涉及诗的传统,人们往往便会不自觉地倾向于把诗的传统道德化。最典型的表现,就是喜欢按假想的派别来区分人,似乎一些人先天就站在传统一边,而另一些人则站在了传统的反面。站在传统一边的人为自己虚拟了无尽的道德优势。他们无法想象的是,在特定的历史情境中,对传统的反叛,其实也构成了对传统的一种延续。

我们经常会观察到这样一种情形:在诗歌写作上,心里没底的人往往喜欢把传统挂在嘴边。这种毛病也带坏了某种类型的诗歌史。

诗的语言的秘密,在诗人写作的某个阶段,或是在诗歌阅读的某个环节,有可能曾异常透明过。

这也就是说,语言的秘密,最有趣的地方,不在于它对我们的完全封闭,而在于它对我们曾经非常透明。这有点像爱的秘密对我们曾显示过的那种透明。

在新诗的传统的问题上,我们要心里有底。

心里有底,如此而已。

在诗歌写作中,实践是实践的武器。在有些文学史情形中,我们确实会面对这样的选择:是轮到武器说话的时候了。

诗的暴力,有可能是生命的自我拯救的一种方式。在史蒂文斯那里,它意味着我们可以用语言的暴力抵御现实的暴力。在海子那里,那是诗的神学的一种戏剧化。

从语言哲学的角度看,人们所萦怀的,新诗对传统的反叛,在很大程度上可以被看成是一种新诗的语言学的转向。

新诗的实践之所以产生,在于它借助历史的机遇发现并激活了一种汉语的现代用途。

既然海德格尔那里,哲学的传统的断裂,在某种意义上是可能的。那么,在新诗的五四时期,汉诗的传统的断裂同样是可能的。

为什么不释然一点呢。我们应该知道,从文学史的哲学上看,诗歌传统的断裂其实是为更好的弥合而准备的。

诗歌传统的断裂,有可能是出于对诗的真理的一种觉悟。但是,对这种断裂的文化反应却常常停留在一种文学趣味的水准上。

诗歌传统的断裂，也存在着这样一种反思它的视角，即这种断裂和地质学上大陆板块的断裂有异曲同工之妙。大陆板块的断裂，为生物的多样性创造了生命的机遇。某种意义上，诗歌传统的断裂，也可能为诗歌的多样性创造了同样的机遇。

人们常常喜欢说，新诗最大的问题就在于它没有自己的传统。
这种看法的谬误不在于它对什么是诗的传统的无知，也不在于它对什么是新诗的传统的无知，而在于它在文学立场上的假惺惺。一种可耻的误人误己。

人们常常说要尊重诗的传统，但其实他们并不知道应该怎样尊重诗的传统。
尊重诗的传统，最首要的，不是机械地遵循那些诗歌规约，而是尊重诗的传统在本质上自由的。我们曾被启示说，人的本质是自由的。其实，传统的本质也是自由的。

我们有诗歌史，但我们却几乎没有关于诗歌史的哲学。
我们的诗歌史写作中缺乏一种诗歌史的哲学。

新诗的传统的本质是自由的。同样,古典诗的传统在本质上也是自由的。

从诗歌写作的角度看,诗的传统在本质上的这种自由,不仅存在于古典诗的写作模式中,也存在于当代诗的写作模式中。

关于诗的传统的趣味,应该是诗的一种自由的趣味。如果不是这样,我们就会陷入到一种趣味的偏狭之中。

即使是在像我们的古典诗这样相对封闭的文学处境中,传统也是开放的。它有许多秘密途径延伸到现代诗的写作谱系之中。

谈论诗的传统的绝对,不如想象诗的传统的相对。因为更有趣的是,这种对传统的相对性的想象有可能激活一种绝对的创造。

诗的智慧,与其说是一种人生的智慧,不如说是一种宗教的智慧。

也就是说,诗的智慧中潜伏着一种政治的责任。这种责任可以很大,也可以很具体。

对有些诗人而言,诗,是作为一种宗教的方式而存在的。对另一些诗人而言,宗教有可能只是诗的一种方式。

诗的孤独和诗人的孤独经常被混淆。诗的孤独常常意味着诗的最大的愉悦。完全可以断言,如果没有诗的孤独,诗也就丧失了它的吸引力。

诗人的孤独通常只和诗人的个人性情有关。这还只是它的比较有益的那一面。

如果只是无人理解我们写出的诗,那还远远不是诗的孤独。

从学术研究的角度看,讨论诗人的孤独会比讨论诗的孤独要有趣得多。因为从诗人的孤独中,我们能看出他所处那个时代的文化品味和文学风尚的戏剧性。

诗的孤独,是生命的最大的礼物。

在我们的文学语境里,诗的孤独有时会蜕变成某些诗人的一个玩具。

诗的孤独,是诗的一种性感。

在诗歌的写作中,人生的欢乐有可能不再是一个谜。这是瞬间的胜利。

从永恒的角度看,诗需要这样的瞬间的胜利。

某种意义上,你也可以说,诗只需要瞬间的胜利。

诗的胜利不针对人生的颓败。但在很多情形之中,它会对人生的颓败构成一种微妙的拯救。

一眼看过去,那里似乎什么也没有。那空间的形状似乎很模糊。但是,你只有把剥下的桔子皮往里面一放,那空间的形状立刻就会显现出来。它看上去就像诗歌的冰箱。

常识会问,你为什么要把桔子皮放进诗歌的冰箱呢?

为了吸除异味。

这种看上去符合提问者的逻辑,但是,它却偏离了诗歌的冰箱如何产生的逻辑。

你也可以选择这样的回答,如果我不往那里放桔子皮,诗歌的冰箱怎么会显形呢?

所以,诗的任务之一,就是要让事物显形于语言的存在之中。

用我们听得懂的话,说出那几乎是可以说出的东西。

诗的歌唱是那沉默的事物的漩涡。这或许是维特根斯坦没想到的事情。

诗的叙述有时会变成一种语言的漩涡。天知道,这漩涡的尺寸是否比银河系还大。

你没必要在历史的势利或生活的平庸面前扯淡,比如,在不同的场合里,宣称你不是一个诗人。

在成年之后,你选择做一个诗人。某种意义上,是因为你相信存在着语言的良知。

诗的传统是一种主体性的自我实践。但是,在我们的文学史语境里,人们却常常对这种传统的实践性缺乏起码的认知。

诗的传统不是一个继承的问题,而是一个实践的问题。

假如没有实践,不懂得如何实践,怎么会有关于诗歌传统的真知。

诗的传统,在大诗人那里,是一块巨大的海绵。而在次要的诗人那里,它是一件仿古的家具。

对诗歌写作而言,诗的传统只是一种庞大的诗歌资源,就像一大片蕴含丰富的矿脉。我们必须开采它,冶炼它,加工它,之后它才会变成对我们真正有益的东西。

越是伟大的传统,越是需要我们流一身臭汗。如果想偷懒,伟大的传统就会蜕变成伟大的脂粉。有趣的是,鲁迅也常常会用到"脂粉"一词。

人们常常对现代诗扯淡说,你这个新诗传统是西方来的?

我很想拈花微笑地反问,那又怎么样?

何况事情又不是如此。事情要是如此简单,反倒好了。

有时,事情也可以这样看,四万年前,我们这些如今散布在世界各地的人,都是从非洲来的。同样的回答依然是:但那又怎么样?

人们总想着严格地定义我们的诗歌传统。其实,对诗歌的文化实践而言,这些貌似严格的界定,不过是大海里的浮萍。

与其反思传统,不如实践传统。这是新诗的历史实践给我们的现代文化带来的最可贵的经验之一。但是,又有多少人能体会这其中的艰辛和荣耀呢。

人们总说我们的新诗传统很单薄。其实,对一个大诗人而言,单薄的传统是他的一种莫大的幸运。惠特曼遇到的诗歌传统也很单薄。

深厚的传统,也常常是一种沉重的压力。而且,这常常已经不是对我们的才能的一种挑战,而是一种无所不在的监禁措施。

当然,每个时代里总会有一些有智慧的人,能凭借某种运气打破这种禁锢。这少数人的胜利固然可以被看成是一种文化史的成绩,但是对诗歌的美学史而言,它不会满足于屈指可数的这种少数人的状态。它真正渴望的是一种审美的狂欢。它需要更多的自尊的战士和有趣的人。兰波的判断大抵不错,他说过每个人都是艺术家。

我发现我经常在做的事情,就是要将很厚的传统打磨得很薄。

厚的东西很少能触及具体,但薄的东西却可以轻盈地触及具体。薄得像蝴蝶的翅膀,将具体的东西变成细节的舞蹈。

诗的综合几乎是一种最严厉的筛选。

有时,在诗歌中,包容是异常巧妙的。看上去包罗万象,但那看上去应该更像是一种包容的巧妙。爱的包容也是一种巧妙。但在生活中,人们经常把忍耐发展成一种包容,把包容降低成一种忍受。

与其去看诗忍受过什么,不如去琢磨诗包容过什么。

忍受面对的是不可改变的事物,或变本加厉的人。但包容面对的却是物与人的自我改造的可能性。

这是诗带给虚无的一种启示,而我们只是这种启示的见证人。

旁观,作为一种伟大的位置。

这样的事,经常出现在诗歌中。我经常重读钟鸣的《旁观者》。有时，我觉得它是在 500 年前就已写出的书。这也是少数几部能把我带进一种无限的阅读而不让我感到害怕的书之一。这部书最犀利的发明是，我几乎可以让我自己意识到，我是《旁观者》的旁观者。

在诗歌中，有伟大的呼吸。

在生活的潜泳中，我们是有可能意识到这种呼吸的。

这种呼吸，一方面可以作为一种体验而存在。你那样呼吸过，你才能这样感受到。

另一方面，它也可以作为一种内在的尺度而存在。那样的呼吸为我们区分了过去和新生。

此外，最可贵的是，这种呼吸还创造了一种伟大的遗忘。既针对生活的私人悲剧，也针对文明的公开的愚蠢。

诗，常常邀请你去呼吸它。

你呼吸过诗吗？没有。很好。那么，请试一下吧。

对于读过的好诗，我们应该再把它呼吸一遍。

这深奥吗？有点深奥。但是，这就像我们在爱情的夜晚呼吸我们的爱人一样，是很普通的事。还是不太明白。很好。那么，去呼吸吧。记住，你有过这样的机会。

通过诗歌，我们可以学会生活一直想让我们忘记的一种感激。

在诗歌中,存在着一种伟大的感激。它甚至高于对诗的境界的自我意识。

没学会感激的诗人,常常会对命运还有一种乖戾的怨恨。

这种怨恨的最经典的表达方式,就是不是你招惹我了,而是谁让你遇上我了。

我们对存在的感激,让被乖戾的人加以利用。据说这还是为了诗的正义。

最渴望的,常常不是那容易被唤醒的,而是那最容易被遗忘的。

这是诗无意间揭示出来的一种生命的遭遇。

最深的渴望,不一定会帮助我们完成一首诗。

但是,在诗中,却一定包含有那最深的渴望。

但是,在阅读诗歌的过程中,如果按这种渴望在诗中留下的痕迹去捕捉语言的含意的话,我们一定会陷入作茧自缚。

最深的渴望,只是诗的一种自我启示。

诗人对时代的认识,与文学史的期待相反,它常常无法归入一种深刻的共识之中,它更像是一种有益的私人的知识。

为了更深地深入我们的时代,我们常常需要更多地超越我们的时代。

这是诗对诗歌史的遗言之一。

人们常常责怪一些优秀的诗人对时代不够敏感,但从诗歌史的角度看,幸运的恰恰是不是所有的大诗人都对文学史感兴趣并且勾勒好的时代感到敏感。

在诗和时代的关联中,存在着一种个人的角度。我们的诗歌史还很少意识到这一角度的重要性。

一个诗人达到的可能,对另一个人来说,是一种新颖的启示。

这就是诗的一种戏剧性。反过来,也一样。一个具体的人达到的可能,也会激活一个诗人的巨大的灵感。

很小的灵感,在写作中,常常会比巨大的灵感,更有益于诗人处理他的题材。

但是,巨大的灵感会在诗的结构上有益于诗人应付重大的主题。

一开始时,诗的灵感可能是巨大的。但就像巨大的海啸那样,在写作的过程中,它的心理能量会逐步递减。有的诗人会对此感到烦躁。而有的诗人则会珍视这种有序的递减所触及到一种语言的平静。

用语言的平静向生存的镇静致意。这是诗和生活之间的一种个人关系。

不依赖灵感写诗,这是大诗人最爱干的事情。
相反,依赖灵感写诗,这是次要的诗人最津津乐道的事情。

在诗歌写作中,驾驭灵感是可能的。但大诗人知道,完全没有必要那样做。
在诗歌写作中,还有比驾驭灵感更重要的也更紧迫的事情。

卞之琳的《断章》和戴望舒《萧红墓畔口占》是新诗历史上最伟大的两首短诗。诗的形式的力量在这两首仅只有四行的诗中表现得淋漓尽致。《断章》的思想内涵抵得上一本半本《思想录》的厚度。《萧红墓畔口占》则通过形式的力量强化了一种情感的风度。
也许,还可以这样讲,新诗的文学智慧在这两首短诗中达到一种相当高的现代水准。

《断章》将诗触及的思想进行了戏剧化。或者说,它用世界观的戏剧化固守住了一种内向的审美文化。

《萧红墓畔口占》则将情感的独白变成了一种人生的咏叹。并且,更难得的是,在纷纭的乱世面前,这首诗用它的感情的克制和风格的精湛展现了一种对命运的自尊。

人们有时会觉得,某类人是一种诗歌动物。其实,诗也是一头诗歌动物。

浪费诗的题材是极大的犯罪。但对这种罪行的惩罚,却是一出写作的喜剧。

人们有时会过度关注诗的内部,其实,从诗歌写作上看,诗,常常是诗的外部。

人们常常说一首诗是另一首诗的延续。对诗歌史来说,事情可能是这样。但也只是有可能是这样。而从写作的角度看,这种延续不会像蛇的蜕皮那样直接,它是一首诗对另一首诗的重新塑造。

对细节的敏感,是需要天赋。当然,它也可以是后天培养的。

对诗和天才之间的关系,也许可以这么看,我们强调天才在诗歌写作中的作用,是因为我们更深刻地意识到,写诗其实完全不是一种天才的工作。

天才和诗是有矛盾的。这种矛盾是一种非常奇怪的矛盾。它既对天才没什么损害,也对诗歌没什么损害。相反,这种矛盾在特定的情境中的激化,可以产生出一种天才的诗歌。

天才的诗,只是一种诗歌类型。它不一定都是由天才写作的。

人们常常把诗人的自杀说成是由诗人的绝望造成的。这是诗歌史的一种偷懒的表现。其实,诗人的自杀更多于一种诗歌文化的自尊。比如,在海子的自杀问题上,我倾向于认为对诗歌文化的自尊要远远多于诗人对现实的绝望。

最孤独的诗歌,不会缺少最深邃的友谊。

最有经验的诗,其实并不觉得诗缺少经验有多么可怕。最有经验的诗人往往会认可诗的这种想法。里尔克说,诗是经验。但从如何处理风格的角度看,诗,有时会倾向于刻意让它自身显得缺乏经验。

搞不清诗和经验的关系,不会对诗歌写作产生什么影响。

但是,搞不清诗的经验和诗的想象的关系,诗人的写作会遇到很大麻烦。对诗歌的方式而言,诗的经验也许只是诗的想象的一种类型。

想象的不自觉比想象的自觉,对诗歌写作的帮助更大,也更持久。

一个诗人可能不得不忍受很多东西,但是,诗,不忍受任何东西。

在生活中,有苦大仇深。在诗歌中,有甜大仇深。在真理中,有仇深的政治。在宇宙中,有仇深的猥琐。

诗,有时是一种让我们忘却自己的智慧。

对骄傲的洞察,让我们对生命的意义有了一种骄傲的敏感。诗的骄傲,不止是一种生命的真相。

为了更严格的拒绝,我们不得不写出诗的骄傲。

诗和知识的关系是一种亲密的知识。

将诗的责任定义为"思无邪"的人,的确是一位大人物。思想深刻的人也许会想到这一点,但因为担心漏洞太多而不敢讲。只有真正有境界的人,才敢把话讲得这么既简洁又通透。这种观念,也反映在布莱克的《天真之歌》中,反映在惠特曼的《草叶集》中。

每一首诗中都有一扇窗户。在有的诗中,我们可以轻易打开这扇窗户;在有的诗中,这扇窗户就像被钉死了似的,我们怎么也打不开。

几乎所有好诗中,这扇窗户都是容易打开的。

令我们吃惊的是,有的好诗中不止有一扇这样的窗户。

在谈论诗歌时,人们经常将简单和容易混为一谈。他们经常把容易写的诗说成是简单的诗,把简单的诗看成是容易写的诗。

其实,简单的诗从来都是不简单的。这种不简单既和诗人对其诗歌传统的自觉有关,也和他对人生境界的洞察有关。

但是,另一方面,假如我们把简单的诗当成是诗的一个尺度,或是一个目标,则可能在审美上误入歧途。公共的诗歌史,和私人的诗歌谱系,就经常干这样的事。它们喜欢用简单的诗去鉴别其他类型的诗,然后用从简单的诗中得到的愉悦和启示去贬低其他类型的诗。

其实,简单的诗不过是一种运气不错的诗。而且,事情常常如此。

在我们的诗歌文化史的语境里,诗的真理经常可以用疯癫的方式讲出来。但是,我们必须承担的同样的后果是,用疯癫的方式讲出来的诗的真理,也常常会蜕变成另一种形式上的诗的真理的疯癫。

在政治伦理的意义上,去理解诗的真理是可能的。甚至针对人性的局限,我们也可以这样说,诗的真理就是一种政治的伦理。

只是在意识到谈论诗的伦理几乎是不可能的时候,我们才意识到确实存在着诗的真理。

诗经即湿经。也不妨说,诗的经典在骨子里是一种身体现象。

我们能和诗达成的最大的共识,就是有一天诗突然让我们知道,我们曾拥有诗的秘密。

为人生的秘密而写作,这与其是我们的心愿,不如说是诗的心愿。

因为存在着诗的秘密,我们得以领悟什么是真正的自我教育。

因为存在着诗的秘密,所以人生的最大的乐趣是可能的。

没有秘密的人不会读懂诗歌中的大欢乐。

某种意义上,可以这样讲,拥有诗的秘密也就拥有了一个人的秘密。

诗的秘密令命运的多舛变得异常花哨。

没有秘密的诗人也不会写出生命的欢乐。

诗的愉悦从未说过它是诗的唯一的真理。

诗的虚构中从来就不会缺少真实的东西。正如在人生的范围里,人们的谎言中也从未缺乏过真实。与人们的担心刚好相反,在诗中,虚构远离的不是真实,而是某种不真实。

最高的虚构很可能只是最大的真实的一种谦逊的自我表白。

诗的结构比语言的结构更原始。
诗的表达的核心是要回归到一种原始的语言状态。

最大的游戏，就是最大的道德。这也是诗对生命关怀作出的最大承诺。

对痛苦的迷恋是某些诗歌批评的出发点。而对痛苦的自恋，常常以隐蔽的方式成为思想宝贝的诗歌批评的源泉。

更可耻的是，思想宝贝的诗歌批评还经常把对痛苦的自恋演变成一种批评的施虐。

死亡不会自恋。但在诗人的写作中却存在着一种对死亡的自恋。

对死亡的自恋在诗歌写作中导致的后果是很难预料的。它可以被转化成一种对诗的神圣的皈依。也可能被弄成一种拙劣的感情畸形的表演。

在即使是最烦人的诗人的自恋中，也可能存在着一种精明的自我省察。

作为一种思想的风度，敏感的明智有可能只存在于对诗的感受之中。

诗人的心智向诗的心智的飞跃，除了靠突发的心理能量外，还多少要靠一点运气。

是诗人创造了诗,还是诗的写作本身创造了诗,这确实是一个问题。

诗人创造了诗,这种观念是人们熟悉的。另一方面,阅读也创造了诗。这种体察却是人们不太熟悉的。

比如说,不那么恰当的诗,通过敏锐的阅读,有可能变成恰当的诗。

也不妨这样看,如果说诗创造了诗的恰当,那么,阅读同样也能创造诗的恰当。

诗的问题,很多情形中,其实不是诗本身的问题,而是阅读的问题。

一首本身没什么问题的诗,在阅读那里,却可能产生出许多问题。

你不该只是在那里读诗,你还应该把诗带到街上。诗对你做了那么多的事,而带诗上街,是你能为诗做的最恰当的事情之一。哪怕这只意味着,你只是带了一本诗集,坐在街边的椅子上去读它。

从阅读的乐趣上说,看诗就像我们坐在路边的咖啡馆里看人。

你可以说你是在读一首诗,但有时你必须强力终止这样的读诗,你必须由读诗转向看诗。

说到理解诗,与其说诗是读明白的,不如说诗是看明白的。

盲目对于诗来说也是非常重要的。人们常常忘记,盲目本身就是一种尖锐的看。一种极端的看。

人们常常喜欢把诗和自由联系在一起。为了这种联系,他们还制作了很多说法,比如对诗的追求就是对自由的追求。这其实是对诗和自由的双重误解。

诗的创造确实和自由有某种关联。但诗最想创造的其实是一种自由的分寸。

诗的自由是一种有分寸的自由。

完全可以这样讲,这种分寸大约是自由回敬给诗的最好的礼物。

同样,也应该明白地指出,这种分寸是一种神秘的分寸。

当诗歌史变成了时代的泄洪道时,人们总喜欢争论什么是现实?什么是诗的现实?

其实,有的只是一种诗和现实的关系。

另一方面,有些诗的问题的讨论,其实和诗人所置身的历史处境的关系非常密切。比如,假如我们把诗人的责任比喻成一张桌子的话,那么,我们这张桌子的左边讨论什么是诗的现实,和在这张桌子的右边讨论同样的问题,得出的结论是不一样的。但是,人们常常忘记了他们是在什么样的历史情境中讨论诗的现实的话题的。

我不知道为什么,我只是知道,要讨论什么是诗的现实,我们必须要搞清楚我们的方位感。

现实感几乎是我所知道的最好的一种和诗有关的想象力。

如果要投票的话,我永远都会把票投给诗人的现实感。

那是一种伟大的感觉,假如文学所触及的感觉中确有某种感觉可以用伟大来称呼的话。

在不同的诗人那里,有不同的诗的现实,但这种状况恰恰不意味着诗的现实是多元的,没有标准的。我很想避免这样说,但有的时候话只能如此:这种状况可能更多意味着,在不同的诗人那里,有不同的语言。

必须记住,在有的诗的语言里,是没有现实的。

现实只是诗歌史上很晚近的一种文学事件。只在绝少的例子中,它才是一种和诗有关的语言事件。

诗的现实主义,喜欢把它装扮成一种诗的尺度,但其实它只是一种看待事物的角度。

这个角度很有用,也很有必要,但有关的分寸感却很难把握。

从形状上看,现实更像是诗中的一个平衡木。

对于诗的写作而言,诗的现实主义只是一种风格上的建议。

不是我们搞不清楚什么是诗的现实,而是我们搞不清楚什么是人生的现实。

新诗史上,很多时候,人们在谈论什么是诗的现实时,他们并没有帮助我们意识到本来有可能意识到的东西,而只是在粗暴地使用一种文学政治。

作为一种建议,我觉得史蒂文斯的想法是明智的。他说,诗听起来"更像是一种关于现实的新知识"。某种意义上,我觉得他已经回答了什么是诗的现实。

诗的现实不是一种外部的现实。但是,困难的是,我们几乎也不能说,诗的现实是一种内在的现实。但是,在进行某种诗歌防御战的时候,我们会控制不住自己,经常随口说,诗的现实是一种内在的现实。

从诗歌写作的角度看,诗的现实其实是一种开放的现实。也就是说,在诗歌中,现实不仅是可以变形的,而且更重要的是,它是一种可以实验的现实。

一点都不追求现实的诗,是有其可敬的一面的,同时它也是有缺点的诗。这缺点不是说这种类型的诗在技艺上不够完美,或者在主题上不够深刻。而是说,它把诗的感官完全风格化了,从而降低了诗的愉悦。

人们常常认为所有被归入唯美主义的诗,是不追求现实的诗,这是一种文学史的偏见,也是一种诗歌阅读学的势利。至少在诗歌的目标上,这些唯美主义的诗是针对我们的现实的。特别地,它们还针对着我们对现实的一种认识。

诗的愉悦是排在首位的。这道理简单得就像生命的愉悦是神圣的一样。

不论我们如何纠缠,如何打岔,如何迷惑,如何挑衅,如何粗暴,诗的形式比生活的形式提供的可能性要多得多。而且,在诗的形式和生活的形式的关系中,神秘并且神圣的情形,永远是诗的形式要多于生活的形式。天知道,这是不是诗歌吸引我们的最根本的原因。

生活有时候是不可能的,而诗的生活几乎永远都是可能的。

诗本身就是一种生活。这句话大致不错。但容易被误读的是,人们常常以为这种说法是对诗和生活之间的关系的一种解释,或者,以为它是对什么是诗的本质的一种回答。其实,这句话涉及的是,与其说是一种答案,不如说是一种建议。

对诗歌的问题来说,好的建议比好的答案要更积极。好的建议就像有益的启发一样,它构成一种友好的邀请,它敦促我们去做,去行动,去实践。

新诗史上,我们的诗歌阅读学真该好好修理一番。人们有时的确会读诗,知道如何阅读诗歌,但很多时候,人们还没有学会看诗。其实,对诗的阅读常常可以归结为这样一种视觉的行动:看诗。

有时,你只需看一首诗做了什么。

有时,你只需看一首诗如何在行动。

有时,你只需看一首诗怎样在实践。

在诗歌阅读中,看诗,是非常重要的。其重要性不亚于看人。

这种看,不只是在对诗进行思想之前才发生。也就是说,不是先有看,才有思索。这种看,经常会在对诗的思索之后,仍然会延续不断。

很多时候,我们其实不是凭借思想的力量抵达了诗的背后的东西,而是凭借这种看的能力洞察到了诗的背后的内容。

诗歌写作可分为两种形态迥异的类型:大诗人的写作和小诗人的写作。大诗人的写作类型常常会羡慕小诗人的写作类型,而小诗人的写作类型则往往对大诗人的写作类型产生一种天生的嫉妒和敌意。

从大诗人的写作类型里生产出来的诗,不一定都比小诗人的写作类型里的诗好。

从阅读的角度说,人们更倾向于读那些从小诗人的写作类型中出产出来的诗歌。因为它们令读者感到亲切、熟悉、平凡,像是对在身边的事物做有趣的报道。

大诗人的写作类型常常是对他的时代的文学趣味的一种深刻的冒犯。

大诗人的写作类型在当代语境里只能是一种低调的诗歌革命。

就诗歌写作而言,完全没必要讨论诗歌革命是好是坏。有时,坏的诗歌革命也可能带来意想不到的好的结果。

诗歌革命之所以产生,是某种诗歌意识对诗人召唤的结果。同时,它也是某种诗歌空间对诗人敞开的结果。

作为诗人,你一旦意识到了问题究竟在哪里,那么诗歌的革命也就会油然而生。

诗歌史完全可以放心,诗的革命不会是一种历史的常态。诗的革命只是一种诗的机遇。

当我们把文学史的目光投向 20 世纪上半叶发生的新诗革命,如果认为这新诗革命是一种历史的迷误,像郑敏所断言的那样,那么,我们就等于放弃了我们自身的诗的机遇。

那些假借反思之名讨论新诗革命所导致的传统的断裂的人似乎很健忘,她们忘了新诗所采用的白话,作为一种诗歌语言的实践,早已存在于传统的诗歌史中。某种意义上,20 世纪的中国现代诗人只不过是为这种语言实践找到了一个新的文学空间而已。

某种意义上,新诗的传统仍然处于一种也在不断自我调整的汉诗的大传统之中。

新诗的反传统,也可以理解,从传统的类型上说,新诗表面上是用一种陌生的传统来反抗一种过去的传统。或者像文学史所习惯于解释的那样,新诗是用新的传统颠覆旧的传统。其实,这种颠覆在本义上只是一种取代。新诗是在用一种活的传统取代已越来越缺乏适应性的传统。

传统死了。这句话,其实不像人们以为的那样,是由轻薄传统的人喊出的;它很可能恰恰出自那些迄今仍然挚爱传统的人之口。

传统死了。这句话,人们常常以为是一些不懂传统的人发出的。其实呢,在特定的历史语境里,它恰恰是传统本身最想对我们说的一句话。

完全可以这样表述:不是我们说,传统死了。而是传统本身在说,传统死了。

并且,从历史的角度看,说传统死了,和说上帝死了,在历史的效果上是一样的。所以,问题的本质依然在于我们想为我们的诗歌实践找到什么样的出发点。

一个诗人有时很想对另一个人说,你这不是在批评,你这只是在骚扰,而这种骚扰甚至连挑衅都算不上。用批评的方式进行的骚扰只会是一种人性的哑剧。

追求诗的瞬间的人,需要意识到自己究竟有多少身体的智慧。

在诗的瞬间里有全部的时间,在一粒沙子中有全部的宇宙。这不是布莱克在说话,这是诗通过布莱克在表达它自己。

这种观念,与其说是一种诗的辩证法,不如说是一种诗的契约。

或者,与其说它是一种诗的事实,不如说是一种诗的现实。

通过诗,我们确乎可以在一秒钟里把握全部的时间的含义。但是,与人们的想法刚好相反,与其说这需要一种诗的智慧,莫如说它需要一种心灵的能量。

有些诗只针对我们的心灵能量说话。

一个人走进一间屋子,通常只需按一次开关,屋子里的灯就会亮。但是一个人走进诗歌的房间,他需要按三次开关,那盏诗歌之灯才会豁然明亮。

即使是从最现实的角度讲,诗的回报也是一种神秘的回报。

在我们的现实生活里,人们经常会觉得写诗得不到相应的回报。你付出了很多努力,也干得确实很漂亮,但得到的报偿——无论是精神上的,还是物质上的,却都十分微薄。这种安排是对的。这不是命运的不公。而仅仅由于,诗是一种神秘的回报。

用心灵写的诗和用身体写的诗是有区别的,但区别并不像人们想得那么大。用心灵写的诗,需用我们用身体全力以赴地去读它。而用身体写的诗,则不那么需要心灵的阅读力量。它更依赖我们用某种趣味来读它。

阅读诗歌其实就是对我们个人的生命做一点事情。

有的诗是给予生活以一种形式。而有的诗则是给予生命以一种形式。

所有轻视诗的形式的人,也被诗的形式轻蔑着;不仅如此,他们也被生命的形式神秘地轻蔑着。

创造的奥秘在于给予自由的事物以形式。诗的创造尤其根植于形式的意志。

诗的形式与其说源于一种风格的偏爱,不如说源于一种意志的力量。

我们几乎找不到不形式主义的杜甫。
也可以这样说,形式主义的杜甫,比杜甫更像杜甫。

形式主义是诗人要过的第一关,也是诗要过的最后一关。

新诗史上,诗的形式深受文学政治之害。原因之一就是和形式有关的言论不肯屈就诗的功利主义。

诗的形式唯一的弱点就是它太依赖诗人的才能。

人们常常以为语言是诗歌的血,其实形式才是诗歌的血。与形式神秘的作用相比,语言更像是诗歌的肌肉。

诗最神秘的地方就是诗喜欢看起来一点也不神秘。

我几乎不想这么说,感觉不到诗的神秘的人也不会感觉到多少诗。这个原则几乎颠扑不破。我其实想说的是,感觉不到诗的神秘的人,也不会感觉到生命的美妙。

一个人可以不写诗,也可以不读诗,但这并不意味着一个人就和诗毫无关联。诗是人的生命中的一个环节。

除了诗人,诗还另有自己的替身。

在现代的诗歌写作中,精神和身体并没有人们想象得那么大的分别。与其说它们昭示的是不同的写作类型,不如说它们只是对诗歌写作起着不同作用的两种功能。

这意思是说,精神是诗的一种功用,身体是诗的另一种功能。但是有趣的,只是作为一种有魅力的功用时,精神对诗的作用才显得异常关键。从身体方面看,身体本身已是诗的一种有魅力的功用。

把身体看成是诗的源泉的人,一开始会固执地反对诗的精神性,但是到后来,他反而会更严肃地把精神也看成是诗的源泉。而且,很可能会比那些一开始就把精神看成是诗的源泉的人将这一观念坚持得更长久。

正如身体是生命的一种乐趣,精神也是诗的一种乐趣。

有一种诗歌类型在写作上经常会固执于这样的想法:精神可以把诗发展成一种新的感官。

人们常常会有这样的误解:以为身体是诗的一种感官,不仅天然如此,而且必然如此。但其实,身体只是诗的一种最新的用途。

回到身体的诗,只是一种可能的诗。它或许可以让文学史着迷一阵子。但它不是唯一的诗。

对诗的身体的偏爱,常常只是我们试图驯服诗的想象力的一种方式。但有时,情况会失控,它会蜕化成我们向诗的想象力撒娇的一种手段。

人们常常用诗人的身体去想象诗的身体。这种想象在不同的诗人身上会导致不同的结果。在一种情形中,有些诗人喜欢用它自己的身体去替换诗的身体。而在另一种情形中,有些诗人以为除了他自己的身体之外并无诗的身体。

并不只是在极端的情境之中,诗的身体才是诗的发明。

有时,对那些过于固执诗的身体的人,我们也可以这样说,诗的身体只是诗的发明之一。或者,诗的身体是诗发明出来的。

你用一首诗可以标识出一种心智的迹象。你用十首诗可以确立出一种新的心智方向。

在纵容诗的智力和克服诗的智力之间,存在着一种天才的选择。

这种选择非常隐秘,但对少数诗人而言,它是诗人成长的一个不可或缺的环节。

诗的心智和诗的感性就像一对天生的冤家。对有些诗人来说,这对冤家只是他个人在诗人生涯中要处理的一种内部关系。如果诗人的天赋可以被比喻成一间新房的话,那么,诗的心智和诗的感性在那间屋子扮演的是新郎和新娘的角色。他们有恩爱,也有争吵。他们为诗人的天赋带来的契约是一种家庭的罗曼司。所以,有时你会说,祝诗的运气好一点。

但对另一些诗人来说,诗的心智和诗的感性不是一种家庭的罗曼司,而是一种存在于诗人之外的美学立场的选择。就仿佛是在硝烟弥漫的街头,诗人要做出的选择是,要么站在诗的心智一边,要么站在诗的感性一边。不仅如此,在做出了某种选择之后,还必须对放弃的那一方死磕到底。

人们倾向于承认诗人的感性更接近于一种诗的天赋。他们很少意识到,诗的心智同样是一种诗的天赋。

在诗歌写作中,意识到诗的感性的诗人很少会意识到他也同时在依赖诗的心智。而心智丰富的诗人则他的写作过程中常常清晰地意识到诗的感性的力量。

为了风格的胜利,一个诗人可以在诗的心智和诗的感性之间进行某种选择。但假如认为这种选择是基于对诗的真理的领悟而做出的,那么,我们会犯比愚蠢更可笑的错误。

诗的心智只是一种诗的氛围。有些诗人喜爱这种氛围,他们在这种氛围中写诗,也在这种氛围中读诗。而另一些诗人则从不会感到需要这种氛围。

诗的心智是一种深奥的力量,只是它是很少被它自己使用的力量。但是,这种深奥的力量常常可以用最朴素的方式感受到。比如,在海子那些极端感性的诗歌中常常蕴含着诗的心智的力量。

人们在赞叹某些诗人驾驭语言的能力时会说,他对语言所做的事情,就好像他是语言的魔术师。这种赞叹是真诚的。但假如我们希望这种真诚还能触及更多的诗的真谛的话,我们可以这样表述:诗人与其说是语言的魔术师,不如说是语言的魔法师。

当我们说诗人是语言的魔法师时,我们的目的并不是要夸耀诗人的能力,而是想明确诗人对语言所做的某种工作。

人们常常忘记诗的阅读其实是分场合的:公共的场合和私人的场合。公共的场合包括教室里的诗歌课,诗歌节中的诗歌朗诵,报纸杂志上的发表,文学史里的评述,批评文章里的分析,和特殊的文化语境。私人的场合包括诗人之间的书信,读者个人的诗歌谱系,读者个人的美学趣味,诗人的日记,读者的笔记,关于诗歌的随笔,和涉及诗歌言论的博客,等等。

同样一首诗常常会在公共场合和私人场合里显示出不同的意义。这原本很正常。但不协调的是,人们会用诗在公共场合里显示出的意义,来压制诗在私人场合里显示出的另外的意义。他们全然忘记了,诗的公共用途固然可以用于文化的凝聚力,增进我们对自身的文化传统的自觉。但是更重要的是,从阅读的角度说,诗是一种针对生命本身的自我教育。诗的最适合的阅读场合必然是那些和诗有关的私人场合。

有趣的是,这种诗的私人场合也有它的相对的那一面。比如,它常常乔装改扮,溜进文学史的煌煌言述中。

我们也许无法用我们自己的美学趣味来增进我们对诗的见识,但我们确实可以用我们自己的美学趣味来最大限度地接近诗的愉悦。

有的诗歌可以归入这样一种类型,它们是以不那么得体的方式表达出来的一种得体的激励。

只有被诗歌激励过的人才知道诗的激励是怎么回事。在这件事上,你用例子是讲不明白的。

来自诗的激励只是诗的一种令它自己感到意外的美学用途。

诗的激励是我们用诗的方式对自我审美的结果。因而在某种意义上,诗的激励是神秘的。

在诗歌中,神秘的东西常常可以被深刻地领会。

在诗歌的深处中,有一扇为狂喜准备的窄门。

诗是一种慢。狂喜比诗的慢更需要一种领悟。能够说出我喜欢领悟诗的狂喜的人,比喜欢说他曾陷入过诗的狂喜的人更有趣,也更有心智。

诗的狂喜与其说是对诗的内容的一种揭示,不如说是对诗的阅读的一种解放。

精确的描述是诗的一种可贵的品质。

精确的想象力是我们在大诗人的写作中经常看到的一个风格的标记。

在诗的精确和诗的狂喜之间,有一层最薄的纸,默默期待着我们去捅破它。

人们以为日常事物离诗歌很近,这多少还能理解。但假如一个诗人以为日常事物离诗歌很近,这就是不可原谅的。日常事物常常是在诗的尽头才出现的。日常事物对诗来说常常是神秘的。我们对日常事物的熟悉,并不能取代日常事物给诗带来的那种神秘的含义。

写日常事物的诗,不可能仅仅凭借风格的力量达到诗的效果。写日常事物的诗,必须同时意识到它自身也在写关于奇迹的诗。

从风格意义上看,日常事物是诗的奇迹的一种变体。

我们完全可以这样设想,日常事物或许只是诗的奇迹的一种效果。

在诗歌中,最野蛮的词,常常有最温柔的用法。

诗的批评,既是一种社会批评,也是一种自由关怀。

但对有些诗人来说,由于着眼于自由关怀的深度,社会批评渐渐演变成一种诗的审美用途。

对语言的距离的组织,也是诗的社会批评的一种表现。

距离的组织,可以是一首诗的题目。比如,它是卞之琳的一首诗的题目。它也可以是一本正在写作的关于现代诗的结构的书的名字。

距离的组织,是想象力和经验在诗的结构上达成的一种默契。

新诗史上,卞之琳的《距离的组织》,既是一首优异的诗,它达到的诗歌水准足以与斯蒂文斯媲美。同时,对我们的诗歌美学史来说,它又是一部微观的现代启示录。

那么在诗歌传说的意义上,假如有人用斯蒂文斯的十首《冬天的心境》那样的诗来换卞之琳的一首《距离的组织》,倒是还可以考虑一番。其余的建议,还是免开尊口吧。

《距离的组织》中最难能可贵的是,诗人对一种现代语感的把握。夸张一点说,在卞之琳的这首诗中,半个新诗史的内容都被这种语感浓缩在了一种现代诗的自觉之中。

诗人的幽默是一种可疑的幽默感。正如诗的幽默是一种可疑的幽默。

从体裁上看,诗是一种关于希望的并且很少偏离希望的体裁。

新诗史上,美和政治在立场上是对立的。这种对立的描述表面上基于对新诗实践的客观的归纳。其实,这样的文学史叙述很可能是一种刻意的人为安排的结果。

现行的诗歌史基本上都是在小心翼翼地贬低新诗对美的追

求。这些诗歌史试图将一些诗人对美的笨拙的实践说成是，美在诗的现代写作中患有文体过敏症的铁证。似乎现代写作中，对美的追求是一种次要的品质。而且，搞不好就会陷入唯美主义的泥潭。

我有时很想朝现行的诗歌史的屁股踢上一脚。这一脚的意思是，美永远都是诗歌中最大的真实。

无论是从风格的意义上看，还是从诗歌责任的角度讲，美都是诗的一种神秘的礼物。

美是诗给诗人带去的一种神秘的回报。

美是诗的一种动静。

动静小一点，美对诗的想象力的刺激也相对要小一点。动静大一点，美对诗的内容的刺激有可能会演化成一种彻底的释放。

诗，是诗的稀有的品质。

不过，这种稀有，并非意在引发我们对诗的品质的绝望感。而是说，诗是以严肃的游戏为终极的自我实践。就像凭借生活经验观察到的一样，任何稀有的东西，在本质上只是人生的游戏性的一种喜剧的反馈。也可以这么说，稀有的东西只对人间的喜剧负责。

不写诗的人有时会和诗人一样对诗句的长短感到困惑。为什么这一行安排得这么短？为什么那一行安排得那么长？其实，从艺术的角度看，诗句的长短就像绘画中的线条一样，该长的，自然就会显得很长。

诗句的长短，与其说是由诗的音乐性来决定的，不如说它是由诗人对诗的规则的自觉程度来决定的。

诗句的长短，有时只是诗人对诗的制度安排的一种想象性的实验。

表面上可以很随意，其实，它们仍然受到诗歌史语境的隐秘的有力的制约。这种制约，一方面反映了文学史趣味对诗人的催眠能力，另一方面也反映了诗的默认规则对诗人的自由发挥的修正能力。

与人们期待的正相反，诗的自由常常意味着诗人的不自由。

有的诗人终生都不适应诗的这种矛盾。而有的诗人则迫不及待地欢迎这种矛盾。

矛盾的东西常常会给诗带来一种新颖而又有趣的陌生感。

在我们的文化语境中，也在我们的诗歌语境中，诗的激情经常被用作一种诗歌政治。比如，人们会把他们在海子的诗中看到的激情，用作一个尺度来鉴别顾城的诗是否有同样的激情。

诗的激情从来就不适合激情的尺度。在时尚杂志的摄影棚里,或者电影节的开幕式上,可能存在着人体表达上的激情的尺度的问题。但在诗中,诗的激情只是诗的一种工作状态。它标志的是,诗的主题对诗的题材的自我沉浸的程度。

通过诗歌,我们认识到伟大的好奇对生命来说是多么地珍贵。它不仅是可能的教育,也是可能的解放。

在诗歌中,只有伟大的好奇,没有其他的好奇。这话听起来有点绝对,但其实却是诚实的。

艰难的诗不一定都和艰难的人生有关。有时,艰难的诗只意味着艰难的诗的觉醒。

诗的觉醒常常会让诗变成我们生活中的一个事件。
诗的觉醒就像是生活中刚刚开始的一次旅行。

诗和旅行的关系是一种人生的自我解脱。这是一种积极的消极。

讲得那么智慧,不如讲得那么亲密。这种窘迫反而会促使诗更温柔地依赖行动的力量。

诗的行动是对诗的诱惑的一种修正。

没有对诱惑的体察,我们写不出伟大的诗。这也许难以理解,但这确实没什么好争辩的。

在我们的新诗中,很少有诗人写出了对事物和生存本身的同情。卞之琳写出了某种意义上对事物的同情,但是在风格上多少显得柔弱。海子写出了对事物的同情,但采用的却是一种绝望的方式。顾城的诗中有对事物的同情,但这种同情与其说出于一种诗的天性,不如说出于一种审美的孩子气。

对事物至深的同情,是诗签过的一个神秘的契约。

诗的同情令诗的反讽感到了真正的界限。

在有的诗人那里,诗的反讽会包含一点诗的同情;而在有的诗人那里,诗的同情会包含一定的诗的反讽。这是两种不同类型的诗歌路径。

诗的反讽,相对来说,是一种比较容易把握的东西。但诗的同情,则是一种更伟大的技艺。是的,我宁愿说,诗的同情是一种诗的技艺。

人们以为诗的同情不可能是一种技艺。其实,诗的同情恰恰是一种最伟大的技艺。

在良知的意义上,你固然也能理解诗的同情。但是,诗的同情是比良知走的更远的,也包含了更多的道德自省的赏心悦目。谢灵运曾说:"我志谁与亮,赏心惟良知"。

将诗分为真诗和伪诗是廉价而乏味的诗歌批评最喜欢做的事情。

诗能对真实的事情做一些事情。但是真实却很少能对诗做同样的事情。

我们谈论真诗的真正的理由其实不过是我们想找到能够谈论诗歌的合适的人。

真诗中并没有多少诗的真理可言。

在癫狂的边缘,有语言的激情。在疯狂的边缘,则有诗的激情。在深渊的边缘,则有风格的激情。

诗的激情只是夜晚的激情的另一种版本。

那些在诗的激情和语言的激情之间做出了某种选择的诗人是幸福的。

令人吃惊的是，在诗歌中，平衡本身可以是一种特殊的激情。人们以为激情和平衡是两种相互对立的品质，是偏狭的表现。

最美的平衡也最短暂。这样的例子在诗中比在自然中更常见。

最完美的平衡令激情激动不已。

诗的平衡是诗的奥秘之一。

有些诗人做的工作，其实不是在破坏诗的秩序，而只是在打破诗的平衡。

诗的平衡只存在于诗的写作的过程之中。我们读诗时感到的平衡，不过是这种平衡在文体上的幻觉。这是一种美妙的幻觉，就像雨后的草木带给我们的新鲜的幻觉一样。

诗不是网。语言也不是网。但在诗和语言之间有一个网。大小因人而异。

你穿过了它,算不上漏网。你被拦住,或刚巧被网眼卡住,也算不上落网。

人们喜欢用做诗和写诗来区分诗人,甚至是区分诗的好坏。经常可以看到这样的情形,一个诗人对另一个诗人振振有辞地说:你的诗是做出来的,不是写出来的。这毛病大概是从郭沫若开始养成的。其实,在做诗和写诗之间,除了风格的差异外,并没有人们想象的那种差别。

诗是做出来的,就像爱也是做出来的。即使是外星人,你也很难把做爱说成是写爱。很多时候,做诗就是做爱。不懂做诗的人,那些以为诗是写出来的人,多半也不懂什么是湿。

其实,秘密就在于你的天赋里有多少愉快的东西。

诗是一种深奥的积极。

诗,是那最深的眼泪。

诗比深远还要深。

几乎所有深刻的诗都有非常浅薄的那一面。

不过深刻这一关,对一个诗人的成长来说,没什么。但是过不了浅这一关,对诗人的成型来说,影响却是致命的。

对诗的反思很容易堕落成反思癖。

诗人对诗的反思,和诗歌史对诗的反思,在出发点和使用的标准上,是不一样的。但在我们的文学语境里,人们却总是倾向于将这两者混为一谈。更糟糕的是,人们喜欢用诗歌史对诗的反思来剥夺诗人对诗的反思。

我们的诗歌史还没有学会尊重诗人的命运。究其本质,这其实也是一种没有学会尊重诗的表现。思想宝贝们的诗歌史尤其显得麻木不仁。

诗和思想常常很相像。诗做过的事情,思想常常喜欢再做一遍。

诗和思想不同之处在于,诗几乎不需要反思。而思想却常常把反思作为它的最基本的驱动力。

还是要看人。诗和思想的关联因人而异。在有些诗人那里,诗确实喜欢反思思想。

这意思是说,诗不反思自身,但是诗喜欢反思思想。

在诗中,哪怕是最微小的事物都经得起思想的最大的反思。

迄今为止,叶芝对现代诗作下的定义仍然是最好的:诗是和自我争辩。

在有些诗人那里,这既是一种复杂的争辩,同时也是一种温柔的争辩。争辩的复杂性针对的是生存的背景,而争辩的温柔的那一面则在于风格的自觉。

令我们感到震惊的是,最有天赋的古代诗人却很少和自我争辩。比如,李白的诗就很少触及自我争辩。但这并不说,叶芝的体会就不适合古典诗人。李商隐的诗仍然是一种典型的自我争辩。杜甫的后期的诗尤其充满了自我争辩。至少,我愿意从这个角度去重读杜甫。

如果有人真的想问为什么李白的诗绝少自我争辩,那么他不妨去想想文学史为什么会将李白看成是诗仙。神仙是不会和自我争辩的。但这很可能也只是表面现象。

人们总想诗歌史为诗人服务,这种想法是错误的。诗歌史只为诗的神圣服务。虽然从现实的处境看,诗人们觉得诗歌史有时没能充分体会他们的工作,但从诗的长远的角度看,这种委屈——即诗人在诗歌史的语境中所感到的委屈,会对诗人的成长有莫大的帮助。

存在着两种类型的诗歌史，一种以诗人的工作为目标，一种以诗的审美价值为目标。人们有时会盼望存在着一种能将这两种类型融合起来的诗歌史模式。这种想法是错误的。如果真的有能融会这两种类型的新的诗歌史出现，那么，读起来也许会很好玩，但这种诗歌史只会是一种诗的风俗史。

没有新诗的革命，也就没有新诗的传统。但诡异的是，人们常常误以为新诗传统是建立在新诗的革命的基础上的。这是对诗和传统的之间的关联的最深的误读。

在诗中，任何革命只是想激活一种诗的传统。对有些人来说，这被激活的传统是旧的。

但对另一些人来说，这被激活的传统是一种新的传统。

也不妨这样理解，新诗之所以发生，在于它意识到了诗的传统具有未来性。

在有些人那里，只有诗的直觉。在另一些人那里，只有诗的领悟。而在此两种情形之外，在有些诗人那里，只有诗的可能性。

称呼的不同，一方面在于观念的不同，另一方面也在于角度的不同。

在触及诗和直觉的关系的时候,如果可能,我宁愿使用角度,也不愿动用观念。

朦胧诗只是为一种诗歌史写作的诗。这不是朦胧诗的错,也不是诗歌史的错,这只是一种可以借鉴的错误。

人们喜欢谈论诗意甚于谈论诗道,这是一种非常有趣的懒惰。很可能也是一种完全无害的懒惰。

在有的诗歌传统中,只有诗意。在有的诗歌传统中,只有诗道。而在我们的传统中,诗道和诗意都有自己的领地。如果再细分的话,诗道也许更像是一个领域。而诗意更像是一种空间。

诗道和诗意,是诗的硬币的正面和反面。

你不可能发明诗道。但有时候,你确实可以发明诗意。

诗是一种神秘的视野。并且神秘之处就在于,这种视野是诗的最平凡的一种功用。

人们常常谈论诗的危机,殊不知这所谓的诗的危机,只是这些谈论者自身的文化素养和文化依赖感的一种危机的表现。

这就是说，人们常常用他们自己在文化境况中感到的危机去指认诗的危机。这种指认本身已经很愚蠢，更愚蠢的是，那些针对所谓的诗的危机的言辞。

诗没有危机感。这是诗的高贵的一个具体的表现。也许某些诗人会在特定的文化语境里感到某些危机，但那只是他个人要解决的事情。

危机感只是人们对诗做出的一种廉价的反应。之所以廉价，就在于这种反应是建立在诗的功利基础上的。

与诗歌史平行的，不是诗的野史，而是诗人的形象史。在我们的诗人形象史中，始终有一种对诗人的猖狂的偏爱。有些聪明的诗人会聪明地利用了这一点，而且会觉得几乎可以不付出任何代价。

从写作的角度看，猖狂激发的是诗人的能量，而不是诗的才能。

猖狂是会上瘾的。换句话说，猖狂是诗的一种毒瘾。相反，诗的极端虽然拥有等同的能量，却不是一种毒瘾。

诗的猖狂常常会被猖狂的诗人用作私人目的。

猖狂只是一种知道如何精明地避免自焚的玩火。

诗的猖狂尚有可取之处,但诗人的猖狂则常常是对诗的一种冒犯。

诗的猖狂,在有的诗人那里,是一种天才的反应。而在另一些诗人那里,则是一种极端的心计。

为伟大的诗而写作,这不是一种必要,这只是一种可能。

人们常常以为伟大的诗会让人感到压抑和不适,这是一种典型的文化偏见。伟大的诗只是一种帮助我们向生命敞开的诗。它常常让人感到异常的温柔。

与人们想当然的不同,诗的温柔是诗的一种洞察。

伟大的诗是对诗人的自恋和文化的自恋的双重克服。

诗人的自恋常常只是诗的自我防御的一种手段。但即便如此,我们仍然学会努力克服诗的自恋。

诗的天赋的本意是向更高级的事物不断敞开我们自己。

对诗歌史来说,诗的自恋是一个新的主题。

诗的自恋有时是对文化的自恋的一种反拨。

诗的自恋里有诗的真谛。不过,这真谛显得非常脆弱。

诗的真理,其实不在于它有多么微妙,而在于它非常脆弱。
人们有时想克服这样的脆弱。但这样做的结果,诗的真理
就会蜕变成一种诗的原理。

脆弱之于诗,正如脆弱之于花。假如没有这脆弱的一面,诗
就不会触及这么多生命中的秘密。

每一首好的短诗其实都是一首长诗。而好的长诗里很少能
见到好的短诗。

如何来鉴别一首长诗是否写得好? 有一个貌似简单但却非
常有效的方法就是,看看这首长诗是否可以在阅读中变成一首
好的短诗。

人们曾经为我们的传统中只有抒情诗而自卑。似乎在抒情
诗和史诗之间只有唯一的选择。这是用西方的标准看待我们的
传统之后造成的一种标准的自卑。与其说这是一种美学上的自
卑,不如说是一种文学政治的自卑。

这种文学政治的自卑曾想用长诗来克服它的美学的自卑。但吊诡的是，这恰恰是一种用克服自卑无法克服的自卑。这种自卑并不愚蠢，它只是一种迷失。或者说，它是一种浪漫的幼稚。

仅就长短而论，短诗比长诗要长得多。不是标准变了，而是角度更新颖了。

用写长诗的能力来写短诗，是一种绝对的抱负。

用写长诗的体力来写短诗，是一种神秘而有趣的偏爱。

一首长诗建构起来的文学史秩序固然可敬，但五十首短诗开辟的文学史秩序可能更胜一筹。从德鲁兹的角度看，一首长诗容不得自身有任何褶皱，也总要弥合自身的缝隙。但一首短诗延伸到另一首短诗时，在此过程中出现的文学史褶皱和美学缝隙，却为诗的创造力提供了充足的机遇。

诗的机遇就是诗的自我解放。用对话的方式说，就是我不能解放你，但你也可以自己解放另一个你。

诗的现代性的秘密就在于它的实验性。容易引起误解的是，人们以为这是新诗自身的实验性，其实，更多的时候，新诗的实验性不过是文化的现代性的一种综合反应。

没有实践性也就没有诗的性感。

不能领悟实践性的人不会触及新诗的创造性。这不是什么断言。而是秘密的机关就是这么设置的。

天知道,语不惊人死不休和诗的实验性的关联在那里。

诗是一种大欢乐。它聪明地借用了语言的非人的那一面。这一点足以让本来就很阴郁的思想宝贝变得更加阴郁。

诗可以宽容任何东西,但是诗和阴郁却永远不共戴天。

在和人类打交道的时候,诗唯一不能治愈的东西就是人身上的阴郁。

阴郁是诗有可能遭遇到的最大的邪恶。

非常奇怪,道德意义上的邪恶很少能渗透到诗中。惟有阴郁是一种例外。

必须意识到诗的母语和诗人的母语是有区别的。有趣的是,一首好的诗可能完全出自从未意识到这种区别的诗人之手。

有的诗人只知道用他的母语写作。也有的诗人知道如何用诗自身的母语来写作。

马拉美的直觉依然有效，与其说诗是一种依赖母语的语言，不如说诗是一种讲究方言的语言。诗使用的是一种"部落的方言"，这话讲得多么精准。

但我们的语境中，母语迷却对诗的方言毫无感觉。

你大可不必反驳你写的诗里有多少母语的成分。你要尽到的责任是，尽可能地写出诗的方言。

有时，境界的高低就在于，是纠缠诗人的母语的风格标记呢，还是讲求诗的方言的文学踪迹？

作为一个诗人，仅写出你的母语的美，还不够。你必须还要写出诗的方言的那一面。

当代诗的语言依然面临着这样的选择，不是散文化，也不是用散文来练就诗的措辞，而是诗中的散文。

诗中的散文比散文中的诗更能激活诗的方言。

人们常常忘记诗必须有得体的那一面。但是，将诗分为得体的诗和不得体的诗却不是诗歌史该做的事情。这项工作甚至也不是诗的批评该做的事情。它应该通过诗人的自我教育来完成。

写得体的诗，与其说是一种诗人的自律，不如说是一种诗的冒险。

或者，也可以说，只是从艺术的冒险的角度，写得体的诗是值得看重的一种东西。

得体的诗不反对任何东西，尤其不反对不得体。它只是对诗的得体的一种自觉。

不可思议的是，得体的诗往往只存在于我们谈论诗是否得体的那个特定的语境之中。

我们有时必须用得体的诗对诗的得体做点什么。

我们不便公开讲，诗必须得体。但是我们通过一些例子来说明问题。以卞之琳为例，从诗人个人的写作生涯上看，直到写出诗集《慰劳信集》时，他才写出了得体的诗。但从文学史上讲，你也可以说，新诗直到卞之琳的出现，才开始写出了得体的那一面。但卞之琳的迷误在于，他的天赋让他太在乎诗的得体。

我不是在反思什么,也不是在暗示什么,我只是说,在某种意义上,作为用现代汉语写诗的人,我们都是卞之琳。这样说的目的,不是说我们都要成为卞之琳那样的诗人。而是说,只要用现代汉语写,不论我们的写作起点从哪里开始,我们都会路过卞之琳。

你可以这样看,顾城是卞之琳发明出来的语感的一种延伸。也可以这样说,卞之琳不过是顾城的另一个版本。他们两人之间的关联,就像诗歌史里存在着暗道一样。

诗,说白了,就是在某种意义上,诗是四海之内皆兄弟。
也可以这么讲,与其说诗人之间是一种兄弟关系,不如说诗本身是一种兄弟关系。

就像极端一样,在诗歌中,激烈经常是一种精明的乖戾。

没有人知道诗歌该不该走极端。但我们确实可以依据心智的力量和审美的品质判断出,极端走到哪一步还没有减损诗的高贵。

几乎在我们所知道的任何文化场合里,你都没法讲明白诗的高贵是怎么回事。但是,这种情形绝不是诗的高贵本身有什么问题。

问题仍然在于你遇到的是什么人。而且,更为吊诡的是,问题很可能永远都在于你遇到的究竟是什么人。

诗如何和生活发生的关系的例证之一是,无趣的人常常对身边的事物感到奇怪。而性情的人在面对同样的事物时则感到好奇。

好奇是诗的油门。不知道怎么踩的人通常也对诗的速度浑然不解。

有时,我们可以通过诗人和时间的个人关系,来鉴别他处理普遍性的题材的能力。

第一种情形是,在有些诗人那里,诗有的是时间。丰富的时间,充沛的时间,焕发的时间……。

第二种情形是,在另一些诗人那里,诗只有很少的时间。紧张的时间。坠落的时间。狭窄的时间。

这里,说能力可能有点残酷。也许,有人愿意看到这样的表述:我们可以通过诗人和时间的个人关系,来看待他处理普遍性的主题的机运。

诗,表面上看去不讲究运气。

诗的运气比诗的灵感要好玩得多,也深奥得多。但是,诗的灵感在文学史的会客厅里更受欢迎。这种情形在将来也不会多少改变。不必为此感到不快。因为这或许正是诗有运气的一种表现。

说一首诗写得很有运气,比说它写得好更有启发性。是的。运气有时就是一种启示。诗的运气尤其是诗的自我启示。

诗的批评中有一道门槛,就是你是否完全意识到了将诗分为有运气的诗和不走运的诗的那两种情形。

在诗和运气的关联中,最有趣的部分就是,写诗不靠运气,但我们却经常能写出有运气的诗。

真正的问题其实只有一个:那就是假如没有诗……?

人们总想让诗来解决我们的问题。但是,诗不解决问题。这恰恰是诗存在的最重要的理由。

诗不解决问题,这不是诗无能的表现,这恰恰是诗有能力帮助我们面对我们的问题时的最根本的原因。

诗歌史中,经常会看到这样的呼吁,要求我们写出的诗能解决我们的问题。如果我们按这样的诉求,写出了试图解决问题的诗,那么,随之而来的责难和愚蠢会更多。

人们无法解决的问题，诗其实早已解决。

人们常常贬低对诗的解释。以为诗只是需要理解。其实，仅凭对诗的理解还远远没有触及诗的奥秘。简要地说吧。诗需要解释远远甚于诗需要理解。

在通向诗的道路上，理解往往只是一种活动。一种心理活动，多半还要受到情绪和见识的影响。而解释则是一种实践。一种审美实践。它的本质是，你得对你拿到的那首诗做点什么。

诗本身已是答案。这道理简单得就像，宇宙本身已是一种答案。

从问题开始的诗，最终都会流于无趣和乖戾。

喜欢抱怨的人不会在诗中找到诗的乐趣。

诗可以愤怒，但记住，诗不可以抱怨。抱怨是诗的真正的敌人。

诗可以愤怒。但是，诗的愤怒是一种神秘的愤怒。

诗不会随便发火。想发火的话，人们完全可以用更直接的方式。

诗必须勇敢。在古典时期,这也许算不上是诗的一种品性。但是在现代,这却是现代诗是否写得有境界的一种标识。

我们的生存中有很多困境。但没有一种困境是由诗造成的。

在诗的辞典里,困境并未收录在其中。而人们却喜欢把自己的困境和诗的困境混为一谈。

喜欢将自己的困境等同于诗的困境。

凡是以困境为标题的诗歌批评,几乎都是从自欺和无知开始的。所以,完全可以忽略不计。诗不必为困境浪费时间。

诗的写作进行到哪一步,你会遇到这样的问题,更依赖领悟,还是更依赖意识?

对于诗的境界,靠悟性来把握,和靠意识来领会,这两种途径所导致的结果,竟然会如此不同。原因就在于诗包含了一种强力的选择。所以,有时,选择本身就是一种革命。

不触及革命的诗,几乎不是诗。

诗的革命,在文学史的形象学里,被说成是人为的结果。在反思五四时期新诗的革命时,郑敏曾断言,那不过是少数知识分子的小圈子行为。其实,诗的革命表面上看好像是由少数人借助某种现代话语权来操控的,但是,真正的动因却是来自语言本身的流变。

诗的革命,不仅仅是人为的结果。它更是语言内部的一种自我突破。这才是最根本的原因。

那些试图探讨如何避免诗的革命的人,实际上是在剥夺历史中比较有趣的那一面。

对某些人来说,诗是一种升温。闻一多曾热烈地表白:我的心中也有一团火。

而对某些诗人来说,诗是一种神秘的降温。给那最热烈的东西以一种有趣的形式。

不懂得降温的诗人,应该去铁匠铺当两月的学徒。这意思是说,经常干点粗活,有利于诗歌出汗。不出汗的诗,相当于做爱时喜欢偷懒。

人们常常以为写诗写到一定程度后,要再上一个台阶,就必须靠悟性了。缺少悟性,很难领略到诗的奥秘——这是流行的诗学经常想向人们灌输的东西。

这有错吗。从理论上说,泛泛谈论悟性,总不会错得太离谱。

也许问题应该这样问:这种说法对现代诗适合吗?

如果我们考虑到现代诗的写作背景和战略走向,这种说法和诗歌写作的之间的不谐调,就会浮现出来。

从想象力的模式看,悟性更适合描述古典诗歌的写作。也就是说,作为一种写作品质,悟性更多地站在古典诗学一边。悟性推动的是想象力的穿透性。但是从现代诗的写作情形看,与其说诗人需要悟性,不如说诗人更需要综合的意识。

相对于现代诗要处理的东西,仅凭诗人是否有诗的悟性,已远远不能说明我们的诗歌写作的实际状况。我们要处理的题材和主题,让我们更依赖综合的意识。

从想象力的能力来说,与人们的错觉相反,诗的悟性远远低于诗的意识。换句话说,在现代写作中,意识所起的作用比起悟性来说要深远得多。

人的愚蠢永远都有优势。但这不该是悲哀的理由。

或者是否也可以这样说,人的愚蠢永远都有优势,它是根植于生物的多样性的一种内在的喜剧。诗不针对愚蠢,但愚蠢喜欢却针对诗歌。因为诗歌常常让愚蠢感到一种无所不在的压力。

在愚蠢和聪明之间，不存在诗能做出的选择。有人想当然地认为，在这种情形下，诗会选择聪明，这其实是一种愚蠢的想法。

无知是诗的最大的天赋。在无知和天真之间，存在着一种选择。它不完全是诗的选择，但却和诗的秘密有莫大的关系。此外，无论这种选择怎样进行，都是令人愉快的。愉快通常不包含深刻。但这种愉快里却包含了一种独特的深刻。

人们常常忘记的是，在诗歌中，深刻其实是一种深刻的愉快。

人们更容易忘记的是，美从来不跟深刻讨价还价。这就是一种境界。或者，境界的反应。相反，深刻却总喜欢拽着美讨价还价。

在诗歌中，美本身就是一种深刻。

唯美也是一种深刻。比较难理解的是，唯美不是一种狭隘的深刻，而是一种尖锐的深刻。

在历史中，没有唯美的位置。这种严酷是对的。但其实更重要的是看待这一现象的角度的严酷性。不是唯美不配，而是历史不配。唯美是一种冒险，而用同样的尺度去衡量，但历史却是一种势利。

值得庆幸的是,迄今为止,伟大的诗从不势利。

谈论天才,是比拥有天才更美好的事情。至少从有趣的角度看,事情可以如此。或者,至少事情有时是如此。这种情形,尤其适用于诗。

拥有天才,不如进入天才的状态。

很不幸,天才没有自己的舞台。或者,几乎可以这样理解,天才没有天才的舞台。

人的历史中有很多舞台。但没有一个是为天才特意准备的。

诗的最好的状态之一,就是不迷信天才。这里,至少有一层意思是说,天才很迷人,但我们能给予的信任本身同样很迷人。诗,有时就是这样一种信任。具有挑战性的是,你必须自己去发明信任的对象。

诗和天才有某种关系。幸运的是,这种关系既不太密切,也不太疏远。这种关系更像是一种神秘的友谊。

你可以戒掉天才。但你不可能戒掉诗。

有时，人们以为不写诗了，是一种戒掉诗的方式。但这不过是对诗的一种撒娇方式。同样，有时，人们会宣称他们不再读诗了，这仍然是在对诗撒娇。而且，更糟糕的是，这还是对诗的一种装模作样。

没有一个诗人知道戒掉天才以后，会发生什么。他可能会拥有更多的天才的机会？他也许会显露出天才的另一面？没人能对此做出可靠的判断。但是诗知道，假如一个诗人有勇气戒掉天才后会发生什么。表面上，这像是一种冒险。但有时，这种冒险是值得的。这是一种高级的冒险。从故事的角度说，兰波也许是诗歌史上唯一戒掉了自己的天才的诗人。

在古诗中，诗歌的特殊性是绝对的。诗的普遍性是相对的。而在新诗中，诗的特殊性是相对的，诗的普遍性是绝对的。这也就是说，在新诗的写作中，汉语面临着一次关于它自身的解放。

新诗的写作就是要将诗的普遍性在诗的特殊性中放大，并加以强化。

在古诗的写作中，汉语偏于地域性的文化经验。而在新诗的写作中，汉语着眼于世界性的文化经验。

只有犀利,没有境界:这也许不是思想中最糟糕的风格类型,但却是诗歌中最糟糕的写作类型。

新诗和古诗之间的裂痕,是我们的诗歌史中最珍贵的遗产。甚至可以说是我们的汉语文化史中最有创造性的财富。随着时间的斗转星移,这一点已越来越彰显。

但可悲的是,我们的批评史乃至知识史却一直想弥合这种裂痕(它在理论上的名称是"差异",有时也被称为"断裂"),把这裂痕或断裂看成是汉诗的文化创伤,甚至把它视为一种迷途、负担、罪过、妄为。这是一种知识上的短视行为。

古诗局限于历史的一致性,新诗着眼于历史的差异本身。

新诗饥饿于新形式的可能性,而当代诗渴望着新形式的可能性。它们的相似之处在于,这两种倾向都涉及汉语的可能性:一种代表了语言的永恒的饥饿,另一种体现了语言的永恒的渴望。

时间总是被用于马后炮。历史也总是被用于马后炮。这是诗歌史写作爱用的两个招数,但当代的诗歌写作让这些招数失却了原有的灵光。在当代诗的写作类型中,语言被用于马后炮。

新诗的崇高,作为一种汉语的可能性,已被彻底地熄灭了。

这里,假象和真实混杂在一起。如今,在我们的诗歌场域里乃至在我们的文化语境里,慢说论及新诗的崇高,已变得可笑,居心叵测;哪怕只是稍稍涉及新诗的崇高,也已显得虚伪,不堪信任。这种状况该由谁负责呢? 二流诗人的反崇高,尚有回应历史的虚假的一面,还情有可原。但假如我们的诗歌思想史也致力于消解新诗的崇高,那就绝难原谅。因为它假设了这样一种乖戾而平庸的想法:即诗的写作可以绕开诗的神圣,而服务于诗的真理。

当代诗的理想:精确于惊奇。甚至精确于崇高。

但在具体的写作中,这一理想会出现许多分裂。诸如,惊奇于精确。或崇高于精确。

超越单一的诗歌传统,这是新诗做过的一个梦。但是,很有趣,当代诗有时会假装新诗从来没做过这个梦。或者,当代诗正以公开否认的方式继续做着这个梦。

诗体验过这样的时刻:令力量变得美妙。并且诗还意识到,令力量变得美妙的并不是美妙的力量。

马尔克斯坦然地说出福克纳是他的文学守护神时,但是在我们这里,翻译及其产品一直在知识批评中被视为暧昧的异类。在新诗史上,诗歌翻译经常以替罪羊、假想敌、祸水的形象交替出现。

从某种意义上说,我们的诗歌已过翻译这一关。而很多诗人却依然没过翻译这一关。我们的诗歌批评也还没过翻译这一关。

诗中的秘密召唤:通过语言获得成长的机会。

诗提供的是这样一种机遇:或许可以通过语言完成我们的成长。

微妙的厌恶。在诗歌中,它意味着感受力给想象力出了一个难题。

讨厌某种人时,我们的厌恶有时虽然会隐藏得很深,但在感受上却是直接的。而讨厌某种品质时,我们的厌恶有时却显得异常微妙。

微妙的厌恶,对有的诗人来说,它往往出现在事情的结局中。而对另一些人来说,它意味着有些事情开始。

我们必须将真理设为前提。海德格尔如是说。但是,这个选择对诗而言,却并不那么确切。

诗不反对将真理设为前提。诗只是不会如此言之凿凿地将真理设为前提。

诗如何看待真理? 诗将真理视为一种友谊。

假如我们的当代诗真的被教唆得像我们的思想一样，忙于纠缠并评判真与假，那真是太可怜了。诗的责任主要不是朝向真与假。

与其是否真实，不如与其是否高贵。诗的责任在于生命的高贵。

诗是我们给生命带去的礼物。生命是诗再一次给我们带来的礼物。

而我们给诗带去的是语言的礼物。

新诗给使用汉语的人带来了巨大的可能性。但这一诗的可能性，一百年来一直遭受着以历史的名义进行的各种各样的背叛。

与人们想象的相反，大众对新诗的背叛并没有那么严重。大众的背叛至多是一种理解的茫然。而且，它更多的时候是被另外的文学势力充作借口。真正的背叛来源于现代知识分子，来源于他们所建构的知识场域。

新诗历史上，诗歌翻译表达的是一种罕见的对新诗的忠诚。也就是说：当所有的文学性都在特殊的历史情境中背叛新诗的可能性时，译诗这一文学行为却体现了一种艰难而奇妙的针对新诗的忠诚。甚至是对现代汉语的忠诚。比如，可以这样理解穆旦在1960年代的诗歌翻译。遵循同样的逻辑线索,也就不难理解为什么王小波会如此欣赏穆旦在他的诗歌翻译中所展现的汉语的现代性。

公众和当代诗的隔绝或疏离,既是一种文学现象,也是一种社会现象,同时它还是一种历史现象。谈到责任问题,公众有公众的责任,诗歌有诗歌的责任,但其中,最主要的责任应该由知识分子来承担。这种疏离和隔阂,主要是由于他们对新诗的理想和新诗的可能性的迟钝乃至背叛造成的。

诗的反叛,既取决于诗人本身是否足够内行,也取决于我们的诗歌文化是否足够内行。

当代的情形是,对反叛内行的诗人很罕见,而诗歌文化对反叛的态度基本上处于外行状态。

结构在流动,对现代诗来说,这是一种独特的优美。这种优美,使得现代诗足以和古诗在形式上媲美。

可能与人们的感觉正好相反,简洁在诗的阅读中引起的麻烦,比复杂多得多。

在我们这里,简洁从未来就没中性过。

简洁本来是风格的标记,但在我们这里,简洁却往往被当成道德的标记。

在写作中,诗的内容比诗的形式晃动得更频繁,更厉害,就好像它正经历着一场地震。

在诗歌中,有一个视角,它的意思是说,内容正在进行分泌。

对于诗歌,他只有乖戾的看法,而这种乖戾因乖戾的无知而不断强化。

所有的乖戾,最后都意味着诗的不自由。

那些表现在诗歌上的乖戾,最后都堕入了阴暗而无名的嫉恨。

乖戾是诗歌中的一个深渊。它喜欢把自己乔装成犀利和深刻。

在诗歌中,有一种飞翔介于耐心和爆发之间。

在布封的时代,天才即耐心。而在我们这个时代,天才就是不耐心。

诗的天才的另一个类型就是对天才极度缺乏耐心。

诗的天才,意味着他知道在诗歌写作的四周徘徊着巨大的耐心。如此,对他来说,耐心只是一种顽固的边界现象。

在诗歌中,特别地,在诗歌文化中,耐心是一种巨大的优美。说诗的写作需要耐心,意思是说诗的写作需要吸收并融入一种罕见的优美。这种优美因罕见而巨大,媲美于秘密的心灵。

不是寻求新鲜的细节,而是让细节学会保持新鲜。

我喜爱美国批评家哈罗德·布鲁姆谈论诗歌的方式。我喜爱他,是因为我意识到自己经常反对他。而这种反对反过来又加深了我对他的喜爱。我反对他什么呢,我又喜爱他什么呢?我反对他的诗歌智慧,同时又以反对的方式喜爱他的诗歌智慧。

比如,在我看来,"影响的焦虑"最富于启发性的地方是,作为一种精致的强蛮的概括,它只影响了诗人对语言的焦虑。而在诗歌写作的另一面,语言对诗人从未有过焦虑。

所以,作为诗人,也许可以说,我们无时无刻不处在文学史的焦虑中,但是诗歌本身从未处于诗人的焦虑之中。

从立场出发,还是从标准出发?这是诗歌批评想过而其他的批评类型很少会想过的一个问题。某种意义上,立场在标准中的弯曲度,决定了诗歌批评的强度。

记住,所有的深度,都不过是思想在诗歌面前的斧头的表演。

也不妨说,思想迷恋深度,但是诗歌迷恋的是比深度更有意思的东西。

换句话说,所有的深度都是一种暂时性的东西。而诗着眼于自由的关怀。

诗,抵达过这世界上的任何一种事物的重量。诗的重量,也是梅花的重量。一粒燕麦有多重,诗歌就有多重。唯一的例外是,诗不曾有过斧头的重量。

诗信不过斧子。

诗的不及物是绝对的。诗的及物是相对的。

当代诗歌批评存在着这样的倾向,试图调和诗的及物与不及物。这种调和只能堕入一种粗暴的折中。因为诗的不及物和诗的及物不是平行的。它们之间的关系涉及到一种诗的等级现象。

诗人的耐心,甚至历史的耐心,我们已然试过。那么,接下来,试试诗歌的耐心,如何?

诗和历史有很多关系,但这些都不意味着诗是我们在历史中读到的。大多数时候,我们都是在历史之外阅读诗歌。

换句话说,诗歌不完全是一种历史现象。甚至在很多时候,诗根本就不是一种历史现象。

我们的诗歌史写作存在的一个根本的欠缺是，它缺乏对新诗的基本动机的解释和分析。

　　如果说真有什么缺点的话，那么唯一的缺点，在我看来，就是我们的新诗写出了语言的骄傲，但却没能在历史语境里捍卫它。更常见的情形反而是，我们的诗人对新诗写出的语言的骄傲感到内疚，甚至是反悔。

　　诗歌革命，不仅仅是一种语言的现象，或一种语言的事件，它也是一种语言的功能。
　　换句话说，诗歌革命也体现着语言自身所具有的一种表达功能。

　　不是求助于生动的观察，而是让观察生动起来，这是诗要做的一件事。

　　假如我们不是处在语言的内部，那么谈论诗歌的交流有什么意义呢？又怎么会成为可能呢？

　　我们有过美妙的喜悦，甚至是巨大的喜悦。但从某种意义上说，我们还从未公开抵达过诗的喜悦。
　　换句话说，我们曾秘密地抵达过诗的喜悦。但是很奇怪，这种事已不便公开讲出。

有人因诗的喜悦而领悟了爱,有人则因诗的喜悦而更深地陷入了嫉恨。

进入词语的呼吸。这是诗歌的写作和遗产最相似的地方。因为诗歌的写作不会留下别的遗产。

另一方面,进入语言的呼吸,经常会被我们误用为某种精神的复活。其实,语言的呼吸比精神的复活带给我们的东西要美妙得多。

在诗歌中,重复是一种伟大的特性,远比人们对感官或想象要深邃得多。

重复得太少,意味着还重复到家。重复得太多,则可能意味着一种新的表达的出现。

从最次要的方面说,没有重复,风格的形成就不会稳定。风格也就没有机会形成它的令阅读感到愉悦的氛围。没有重复,风格就会失去仪式感。

对诗歌而言,最神秘的依然是这样一种重复:假如我们重复的是生命之美的多样性呢!

当代诗和新诗的共同之处,两者都承担着散文在诗中的风险。当代诗甚至比新诗更自觉地承担着散文在诗中的风险。

假如没有这种风险的承担，那么，当代诗在写作的乐趣上就会大打折扣。

就汉语诗歌而言，散文是诗的命运。但是，天知道，我宁愿再晚一点才领悟到这一点。

从胡适开始，新诗的现代性就已明确了它的基本的文学类型：新诗是建立在语言的实验性之上的。但是近一百年来，现代文学史，诗歌批评史，知识分子的文学偏见一直想让新诗背叛这种实验性，甚至是把它看成是一种耻辱的标记。

最不可思议的是，当代诗才是新诗的原型。

诗的意义是对意义的一种神秘的渴望。

飞出去的时候，是一块砖头，接住的时候，它也许是一块玉石。诗默认过这样的事情。

诗歌的射线。走运的或不太走运的穿透力。在铁幕和黑幕之间，骑着光线的生灵回忆着我们没有跳过的舞。

诗的朴素不同于人生的朴素。诗的朴素体现的是一种朴素的魅力,而不是朴素本身。

深刻的东西,它有一个前提就是爱。在诗歌中,尤其如此。
很抱歉。这没什么价钱好讲的。
也可以这样表述:深刻的东西总是和爱联系在一起。否则,
它就不是深刻的东西,而是比深刻更深刻的东西。或者说,它是
比深刻更绝望更阴郁的东西。

从诗歌史的角度看,诗,既是一个私人事件,也是一个公共
事件。这是诗歌史不得不采取的立场。否则,它就会陷入最糟
糕的琐碎。
但是,从诗歌学的角度看,诗,可以纯粹是一种个人事件。
这不是说,公共事件或社会事件就被排除在诗的自我生成之外。
而是说,个人事件和公共事件,在诗歌的自我定义中并不是一种
平行的关系,甚至也不是一种共时的关系。
这种状况导致了两种不同的立场:在写作中,诗倾向于它是
一种个人事件。而在阅读中,诗往往被看成是一种社会事件。

我们在纸上写诗。开始时,纸显得又轻又薄,它发出的摩擦
声几乎很难听到,它甚至很少让我们感到它的存在。纸,在写作
中好像被写没了。但是,不知从何时起,你突然发现你用来写诗
的那张纸开始有了石头的重量。

174

流行的批评时尚一直试图使诗人臣服于这样的规约：诗歌写作的现代性的基础是对语言的怀疑。某种意义上，这是一种合情合理的诱惑。但是，诗歌写作和其他的现代类型的写作的一个根本区别是，诗的写作是建立在对语言的罕见的信任之上的。

换句话说，对语言的罕见的信任是诗歌写作的基础。也是诗人使用语言时的基本立场。

也不妨说，与罕见的信任相比，任何怀疑都显得太方便了。

怀疑语言，还是信任语言，这确实是一个问题。假定存在着一种诗人成长的方式：在怀疑中学会了罕见的信任。

我回顾自己的成长方式，虽然不敢那么确定，但好像是这么走过来的。

没有罕见的信任，诗人又能做些什么呢？

我们的诗歌文化中一直对是否要写得聪明怀有一种暧昧的情感。很多时候，写得聪明，近似于写得好玩。于是，让诗歌变得聪明，成为了一种不便公开宣扬的隐秘的写作目标。在很多私人场合中，这一目标甚至变成了一种批评标准。人们用写得聪明不聪明来标价一首诗的写作质量。相关的俏皮话如雨后春笋。比如，这个家伙写得哪儿都没什么毛病，就是写得不够聪明。或者，他的作品看起来不错，就是写得不聪明。等等等等，不胜枚举。

其实,诗歌写作的真意是,一方面要激活语言的聪明,另一方面又要克服语言的聪明。而诗人自身的聪明,应该尽量加以禁忌。因为它是写作的兴奋剂。

让语言变得聪明,只是诗歌写作的一个次要的副产品。但从审美的角度看,在某些情境里,它却有可能是我们经历到的来自语言的最大的诱惑。

诗必须过聪明这一关。

什么意思呢?是啊。我也在琢磨。这还可能是什么意思呢。或者,这还能有什么意思呢?

可能的话,尽量不要显得比诗还聪明。

这句话的另一个表达方式是,酒固然好,但最好是不要比酒喝得还多。

某种意义上,新诗很无辜。从语言哲学的角度看,新诗不过是帮助我们的语言找到了古典诗歌的一个尽头。

换句话说,假如没有新诗,我们的语言将错过古典诗歌的一个尽头。

借助历史的机遇,新诗让我们的写作又有一次真正的开始。

根的诗歌形象学,它不同于根的文学史哲学。

据说,诗歌之根只能回溯到历史中去寻找。但是新诗的根,却可能真的"每时每刻都扎根于未知之中"。括号里的话,借用于侨居巴黎的罗马尼亚人齐奥朗。

其实,新诗比我们的思想史更敏感地意识到了我们的传统的另一面:我们的传统也常常扎根于未知之中。但是,言必称传统的人却很难领悟到这一点。

不要为新诗寻找廉价的文学史的安慰。特别地,千万不要按照西方人对我们的传统的理解,去总结新诗和传统的关联。或者,更缺少廉耻地,去总结新诗身上的传统的元素。

迄今为止,新诗是我们的语言中的最大的勇气。

新诗是仁慈的。唯一的疑问是,我们或许还没有更强有力地写出新诗的仁慈。

我们还未设想过的诗歌史中的一个尽头是,新诗和古典诗歌共用的那个尽头。

在诗歌的写作中逐渐积累语言的精湛。

嘿。精湛，不是形容词吗？怎么变成了名词？

说新诗缺少格律，这或许成立。但是说新诗缺少旋律，或者说新诗缺乏韵律，这就会引起争议。从根本上说，新诗并不缺乏音乐性。新诗也不缺乏节奏。

在诗歌的体验中，意象的含义是由离心力产生的，而意图是由向心力产生的。但最激动人心的时刻是，我们的阅读处于这两种作用力的偶然的交叉之处。

经历了一百年的孤独之后，经历了无数的形象的妖魔化之后，新诗其实比人们想象得更热爱我们的汉语。它热爱的是语言的新生。

从诗歌史的角度看，没有对语言的热爱，就不会有新诗。

元诗，从美学标签上看，它似乎是关于诗歌的诗歌，但从实践的角度看，它是美学的手术刀，挥向附着在诗歌身上的意识形态的文学梦魇。

从定义的角度讲，只要和诗有关，即兴就意味着伟大的运气。

诗的即兴，不适用于任何建议。只适合于你如何去做，并天真地意识到最棒的可能性有可能在哪里出现。

批评有前提,理论有前提,文学史也有前提。但是,诗,没有前提。

所以,很抱歉。古老的敌意,并不是诗的前提。而且,糟糕的是,它听起来毫无新意,乏味而自怜。

诗的台阶只有一级:请问你对"我思故我在"还有什么新的补充吗?

注释:我思故我在,在伟大的汉语里谐音于:我诗故我在,我湿故我在,我死故我在。

对诗歌写作而言,天赋是一个必要的借口。否则的话,诗,随时都会面临天机不可泄露。那是更糟糕的一种状况,就像琴弦绷得太紧了。

从审美的角度说,诗的神秘在于,诗常常看起来一点也不神秘。

也许可以这样看,神秘并不是诗的属性,而是诗的功能。

诗的最特殊的知识在于,诗知道自己必须比哲学还要无知。

严谨的魅力,这是诗有意留给我们的一种歉意,也是诗故意留给我们的一种遗憾。它促使我们寻找这样一种审美情境：严谨，但是有魅力。既可作为一种品质，又可作为一种气氛。

假如没有幽灵，诗歌就会被历史贬低。
一个战斗的幽灵，好像波德莱尔确实这么说过。

针对诗歌的写作，更像是一场狩猎行为。或者说得惊魂一点，不是更像，而是诗的写作本身就是一场狩猎。
狩猎是诗歌写作的隐喻。这至少意味着诗的写作涉及到一个古老的原因，在人类的原始场景中，为了艰难的生存，你必须从事最基本的狩猎活动。

诗的偏见是一把双刃剑。没有它，我们的写作干不成大事。但是不知道怎样把握它的分寸，我们也同样干不成大事。
这涉及到了另一个故事：诗的偏见不是用来克服的，而是要用分寸来驾驭的。

语言的骄傲，是一颗流星。它不是一种常见的自我现象。

语言的新生，它的意思是，我们的新生仅次于它。这是我们能通过诗歌写作贡献出的一种混合着傲慢的敬畏。

口语并不会产生诗歌的泡沫。

与其说口语产生了诗歌的泡沫,莫如说对口语的误会产生了诗歌的泡沫。

上帝知道,诗歌的泡沫其实越多越好。这正好和人们感觉到的状况相反。

假如我们有足够的自尊,我们就不会说,口语是雄辩的。"雄辩的口语"看上去更像是一种硬着头皮的说法。但是,当人们认为他们的愚蠢已足够聪明,他们就会争辩说,口语也很雄辩呀。

根据语言的书面用法或日常用法来辨认诗歌,会导致两种常见的后果:一、让我们身上的某些审美偏见变得更明智,二、让我们身上的某些审美趣味变得更愚蠢。

虚构,并不知道我们在虚构它。

谈论诗的自由时,不要忘记你所在的位置。在罗马或在纽约,谈论诗的自由,这种自由有一个叫做上帝的背景。但是,在香港或在北京,谈论诗的自由,则不存在这样的背景。

这意思就是,别谈着谈着,就谈飞了。不要忘记,对写作而言,自由是一种人文实践。

从诗歌动物学的观点看,关于诗的最具挑战性的定义是,诗是一匹布罗茨基曾描绘过的黑马。相应地,对诗的阅读包含着对我们的重新发明。这意思就是,与其说诗歌阅读在我们中间寻找骑手,不如说它假定我们曾是骑手。

阅读是父亲。伟大的阅读是伟大的父亲。这一定义,尤其适合我们谈论诗的阅读。

诗在历史的身体中制造了这样的缝隙:因传奇而相爱。
相应地,诗在阅读的身体里制造了这样的视野:因相爱而传奇。

在诗歌写作中,视野比记忆更重要。

艾略特和兰波身上唯一的共同点,就是兰波说过:我就是他人。非个性的最强音?

诗的辩证的另一个意思就是,你见过鬼吗? 它的回音在犹太小说家辛格那里找到了最倔强的诗意:让魔鬼见鬼去吧。

在海子的诗中,有很多浪漫主义的真相,也有很多浪漫主义的面具。对诗歌史而言,这些看上去像假象的面具,比海子有时急切地想呈现给我们的浪漫主义的真相更有深意。

诗的抵抗,在我们的文化语境里正日益浅薄为一种诗的功利主义的亢奋。

在他的诗里,缺少一针诗歌的青霉素。

从新诗史的例子看,诗的良知往往矛盾于诗的启蒙。有一种诗的良知只有在诗的启蒙中才会自我养成。而另一种诗的良知则觉得诗的启蒙遮蔽了它。对于这种遮蔽,它有时会感到神秘的愤怒,有时又会感到莫名的内疚。

在经历了无数的文化政治的妖魔化和自渎表演之后,人们会渐渐意识到发现,在当代,诗人依然是我们的文化的守夜人。

对写作而言,是细节。那么,对诗歌史而言,就是例子。
细节即蝴蝶。你得对它做出这个动作:捕捉。

这样的诗歌史现在依然缺货:例子是蝴蝶。
诗歌史必须尽可能地对那些新发现的例子做出准确的动作:捕捉。必须学会在优美的飞舞中捕捉到例子。就像你,你必须在写作中让想象想象到捕捉的快乐,而不是仅仅体会到捕捉的快感。

比诗的天赋更善于捕捉的是你中有我。

在我们的文学语境里,诗的真正的价值就像是一种运气。诗人捕捉到了价值,并在写作中呈现了价值,但却并未在文学语境中激起相应的反响。这是一种最常见的运气不佳。

此外,还存在着另一种涉及运气的现象:有价值的写作和有价值的阅读彼此擦肩而过。就像两个天生的恋人在大街上彼此擦肩而过。

所以,诗的价值不适合作为批评的探棒。诗的价值是一种文明的耐心。而且,价值的本意也是它比时间更有耐心。俗语讲得好,金子总会发光的。

人生的最妙的旁白,就是这句话:金子总会发光的。但这句话,从里面往外讲,就不太合适。所以,它也是诗歌的最妙的画外音。

他是这样以为诗人,始终不能正确地看待诗的结构,却能清醒地将诗的结构命名为理智的疯狂。

诗的结构,作为一种无形的经验。但是有人并不满足,他还希望,结构作为一种非人的经验。非人的,但同时又是脆弱的。

184

进入诗歌写作中的那无名的身份。但不以作者已死为借口。

帕斯捷尔纳克做到了一件事情，将只有诗人能感到的紧迫感转变成了一种历史的慰藉。

诗人成长的阶段，当然可以采用早期和晚期这样的区分模式。但从写作的角度看，还存在着另一种区分方法：我们可以将诗人的成长区分为用词语来表达的阶段，和用句子来表达的阶段。有的诗人只习惯于词语来表达，并把它当成诗歌写作的唯一的状态。有的诗人则偏爱用句子来表达，并深深地意识到停留在用词语来表达的局限性。

诗歌写作史梦见除了我之外还有人在梦见它。诗歌写作史诞生了。但是传来的声音很微弱，以至于没有人意识到它和诗歌史有什么根本的区别。

诗歌写作史的首要的目标是，促进诗歌写作的自我意识的生成。

作为一个诗人，最大的问题在于，他写得不够骄傲。

换句话说，一个诗人可能面临的最大的批评就是，他还没写出诗的骄傲。

诗和虚构的关系,简单地说,就是诗让虚构意识到了,虚构本身是一种有效的抵抗。从诗歌测量学的观点看,这也是虚构常常比真实离我们更近。

所以,从某种意义上说,虚构和真实都和我们和现实之间的距离有关。

我们虚构了存在,但是更富于启示意味的是,存在也虚构了我们。而存在的戏剧化,帮我们忍受了很多难以忍受的事情。

请记住,格律从未严肃过。

诗从它的上衣口袋里掏出了神秘的微笑。请注意,诗很少让我们看到它的脸。它不会把神秘的微笑挂在脸上。

诗与微笑的关系,让我们安静地在小广场上坐了下来。安静到什么程度呢。秋天的杯子里有一种咖啡特别好喝。

他这样写诗,就好像诗是痛苦的海洋中正在下潜的一件探索的仪器。3000 米以下。8000 米以下。2 万米以下。诗的节奏卷入了黑暗的涌流。呼吸变成了遥远的记忆。

人们经常说,写诗是要付出代价的。但是,他们很少说,不写诗也是要付出代价的。没有人知道,这是两种不同的代价呢,还是同一个代价的两副面孔?

也许可以这样暗示,从事诗歌写作,或进行诗歌阅读,意味着我们的生活中还有一种代价是值得付出的。

诗的形式的束缚,对诗歌史而言,它起源于一种诗歌天赋的戏剧化。对诗人来说,它是一种诗歌文化能包含多少幽默感的试金石。

再紧的束缚,也不过是灿烂的夜晚中的一排精美的衣扣。在公开场合,你也许可以夸张地感到冲破了形式的束缚。而在写作的内部,有何冲破形式可言?那不过是将扣紧的衣扣一个一个解开。很可能,解开之后,我们看到了更美丽而真实的形式。

诗意的解决,其实和诗的解决还不完全是一个意思。诗意的解决,意味着历史的解决是有限度的。并且还意味着,即使我们忽略这限度,它仍是不彻底的。

诗的解决,意味着将把历史的解决放到诗意的解决之中。它是一种语言的行动,但并不终止于语言之中。

痛苦很少会有歉意。就像诗歌宝贝的痛苦对当代诗歌所做的那样。但是,诗的快乐则会感到一种深刻的歉意。就像尼采在快乐的知识里所阐述的那样。

深沉的思索,但服务于这样一种观念:在写作中,诗的快乐是决定性的。是的。作为一种机制,诗的愉悦起着决定性的作用。

　　我们制作透明的语言,是因为语言从本质上说是不透明的。但问题是,真是这样吗?

　　诗的原则和其他的原则不同。在诗歌那里,原则有时是透明的。诗的,透明的原则,是诗的,内在的果敢。必须这么断句,而且,不是为了某种效果。

　　可以这样评价他。他写的诗就好像想象本身是一种敏锐的观察。

　　从诗歌史的角度看,区分一个诗人的早期和晚期,除了满足批评上的分类的癖好外,还有一个意想不到的作用。它暗示的是,在诗人的写作中,有一个巨大的美学钟从始至终摆晃悠在敏锐的观察和深刻的想象之间。这个钟摆,对一个诗人的早期来说,它是一头野兽。而对一个诗人的晚期来说,它是一把悬在上面的剑。

　　对诗歌写作而言,想象是一件我们可以脱下的衣服。但观察不是。观察是诗的皮肤。
　　诗的观察,在诗歌写作的内部酝酿了诗的运动。一方面,观察将表面从表面移开,带向深处。另一方面,观察意味着将表面从另一个角度还原给表面。所以，从诗的审美上讲，观察是表面的觉醒。

北岛的自卑，在诗歌美学上表现为对政治的自卑。在写作上表现为经常散布美国没有好的当代诗。在文学政治上表现为喜欢声称留在大陆的诗人已经被商业化腐蚀了。

北岛的诗，给我们留下的最大的启示是，诗居然也能被写到头了。

现代诗歌史上，人们已无数次地叫喊，浪漫主义死了。有趣的事：上帝死了，但也没死过这么多回。这叫喊的次数太多了，以至于我们幽默地发现，浪漫主义是否真的死了，已并不重要；更有趣的是，人们希望浪漫主义在他们的叫喊中已经死了。

对浪漫主义的恐惧，是我们的诗歌文化史中的一个有趣的线索。

浪漫主义，嘿嘿，感谢上帝，它在我们的语言中谐音于浪漫主意，以及浪漫注意。

换句话说，浪漫主义的两个最主要的美学偏锋就是：1.浪漫，注意啦。2.浪漫很有主意。

浪漫主义是诗歌史的围栏中的一匹种马。讨厌它，或者，喜欢它，很多时候并没有那么重要。从诗歌史的角度看，浪漫主义既是一个美学事实，又是一个文化事件。所以，它看起来像一匹种马。而最有趣的事，没骑过马的人也能感受到并非瞬间的浪漫。

诗的即兴，人们以为它是当代诗崛起后才蔚然成风的习气。其实，即兴也是古典诗歌中受到偏爱的一种高级的风格。诗的即兴有着最深刻的古典的气息。

也许，从某些特殊的角度看，即兴还是古典美学中的一个被忽略的面具。不是被古人忽略，而是被今天喜欢谈论传统的人所忽略。

诗歌批评中一个重要的原则是，准确的例子比深刻的观点更重要。换句话说，观点的深刻相对而言容易做到，但要在诗歌批评中给出准确的例子却很难。

准确的例子是诗歌批评的氧气。也是诗歌阅读的荷尔蒙。

存在着这样一种视角，他的诗倒是写得蛮冷峻，因为在他的诗中诗的自我就像一根比瑞典还要靠北的冰棍。

到最后，你会发现，在我们的文化语境中，诗最终变成了一个有没有教养的问题。这多少有些令人遗憾。但是很可能，这也意味着一种机遇。

从诗歌史的写作中获益,对有的人来说,它是一种在大海里捞针。对另一些来说,它是一种在荒野中淘金。你瞧,有时,事情就是这么简单。因为从表面上看,诗的性情决定诗的智慧。

拯救诗歌史写作的秘诀是,从谨慎的假设出发,大胆地想象李白身上的杜甫。或是,海子身上的洛尔加。或是,史蒂文斯身上的惠特曼。或者,卞之琳身上的奥登。

这里,有一个不太确定的前提是:假如当代意味着一种机遇,那么,我们的诗歌史写作真的出了毛病吗?

诗,对无可名状的事物的一个建议。但是,感觉不到最深邃的渴求,这个建议就很难被接受。

这附带地触及了一种好玩的情形:面对人们提出的这是诗吗的询问,你可以这样回答:我不是在写诗,我在提建议。

换句话说,任何建议,在本质上都是诗。

对一些诗人来说,在他的成长道路中,反讽是诗的处女地。反讽有待于开垦。而对另一些诗人来说,在经历了诗的智慧的洗礼之后,反讽不再是一种开垦的对象。反讽只是一条退路。

甚至可以极而言之,反讽是传统的退路。

有的诗人在退路上开始了伟大的写作。这意味着,在退路上狂奔,对有的诗人来说终身都是难以想象的事。

退路作为一种捷径。或者,退路作为一种伟大的捷径。但问题是,在有的文化中天然地缺乏对捷径的幽默感,这怎么办?

诗的敬畏分为两个部分。一方面,敬畏倾向于公开的仪式。另一方面,敬畏是一种内在的秘密。从唯物的角度看,敬畏与其说是一种精神现象,不如是一种身体现象。

诗的敬畏是一种带有双重性的人格现象。在当代社会中,敬畏有时会显得不合时宜,甚至有点迂腐,但作为一种人文品质,敬畏几乎没腐败过。

没有敬畏的诗……,这只是一种有趣而倔强的假设。没有分寸的敬畏,这倒是一种很常见的做作。

很多时候,对诗歌写作而言,诗的线性是一个必要的假想敌。前提是,我们必须有足够的智慧对付诗的必要的线性。

诗的难度有时确乎比想象的逼真。比如在欧阳江河那里。欧阳江河诗中的逼真的难度看上去很像一盏不省油的灯。其实,那不过是一种势利的复杂,有时还伴随着吭哧吭哧的势利的美学的费劲。

为了将诗的激情巧妙于诗歌的荦。有人最近开始爱上了诗歌的四素:诗的元素,诗的要素,诗的朴素,诗的维生素。它的意思似乎是,要综合,就综合在诗与日常生活之间的神秘的关联中。

最有争议的遗忘是,诗歌在劳动。

诗的劳动的看不见的部分,为什么大诗人比小诗人会更经常地在无意之中触碰到它?

诗的怀旧是一种伟大的怀旧。如果降低它,那就意味着自取其辱。

诗的怀旧,其真正的意图在于,诗的良知是一种比未来更为迫切的邀请。

沉默于传统,意味着扩大诗的责任。

换句话说,在传统面前保持沉默,意味着现代诗比传统的诗更依赖于诗的自觉。更艰难的是,它还意味着一种艰难的诗的尊严。

缺乏纯粹必然意味着缺乏真理。这是诗。

在调查诗歌事件的时候,纯粹开始显得雄辩。

从诗的观点看,真正的尖锐必然是一种宽恕。

他是这样的诗人:尖锐于最后的宽恕。或者,在此之前,他是这样的诗人:尖锐于尖刻的友谊。

保持诗的尖锐,意味着你必须既是诗的契约的制定者,同时又是诗的遗嘱的执行人。

在有的诗人那里,诗的尖锐意味着对诗的纯洁的绝望。于是,你会发现,尖锐很快就会沦落为一种乖戾的裸奔。

人生的绝望紧挨着诗的源泉。而诗的绝望本身就是另一个源泉。

绝望的诗必然是次要的,虽然它经常受到文学史的青睐。

从另一个角度看,诗的绝望只是旁边缺了酒杯的一块面包。

为了寻找伟大的线索,只留下的必要的线性。这是在诗的内部流传的无名者留下的美学训诫。

起伏于语感。其次,起伏于诗的洞见。

在褪下了格律的避孕套之后,起伏本身就是一个讲究节奏的诗歌事件。

伟大的诗必须有最伟大的批评也看不出来的缺陷。

对骄傲的克服,是一种朝着诗歌的反方向行进的道路。

诗的天赋的矛盾之处在于我们的历史中有太多的假设。

漫游是诗克服我们身上的缺点的唯一的方式。

诗的漫游介于旅行和神游之间。

与之相比,从诗的角度看,漫步的意思是,任何时候,监狱的门总是打开的。

有时,伟大的人反而写不出伟大的诗。但是,他满足了我们最深的人文渴望:他写出了卓越的诗。很抱歉。很多时候,我喜欢卓越的诗甚于伟大的诗。顾城的《白夜》就很卓越。

多多的有些诗也抵达过卓越的时刻。

诗的意思是,比人更卓越的是激情。

诗歌主义。很抱歉。有时,它必须说得这么戏剧化。

当代诗与过去的诗的不同之处在于:过去的诗幸运地依赖

激情。而当代诗则意味着激情比以前更需要微妙。

诗的鬼门关之一：巧妙于微妙。但对大多数诗人来说，还有另一种世俗的逼真的安慰：条条大路通罗马。哦。罗马。据说，那是但丁开始构思炼狱的地方。

最美的时间几乎从来没有时间用来说明它自己。这就是诗。或者，这也是诗的命运。

不要害怕最高级。它是一种语法现象，同时，它也是你生命接近完美的灵魂的一种迹象。在最高级的诗背后，站着最高级的批评。在最高级的批评背后，颤动着自我的契约。

完美的诗，看上去必然是不完美的。因为它是关于诗的灵魂的辩证法。

诗的激情和才智，严格于我们有时候会显得比我们本人还要聪明。

人们以为激情近乎闪电。这不错。但他们很少意识到，在诗歌方面上，才智是更本质意义上的闪电。

诗的才智是上天留给我们的一种歉意。

或者，激情作为一种诗的歉意。哪一个故事会更好？

在诗的阅读中,诗人的聪明只是一闪而过的东西。如同窗外飞过的候鸟的影子。

与之相比,更强烈的东西,更富有启示性的东西,则如同沉沉黑暗中的闪电。

从诗歌史的角度看,庄子是依然健在的最伟大的写散文诗的当代诗人。

庄子的当代性很像一条从我们腰间滑过的绳子。

诗的想象,有时低调地只是它对人生的错觉的修正。

记得有人提起过张枣说过的一句话:张枣被诗搞了。这是一个很有价值的线索。接下来人们会看到,欧阳江河被三流的诗搞了。而这个人在反驳我时,他不知道他已被欧阳江河的诗搞了。因此,诗歌史的奥妙始终没有偏离过心智的微妙。

他是这样的诗人,如果他停止歌唱,这个神秘的国度就会失去线索。

仅仅为找到一些线索而写诗,这伟大的谦卑如何成为可能?

喜剧有速度,它加快了讽刺的节奏。从这个角度看,诗对喜剧有好感,但最多只是一种敬重。

诗感到为难的是,悲剧不够微妙,而喜剧常常又过于微妙。

诗到语言为止。韩东如是说。我以为,这句话对当代诗的写作来说,具有禅宗般的魔力。从当代诗歌史的角度看,它为当代诗找到了一个真实的起点。也许,不止是一个起点,它还有效地参与了当代诗的起源。

或者,从诗歌史的角度看,与其说它是一个当代诗的起点,不如说它是一个当代诗的原点。起点的意思是,有时你需要走回去,看看它,作为一种回顾和怀旧。但原点的意思是,无论你是否有时间走回去,它会不断扩大它自身,直到它扩展为一种诗歌现象的起源。

诗人必须警惕他对文学的势力的谋求。当代诗歌写作的弊端之一是,很多诗人太依赖以势取胜。

诗的情感,其实是一个例子是否举得恰当的问题。

泛泛地谈论诗需要情感,而没给出恰当的例子,这无异于过失杀人。但是,泛泛地谈论诗应该避免情感,却常常能提供一些小小的美学刺激。

狂喜,是一种诗的内向的秘密。对于诗的习俗来说,它容易被误认是一种病态的东西。但对诗人的自我成长来说,它确是一种难得的美学机遇。

狂喜,很少会在风格上留下完美的痕迹。但在诗的效果上,它却激发出一种神秘的感染力。

在诗的美学问题上,人们能克服神秘,却几乎无法克服狂喜。

在诗的写作方面,一个诗人的写作没能进入狂喜,这不是他留给诗的阅读的缺憾,而是他留给他自己的缺憾。

还从没有一个诗的标准是留给诗的狂喜的。这是语言的仁慈。

诗的自我,或者把要求再降低一下,诗歌中的自我,是我们在精神世界中的一个共同的主角。

有关自我的诗歌契约是这样规定的:自我,既不是由单一的个人提供的,也不是由全体来显示的。诗的自我,它既是个人,又是全体。因此,不存在什么从小我到大我的问题。也不存在在大我中找到小我的恰当的位置的问题。

人们经常说超越自我。但是在诗的问题上,唯一无法,也不可能超越的对象就是自我。也许,喝了半斤老白干之后,你可以谈谈超越杜甫,或者超越莎士比亚,这些谈论也许真真假假得有趣;但是,当你谈着谈着,谈到想超越杜甫的自我时,你准保会被自己吓一跳的。因为你会发现，你的听众里只剩下了魔鬼。

与其说诗是一种语言，不如说诗是一种对语言的行动。这是一种在语言内部进行的行动，但有趣的是，人们所做的有关内与外的区分，经常被这行动本身打破。这也是诗歌写作最吸引我们的地方。

与其说诗是一种语言，不如说诗显示语言。

诗这样显示语言：有祖国在场时，语言是母亲。如同对万物来说，大地是母亲。但是，这并没有完。显示还会继续：面对世界，语言是上帝。而追寻自我时，语言是道路。返回心灵的宇宙时，语言是秘密的家园。

我承认，境界确乎是汉语诗歌写作中最根深蒂固的传统。但是，也必须承认，它不涉及诗歌的评判标准。这也许会在诗歌阅读和诗歌批评中带来困惑。不过，从审美契约的角度看，境界就是这么预设在诗歌文化中的。

简单地说，境界不可用于批评的标准。只可用于诗歌写作的自我警醒。因为，和诗有关的境界不是一种压抑的力量，而是一种升华的机制。

境界，只适合于我们对诗歌的谈论。而且，这种谈论还必须严格地克制在一种描述的范围里。

比如,在对诗歌的描述中,我们可以将诗歌区分为有境界的诗和没有境界的诗。但如果把这种区分当成一种标准,用于针对诗歌的批评,就不合适了。

因为归根结底,有没有境界是造化的问题。或者,它是一种恼人的天意,但是必要于诗歌的高贵。

说到最后,还是诗贵不可言。

在诗歌与传统的关系上,人们经常将传统谈论成一种形象。

这本身也许没错,但是在如何将传统合成一种形象的问题上,很多人的想法流于粗鄙的争辩。

从诗歌史的角度看,我们的诗歌传统确实缺少一种形象学。在谈论古诗的传统时,人们提供的诗歌传统的形象已显得陈旧,缺乏新意。在古诗与新诗的关联中谈论传统时,人们提供的诗歌传统的形象,更是缺乏创意和洞见。

也许,我们不能发明诗歌的传统,但我们确实可以为新诗创立传统的形象学。

有时,在诗歌问题上,我们更需要传统的形象,而不是需要传统本身。

诗歌的传统的定义之一：不能重新发明的传统就不是诗歌的传统。从一开始，就不是。这种情形确实令我感到吃惊。

我的呼吁明确，但并不急切：为新诗的传统发明新的形象。

诗歌大师就是精通死亡的影响的人。

或者，更简单，大师就是精通影响的人。至少，这在诗歌上是成立的。

换句话说，诗歌大师成立于孤立的真实性。

在诗歌写作上，靠慢工出细活。基本上无伤大体。但诗与活的关系上看，假如针对诗歌的写作，蜕变成一种靠细活活着的状况的话，这就是致命的缺陷了。

诗的一个根本的特征是，诗不靠细活活着。

诗，本能地对立于粗活。但这并不意味着诗就喜欢细活。

涉及到诗人的成长，自我修正永远是一个既新鲜又陌生的话题。

有的诗人从来不知道自我修正为何物，但也能写出惊人的诗篇。如法国诗人兰波。

诗人的自我修正，对文学史来说，它是诗人自身成长中的一个阶段。或一个环节。有的诗人的写作终身都处于不断的自我修正之中。如奥登。如史蒂文斯。

作为诗人，卞之琳的自我修正是一个非常有趣的案例。他只经历过两次诗人的自我修正，但历时都很短暂。第一次，他试图以戏剧性更新古典趣味。代表作是《断章》《尺八》。第二次，他尝试用劲道的散文句法来呈现时代经验。代表作见于《慰劳信集》。

诗人的自我修正，有时很容易被混淆为一种诗人在写作风格上的变化。有的诗人几乎从不进行自我修正，但却在写作风格上变化多端。

自我修正，通常意味着写作风格上的重大变化。但风格上的变化却并不一定就意味着诗人在进行自我修正。

诗人的自我修正，意味着他不满足于仅仅靠写作上的变化来完善他自己，也意味着他意识到了诗的更高的责任。

与诗有关的天赋，和诗人自身的天赋，经常被人们弄混。离奇的是，这两者也常常被诗人们弄混。许多诗人喜欢将自身具有的天赋当成是诗本身的天赋。其实，两者还是有相当距离的。

诗的天赋中的个人特征，是被人们误解得最多的一种东西。

有的天赋介于个人和文化规约之间。有的天赋介于个人和超人的力量之间。对有的诗人来说，诗的天赋是如何使用的问题。对另一些诗人来说，诗的天赋是如何被激发的问题。

某种意义上，诗的天赋是一种可以用运气来解释清楚的事情。而运气来自行动。

语言的品味可以从诗人对语言的控制中辨认出来，但我们从诗人写作中辨认出的他的语言品味，并不是由这位诗人个人独力完成的，诗的语言品味通常是由诗人和读者合力完成的。

从这个角度讲，诗人对语言品味的追求和打磨是一种他作为诗人必须显示给我们的自觉的行动。但同时，他也必须表明，这种自觉包含着神秘的认同。而不仅仅是对应于诗歌阅读中的个人癖性。

他们有真理，我们有境界。但这还远远不够。

对很多人来说，这只是一种诗学的自我防御。它还很少被当成一种诗歌的起点。

在诗和真理之间，有一些东西比诗本身更接近诗。

这种情形也许会对我们领悟诗歌有帮助。但对大多数人来说，它并不那么容易被关注到。

诗的真理不可用于克服我们对存在本身感到厌烦。

追求诗的真理，有时可能仅仅意味着我们敢于想象永恒是有弱点的。

永恒是一种精通人性的布局。你以为它会是什么？

但是，诗的永恒却要高于这一境界。

诗的自足性，很容易被卷进诗的文化政治的漩涡中。从诗的实践方式上看，它一方面是一种手段，另一方面又是一种目的。如果仅仅把它看成是一种撕裂某种诗歌秩序的手段，它会显得庸俗而狭隘。如果仅仅把它视为一种目的，它会显得自恋而无趣。

仅仅存在着一种可能，我们可以聪明地谈论诗的自足性，而又不被这种聪明所误导。

仅仅有讽刺，而没有宽容。这是诗歌中最糟糕的事情。

或者也不妨说，仅仅有犀利的讽刺，而没有神秘的宽容，这是诗歌中最糟糕的症状。

有一种漫游以诗为神秘的起点。

没有漫游经历的人，他不会感觉到生命里有一个宇宙。但是，记住，这种说法并不可用于劝诫或遗憾。

伟大的漫游，作为一种邀请，这和诗的自我意识有关。作为一种诱惑，这和诗人的生命意识有关。

漫游作为一种绝对的精神体验。

漫游和诗歌标准之间的关系。

对于有的诗人,比如,惠特曼、李白、杜甫,我们可以这样说,我们可以在杜甫的世界里进行一番漫游。这意味着自我成长,洞察力的形成,对历史的限度的同情,对存在的开放性的体认。

而对于另一些诗人,尽管他们的诗歌技艺并不逊色,比如,卞之琳,但我们不会这样说,人们可以在卞之琳的作品中进行一番漫游。

与其说我们应该思考语言的自足性,不如说我们应该面对语言的自足性。

语言的自足性,很容易迷惑人。他们说的没错。但是,更为重要的是,作为一个当代诗人,假如他从未经历过来自语言的自足性的这种迷惑,他还值得信任吗?或者,他不会感到愧对语言吗?

或许应该这么说,与其迷惑于语言的自足性,不如诱惑于语言的自足性。

诗歌只剩下了眼睛。这诗歌之眼,悄悄融入我们的身体,它着眼于看。接着它转向看中的被看。纳博科夫经常会想起他祖母的话:看看这帮丑角吧。

诗,看见了我们是如何被看见的。

从面前的这群晃动的小丑身上,我们看见了高于我们的存在。这高于我们的存在并非是我们的对立面，相反，它恰恰印证了我们自身的高贵的属性。

从体验感官到体验感情，这中间或许存在着一个轮回。而从体验感情到体验感官，这中间最让诗歌感到刺激的是，轮回只是作为一种悬念。

诗的互动，作为一种诗歌文化的教养。

传统诗歌中，存在着大量高层次的诗的互动。而在新诗文化中，我们则令人吃惊地丧失了诗的互动。这既是一种诗歌兴趣的缺乏，也是一种诗歌能力的麻木。

对于诗歌，最不易受历史腐蚀的写作身份是，诗人作为一个观察者。这是一个很容易和诗人角色弄混的形象。

这个身份可以内置于世界的内部。从里面观察，或者从牢笼的内部看生存的可能性。从这个角度看，历史是一种外部现象。它也可以设置在对称的关系里，从旁边观察。从旁观的位置上看世界。站在这个角度，历史是一种恍惚的内部现象。

这种身份敦促我们思索两种诱惑。第一种，从观察者跃进到评判者。就成长而言，这种转换是必然的。缺少评判，我们就难以抵达某种片面的深刻。但是，诗歌的评判需要仁慈的分寸。这太罕见了。第二种，无法从评判者再返回到观察者。诗人需要在身份上不断重新返回到观察者。

不是惊人的观察者,而是惊奇的观察者。

创造性的理解。这是一副我们经常会用到的牌。但是,我们常常忘记了还有几副牌:被创造性地理解。被理解的创造性。

人们经常问,需要具备什么样的资质才能成为一名诗人?

他必须有这样的骄傲:不抱怨不被理解。这就像造物主从不抱怨他创造的这个世界不理解他。

形式作为一种直觉。或者,更严格地,某种意义上也是更微妙地,形式作为唯一的直觉。

诗歌的小王子曾这样想象水仙和百合的差别:它们是不同形态的花,它们长成这样,而不是那样,以及它们之间的形态上的区别,或者意味着除了自然条件赋予它们的特性之外,它们自身也有一种对于形式的直觉的选择。

诗歌写作中的最美妙的时刻:直觉即自觉。直觉爆发成自觉。自觉用宇宙的温柔回报直觉。

词语之舞以直觉为节拍。但是,更自觉地,诗的直觉知道它在不同的文化语境中有不同的含义。

新诗历史上,人们经常把实验性看成是现代汉诗的一个标记,而且通常是有争议的。比如,在1990年代,人们曾大量反思对1980年代诗歌的实验性,甚至认为实验性让当代诗付出了惨重的代价。

其实,在古典诗歌的写作中,诗的实验性也屡见不鲜。虽然名称上,它们可能不叫成"实验性"。或者,在不同的时代,由于文学风气的不同,它们在类型上存在着多种样态:激进的实验性、温和的实验性、有分寸的实验性、明智而微妙的实验性、低调的实验性。

实验性是诗歌的触角。对诗歌写作,它是不可或缺的用于探索世界的诗歌感官。

里尔克说,诗是经验。但我们的文学传统不强调经验。在我们的传统中,往往是,经验还没形成,就被教养稀释了。在我们的诗歌传统中,最大的缺憾就是,诗的经验被过度的教养窒息了。这也造成了一种差别:在西方的诗歌传统中,天才不是一种例外现象,而在我们的诗歌传统中,天才几乎总是一种例外现象。李白。苏东坡。

与其说经验是诗人应该借重的,不如说经验的好奇心才是诗人最应该看重的。

从原型的意义上说,诗这样感觉到它的形式:存在的令人惊奇的时刻。

诗的实验性是一种代价。为了获得某种诗歌的伟大,我们不得不付出它。

从某种意义上说,没有付出某种代价的诗歌,不会抵达诗歌的真正的创造性。从未付出某种代价的诗,即使写得再好,也不过是二流诗歌的回声。

你是要语言的丰富呢,还是要语言的变化?

有时,语言的变化会导致语言的丰富。但也不必然如此。

而语言的丰富却不一定意味着语言的变化。

他是这样的诗人,语言很丰富,却缺少某种变化。

或者,他是这样的诗人,热衷于语言的变化,却从未达到过一种语言的丰富。

于是,诗的借鉴神秘地诞生了。

伟大的诗帮助伤感找到尊严。而二流的诗帮助伤感找到我们。

让我们感到惊喜的方式很多,但其中,最能安慰心灵的是,诗歌带给我们的惊喜。

是的。诗歌必须给人们带来惊喜。

很抱歉。这是思想宝贝永远也无法理解的事情。他们以为诗应该是缓解痛苦的配方。

从写作的角度看,诗的客观意味着诗的美德。一个诗人得花很多力气,才能达到一种有说服力的客观。客观往往意味着很累人。所以,有些才力不足的诗人转向了诗的主观。对他们而言,诗的主观玩起来很放松,更重要的是,标准飘忽不定,像大麻之歌。

诗的客观,不在于它像准星那样帮我们调准了一种认识的角度,而在于它身上有一种奇妙的力度。

但是也要避免一种情形。因为绝对的客观就像里面异常晦暗的铁笼子。

在我们的诗歌文化中,人们经常将诗的道德威慑和诗的批判性混为一谈。诗的道德威慑和诗的批判性会有某种重合,特别是在某些具体的社会话题方面。但是诗的道德威慑永远比诗的批判性更具有一种道德的胸怀。

诗的批判性有时太着眼于特定的胜负。这也许可以被接受,但不可接受的是,诗的批判性试图僭越为诗的道德威慑本身。

诗的道德威慑不会着眼于一时的胜负,不会刻意判定谁有没有罪。

这很像圣经中那个著名的例子。诗的批判性,那群愤怒的人试图用石头砸死一个通奸的女人。因为她犯的罪太明显了,谴责起来太政治正确了。而且很容易造成一种正义之歌的团伙氛围。但耶稣在旁边沉默着，用木棍在沙子上写字，当被问及那个女人是否该死时，他说，你们当中如果谁从来没有犯过罪，可以用石头去砸她。这里，耶稣的举止，他在那个场合中所起的社会作用，类似于诗的道德威慑。

诗，应该着眼于一种新的仁慈。

诗的批评不能澄清诗与神秘主义的关联。而诗，有时却可以对神秘主义做一次有益的澄清。

想象力作为一种忍耐力。这是诗的主题之一。

诗与观念的关系，曾让一些人以为他们终于找到了某种借口。记得前几年，有人曾用我的诗与观念挂钩，认为我的写作陷入了观念的泥潭。

但是米沃什在评论布罗茨基时曾这样写道：观念会战胜生存。

其实，观念不观念的，本来只是一种视角。但如果硬要将视角扳成借口，那就需要对观念本身有真正的觉悟。

没有观念，怎么会有道成肉身这样的机遇。

在诗歌中，观念或思想的不可替代的作用之一，就是让我们重新返回肉身。

与其说我喜欢观念,不如说我更感兴趣这样的事情:通过观念返回肉身。

真正属于诗人的品质只有一个:慷慨。

真正的孤独意味着不孤独。真正的诗意味着它不仅仅是诗。

诗是一种特殊的自传。不完全是思想自传,不完全是精神自传,不完全是人生经历的缩影。

自传的意思是,让自我进入自转。

从自传的角度读诗,曾被我们的诗歌教育归结为一种错误的途径。但是,尽管会有迷途,这种切入的角度却是理解诗歌的基本方法之一。

不在于它会滋生出多少误读,而在于这种误读会激发诗的自我修正。

完全剔除了取悦的诗,肯定极其乏味。莎士比亚并不刻意避免取悦。它的诗剧的力量之一甚至源于对取悦进行戏剧性的重塑。

在取悦和天机之间,有的诗人会闪烁其辞。

借助诗歌，或面对诗歌，你真的从未想过取悦和天机之间的距离有多近吗？

假如非要在这两个词之间做出某种选择的话，那么，唯一的有点神秘的选择是，突破而不是突围。从军事术语的角度看，也很说明问题。突围，意味着接下来你需要不断逃跑，躲避追击。而突破，意味着对敌方的整个防线的进攻和击破。

对当代诗的写作语境而言，突围意味着一种诗人的心理感觉，而突破意味着一种诗的自我意识。

当这个诗人写作时，骤然之间，诗的思想参与制造了他所置身的那个时代的空气。

诗的思想不变成诗的空气，但是，它会变成围绕着生命本身的空气。这是一种隐喻的说法，但目的却是为了反对隐喻。

走神的隐喻，有时比高度警醒的隐喻更令诗感到兴奋。

80年代中国诗歌中的暧昧的时刻，形式作为一种诗的元素。

超脱作为一种必要的羞耻。

超脱经常会找到诗。超脱会向诗表明，它可以提供一种方向。但诗的责任不是超脱，而是一种包容。充满力量的包容。

大诗人写超脱时，超脱只是一种想象力的插曲。而小诗人写超脱时，超脱变成了一种永久的题材。

极其本土，但却具有一种世界性的眼光。

这是因为，在诗歌的政治文化中，本土很容易变成一种世界性的丑闻。

诗的能力。一种是让事物获得真实的能力。它是很受主流诗歌史的欢迎。因为主流诗歌史比思想史喜欢想象我们的存在受制于真假的布局。

另一种是让事物获得极不真实的能力。它对诗歌而言，更重要。对人的智力发展而言，也很重要。但是，它却受到诗歌史的天然的敌视。

伤感是诗的后门。这是一扇很难杜绝的后门。新诗史上，最持久的精神疾病就是伤感。而穆旦的贡献之一，就在于他让人们看到，语言的现代性能在某种程度上对伤感起到一种有效的治疗作用。

想象作为一种线索，线索作为一种恍然大悟。

就诗的写作而言，领悟是非常重要的。但更重要的是，作为诗人,我们必须学会抑制我们的领悟能力。有时,我们必须学会像植物那样,长得慢一点。

诗,一半是聪明可以带来的乐趣,一半是聪明无法带来的乐趣。更诡异的,即便是面对诗和智慧的关系时,这种情形也没能在语言的意义上有多大的改变。

似乎所有的诗人都贬斥语言的贫乏,而渴望语言的丰富。但实际上,对诗的写作而言,过于丰富的语言,不见得就比极其贫乏的语言好到哪儿去。

写作既是一种语言的过程,又是一种语言的状况。也许,我们必须意识到这样一种诗的处境:诗的语言既是丰富的又是贫乏的。

大诗人既受益于语言的丰饶也受惠于语言的贫乏。小诗人只可能得益于语言的丰富。

他意识到了这样的东西:在不自觉的语言中更容易产生大诗人。而在自觉的语言中,作为一种诗的类型,大诗人往往会遇到很多琐碎的纠缠。

诗的绝对矛盾于诗人的绝对。

流行的诗歌文化容易受到这样的诱惑:诗人的绝对必然会

导向诗的绝对。这种诱惑很强大，因为大多数情况下，我们都倾向于认为诗人的绝对是将他和别人区别开来的一种最便捷的标记。诗人的绝对造就了诗人的个性。但实际上，诗人的绝对往往会在写作中损耗诗的绝对，而不是推进它。

对诗的想象而言，经验的代价远远比不上天真的代价。

从未写出过难懂的诗的诗人，代表了一种独特的幸运：比天堂或地狱更幸运。除此之外，还有什么好炫耀的吗？

速度是句子的理由。

对现代诗来说，句子的长短如何自洽是一个恼人的问题。通常，人们以为意义决定句子的长短。但这种想法对诗性来说是极其粗糙的。就语言意识而言，真正能帮助我们确定句子的长短的因素是词语的速度。换句话说，句子的长短取决于词语的速度。

诗的智力是建构在词语的感性之上的。

明智的形式，是语言的自我意识在诗的组织中的一种表现。

也可以这么理解，通过明智的形式，词语在诗的语言中发现了属于自己的位置。

诗必须抵制智力。史蒂文斯的呼吁听起来更像是暗示。某种程度上,它很有可能是一句过于智力的反话。

实际上,多数情况下,我们面对的是,假如诗必须抵制智力……

在诗的能力中,智力更多的指向一种语言的分寸,而不是通常意义上我们所说的理解力。

能对诗的智力和诗的智慧做出区分的诗人,会给语言带来一种惊喜。

诗不是无用,而是聪明于无用。换句话说,光说诗是无用的还不太够。

诗中,每个词都可能是那个最重要的信使。

对诗来说,词不是化身,而是顽强的信使。

诗的最严厉的训诫,无一不针对着我们对真相的执迷。这种执迷甚至令我们的愚蠢感到震惊。

对诗人来说,学会使用虚无,是一项最基本的技艺。

唯有诗能改造来自虚无的友谊。但从意志的角度讲,与其说这是一种信念,莫若说它只是一种出自语言本身的兴趣。

被诗的深邃深深吸引之后,我们才意识到,诗的深刻不过是一种貌似深刻的诱惑。

最常见的情形是,诗的深邃天真于诗的深刻,而诗的深刻却总喜欢精明于诗的深邃。

与我们在诗的深刻上犯过的错误相比,诗的深刻本身并没有太多的过错,它只是浅薄得有点过于巧妙而已。

隐喻是意识的镜子。但对诗的写作而言,我们还必须突出制作镜子的那个过程。

换句话说,写诗的时候,我们必须强有力地将隐喻还原为一种手艺,把隐喻制作成意识的镜子。这还不够,在制作过程中,我们还需要让语言本身具有一种场地感。此外,我们也需要培育写作本身对语言的场地感。

诗,没有不可公开的秘密。或者,诗,没有无法公开的秘密。这种彻底的敞开,反而让诗的秘密赢得了一种神秘的信赖。

伟大的诗不一定出自伟大的人。这种情形,既不是悲剧也不是喜剧。

另一方面,伟大的诗不一定出自伟大的诗人。这种情形,既可能是悲剧也可能是喜剧。

但真正令人感到难过的是这样一种诗的喜剧，伟大的诗人远远比伟大的诗要罕见得多。

诗人是否伟大，可从他在词语中的隐身能力看出一些端倪。伟大的诗人之所以伟大，就在于他比伟大的诗更善于隐藏自己。

没有在词语中隐藏过自己的诗人，最难以忍受诗的秘密。

某种程度上可以这样讲，诗的能力就是诗人在词语中展现出来的隐藏的能力。

这是一种奇异的矛盾：诗总是倾向于展示诗人的天赋。而越是伟大的诗人越倾向于在诗的天赋中隐匿自己。

诗的精确至少包含了两层含义：一方面，经验精确于词语。另一方面，词语精确于偶然。

对于如何辨认诗歌，我们或许应意识到，与其说诗歌需要现实主义，莫若说现实主义更需要诗歌。与其说我们对诗歌的需要中需要现实主义，莫如说现实主义对我们的需要更甚于它对诗歌的需要。

诗意之中包含着一种独特的超越，既激活地方性，又矛盾于地方性。

相信语感比诗人正确的读者,最大的麻烦是,遇到了相信诗人比语感正确的写作。

诗人和世界之间的距离,即诗和语言之间的缝隙。但在多数情形中,人们似乎更愿意被距离吸引,而忽略了对缝隙的觉察。

观察是现代诗的试金石。诗的观察既向诗人提供了一个立足点,又为语言和诗人之间的关联展示了一种姿态。

也可以这么理解,在诗的布局中,观察是语言之刺的砂纸。

从诗的观察到诗的体察,诗人将生活的印象在语言的私人记忆中升华成为一种生存的图景。

从根本上讲,诗,意味着我们已不再畏惧于生活的兴趣对我们的改造。也不妨这么看,与诗的智慧对我们的改造相比,诗的兴趣对我们的改造更接近于一种生命的自我解放。

真实和想象都觉得只有自己跟诗的本质关系最铁。它们都喜欢在诗面前贬损对方,它们不知道,其实,只有想象的真实才事关诗的本质。

诗从未背叛过我们。相反,我们却不断寻求各种堂皇的借口背叛诗。

对诗来说,最有挑战性的想象是,想象词语之手。它还涉及到一种想象的听觉,即我们在生命的神秘的边缘听到了一种类似召唤的声音:词语,动手吧。

从关注语言的动手能力到关注词语的动手能力。

诗不是酝酿情感,而是锤炼情感。与古代诗人不同,我们的写作恐怕不得不面对一个"事实":情感的语言转向。

古代诗人比我们幸运,他们只需自然地"流露情感"(华兹华斯),就能成大事。但在现代的书写境遇中,这几乎已无可能。

我们必须更敏锐地在诗人的天赋中意识到语言的愉悦。某种意义上,这可以说是诗的一个重大的责任。

关于诗和真诚的关系,我们所能做的,不过是温习一下王尔德的智慧:"所有糟糕的诗都是真诚的"。

我们在诗的批评中遭遇的最大的麻烦是,我们谈论诗的道德的方式几乎很少是道德的。

诗，唯一的道德就是引导我们进入语言的觉悟。

诗的天真对我们的最大的要求是，我们必须老练于诗的天真。

大多数时候，诗的根本问题是，我们是否还有欲望深刻于肯定。

深刻于否定的诗，最终都会败给一种深刻的无趣。深刻于肯定的诗，虽然会面临很多麻烦，但最终会帮助我们完善一种生存的洞见。

谈论诗时，我们喜欢谈论真正的词对诗的重要性。但这种谈论却常常忽略了一个最根本的语言倾向：真正的词都是使用出来的。

如果在表达诗的真理时，我们不懂使用语言的偶然性，我们就不会触及真正的诗意。

在写作中，诗的企图就像一条狗。你必须懂得驯服它。某种意义上，我们是在驯服那条意义之狗的过程中而渐渐习得了语言的分寸的。

安置好了诗的场景,词语就会主动交代诗的思想。

缺乏教养的诗,不是某种代价的结果,它意味着某种根本性的欠缺。

一个极其有趣的现象是,缺乏教养的诗几乎都不是由缺乏教养的诗人写成的。

缺乏教养的诗,反映了写作中的一种神秘的损耗。

缺乏教养的诗,并不代表写作能力的低下,它只是代表了一种极端的无趣。

新诗为汉语找到了一种新的眼光。

诗的写作中,我们应尽可能扩大词语的眼光和语言的眼光之间的裂隙。词语的眼光偏于风格的精确,语言的眼光偏向洞察的深邃。在较为懒散的写作中,词语的眼光和语言的眼光之间的差异几乎不存在,这导致了诗的眼光的退化。

诗,语言的眼睛。

通过诗,人们看到了更丰富更深邃的生命的存在。

从这个角度讲,新诗的实践是无法回避的。因为面对现代,我们通过古诗看到的世界,已不足以和我们通过新诗看到的世界相抗衡。

在写诗的过程中,注重词语的反应,比注重语言的反应更重要。大诗人的写作有一个突出的特点,它总是在语言的反应中敏锐地捕捉到词语的反应。

人们曾反复谈及诗是对语言的组织,但却很少注意到一点,这种语言的组织的秘诀在于对词语的反应的组织。

换句话说,写诗,首先必须激活词语的反应。诗的组织是围绕词语的反应进行的。

这样的诗的转向确乎是秘密的:在诗的写作中,追求词语的智慧,语言的见识。以往受鼓励的,更容易被认可的趋向似乎是:追求词语的见识,语言的智慧。

作为一种希望,他们曾渴望在新诗的实践中见识一个新的中国。但诗的命运往往难以预料。作为一种历史,我们已在当代诗的写作中看见了中国本身。

希尼将诗的艺术塑造成了一种新的生命情境。与布罗茨基的骄傲的方式不同,他几乎是以农作物的方式安静而低调地增进了诗与我们的关系:如果诗的写作是一种语言的活动,诗的阅读就是一种运动。如果诗的写作是一种语言的运动,诗的阅读就是一种活动。

某种程度上,也可以这么看,希尼的诗帮助我们明确了一种新的诗歌进展:诗既是一种语言的运动,又是一种生命的活动。

希尼的写作还展示了一种伟大的技艺:将诗的记忆强化成一种诗的见识;同时,也将诗的见识扩展成了一种新的记忆。而在大多数诗人的写作中,我们看到的情形多是顾此失彼。有的诗人能将素材提炼成一种诗的记忆,但往往就此止步,无法在进一步将这种记忆塑造成一种诗的见识。

就诗的技艺而言,希尼写得相当老练。但是,令人惊异的是,他的老练总会流露出诗的新颖。

从想象力上看,希尼的诗歌方式也带来了一种惊人的启发。大部分诗人只会写和形象有关的诗,他们的写作止于显示一种诗的形象。而希尼写的是和图像有关的诗。他并不满足于只提供现实的形象,而是更迈进了一步,诗必须呈现关于现实的图像。

从关于形象的诗到关于图像的诗,反映了语言的一种特殊的现实感。

诗,对词语的历史的非历史性的反应。但从写作的角度看,这只是一个支点。具体的书写很可能会在书写过程中发生有趣的变形。比如,在希尼那里,很多情形中,诗,是对词语的非历史性的历史的反应。

在最初的书写中,使用语言,而在修改过程中,才涉及使用词语,是诗的写作中通行的惯例。而希尼给我的感觉是,在写第一遍的时候,就开始使用词语。而在修改阶段,他才开始使用语言。这样的书写方式造就希尼诗歌中一个迷人的特点:他让我们重新回到一种看,就仿佛对世界的观看胜于对世界的解释。

诗的写作还点燃了一种生命的魅力:我们可以凭借诗的无知造就语言的卓越。就好像语言的卓越是生命的一种面目。

新诗的失败被传播也快一百年了。但对我们而言,可怕的不是新诗已失败了,而是自诞生以来,新诗还从未有过真正的失败。或许,这才是需要警惕的东西。

诗的境界是生命的底片。冲洗它的时候,我们看到的映像,不会是我们自己,而是我们对生命本身的一种投入。

在诗的写作中,最艰难的挑战是,将词语作为一种风景。

某种意义上,诗的写作就是让生命的领悟回到作为一种风景的词语之中。

句子是风格的吊桥。

忠于语言的诗和忠于自我的诗之间存在着一种深刻的裂痕，只有伟大的写作能将它们弥合。这种弥合尽管是短暂的，但却在我们的记忆深处塑造了一种人生的境界。

只写忠于语言的诗，是一种神秘的缺陷。只写忠于自我的诗，是一种危险的缺陷。

新诗的卓越在于它通过自己的语言实践为汉语确立了一种新的自主权。

诗和喜剧的关系没有诗和悲剧的关系那么复杂，但是比后者深刻。这种深刻，并不像诗和悲剧的关系那样，根植于我们对生存的体验，而是源于生存对我们的体验。

诗的场景打开了词语的眼睛。
我们以为我们在描绘诗的场景。殊不知，场景本身也是一种看。

拥有可能性的诗，有时会输给仅仅只是朝向可能性的诗。这确实会让人尴尬，会让写作感到一种挫折，但它也会促进一种语言的醒悟。

惊奇于语言,这是诗的礼物,但它同样也是你能送给你自己的最好的礼物。

诗和哲学有一个很明显的共同之处:它们对智慧有不同的想法。

诗和哲学的关系,在多数情形中,不过是人们对诗和智慧的关系的一种错觉。

通过诉诸语言的力量,汉语在新诗的实践中开始获得了一种新的记忆。

说来奇怪,新诗的许多动机,竟然是由当代诗的实践造成的。

新诗的实践之所以伟大,是因为它促成了汉语的新的动机。就凭这一点,那些试图唱衰新诗的人,无论怎么巧妙他们的思量,他们的出发点本身就已注定了他们的无趣。

最深刻的主题始终是,诗的兴趣先于我们的兴趣。
换句话说,诗总是比我们更早地知道我们最终会对什么事体感兴趣。

非线性,作为一种诗的魅力,比它作为一种语言的直觉,更有助于诗的写作。

我们的羞愧,在诗歌中,有可能是一种深切的感激。

没人能看到尽头,因为诗已是尽头。

在我们的诗歌文化中,我们无法有教养地谈论诗的教养。但有趣的是,这并非一种特别令人难堪的情形,相反,它很可能激活了一种写作的视野:让诗的教养成为一种语言的秘密,让诗的秘密成为一种语言的教养。

在诗的想象中重新赢得一种新的描述性。

诗的描述性,是诗的写作中令人疑惑的一种代价,但它同时也是最让人感到兴奋的一种代价。

没有付出过这种代价的人,也不会触及到诗的经验的核心。

诗的细节在本质上反映了诗的洞察的尺度。从诗歌写作的角度看,缺乏尺度的细节,会流于语言的碎屑。没有细节的尺度,会耗尽语言的活力。

一个和当代诗有关的恐惧是,作为一个诗人,他没能写出诗的视野。换句话说,对古诗来说,最深的恐惧是,没能写出意境。而对当代诗来讲,最深的恐惧是,没能写出视野。

对诗而言,精确是一种诱惑,假如它不是一种来自语言本身的诱惑,而是一种被追求的尺度,那么它就会误导诗的想象。

就诗的传统而言,汉语不善于朝向语言的未来。但新诗的实践改变了这种状况。新诗的写作让汉语有了朝向未来的勇气。

也不妨说,因为新诗的实践,汉语开始有了一种语言的未来。

诗,一种回到起源的能力。但我们必须明白,这诗的起源不一定只存在于往昔,它同样也凶猛地存在于未来。

在诗歌中,他们称之为"思想"的活动,我称之为"境界"。

诗的境界,一种借助语言造就了生命的觉悟的意识活动。或许,我们以往过于偏向从静态的角度来看诗的境界,从而忽略了它在本质上是一种富有戏剧性的充满强力的语言活动。

围绕诗的神秘,人们尽管说了那么多蠢话,但诡异的是,诗的神秘几乎从未被误解过;遭误解最深的是诗的秘密。

我们不可能在秘密的意义上谈论诗的神秘,但令人意外的是,我们却可以在神秘的意义上谈论诗的秘密。

就诗的动机而言,我更倾向于诗的秘密,其次才是诗的神秘。

对汉语而言,当代诗开创了一种新的忠诚。这是以前的汉语书写中从未有过的事情。这种忠诚,也可以理解为针对汉语本身的忠诚,它的基础是一切取决于诗的实践。

诗的布局曾这样抵触语言的秘密:看上去像语言的跳跃,其实是词语的转换。

在屡屡的误解中,诗人执着的,其实不是技艺本身,而是技艺的新意。

凡没法进入诗的解释的东西,都缺乏一种高贵。

如果我们想避免疯狂,诗,就必须成为一种高贵的解释。

对诗而言，平静的真理远远胜过平凡的真理。

因为就诗的想象力而言，平凡的事体在经验上虽然可贵，但却很难让我们避免以常识的面目进行的文化上的欺诈。而诗的平静的真理，让我们更靠近一种生存的洞察。

我们在写作上展现出的所有的语言的激进，其实都源于诗的秘密。有趣的是，意识到这一点，虽然令我们感到吃惊，但最终，它在我们身上引发的感受，更接近于一种会心的愉悦。

某种程度上，确实可以说，诗人的骄傲不过是诗的秘密的一个激进的面具。

新诗最根本的主题是汉语的新生。如果把新诗理解为一种汉诗的复兴，那真是一种十足的误会。

是秘密，而非真理，构成了诗的最大的政治性。

将诗的力量带回到一种可认知的语言的状态之中，这种作为促进了风格的智慧。

诗的风格，某种意义上，是一种智慧的体现。

就批评的诊断而言，当代诗的症结不在于缺乏常识。常识的缺乏当然有,但对诗性来说,这不是根本的。当代诗的弊端在于忽略了诗的见识。

自现代以来,大诗人的写作始终面对着一个受惊的传统。小诗人的写作则总是朝向一个确定的传统。新诗的实践之所以可贵,就在于它借助历史的投映,让我们清晰地目睹了一个受惊的传统。新的诗歌信念也在这场目睹中诞生了,即我们面临的最根本的任务是,努力拓展汉语的诗性。

诗和地理的关系犹如语言和纹理的关系。

现代汉诗不同于古诗之处,在于它包容了危险的美。

或者说,由于新诗的实践,汉语开始在语言中包容危险的美。

小诗人的写作中,想象和观察往往构成了一种对应关系。大诗人的写作中,想象和观察熔合成一种针对生存本身的诗意的透视。

纯诗,依然处于语言的发明之中。

换句话说,一旦涉及创造性的动机,我们会发现,站在纯诗的反面,比站在诗的反面,要有趣得多。在纯诗的反面,我们能思想到一些真正的内容。相对而言,诗的反面几乎都被废话笼罩了。

不能智慧地看待纯诗，是无趣中的无趣。

在诗的文化中，最无耻的事，就是把诗的本能降低为一种语言的借口。

我们的诗歌文化中，特别偏爱一个说法，诗是凭本能写出来的。其实，诗的本能都是被好诗发明出来的。而且有趣的是，这种发明——好诗对语言的本能的发明，现在还在进行着，看不出有终止的迹象。

所以，与其说诗是凭诗人的本能写出的，莫如说诗是凭我们对诗的本能的发明写出的。

诗人的本能，在大多数写作的情形中，只是一种暧昧的运气。

低调时，诗是心灵的索引。着迷时，诗是世界的目录。

与语言保持距离的方法，让诗洞悉到了风格的秘密。

形式，诗的语言的一种工作方式；正如诗人是语言的一种工作方式。我们确乎可以从这样的角度来理解诗人的内在身份。

在诗中，对形式的关注意味着一种语言的美德。

散文随时都渴望精彩，但是，诗，必须尽可能精彩地避免精彩。

诗的孤独，从写作的角度看，只是一种次要的可能性。不必夸大它。

但另一方面，就语言的体验性而言，诗的孤独也有可能引触最深的心灵的欢悦。

新诗的文学动机，从根本上说，在于新诗感觉到了汉语的解放与语言的觉醒在特殊的历史情境中的叠合。

有时，诗的诚实令人吃惊地源于词语学会了散步。

新诗犯过的唯一可怕的错误，是过于迷信新诗和西方诗的对话。某种意义上，当代诗的主流依然沉迷于这种对话之中。其实，现代汉诗的机遇与这种对话关系不大。汉诗与西方诗之间只有交流，并且，这种交流不可能建立在虚假的对话之上的。从根本上讲，这种交流只是一种展示性的存在。对我们而言，它的核心在于扩展了语言的见识。

诗，很少涉及深刻。但是，诗，深刻于向自我致敬。

从传统上看,西方的诗,其强度源于献身,以及对献身的想象。而中国的诗,其强度源于对融合的洞察。假如存在着一种比较诗学的有效性,可以说,在诗的心智层面,我们推崇悟性甚于推重想象,而在西方的诗中,悟性实在是一种太晚近才被意识到的东西,而且很可能,依然是次要的语言品质。

想要在诗中读到语言的美德的愿望,促进了一种针对生命本身的洞察。

如果我们缺乏能力,诗中的语言的美德就会模糊成一种幻觉。

诗的沉浸,表面看上去像一块语言的海绵,但如果仔细观察或反省,你会发现,它其实是一种伟大的虚无品质。

诗,必须既反映语言的进展,又反映词语的进展。

很抱歉。有时,作为一种方式的诗,要胜过作为一种艺术的诗。

诗,让我们意识到了在我们和世界之间存在着一种神秘的方式。

诗的暗示,从根本上说,是一种建议。一种强烈的建议,或一种迷人的建议。

对有些人来说,语言建造了诗的外部,诗建筑了语言的内部。而对另一些人来说,诗建造了语言的外表,语言支撑了诗的内部。但更吸引力的方式,似乎是诗既是语言的外表,又是语言的内部。

诗的怜悯不只是建立在语言的洞察之上的,更重要的,它本身就是一种洞察。

诗的希望是一种洞察。它不是对我们的绝望的一种治疗,或一种矫正。

最诡异的,不是诗不需要解释。而是诗,只是在表面上不需要解释。

大多数情况下,我们都误解了诗的解释。对诗而言,解释是一种更内在的观看。所以,需要警惕的不是要不要解释诗,而是我们已习惯于忘记诗的解释在本质上是一种看。

诗的选择有时是很严峻的。比如有一种诗:只有境界,没有意境。

按我们的传统，人们多半会以为优异的诗，最好是既有意境，又有境界。新诗的实践却针对现代生存的荒诞，拓展了这样一种汉语的想象类型：伟大的诗有可能是只有境界而无涉意境的。

这是诗歌中最令人惊异的差别：他们关注语言的孤独甚于词语的孤独。或者，我们关注词语的孤独甚于语言的孤独。

在诗中，假如你关注的是语言的孤独，母语就会变成一种最暧昧的安慰。

出乎人们意外的是，在诗中，语言的孤独相对来说是有限的，词语的孤独反而是无限的。

在诗的写作中，写作的美德在很大程度上基于我们对词语的孤独的关注。

傻瓜特别爱和我们争论的一个话题是，诗究竟有没有一个主题。或者，诗究竟需不需要一个主题。

就诗的个人性而言，诗的信念反映的是一种语言的智慧的进展。

换句话说,诗的信念不是建立在克服我们的怀疑之上的,它根植于语言的智慧。

诗和暗示的关系,就像诗人和影子的关系。多么奇妙而又醒目的例子:他的影子中有它的影子。

在诗的组织中,词语的暗示激活了语言的意识。

那些不理解语言的重复的人,也不会理解诗的伟大。

诗人害怕重复,但有趣的是,诗却从不害怕重复。
也不妨这样看,诗,神秘于我们还有机会重复自己。
更简洁的方式是,诗,神秘于语言的重复。

一个和诗有关的弧度:从语言内在的状况到生命内部的状况。

也不妨这么理解,诗的结构涉及到一种觉醒:它既是语言的内在的状况,又是生命内在的状况。

在诗的写作中,关注词语的性格的形成,磨炼了我们作为诗人的最基本的观察力。

使用词语的感觉,来自我们作为诗人如何意识到,词语的性格在诗中的最后的形成。

有时事情简单得就仿佛是,不会讲故事的人永远也写不好。

或者,有时事情鲜明得就仿佛是,没学会尊重故事的人永远也无法深入诗。

如果是作为一种自我警醒,我更愿意面对的是:诗,必须是诗自己的例外。

写诗的时候,语言接近信念,而不是犹如信念。并且,这一点,从自然的角度是无法理解的。

在诗歌文化中,人们感到的基本困惑源于——诗因语言而存在。但最终,这种困惑会将我们引向另一种更根本的意识:诗因存在而语言。

诗和语言的关系是一个故事。

从这个角度看,对诗的写作而言,最诡异的,不是我和诗的关系,而是我和语言的关系。甚至也不妨这么理解:我和语言的关系中有多少故事,塑造了诗歌经验中最原始的那一面。

过度追寻意义,只会降低语言的品位,并最终导致诗的无趣。这几乎是所有诗人的噩梦。

在诗歌中,意义,其实是一些伟大的兴趣。

换句话说,把诗的意义作为一种语言的兴趣来看待,会让我们更专注于作为一种艺术的诗歌本身。

诗忠实于语言的方式是奇特的,也是固执的。诗的意思是,有些珍贵的东西只有秘密能教给你。

我们必须习惯,在这个世界上,唯有诗没有自己的死亡。

如果我们想问的是,什么是诗?那么,我们就必须具备一种独特的幽默:什么是上帝?

写诗,意味着我们开始习得一种自我命名的权力。

诗有自己的秘密,所以,诗有时会警惕语言有太多自己的秘密。

诗的秘密必须在语言上体现为一种公开的善。这个没法商量,也没法过多解释。我们讲究诗的秘密,并不是要将诗的体验推向一种纯粹的不可知,恰恰相反,而是要将诗的体验强化为一种生命内在的觉醒。

在诗的救赎中，语言认出了我们。

我们的无知必须足够准确，诗才意味着一次语言的救赎。

诗的活动直指一种生命的迹象：加深对词语的感觉，意味着加强我们和自我之间最珍贵的联系。

诗的命名刺激我们寻找生命中最初的词语。

神，不是诗中的一种气质，而是语言中的一个单位。也许我们还意识到了更多的东西，但我们能讲述的，仅限于此。

诗的拯救包含了一种可怕的幽默。但诡异的是，我们的汉语可能比其他的语言更适应其中的挑战。

在诗中，我们和语言的距离类似于神和我们的距离。

对诗而言，词语的骄傲包含了生命中最珍贵的东西。

在诗的写作中，最重要的是，写出词语的偏见。

将汉语的书写扩展成针对这个世界的一次永久的邀请。

为汉语而诗，一种文学潜意识。

人类思想史上最可耻的标记之一，即对为诗而诗进行妖魔化。其实，这个路径，作为一种语言的实践，还远远没展开。

为诗而诗，既有唯美主义的路径，也有神秘主义的路径。

在诗的观念中，取信于形式的力量，和通过形式获得力量，意味着两种截然不同的语言类型。

对于诗的传统，人们往往喜谈"纵的继承"，其实，从写作的角度看，还有一种更为重要的方式："横的继承"。

我梦见一本名叫《新诗的偏见》的书，正在梦见我。

从书写范式看，古诗的写作缺乏语言的偏见，但新诗的写作不同；我觉得，随着时间的推移，我们会发现新诗的写作之所以依然富于活力，就在于新诗的写作真正触动了汉语的偏见。

每写一首诗，都像是对我们心中期许的事物的一次投票。

写诗,像投票;但这并不意味着,读诗是验票。读诗,同样是一次投票。

思想喜欢把诗看成是它的反面,但是诗最多只是把思想看成是它的一个侧面。

在写作开始的时候,从诗是语言的一部分;在写作结束的时候,到语言是诗的一部分。

对诗而言,卷入与语言的搏斗,必然意味着也要卷入与自我的搏斗。

我,诗中最神秘的身体之一。

而要理解这一点,我们必须重新协调我们和诗的关系;也就是说,作为诗的身体的一部分,我,不是静态的,它也是正不断发生着的一个事件。甚至也不妨这么看,我,是诗中最大的事件。

自我,不只是诗中的一个主题,而且更重要的,它也是诗中的最主要的事件。换句话说,诗中的"我",是语言和诗的发生关系时会用到的一个身体。

以前,我们习惯于将诗歌中的"我"看成是一种主体现象,但是从写作的角度讲,诗歌中的我,越来越像是诗歌中的一个语言的事件。或者,这么说吧:对诗的写作而言,我们似乎有必要学会将诗歌中的我作为一个语言事件来使用。

当代诗的实践造就这样一种文学意识,我们已开始习惯让诗的语言具有一种世界性的眼光。

诗的写作发明了一种生命的权力。

诗依赖语言的心智。这确实有点出乎我们的预料,我们曾以为诗依赖的是我们的心智。

现代诗的写作在很大程度上依赖于我们必须在语言中学会判断。对事物的判断,对处境的判断,对自我的判断。

诗的叙事性,从本质讲,它反映的是诗歌在经验上的进展。

诗,语言的跳跃。但诡异的是,从写作的角度看,那必须看上去像语言最后的一跳。

对诗来说,语言的拥抱会让一些东西从素材中焕然一新。
甚至可以说,存在着这样两种诗人,施展过语言的拥抱的诗人,从未动用过语言的拥抱的诗人。

理想的诗,不取决于我的心智,它只是比我更有机会取决于语言的心智。

存在着这样两种诗的写作:一、正接近新诗的意志。二、全然麻木于新诗的意志。

将诗的明晰作为一种语言的欲望来对待。

诗的可能性始于对形式的关注。

诗的信念是建立在诗人的形式意志被充分激活之上的。

诗完成了这样一种转换:我的厌倦,在某种程度上就是我的幸福。

如果中国的知识分子不能好好地解释新诗的兴起,那么,他们面临的不仅是一种知识的耻辱,而是彻底失去一种历史的机遇。

诗的正义,不在于它能显示多少审判,而在于它能展现多少安慰。换句话说,诗的正义基于我们能感受到怎样的安慰。

诗,从来都不是用成熟的语言写出的。但诡异的是,它也无法用不成熟的语言写出。

但是,但丁。
这意味着,诗,从来都是它自己的例外。

诗的写作,在本质上就是一种机遇,一种天赋的激活,一种写作意志的较量。

诗的写作必须受益于语言的神秘。

精确,在本质上体现着一种语言的美德;而诗意则在根本上体现着一种语言的责任。

那些试图在诗中追求真实的人,必须明白,对诗而言,真实永远都是有代价的。

诗,必须找到新的办法与小说一起分享语言的规模。

诗的语言必须敢于围绕个人的存在。
某种程度上,写诗,就帮助生命自省到我们使用的语言必须学会围绕着个人存在。

在古诗中个人之间的默契几近通灵。但是很奇怪,在我们的新诗文化中，新诗中个人之间的默契或关照，却被妖魔化了。所以，当代诗的任务之一，是通过强化现代写作的殊异性来捍卫诗歌中个人之间的感应。

如果忽略了诗的天真，那么，我们的深刻就会无比愚蠢。

这几乎是诗歌写作中最具颠覆性的秘密：对词语，而不是对语言，讲究诗的战略意图。

诗的意图最好是从这样的布局中获得：讲求词语的战略感，同时将语言有效地降低为一种战术。

最诗歌的状态是，诗赋予词语以一种战略的眼光。

从写作的角度看，大多数诗的阅读的情形中，其实根本就没有什么读者，有的只是喜爱诗歌的朋友。

如果我们不能以朋友的身份阅读诗，我们也就无法与诗一起分享语言的秘密。

诗的观察必须体现为一种语言的激活。

缺少场景的设置，诗的敬畏根本就没法触动我们的意识。

在诗中，秘密高于自由。

或者，就诗的智慧而言，词语的秘密高于语言的自由。

某种意义上，诗的自由甚至不适合作为一种原则，它只是这样一种生命的实践：最重要的，是学会从诗的自由开始。

最具渗透性的诗意，在陌生的地方等待着你的汉语。

最美的诗意，仅仅是一种得体的辨认。但这种辨认是否会在语言的直觉中强化为一种记忆，则要看我们的运气了。

存在着一种现代的角度，诗的情感，即经验的刀疤。

最根本的，诗，让语言有了我们可以信任的面容。

诗的智慧也是生命的智慧。

诗的智慧中，最迷人的地方是，它使个人的智慧成为了一种可能。

这是一种特殊的诗歌结构观：我们本想用戏剧拯救诗，结果却意外目睹了诗对戏剧的拯救。

诗的结构必须聪明于比喻。比如,可以这样解释:以前,诗的结构看上去像一座花园。而对现代诗而言,诗的结构必须在原则上看上去像一个广场。

关于诗的批评,我们犯过一个错误。存在着一种普遍的想法,即认为作为一种成熟的标志,诗的批评必须超越诗的阅读。但是,从文学的实践看,从诗的历史远景上看,诗的批评应该首先成为一种诗的阅读。

也可以这么说,诗的批评的目标就是再造诗的阅读。

诗的批评,不仅要善于成为一种诗的阅读,更重要的,还要敢于成为一种诗的阅读。

与其让诗的批评成为阅读中的阅读,不如让诗的阅读成为批评中的批评。

学会取悦于语言,是诗的思想中最深刻的部分。

另一方面,诗的语言也必须学会取悦于我们的原始场景。

评论新诗的成就时,人们习惯从新诗与传统的关联来设定框架,但这在事实上构成了一种严重的忽略。评价新诗,不仅要考虑到它和传统的关系,更重要的是,还要思虑到新诗在汉语的实践性上展示出来的一种"历史远景"。

新诗的命运在于它展现了汉语的历史远景。所以,从传统的角度,判断它是失败的,或已走入歧途,是以叶障目。

一个召唤:在诗中学会判断。这已有点艰难,因为我们以非常习惯从外部将判断塞给诗。

新的敬畏源于诗的实践。

诗的新实践开拓了新的边界,而正是由于这些新出现的边界,我们觉悟了新的敬畏。

某种意义上,新诗起源于新的敬畏。但这一点,却被我们的诗歌史长期忽略了。

死,很深,深到无法想象。诗,也很深。但诗是这样一种深,它深到没什么是无法想象的。

诗的力量深刻于戏剧的力量。

秘密地使用语言,这是现代诗的写作中最核心的原则。

某种程度上,决心成为一个诗人时,我们必须静心自问,我们是否真的已准备好秘密地使用语言,并为此承担其命运。

诗,必须能传递出语言的能量。

也可以这么理解,迄今为止,我们在诗的书写中遇到的最糟糕的情形就是,诗没能秘密地传递出语言的能量。

如果诗没有弄错的话,真实是可敬的。它指向我们对生命的一种绝对的私人感受。但假如把这种感受移向外部,用作一种判断,那么,真实就会沦为风俗的一种廉价的道具。

诗的骄傲,是词语的谦卑的另一面。

没有人知道,为什么是诗的谦卑而不是词语的谦卑反映了人们身上一种特殊的堕落。

我们要的是词语的谦卑,而不是诗的谦卑。诗的谦卑恰恰对心灵有一种奇特的腐蚀作用。

好的诗歌语言的标志之一,就是它总有办法精确于诗的骄傲。

对诗而言,语言的判断始于对场景的判断。

一方面,诗,描绘场景。另一方面,诗也发明场景。

我们对诗如何描绘场景似乎很熟悉。这种熟悉常常会妨碍了一种审美意识的运用。

我们不太熟悉诗如何发明场景。我们经常将诗对场景的描述等同于诗对场景的发明。

伟大的诗人从诗对场景的发明中找了语言的线索。

场景,诗的意图的摇篮。

一个诗人对待场景的态度,反映着他对诗歌的自觉程度。

在写诗这件事上,真正的自信是,让场景来发明诗。而诗人要做的是,把其中一些零零碎碎的东西打扫干净,收拾妥当。

从语言中生产出一些东西,将它们用于最深邃的诗的记忆。而要辨认出这样的责任,需要激活多少诗人和诗人之间的孤独的共鸣。

让语言着迷,这是一个诗人所能面临的最大的清醒。换句话说,语言的着迷,可以被看成是一种生命的政治状态。

多么矛盾,语言的着迷竟反映出一种诗的运气。

诗的语调在本质上是一个如何想象它的问题。

在诗和语言的音乐性的众多关联中，最重要的是，一个诗人必须对诗的语调具有敏锐的想象力。

一个秘密。诗要求写作执行我。

很不幸，当代诗最大的主题依然是边界。各种各样的边界。

有时，我不免会想，在我们的时代，与其说诗是一种边界，莫若说，诗人更像是一种边界现象。

或者，在某种意义上，也可以反过来理解，作为当代诗人，我们的机遇就在于我们否是还有能力拓展边界——汉语的边界，生命的边界。

对诗人而言，他的命运在于他能发现多少新的边界。

换句话说，诗的边界决定了诗人的语言的命运。

诗，在语言的内部尝试一个信念。

或者，还可以更简洁：诗，尝试一个内部的信念。

这是一种艰难的诀别。这意味着我们试图出离一种广泛的误解：诗已确立起一种内部的信念；或者，诗就是一种内部的信念。

诗的顿悟，似乎总是与心智的爆发和强力的瞬间有关。但是,诗设想过这样的事情:顿悟作为一种语言的布局。

诗的疯狂有点害怕它会成为我们的唯一的机遇。

随着现代书写的兴起,诗的疯狂刷新了我们和语言的私人关系。

倾向宏大叙述的历史诗学曾经极力否定和排挤诗歌书写中的这种语言的私人性。但随着诗的实践的深入,人们有一天也许会意识到,我们和语言之间的私人关系,是我们曾从现代的诗歌文化中获得的多么珍贵的一种财富啊。

诗的疯狂,既是一种古怪的洞察,也是一种有趣的洞察。同时,它还是一种顽固的来自语言的邀请。

严格地讲,诗的政治性在于它对迷途的洞察和呈现。

两个选择。诗,紧张于伟大的安静。或者,诗,安静于伟大的紧张。

但诡异的是,我们也可以在诗的写作中把它们强化为两次选择。

两个洞察。诗人必须学会洞察安静。诗必须学会像洞察安静一样洞察紧张。

从诗的传统看,汉语里缺少恶魔,这或许是极其古怪的优点。但从诗的语言上,这却让我们的现代书写在诗歌领域里一直缺少一种智慧的深度。

没有恶魔的语言,其实是不适合用来书写现代的诗的。

诗,不以阅读为转移。
诗只是直觉伟大的阅读从不会缺席。

对诗而言,最准确的词语几乎无一例外都是一种天气现象。

我们的心智很强大,但想要取代诗的心智,也是不可能的。

耐人寻味的是,诗性有时会转变为一种语言的天气。

我们从愤怒中获得的诗的灵感,常常会困惑于我们从忧郁中获得的诗的洞察。

诗的自由并不是针对人生的束缚的。与人们想当然习惯认为的相反,诗的自由针对的是生命的颓败。

诗人,只是一种语言的命运。

在诗和语言之间,我最想做的事,仅仅是触及我们的境遇。而在诗和诗之间,我最警惕的是,陷入呈现我们的境遇。

诗,几乎是一种抵抗。但诡异的是,人们却热衷于假想,诗是一种抵抗。

就现代的情形而言,诗和存在的诗意之间的关系确实变得异常艰难了。某种程度上,这意味着,我们把这种艰难作为一种特殊的考验,都有点自欺欺人。但是,很奇怪,这也同样地意味着,作为一个现代诗人,我们无法从根本上背叛存在的诗意。

以往,诗人只须做到呈现诗意。而现在,仅仅是呈现诗意,已显得不够。为了适配现代经验的复杂性,我们还要做到锤炼诗意。

把语言的经验锤进诗意之中。

锤炼诗意的含义之一就是诗的文体必须是诗的意识的一个组成部分。

小说依赖语言的进展,而诗恪守语言的状态。换句话说,把它理解为长处也好,还是看成局限也罢,诗,本真于它只能是一种语言的状态。

就诗而言，我们的美妙的机遇在于我们比语言脆弱。

对诗的写作而言，诗的清晰不仅是一种风格的问题，而且也是一个如何伟大于文学的自杀的问题。

只有精通勇气并且也确实获得了勇气的诗人，才敢于在诗的清晰中杀死自己。因为他知道，等待他的结局，并不一定就是诗的永生。

在诗的写作中，语言的清晰是一种盲目的自杀。而诗的清晰是一种神秘的自杀。我们的诗歌文化总把两者混为一谈，其实，两者差异很大。

语言的清晰，在多数情形中，都会在审美的品质上降低诗的清晰。

我们本来应该追求的是诗的清晰，但却像遇到了死胡同似的，被拖进了语言的清晰之中。

诗的强大是建立在它对脆弱的洞察之上的。

诗的强大总是被误解，似乎它可用于心灵的脆弱的反面。

但其实,诗的强大并不是从克服脆弱中积蓄而来的。诗的强大,不是强大于脆弱,而是强大于我们对脆弱的敏感。

诗必须,既是手艺,又是帝国。

没有对诗的记忆的发明,诗的回忆就会无情地出卖我们。

诗,要想有出息的话,必须残酷于倾听的政治。

中　卷

在本质上,诗的技巧即诗的搏斗。

在很多人眼里,用现代汉语怎么可能写出好诗呢?表面看来,这似乎是一种文化偏见,但实质上,这确实基于人性的卑劣的一种最大的无趣。

诗人最微妙的感情,通常被认为是他在诗的镜像中对爱人所做的表白。但是其实,更有可能,诗人最微妙的感情同样出现在他对语言的体会中。

一个诗人,如何表达他对语言的重视,都不会过分。对生命而言,语言是最独特的礼物。学会敬畏语言,只会有助于一个人从诗意的角度去领悟存在的秘密。或许,有人会觉得这个角度回避了世界的真相。

对现代的诗歌文化来说,过于诗意,似乎意味着刻意的背叛。其实,从诗意的角度去领悟存在,恰恰意味着我们有能力从语言的角度去发现一种本真的世界。因为语言,诗涉及我们的方法论。并且最终,诗变成了我们最彻底的方法论。语言的陪伴,是诗造就的一个独特的生存景观。

一个秘诀,不要过于看重一个诗人表白他是如何看重诗的语言的。应该去查验一下他是如何在修辞的细节上体现他对语言的敬畏的。一个近乎悖论的现象是,在现代的书写中,只有诗人从未偏离过对语言的敬畏。在现代的散文写作中,对语言的敬畏,往往是通过对语言的极尽能事的亵渎来进行的。

历史更愿意诗仅仅是一种存在。而我们却意欲让诗成为和我们有关的事情。

回顾新诗百年,真正的进展在于,新诗从只知道借助历史进入一种存在的写作,最终演变成和生命的自省密切相关的一件事情。有些人只知道为诗的存在而写作,而另一些人,真正值得赞赏的,他们为诗是我们的事情而写作。

如此神秘地,语言的好奇决定着诗的质量。而如此诡异的,究竟什么是语言的好奇,并没有现成的答案。

在小诗人那里,好奇意味着打开所能见到的每一扇门。而在大诗人那里,好奇意味着从来就没有那么多的门值得去打开。

也不妨这么看,把诗写好的一个自检机制就是,学会尊重有些紧闭着的门,哪怕它们的背后栖居着漂亮的虚无。

诗歌批评的前提其实比人们想象得要残酷:假如诗的批评不是在友谊间进行的,它就不会有什么真正的价值。换句话说,你批评一首诗,就是在评论一个友人。

诗的清晰是一种比较容易识别的美德,而诗的复杂则是一种比较隐蔽的美德。前者多半源于诗人的性情,后者则无一例外地来自艰苦的劳作。

诗的风格,最害怕的就是它突然变成了诗的目标。

对诗的写作来说,不够复杂,意味着一种耻辱。过于复杂,则意味着一种无能。

就诗的风格而言,诗的清晰,从来都是一种复杂的结果。假如诗的清晰不是出自复杂,那么它不啻是廉价的自我欺骗。

新诗,不仅是它选择的语言,更重要的,它还是关于这种语言的事件。换句话说,新诗不仅是汉语的一个新问题,也是关于这问题本身的一种语言事件。

或许只存在着两种诗的类型:一、在人和诗的关系中,世界居于中间位置,并且是语言的替身。二、在世界和诗的关系中,人是居于中间位置,语言因缺乏替身,而沉溺于假象的娱乐化。

如果诗想赢得现实的话,它必然弄丢整个世界。换句话说,诗的最大的现实就是,它必须设法赢得我们有可能会失去的世界。关于世界的诗,和关于现实的诗,原本并不存在竞争关系,但由于现代经验越来越丧失了对神秘的耐心,越来越滑向功利的自我验证,这就产生了一种误解,人们以为关于现实的诗能胜任对现实的塑造,并在这塑造的过程中完成关于世界的记忆。

更高的诗,指向生命的安慰。

喜爱诗歌的理由似乎因人而异。但作为一种秘密,人们对于诗歌的爱,在差异的表象之下,又有着极强的趋同性。我们之所以热爱诗歌,源于存在着这样一种强烈而真实的感受,通过使用诗的语言,我们可以改变我们和时间的关系。

读诗的时候,寻找其中的意义,通常会被认为这是让阅读诗歌看起来有意义的一种行为。按这样的想法,假如读诗不是为了获得意义,那么这种阅读本身是否具有价值,都会显得可疑。为了寻求诗的意义,去接触诗,去阅读诗,这当然无可非议。事实上,这也一直主流的文化观念所鼓励的行为。但是今天,我们必须意识到,在众多和诗发生关系的方式中,以揭示意义来读诗的方式,其实是非常特殊的一种方式。首先,这绝不是唯一的阅读诗歌的方式。其次,这不见得是最有效的阅读诗歌的方式。

当然,由于流行文化的偏执,这种阅读诗歌的方式,已积累了足够的价值霸权。人们已不习惯对此作出任何反思。尽管如此,还是有必要指出,以寻求意义为目标的读诗的方式,有可能会损害到诗歌本身;甚至严重遮蔽人和诗的最根本的关系。

从起源上看,更为正确的态度是,我们阅读诗歌,主要不是为了获得确定的意义,而是为了得到神秘的启示。获得启示,才是读诗之道。

成就生命的智慧,一直都是诗的神圣的责任。否则,你以为我们只是在风格的意义上为谈论诗的智性而追求智性的诗吗?

必须更明确地,同时也必须更紧迫地,向自我展示,诗必须敢于涉及最神圣的责任。既成就生命之爱,也成就内心的洞察。

借用布莱克的话说,诗的主题其实只有一个:存在与狂喜。顺着这条线索,加上对所谓的诗歌的晚年的极端的漠视,我深深意识到,杜甫和布莱克其实体现的是同一种诗歌精神。

汉诗的传统,说一千道一万,其实只有一个:不学诗无以言。纠缠其他的,都会流于细枝末节。

向诗的原创性致敬。这不是什么理论问题。或者说,这背后并不需要多么深奥的理论奥援。比如，这一动作并不建立在我们非得就"什么是诗的原创性"达成共识的基础之上才能施行。这就是一种文化礼仪，出自我们对诗人的潜能的自信。就如同身处自然的美景之中，你不一定完全知道壮丽的景色的神圣含义，但你的身体已先于你的认知，用眼泪或屏住的呼吸，或许还用脊柱神经的隐秘的颤动，表达了你对风景本身的最深切的致意。

某种意义上，关于什么是诗，马拉美其实已给出了很好的提示：诗就是骰子。诗的能力，就是把生命掷向虚无的那种神秘的力量。

修辞是一种技巧。但假如认为，修辞仅只是一种技巧，这堪称是最大的错误。按流行的说法，在我们的文化观念中，对修辞的贬低，似乎源于儒家的文化理念。和心灵相比，修辞似乎是第二位的。这其实是对儒家的人文智慧的曲解。

在通行的诗歌观念里，人们经常能看到伪善而愚蠢的立场表演：心灵高于诗的修辞。似乎通过贬低修辞，一些自卑的心灵替代品能暂时获得一点自我抚慰。但实际上，无需什么高深理论，我们通过敏感的生存体验也能辨识到，修辞其实是心灵的深度。没有强大的修辞，心灵其实经不起沉默的自我侵蚀。

诗是极少的艺术。它涉及真假，但不以真假为目的。它涉及多与少,大众与孤独,但也不以反对多数为目的。极少的艺术,其本质就在于它是存在本身的机遇。所以,对诗而言,语言的本质是机遇。对语言而言,诗的本质是机遇中的奇遇。

多么诡异。在当代文学场域里,人们谈论了那么多的诗和道德的关系,却几乎很少有人懂得:诗本身就是最低限度的道德。在我们这里,人们总是乡愿般地期盼——诗应该展示最高的道德面目,但其实,如果说诗有什么道德功用的话,那么出于诚实和警醒,诗能提供的只会是最低限度的道德。

西蒙娜·薇依说过,死亡是赐给人类的最珍贵的礼物。对诗而言,就赐予这个词的本意而言,"看不懂"其实是比死亡还要好的礼物。但是多么奇怪,这么好的礼物,诗的"看不懂",在我们的文学文化中,却堕落成了最低级的东西。

诗,在回忆中发明了记忆。

或者,诗,在诗的回忆中发明了我们的记忆,也重塑了语言的技艺。

困惑于诗的无用,是对诗的记忆的一种可耻的背叛。

诗,为我们熟悉的情绪发明陌生的记忆。

伟大不是一种诗的标准，伟大只是一种诗的乐趣。

如果把伟大作为一种标准，那么，除非我们强大到与诗的伟大融为一体，否则，阅读和批评就会沦为无休止的阴暗的抱怨。

诗最大的政治性，在于它对我们所能拥有的运气的强大的提示。但令人遗憾的是，人们谈论了那么多诗与政治的关系，却很少能洞察到这一点。

从诗与现代的关联上看，只有在书写的过程中，诗才是民主的。或者，诗有可能是民主的。一旦书写结束，诗，沦为一种阅读现象。在阅读的过程中，如果我们还想读到点真正的内容的话，固然还不可轻易推断诗不是民主的，但基本可以断定，诗必须矛盾于民主。

对诗而言，语言的活力一半源于怎样激活常识，另一半则源于我们对诗和常识的关系的微妙的厌倦。

对诗的写作而言，汉语给人的感觉有时会很奇怪。作为现代诗人，写诗时，我们会本能地警惕那些汉语中可归为语言之器的东西。但站在诗的批评的角度，我们又会明里暗里拿这个东西去衡量他的创造性。

穆旦绝对是一个诗歌天才，但他的汉语里又确实少点可以称之为"器"的东西。

怎么解决呢？对穆旦的任何反思，肯定解决不了。我能隐约看到的出路依然是，重新发明穆旦。

诗意和旅行的关系密切而丰富。但诡异的是，以至于我们已习惯在写作中忽略这一面：诗意其实也是一种语言的行动。

诗意，是一种特殊的养成。这是我们所熟悉的，但这也造成了一种审美的惰性。我们对"诗意"的辨认，往往会过于依赖以往的范例，以及诗歌史对我们的熏陶。

但这问题还有另一面：在现代性的书写中，诗意还必须是一种深刻的发明。这是我们所极度生疏的。

当代汉语诗的写作面临着一种独特的召唤：诗意如何诗性。一、诗意如何转化成诗性；二、诗意如何激活诗性。

在古典写作中，诗意是目的性的。但在现代书写中，诗意的角色却变得有点暧昧，诗意开始具有了一种中介性。

某种意义上，可以说诗意的这种中介性导致了人们在辨认"诗意"上的分歧。本来，这种中介性会促进"诗意"展开一种积极的判断，从而让"诗意"与我们的日常生活发生更密切的关系。但反面的意见却认为，这种中介性损害了"诗意"在我们的传统中确立的那种味道。

借助于汉诗传统，我们熟悉"诗意"的各种角色——在我们的文学生活中扮演的角色，以及在我们的日常审美中扮演的角色，但是很诡异，我们唯独对诗意作为一种伟大的抱负缺乏最基本的感受。

一种新的寻找，诗意和地方性经验之间的现代性关联。

能否建立起人与语言的友谊，是诗的命运。

从这个角度讲，维特根斯坦说，我们必须与语言进行搏斗，只是一种书写的状态。或者，也可以这么理解，我们与语言进行搏斗的最根本的审美动机是，要重新布局我们与语言的友谊。

诗意，在本质上是一种洞察。我们的生命意识和生命意志中最深刻的一种洞察，充满了内在的紧张，和积极的领悟。但在流行的诗歌观念里却被弄成了一种懒惰的东西，和一副有色眼镜没什么区别的东西。

两个问题都很重要。1. 口语能不能诗歌。2. 诗歌能不能口语。

而残酷的是，不能口语，诗，基本上就废了。但很多人却对此浑然不觉。

对诗的写作而言,对诗的现代性而言,口语不止是一种语言类型,以及它的实践如何文学化的问题。问题的实质是,口语是一种语言状态。但在我们的诗歌场域里,却积存了大量的偏见,拼命想把口语挤压成一种类型化的东西。这在出发点上就是错误的。

写诗是一种极其内在的生命活动,而诗的批评须立足于如何以得体的方式转化这种内在性;也就是说,诗的批评一方面要设法延续这种活动,另一方面又要设法将这种内在性历史化。

从这个角度讲,诗的伟大在于它有自己的谜,而批评的伟大在于它没有自己的谜。

诗,是诗的另外一种形式。

围绕诗的形式,人们谈论了那么多,但却并不太了解,在大多数的书写情形中,诗的形式实际上体现为一种写作意识。

写诗是一种极其内在的生命活动,而诗的批评须立足于如何以得体的方式暂停这种活动。

诗的欢乐原本是比诗的痛苦更强烈的感觉,但在流行的诗歌观念中,我们却不敢承认这一点。甚至在流行的诗的写作中,放任它沦为一种普遍的遗忘。

诗确实有一个现代的禁忌:几乎不存在毫无诗意可言的事物。

或者从现代的意义上讲,诗确实有一个禁忌:不存在毫无诗意可言的事物。

诗必须做出解释。

在我们的观念中,诗是不需要解释的。诗不解释自己,诗也不要求别人解释它。凡需要解释的,就不需要诗来显现。但在进入现代写作中,诗的想象也开始日益同化于诗的经验。很多东西仅仅凭借诗的直觉来呈现,已经不够了。诗面临的一个基本状况是,诗必须进行解释。

在诗的经验中,最为诡异的是,对诗的解释和诗对事物的解释在动机上是完全不同的。诗对事物的解释,反映着人的意识的进展。而大多数时候,对诗的解释,则仅仅是出于一种交流。

诗与解释的关系考验着我们对语言的最基本的感觉。

诗的批评的一个方向:把批评对诗的解释等同于诗对事物的解释。

不要总是围绕观念来争论新诗究竟新在哪里了。新诗的新在于语言的实践,在某种意义上,是一个身体性现象。简单地说,新诗新在,新诗犹如汉语的新娘。

诗的类比是语言的最基本的直觉。但吊诡的是,我们在诗的写作中会常常陷入这样的暗示:诗的类比必须成为语言的直觉,我们才能触及诗的内容。

这么讲吧。诗的类比,首先是一种语言的直觉,其次才是一种修辞。

问:"诗的根本性"怎么讲? 这是一个哲学概念还是一个语言学概念呢?

答:简单地说,就是我们怎么判断,人与世界相遇,在语言的意义上,是传统性的,还是机遇性的。

在我们的文化场域里有个咄咄怪事:谈论新诗是一个问题,认识新诗又是一个问题。很多时候,谈论了半天新诗,却没能增进一点对新诗的认识。认识新诗,必须从根本上意识到新诗实践中的契约精神。

对新诗而言,传统固然重要,但最重要的却是,我们在新诗的实践中触及到多少诗的根本性。

谈新诗和传统的关系时,我们需要考虑两个基本的语言向度:一、新诗和汉语的关系,二、新诗和写作的关系。从这个角度讲,我们或许会意识到,新诗面临的最重要的问题,不是由传统提供的,而是由汉语的新的实践性提供的。

与其纠结诗是什么,不如面对诗可以这样。从诗歌史的角度看,这或许是一种积极的阅读态度。

在诗中,最频繁发生的事情就是诗的死亡。所以,从历史的角度,谈论诗歌死了,需要多么大的无知啊。

严格地讲,真正意义上的,诗的个性是赎回来的。

不写诗的时候,语言是风景,写诗的时候,语言是身体。而修改诗,更像是从身体到风景之间的不停往返。从这个角度讲,阅读诗,在本质上就是在修改诗。

诗的力度是从能否撑开伟大的差异慢慢获得的。

依赖自身的弱点而伟大,就好像诗的写作中只剩下这样的秘诀了。

对诗的写作而言,发现伟大的优点,远远不如领悟伟大的弱点有帮助。

诗的音乐性，简单地说，就是进入语言的奇思，激活词语的妙想:直到语言的能力克服诗人的才能为止。

诗必须发明理想。诗必须尽可能发明出诗的理想。

诗和理想的关系固然可以从语言的信念去认知,但重要的,恐怕是要意识到,诗的理想不完全是一种信念。诗的理想是一种语言的洞察。

诗,有没有灵魂,最终还是要看,我们是否愿意自觉地首先回到语言之中。

诗,必须学会从语言上与时代切磋。
既然我们的诗歌文化暂时还不能满足我们,我们写的诗就必须以自己的方式学会与时代切磋。

或者,这么讲吧,诗反映时代的可信任的方式是,学会与时代切磋。

诗,既徘徊于语言的光明,也流连于词语的光线。诡异的是,就写作而言,诗似乎更偏爱词语的光线。

最大的冒险是,诗只能活在知己的感觉之中。我猜想,这也是汉语贡献给诗的写作的最大的遗产。

同一个场景中有好几种诗的眼光。但更让我们好奇的是,同一种眼光中分离着好多不同的诗的场景。所以,天赋有时就是果断的角度加上足够的运气。

除了伟大的怪癖,诗没有其他的怪癖。

没有在语言中发明过任何东西的诗,会遭遇语言最大的危险。

诗的发明,是诗的形而上学,甚至是诗的最大的政治。

给语言加密,是一种诗的斗争。

语言的秘密在于你能在诗中发现多少底牌。但这只是一个方面。另一个方面,也许更为重要的是,在于你能在诗中找到多少可打出去的牌。

在诗的写作中,我们需要这样一种耐心:诗猜对了,还不算。决定性的东西必须是,诗的语言猜对了。

写诗,必须成熟于伟大的不成熟。

在诗中,我们的感觉必须为语言的感觉做出牺牲。我们的情感是否值得信任,最终是由语言的感觉决定的。

正是由于诗的新闻性,作为现代人,我们才开始在语言事件的意义上重新理解诗,理解语言和生命的新的可能性。

诗,必须在诗的范围内成就语言作为一种事件。

与以往不同的是,我们必须学会让诗来帮助我们判断一些事情。而在过去,我们过分习惯于我们自己跳出来帮助诗来判断一些事情。

我们喜欢谈论诗的反抗,但我们未必意识到,其实最值得深思的是,诗对我们的反抗。以及更幽暗的,诗对我们的反抗的反抗。

诗的写作的另一面,诗执行我们。

诗的创造成全了语言的劳动。换句话说,语言的劳作从诗的创造中找到了一种神秘的满足感。

诗的独立,包含了两个最根本的审美动机:独立地离开身体的能力,独立地返回身体的能力。从这个角度讲,人们喜欢谈论的所谓诗独立于政治,或诗独立于思想,都是非常表面的东西。

最可怕的,不是要不要容忍诗的妥协。而是我们已不知道如何把握并协调诗的妥协。

表面上,和古诗相比,在文化的规约方面,新诗缺少一种信誉。但这种信誉的匮乏,在我看来,恰恰反映出在更新汉语方面,新诗的实践显示出了巨大的活力。匮乏的根本原因在于我们缺少整合这种创新的文化能力。另一方面,从写作上看,新诗激发的语言的召唤,从来就不缺乏信誉。

在诗的写作的当代性而言,不论我们是否自觉,语言的友谊都已从根本上决定了诗的政治性。

写作本身正在改变诗。但大多数时候,我们却浑然不觉。

就人生的秘密而言,诗,其实是语言的一种特殊的好客的方式。

也不妨这么讲:比语言的好客更好客的,就只剩下写诗这件事了。

唯有在诗中，人们或许才可以重新开始真正的思想。换句话说，诗和思想共用了人类生活中的一种可能性。

思想的死亡，并不必然意味着诗的死亡。但诡异的是，诗的死亡，必然意味着思想的死亡。

要想写得对得起写作本身，诗人就必须复杂于激情。

某种意义上，现代以来，我们的诗歌文化喜欢放纵诗人的激情，却不善于辨认语言的激情。

可悲的是，即使诗构成一种诊断，人们也几乎没有机会确定自己是不是真疯了。

诗的疯狂是一种真正的仁慈。尽管在公开场合里，为了避免不必要的纠缠，我们通常不会这样讲。

在我们的诗歌文化中，诗的敬畏很难避免被道德的庸俗化所意淫。有时，这确乎是一种令人难堪的损耗。但不管多么艰难，我们必须明确的是，诗的敬畏并不仅仅意味着一种内圣的养炼，它更重要的是，它有助于生成一种生命的自觉。

换句话说，诗的敬畏源于语言的直觉。

语言的疯狂是一种可怕的健康。需要说明的是,这并非是在指认一种诗的状态,而是在确认一种写作的界限。

对诗而言,语言的疯狂要么是精明的疾病,要么是可怕的健康。但从写作的角度看,对伟大的诗人而言,似乎只剩下了一种可能:语言的疯狂是一种可怕的健康。

只有诗的伟大能治疗诗的疯狂。换句话说,只有诗的伟大能给予人的疯狂以一种仁慈。

在诗的音乐性上,我们面临着和古典诗人不同的选择:你没办法让格律紧张起来,但你的确可以让节奏紧张起来。

在思想中思想,在思想中反思想,在反思想中思想,在经历了这些热身运动之后,现在我们终于明白,诗和思想的唯一关系,就是诗向我们的真实建议过一种生活。

借用弗罗斯特的隐喻,怀疑其实是,诗歌在经历了神秘的选择之后未走的那条路。所以,从诗的动机上看,对诗而言,怀疑最多不过是一种悬念。但是现在,流行的文学观念却不断假设我们面临的情形是,诗须以怀疑为其基本的立场。

一种风格意识:诗是语言的鞋带。

换句话说,没系过鞋带的诗,不会有机会豁然于语言的运动。

对诗的写作而言,对类型的反驳会磨炼出一种深刻的语言意识。

将诗的肯定带向一种个人的偏僻:这是一种语言的风景学。

换句话说,坚持个人的偏僻,是当代诗的一条底线。而在何种意义上坚持个人的偏僻,则意味着诗的创新必然会包容一种伟大的妥协。

现代诗的写作确立了这样一种信念,我们和语言之间是能够建立起一种私人关系的。这种私人关系,在古典写作的范式里,一直受到压抑。流行的诗歌观念认为,在我们和语言之间建立起来的这种私人关系,会妨碍诗歌的社会价值。但现代诗的实践则确信,如果无法包容这种私人关系,我们的诗就缺少一种文明。

在诗的写作中,天赋往往比才能更耀眼。甚至可以这么讲,天赋比才能深刻。而正是由于这种比较,人们也意识到,对诗而言,才能其实比天赋要伟大。比如,诗的才能比诗的天赋更在意这样的事情:给予诗的洞见以一种风格。

现代诗的写作为生活贡献了一个重要的概念：诗确乎与幸福有关。

换句话说，在现代诗的书写中，诗与幸福的关系突然变得深刻起来。这种变化也促成了一种尴尬，因为流行的诗歌教育长期以来一直试图造成这样一种印象：诗的价值多半是围绕着悲剧经验来积累的。

词语的磨盘，诗的经验的邻居。

如果诗，没能在语言中发明出一种优雅的洞察，那么我们就会在生存的耻辱中不时地感受到一种意外的耻辱。

从诗歌中，我们至少获得了这样一种进展：对语言的忍耐足以微妙对自我的忍耐。

诗的语感必须残酷于我们所听到的语言。

在诗的写作中，只有语言的听觉比词语的欲望更强大。但懂得运用这一点的诗人可谓凤毛麟角。

现代诗学的主要任务之一，是从诗所显现的文化的仪式中分离出属于个人的仪式的那部分。

我甚至这么想过,假如属于诗的个人的仪式始终未被独立出来,并予以契约般的确认,那么诗的阅读又如何能真正地开始呢?

诗,既是个人的仪式,也是文化的仪式。

重要的不是,这种仪式是否涉及到诗的本质,而是说,假如没有这种仪式,诗,就缺少了一种针对生命情境的最根本性的观看。

对诗而言,抒情其实是最不具个人性的东西。所谓抒情的个性,至多是一个有益的幻觉。或者,在诗歌文化比较深厚的场域里,抒情的个性可以从相关的幻觉中激发出一种创造性。

缺乏对仪式的洞察,会影响到我们对诗的本质的觉悟。

伟大的诗都带有仪式的特征。这对个人的书写而言,构成了一种不愉快。但有趣的是,它却让诗的写作具有了一种极其深刻的喜剧意味。

对诗的写作而言,所谓语言意识,没准就是在语言的组织面前慢慢环绕形成的一种针对词语的权利意识。

对诗而言,洞察的深刻本应反映出尊严的深刻。

从文化场域上看，当代诗对诗的尊严的洞察不可谓不深刻，但诡异的是，我们的诗的洞察越深刻，我们对诗的尊严的信任就变得越犹疑。

我始终认为，我们写出了非常好的诗，但在诗的尊严方面，我们的进展却暧昧不明。

诗只有一个真相，亦即诗的最大的真相是，诗和真相无关。

诗不在真相的意义上解决我们的问题。如果诗的解决建立在真相的基础上，诗就把自己降低为一种人性了。

从我们的传统上看，伟大的诗深刻于这样一种感觉：令我困惑的是，我从未感到过困惑。

对诗而言，反而是技艺让心灵成为了伟大的例外。

要理解诗和天才的关系，仅仅借助范例和诗歌史，是不够的；必须借助高贵的谎言。

诗和天才的关系，犹如经常从街头走过的一对夫妻。

诗，必须最终体现为一种天才的创造。诡异的是，这个事实接受起来反而让天才比普通人更感到绝望。但另一方面，这种绝望又激活了一种天才的希望。

诗的诚实在本质上是一种成熟。对诗而言,倘若没有成熟,也就没有什么诗的诚实可言。

也不妨这么看,诗的诚实不是一般伦理意义上的诚实,它是一种伟大的诚实。这种诚实是建立在诗的自我争辩之上的。

与语言保持距离,对诗而言,这既是一种必要的警觉,也是一种体现了我们如何介入生命自身的能力。

好诗必须做到这一点:懂得如何在语言的距离中与语言保持距离。

诗,援引例外的能力。

通过一种艰难的抉择——成为例外还是援引例外,诗,帮助我们明确了一种生命的立场。

诗,必须敢于脆弱。必须有能力发现伟大的脆弱。

新诗是有立场的。

比如,新诗凸显了一种语言的现代立场。

可以有这样一本书,它的名字叫《新诗的立场》。它的作者看上去就像一头刚刚走出了沙漠的黑熊。

散文化,反映的是诗的内部的一种自我激进:借助句子的张力,重新改造诗的内在空间。这种改造的意义十分重大,没有散文在诗的空间中的激进表现,诗的场景就会缺少一种激烈的戏剧性。

散文化,在诗的内部强化了语言的流动状态。从传统的角度看,这或许深刻地弥补了汉语诗的一种不足。

诗,是一种神秘的时尚。

流行的诗歌文化训导人们必须远离时尚,拒绝时尚。并试图从这种拒绝中积累出一种对诗歌的道德消费:与时尚越远,与诗就越近。

但从另一个角度看,诗对时尚的拒绝本身,就构成了一种时尚。但这不是我关心的,我关心的是,在诗歌的实践中的某些环节中,诗本身就是一种神秘的时尚。

在诗歌中,比伟大的肯定更伟大的,必然是微妙的肯定。

隐喻是一个突破口,但是,诗,必须找到比隐喻更有力量的突破口。

诗,完美的自觉中的微妙的不自觉。

写诗的过程,有时就是艺术的自觉和语言的自觉之间的完美的肉搏。

对孤独的怀疑,成就了一种诗的美德。

我们从诗中汲取的力量,不同于我们从生活汲取的力量。

诗的笨拙让聪明感到了神秘的羞愧。

在我们这里,有一个奇怪的现象,你写得越好,诗就越像一个代价。

假如诗不是一个神秘的代价,那么,生活就是一个神秘的代价。

就语言和存在的关系而言,写诗,很像斩首的邀请。
某种意义上,可以这么讲,没掉过脑袋,你就别写诗了。
注解:此处,没掉过脑袋,并非特指没掉没没人见过的脑袋。

如果说写诗,还只是像斩首的邀请,那么读诗,可以说简直就是斩首的邀请。

对诗的写作来说,语言的个性永远都是一个神秘的赌注。

诗,语言中最后的风俗。

人们习惯将诗看成是一种人生的风景;演绎到境界,说的就是这层意蕴。另一方面,诗,不仅是一种风景,更是一种习俗。而且,作为习俗的诗,要比作为风景的诗更伟大。

成为一种习俗,这或许是,诗的最伟大的冲动。然而,要辨认出这一点,是多么地艰难。

从左耳朵进去,什么是诗歌?从右耳朵出来,什么是写作?

我知道,在语言中出现的这种神秘的重合并不是由于需要产生的:什么是诗有时会重合于什么是写作?

诗,取决于你如何假设诗。这几乎涉及到一个写作的秘密。

有的时候,写诗就像在摸牌;有的时候,写诗就像在发牌。

换句话说,诗就像一张牌。但这是一个富有悬念的序曲。诡异的是,我们以为诗是我们手里的一张牌,我们很少能意识到,其实大部分时候,我们也是诗歌手里的一张牌。

在诗歌中,喜剧比悲剧付出了更神秘的代价。

某种意义上,就像理解人生的喜剧一样,想要理解诗中的喜剧性,需要一种悲剧情怀。

对诗人来说,有没有心智,有多少心智,也许是一个问题。但最根本的问题是,诗人必须能感受到正在我们的心智中加快消失的某些东西。它们才是诗歌的生命本源。

从来就不是有没有激情的问题,而是,诗必须深刻于深刻的激情。

诗,意味着我们要经常来到智慧的边缘。

终于智慧的诗,犯了一个原则性的错误:它在不知不觉间把诗的智慧降低成了一种艺术效果。当然,这会让诗的阅读在无意间受惠良多。

不是一种过渡,而是一种循环:诗,从语言的戏剧性到写作的戏剧性。

诗意,一个因语言的戏剧性而越来越强烈的事件。

当诗的写作趋向强大,诗意在写作的戏剧性中就会突出为一个事件。

或者,也不妨这样看,我们曾隐秘地体验过这样一种戏剧性的冲动:诗意,仅仅是一个事件。

诗的神秘,只是用来克服我们经常过于深刻的一种治疗。

某种意义上讲,写诗和读诗都适于我们开始学会倾听沉默。

一个召唤:诗必须发明沉默。

最具独创性的诗都发明过沉默。
对诗而言,倾听沉默是一个方面,发明沉默是另一个方面。

作为一种天赋,诗的疯狂从未无辜过。
换句话说,诗的疯狂,作为一种天赋,比我们大多数人想象的要狡黠得多。

诗的批评最忌讳的是,提出了正确的问题,甚至还是以正确的方式提出的,却没能给出正确的答案。
不过,新诗的历史显然不适于这一观察。新诗史上,我们的诗歌批评很少能提出正确的问题,但是非常奇怪,它们给出的答案却似乎显得很正确。比如,新诗如果离开了传统,它就失去了根基。

优秀的诗歌批评，最突出的品质就是能以正确的方式提出问题。甚至可以说，与提出正确的问题相比，正确的思考都显得有点次要了。

风格是语言的镜子。对诗的写作来说，它重要不重要取决于你怎样使用语言。

我确实认为，在我们的生命中，我们能拥有的最大的幸运是，在诗歌中使用语言。

诗确实创造出了一种真实：生命本身可以构成我们的一个对象。

诗，一份简朴的遗产，但继承并使用它，却是件昂贵的事。

诗能给予人的真正的遗产是，通过使用语言，从时间中赎回一个自我。

在很多悲观的思想面前，这也许并不可靠，很可能还给残酷的人生真相留下了太多的面子，但对我们而言，它却是一个机遇。

诗，不是比思想更感性，而是它能超越思想对感性的思考。

找到诗和思想之间的真正的冲突。然后，不是想法弥合分歧，而是努力扩大分歧。只有努力扩大分歧，分歧才会蜕变成一种真正的差异。我们的生命也才会从这种差异中获益。

悲观从来就不缺乏深刻，但是它缺乏运气。这就是我们会爱上诗歌的一个理由。

写诗，是让语言成为生命中的一个事件。某种意义上，这确实和一个人是不是诗人无关。

做一个诗人，则意味着让我们的生命构成一个语言事件。这确实指向了一种幸福的冒险。

我们必须在写作中学会确认一种诗的动力：重构语言意味着重构经验。

但从语言实践的角度讲，我们还可以更谨慎地这样表明：诗人重构语言是我们重构经验的一种最可信赖的方式。

诗不是虚无。它只是对虚无做过的一件令我们难忘的事：诗，是朝向虚无迈出的正确的一步。

换句话说，如果我们的诗歌文化继续庸俗地看待虚无，那么，诗，就会是朝向克服虚无迈出的错误的一步。

最伟大的诗人是那些曾明确否认过自己很孤独的人。不是否认孤独,而是否认自己很孤独。

很多时候,诗的孤独,不过是某些诗人感到他们缺少诗歌上的同代人而言。

在我们的诗歌文化中,我们很容易陷入到诗的孤立之中。这诗的孤立其实还离诗的孤独很远。

好诗的秘诀之一就是,我们的幻想完全能胜任诗的语言是一种工作。

人对智慧的最大的误解是,我们觉得我们必须拥有足够多的智慧。诡异的是,人们经常会将同样的感情模式用于体验诗歌。

信任语言不是一个诗的目标,它只是引出了一个事件:诗的愉悦在很大程度上源于信任语言本身。

伟大的诗之所以伟大,就在于它能微妙地创造信任。

诗,致力于语言之间的微妙的信任。

对诗人来说,怀疑语言只是信任语言的一种特殊的方式。

但很多人却把这一点弄拧了,他们把怀疑语言弄成了一出将语言虚无化的鬼戏。

小诗人往往害怕把自己交给语言,因为经历了对语言的怀疑之后,他已不可能知道这是什么意思。

大诗人则热衷于把自己交给语言,因为他懂得尽管这是一种极大的冒险,但却是成就生命的意义的一种方式。

诗的非个人性:一种召唤。

诗的非个人性不完全是一个风格问题,它源于对诗的创造力的一种神秘的召唤。

某种意义上,也可以这么说,正是由于这种召唤存在着神秘的一面,所以,它对诗人的个性构成了明显的压抑。个性越是狭隘的诗人,他感觉到压抑就越强烈。

就文学能力而言,大诗人最明显的特征就是他有能力把自己交给语言,并且愿意承担一切后果。

如何面对诗,不仅是一个视角问题,还是一个运气问题。我和诗,是一种基本的诗歌关系;但更基本的诗歌关系其实是,你和诗。

最神秘的语言事件之一,我们能神秘地感觉到我们在诗歌中恢复了某种天性。

在语言和现实的搏斗过程中,最值得看重的努力是,成为诗歌中最安静的道德家。

在诗歌中,我们对语言的塑造,比起语言对我们的塑造,简直就是小巫见大巫。换句话说,我们因思想而经历的改变,远远不及我们因语言而进行的改变;后者更接近生命的本质。

如果诗的语言不够复杂,人生的复杂就会变成一种暧昧的报复。

将思想用于工作,将智慧用于休息。这是诗的耳边风。

诗服务于传统的唯一方式是,把传统从传统中解放出来。

至少存在着这样一个方面:诗的传统是用来解放我们的。

疲倦的时候,喝酒的时候,下课的时候,赏花的时候,也可以这么讲:好吧,好吧,就本质而言,技巧其实是一种语言能力。这样,至少从旁边听起来,像是存在着一种综合的语言能力表明,诗的技巧在我们的谈论中显得多么无辜。

在谈论诗的技巧时,我们经常会遭遇到一个有趣的现象:很多人把诗人和技巧的关系误解成了诗和技巧的关系。更有甚者,有些人会把他自己和技巧的关系误解成诗人和技巧的关系。

在小诗人那里,常见的情形是,诗人本身精于技巧。而在大诗人那里,诗人本身所起的作用已非常淡漠,只剩下一种情形:作品本身精于技巧。

问题的实质在于,不是我们是否需要技巧,而是诗歌本身需要技巧。

从写作的角度看诗的技艺,我们或许会意识到,技巧问题在本质上是一个责任问题。

换句话说,在诗歌中,讲究技巧会促使诗人尽力忠实于诗的责任。

诗的技巧,某种意义上,也是一份语言的契约。

将诗的技艺与诗的责任对立,体现的不是一种独特的无知,而是一种独特的无耻。

好的诗造就了在我们的生命意识中一种语言的氛围。

就诗艺而言,精确于思想其实比精确于语言要简单一些。

身为诗人,我们想像组织语言那样组织形式。但最终我们发现,我们只能组织语言,无法组织形式。开放的形式也好,封闭的形式也好,就风格意识而言,其实只和艺术的功效有关,其次牵扯到一点写作的快感。所以,到后来我们还是要面对形式的核心问题:形式的责任。形式的责任不过是令经验感到深刻的惊异。

没有挑战过形式的诗人,或许可以把诗侍弄得还像那么回事,但他们不会领悟到诗的愉悦意味着什么。

没有伟大的同情,诗歌就会窒息于人类的假相。

从文化的角度看,诗歌文化最吸引人的地方在于,诗也许不能发明道德,但它的确能发明深刻的道德家。

诗,从未矛盾于语言的华丽。这确实令人意外。对诗人来说,这或许是一种写作的幸运。

越是具有洞察力的诗人,往往在语言中越是显得野蛮。
就诗歌文化而,这本身没什么不好理解的。但诡异的是,在我们的文化场域里有一种暧昧的东西特别爱在暗中鼓励这种情形，但它取舍的不是诗的洞察和诗的野蛮的关联，而是让诗孤立于野蛮的知识，以便从文化形象上促成新诗的失败。

对诗人而言，没有安静的道德，但却有安静的道德家。对诗而言，在安静中说服，这会造就一种巨大的倾听。

诗，只使用过一次冷眼。即面对原始的恐惧，将冷眼冷冷地投向必死。

语言的暴戾，是诗歌虚无的后门。公开的后门。

诗的虚无，在本质上其实就是一种语言的营养不良。

在诗的写作中，重要的不是我们的天赋里有多少自然的东西，而是我们的天赋中有多少自发的东西。

对诗的批评而言，这也可算是一种警醒。因为在诗的批评中，最常犯的错误就是将诗人身上自发的东西误解成自然的东西。

从故事的角度看，诗，无非是说生命中还有许多不同的边界。

对诗人而言,最大的禁忌就是在孤独中寻找借口。

要想写得深刻而美,诗人必须尽可能地矛盾于孤独。

伟大的诗差不多都有这样一个起点:即我们不想成为孤独的一个借口。

人们喜欢谈论海子的天才,却很少能惊觉到,海子真正了不起的地方就是,他在自杀之前已亲手谋杀了一个天才的海子。

某种程度上,也可以这样讲,海子的天才就在于他一直激烈地拒绝完成一个真正的海子。

在诗歌中,精确是一种巨大的饥饿。

诗的精确源于我们对陌生的东西有一种强烈的记忆。

诗从未矛盾于骄傲。

换句话说,诗宁肯矛盾于死亡,也不会矛盾于骄傲。

最新发现的诗歌元素:佩索阿身上有一个贝克特。

最新觉悟到的诗歌史元素:作为一个大诗人,卞之琳之所以优异就在于他从未成为过真正的卞之琳。真正的卞之琳不过是一个有点敏锐的趣味诗人。

诗,自省于美丽的折磨。

也不妨说,因为诗,我们得以有机会在艰难的人生中得体于美丽的折磨。

诗的意思是,我们对自己的责任也是我们对语言的责任。

因为诗,语言使生命的孤独之美成为了一种可能。

经常听到这样的外行话:诗取决于有没有灵魂。但是,我们也可以这样理解:诗有过的最大的运气就是,诗不取决于我们是否具有别人可以判断的灵魂。

《海子诗歌中的野蛮主题》。当整个80诗歌年代都沉浸于诗歌的审美主义和现代性的关联之时,海子的诗却展现了一种逆向的文学风景:没有对诗的野蛮的自觉,当代诗人就无法走入诗的创造。诗的野蛮,体现了诗的抒情性的最大的可能。某种程度上,当代诗是从抒情的野蛮性开始的。

诗不是信任表达,而是以沉溺的方式矛盾于表达。

在诗歌中,每个表达都确立了一种边界。正是由于这些诗中的边界,我们探求生命的本源才成为一种有意义的可能。

从根本上处于这样一种写作意识:诗的语言对应于神秘的召唤。

就诗的批评而言,我们或许会体会到,正是这种对应性在根本上维持着诗歌情感的伟大和丰沛。

关于用心写诗,我们谈论过很多。很多时候,我们谈着谈着,就被自己的谈论感动了;不知不觉已僭越了一个底线:诗从来就矛盾于用心写诗。像用心写诗这类言谈,确实可以帮助我们端正一些态度;但必须明白,它从来无助于纠正我们的肤浅。作为一个生命事件,诗,比用心写诗这样的规定伟大得多。

诗矛盾于现实,诗矛盾于真理,诗矛盾于伟大,但奇异的是,诗从未矛盾于召唤。

也可以这么讲,诗矛盾于神秘,但是,诗却从未矛盾于神秘的召唤。

诗歌只能深刻于语言的好奇。

换句话说,我们确实能从生存的悲哀中体会到很多深刻的东西,但是与语言的好奇相比,它们在诗的情感上依然显得极其可疑。

在诗的布局中,如果语言的暗示不够伟大,它就会引发最乖戾的恼恨。

写诗的时候最好唯物,读诗的时候最好唯心。

换句话说,语言的硬币像所有的硬币一样固然有两个面,但在抛向半空之前,你必须心里有底。很多人认为抛上去时,它还是有正面和反面的;只是在落定后,才只剩下了我们不得不面对的那一面。其实,从抛空的那一刻起,对写作而言,语言就只剩下那一面了。

面具,是诗歌送给语言的最好的礼物,但却引发了巨大的误解。很多人甚至完全弄拧了,在他们看来,面具本该是语言送给诗歌的最好的礼物。

诗人的直觉从本质上讲是一种文化能力。它与个人的天赋有关,也能激发个人的才能,但它具有强烈的非个人特征,它寓于文化共同体之中,召唤的是最根本的文化洞察力。

与其说新诗发现并诊断了一种汉语的疾病,莫如说新诗发明并拓展了一种语言的治疗。

一天之内,你读过或识别过的好诗最好不要超过五首。这迷信听起来古怪却未必是无的放矢。

阅读好诗绝对是一种体力活。

语言的孤独是诗歌最好的试金石。相比之下,诗人的孤独不过是思想的一次次堕落。

对天赋而言,诗的雄心可以是毒药,也可以是补药。

某种意义上,被诗的雄心毁掉一次,对诗人的成长有好处。

速度和兴趣的结合体现了一种诗的自觉。

诗人只有将语言的傲慢微妙化,他的写作才会触及诗的独创性。

对诗而言,最大的傲慢就是一个诗人声称他很真诚。

人们从诗的傲慢中学到和体悟到的东西,远远多于他们从诗的谦卑中得到的东西;某种意义上,甚至可以说,也远远深刻于他们从诗的谦卑中学到的东西。但诡异的是,在公开场合里,人们总是倾向于声讨诗的傲慢。

诗人成熟于语言的傲慢。

或者,诗人只能成熟于语言的傲慢。

这个秘密之所以让很多人感到愤怒,一方面,它常常被有意加以掩饰,却总会露出马脚;另一方面不论怎样反驳它,都好像是在强化它的一种真相。

对诗人而言,汉语是否是世界上最适合写诗的语言,并不重要。重要的是,汉语有没有足够的语言弹性。幸运的是,由于有了现代汉语的诗歌实践,汉语变得更富有弹性了。这就够了。

其实,汉语诗歌最伟大的传统就是,中国诗人在很早以前就已对诗只能真实于片断有着伟大的直觉。就诗的原型而言,每一首诗其实都是断章。

写诗,与其说需要我们敏感于形式的聪明,莫如说需要我们自觉于形式的愚蠢。

从未自由地感到过自由的羞愧,这是很多人在谈论诗的自由时容易陷入幼稚的一个原因。

警句,诗歌中的后视镜。

对诗而言,孤独的语言是一种人生的错误。

能消耗诗的忧郁的东西，不是语言的孤独，而是始终都不走运。

尽可能地，在语言的黑暗中写诗。尽可能地，在语言的光明中读诗。能这样说，并非源于一种忠告，而是源于一种神秘的信任。

诗的写作而言，语言的克制基于悬念。

诗的克制，可归结为一种语言的风度。但最吸引我们的，不是这一点，而是它构成了一种生命的悬念。

在诗的语言中学会克制，你就能认出这世界上最珍贵的礼物。

真的也好假的也罢，我们总能天才地写出诗歌。但诡异的是，同样是真的也好假的也罢，我们总倾向于否认我们能天才地解释诗歌。就此而言，我们的慵懒比我们的智慧要聪明得多。

仅仅从语言的角度讲，也能明确这一点：对传统的最大的无知，其实就是指责当代的诗歌语言不够传统。

诗人和语言之间的信任,表面上看出于一种认知,实质上是出于一种生命的自然倾向。

怀疑语言的小聪明,人人都具备。所以,某种意义上,诗人超出常人的地方仅仅在于:诗人更愿意也更有能力信任语言。

就诗而言,所谓写作,无非是赶在自我还清醒之前,让语言看见美丽的火山。就写作而言,所谓诗,无非是在语言的寻找中及时找到你自己。不论你是在哪儿找到你自己的,清晰的背景之中肯定有座火山。

只有好诗才谈得上有耐心。好诗的耐心就像一座深山。你出发的时候,什么是宝藏似乎很明确。一旦你抵达那里,身在其中,什么是宝藏就有点微妙了。

诗的本质在于诗有太多的本质。

最奇妙的事情之一就是,诗的结构从未稳定过。

就创造与写作的关联而言,新诗也可以说是非常幸运的。在新诗的诞生中一直伴随有两种强烈的召唤:来自形式的召唤,来自语言的召唤。

诗的孤独必须过伟大这一关。

但耐人寻味的是,诗的伟大只是在极其罕见的情形中才需要过孤独这一关。

没有神秘的羞愧,我们永远也不可能学会如何阅读诗歌。同样,没有神秘的骄傲,我们永远也不可能领悟到诗是如何写出来的。

散文已成为诗的秘密。就独创性而言,这的确是最令我们吃惊的语言情形。

对诗人来说,最大的虚荣不是我们想成为一个大诗人,而是我们想成为一个真正的诗人。现代以来,我们的诗歌文化一直深陷在一个误区之中,即以无知的许诺或空洞的说教煽动人们自称是真正的诗人。

大诗人发明孤独。

或者更明确地,只有大诗人才敢于发明孤独。

伟大的诗人发明伟大的孤独。

对诗来说,有一种麻烦的幸运是,天才身边无小事。

诗只能抚慰两种事体:一种是你已意识到的事情。另一种是你将会意识到的事情。

诗的意思是,我们的身体在语言上是一个漫长的事件。

读诗的时候。还可以再慢一点,这意味着一种对某些东西的加强。还应该再慢一点,这意味着对某些东西的加速。

诗,命运的分类学。

诗,命运的卷尺。因为诗,我们大致懂得了人的命运在何种意义上是可测量的。

将诗的语言使用到那一步,你会明白,我们的诗歌文化有两个致命的缺陷:既对真正的谦逊缺乏尊重,也对伟大的骄傲缺乏尊重。

历史的基本特征是,它不会矛盾于过程。从这个角度讲,诗的基本特征是诗矛盾于过程。

过度关注过程,就会让诗迷失在连续性之中。

存在着两种写诗的方式:一种是从语言的纹理飞跃到句子的纹理。另一种是从词语的纹理飞跃到句子的纹理。只有触及到句子的纹理,诗的艺术才会触及生长的秘密。

一个诗人最大的不走运就是,他从未遭遇过语言的恶习。
一个诗人最大的不幸是,他从未戒除过语言的恶习。

对诗的写作而言,正视语言的恶习,意味着领悟我们自身的优点。
换句话说,能看出多少语言的恶习,意味着我们能在我们的天赋里把握到多少诗的运气。

从类型上讲,我们在诗的写作过程遇到的语言的恶习,会远远多于在其他文类中遇到的。

最有耐性的语言才有可能为诗的洞察力提供一份真实的帮助。

缺少变化,就不会有语言的成熟。更重要的,缺少语言的变化,我们也就不会体会到生命的成熟。

一旦开始写诗,最大的冒险就是诗会暴露我们在语言中的身份。

某种意义上,我们确实可以为最独特的思想举个例子。比如,诗,并不需要比身边的西红柿更遥远的目标。

没有悬念的记忆,不是诗的记忆。

诗的幸福存在于语言的边缘。

理想的诗意味着对混乱的克服;它致力于清晰,比如,远大的目标总有一个很近的开始。而伟大的诗,则意味着身边的事物有一个神秘的开始。

伟大的诗可以成就伟大的读者。诡异的是,理想的诗却难以造就理想的读者。

诗的理想的读者是,瞧,这个人。

只有在大诗人之间才有颓废可言。

语言的清新不仅能刷新一种生活的记忆,更重要的,它还能激活一种生存的氛围。就此而言,不是诗要过语言的清新这一关,而是诗的现实感要过清新这一关。

诗并不在意孤独,诗在意的是孤独的荣耀。从另一面讲,孤独最无法理解的就是孤独的荣耀。

最糟糕的不是,人们写出了理想的诗,却没有遇到理想的读者;而是我们没能认清一个事实:对诗歌文化而言,理想的阅读始终比理想的诗更重要。

从阅读的角度看,诗的基本状况是,根本就没有理想的诗,但是确实存在着理想的读者。

扎根于语言,这才是诗的本质。

以前,诗人遇到的最频繁的告诫是,诗的语言应扎根于生活。我们根本没有时间倾听诗对我们的告诫:扎根于语言。

在诗的写作中,名词的修辞底线是成为动词。换句话说,没被作为动词用过的名词始终是有缺陷的。

意象的精准,和诗人对素材的判断有关,但从根本上说,它源于诗人对语言的控制能力。

从根本上讲,问题不是我们是否需要诗歌,而是诗歌为我们发明了一种生命的需求。

上帝,一种绝对的清晰。因有益而绝对。作为一种对称,诗歌,一种绝对的含蓄。并因含蓄而绝对有益。

自我的清醒如果不具有神秘主义的特征,那么它就毫无意义。从这个角度讲,最彻底的清醒在于我们依然能在艰难的生存中接受诗的影响。

受到诗的影响,这是一种人生。接受诗的影响,这又是一种人生。

就文学能力而言,诗的最基本的任务依然是,发明故事。

某种意义上,可以这样讲,只有发明故事,诗的写作才能汲取到一种根本的语言活力。

这不仅仅是一种区别:诗发明故事,小说叙述故事。

诗是从永别开始的。这构成了一个秘密的启示:对生存而言,真正的你也是从永别开始的。

写诗的时候,上帝肯定是存在的。不管阿多诺就奥斯威辛与诗歌的关系发表过什么样的看法,他都没能改变这一点:在我们的生存中,只有诗依然在继续发明上帝。

写诗的时候,你的左手即你的右手。这意味着,对诗而言,我们平时养成的任何习惯,都不过是一种写作现象中的特例。

以前,你只是用左手写诗,或,只是用右手写诗。但是现在出现了一个根本性的改变,你是在用左右手同时写诗。

每个指尖都参与了诗的写作,但人们很少会意识到,这对诗的面目有多么大的改变。

诗,不是哀叹孤独,而是发明孤独。

如果存在着一种孤独诗学,那么它的基本任务必然是,继续发明孤独。

对诗的语法来说,孤独的同义词是共鸣。
也可以这么讲,对诗而言,孤独唯一的同义词就是共鸣。

就诗的方法而言,回应现实的最根本的方法是发明现实。这种对现实的发明,是一种拒绝,同时,它也是一种肯定,一种包容。拒绝和肯定,都是基于一种生命关怀。

写诗和读诗都源于这样一种神秘的暗示:不是我们别无选择,而是你别无选择。

我们的诗正经历着一种写作身份的混杂:用贵族的眼光去挑剔主题,用游牧民的心态去把握基调,用平民的语言去敲打句法,用公民的良知去过滤风格。

诗,不是迷宫。但它的确有迷宫的那一面。

对诗的阅读必须体现为一种生命的行为。因为写诗已然是针对生命采取的一种行动。

这是一种真相:诗是诗的主题。但更紧迫的,新的真相越来越倾向于,诗人是诗的主题。

如果有秘密的话,写诗其实就是翻译。而且,写诗也必须看上去像是在翻译。在古典经验里,诗的写作是想尽办法让这种翻译变得慢一点。在现代,诗的写作在本质上加快这种翻译的速度。某种意义上,确实可以这样讲:写诗,就是翻译在行动。

一个细节。在写作中,诗比小说更需要名词的孤独。

诗的最高的政治在于创造一种友谊。将词语的创造点化为语言的友谊。

存在着一种针对新诗的知识分子式恐惧。它不完全是一种文化恐惧,也不完全是一种心理恐惧。很多时候,关于当代诗的批评都被这种特异的恐惧催眠了。

大诗人的"晚期"其实只是他的"早期"的一个投影。小诗人（特别是那些优秀的小诗人）基本上都是只有"晚期"、没有"早期"的诗人。伟大诗人几乎永远都处于"早期"之中，或"早期"的阴影之中。

诗的真理，是一个特例，也是一种过渡。就像在思想领域，真理也体现为一种过渡。过渡，是语言的秘密赠给诗的写作的一面镜子，但却经常被拿反了。

中国的古诗，其实很现代，也很后现代。但如果拘泥于我们对传统抱有的那种传统主义的臆想，我们当然无法看出古诗是怎么现代的，更无法窥探到古诗是如何后现代的。

内容的清晰胜过语言的清晰，这只是一种诱惑，而非我们对诗的一种认知。

在诗中，没有宿命，只有归宿。也不妨说，诗的伟大在于它将我们的宿命感塑造成了一种归宿感。而这种归宿感，又并不完全是指以诗为归宿。我猜想，这或许就是诗能从根本上吸引我们的一个原因。

诗，神秘地参与正义。这或许是我们能在很大程度上不那么神秘地阅读诗歌的一个基础。

自我,在诗的沉思中完成的一次飞跃。

但我们通常更偏向于另一个定义诗的自我的原点:自我,在诗的发明中完成的一次飞跃。

什么是真相? 人们可以从诗对真相的拒绝中找到一个答案,或一个启示。

拒绝真相,看起来很激进,但这恰恰意味着一种诗的得体。

我们唯一拥有过的机会就是,天才于诗的神秘性。

我看不起悲剧的一个理由:悲剧只知道过度地利用神秘性。

拒绝被自我淹没:这是走向诗的自我的开始。

开始时,我们害怕语言对我们的背叛;但写到后来,我们欢迎语言对我们的背叛。

从未逃避过的诗人,也从不值得信任。

所以,谜从来不是你逃避的是什么,而是逃避如何成就了逃逸。

诗和数学的最直接的关系:你的确可以天才地逃避一次,或者逃避十次。

在最陌生的地方重复自己,这是诗的风格的起源的秘密。

最伟大的诗人只负责把那扇门打开。

所以,人们的确可以有一千个理由去指责他。这没什么好争辩的。

对写作来说,有一件事是这样的:还没有哪一种伟大曾难倒过诗。

也可以这么讲,没有一种伟大曾迷惑过诗歌中的必要的粗鄙。

从未清醒过的东西,越过了一个限度,它很可能是最清醒的。诗在语言中经常遭遇类似的情形(清醒)。

就汉诗的传统而言,我们的诗在总体上的确还需要过描述性这一关。令人心酸的是,这种观察听起来像一个伟大的笑话。

小诗人总会感到语言已经很老,而大诗人总能感到语言还很年轻。

诗的分寸出于语言的智慧。但有趣的是,我们常常会误以为,诗的分寸出于我们的智慧。

诗的奇异是良知的一部分。
如果不懂这一点,诗的批评就会渐渐丧失良知。

诗高于哲学。人们多以为这是诗对哲学的一种傲慢,其实,这是诗对哲学的一种谦卑。

只有孤独的形式,才能从根本上教育一个诗人。并且,这种诗的自我教育也从根本上呼应了兰波的吁请:每个人都是诗人。

诗人的孤独远远比不上形式的孤独。

只有触及到形式的孤独,我们才有可能写出点真正的东西。
或者可以这么讲,形式感到孤独了,诗的写作才有救。

最重要的诗的深度就是,从表面上看,缺乏深度。
也可以这么理解,没有一个小诗人曾缺乏过深度。但是,大诗人有时会显得缺乏深度。

一首诗的形式,驶向未知的大海的一艘帆船。

如果存在着诗和散文的区分的话,那么,诗和散文的区分主要不在修辞,而在于逻辑。诗显示了一种想象的逻辑。

年轻时,最大的清醒是,诗和散文之间有一种纯粹的区别。不再年轻时,最大的警醒是,诗和散文的结合刷新了语言。

诗的骄傲,是你的秘密。你的骄傲,是诗的秘密。换句话说,你必须从自己身上找到点什么,令语言感到困惑。

在写作开始之后,诗和经验的关系必须精炼成语言和经验的关系。换句话说,只有在尚未动笔之前,诗和经验的关系才不完全是语言和经验的关系。

正确于怪异,这是诗克服我们身上的脆弱的一种方式。有时,它也是我们理解我们自身的局限的一种方式。

我们的怪异通过诗歌拯救我们。或者,我们的怪异在诗歌中拯救我们。

深刻于语言的怪异,这是诗歌中一种基本的礼貌。同时,这也是避免我们自己的怪异的唯一的方式。

令我们没有想到的是,怪异为诗贡献了一种独特的客观性。

诗的写作已深入到这一步：想象本身就是一种语言环境。

诗的舞蹈本源于语言中存在着任性的提示。

诗的自我源于向神圣的启示开放。另一方面，它也成就于向最卑微的启示开放。

人们很少会严肃到这样一种程度：天才只是诗的一种功能。

大诗人受益于不必高于语言。小诗人得益于只能高于语言。

从引力的角度看，诗歌和阅读中存在的最大的矛盾是，你的写作是一个围绕着太阳的圆圈，而针对你的阅读却是一个围绕着地球的圆圈。所以，对诗的批评而言，确实存在一种洞察的乐趣：任何人的写作都是一个围绕地球的圆圈，而批评则是一个围绕太阳的圆圈。

诗，针对虚无的一种分泌能力。正是这种内在的能力将你的身体和你的精神交替成两个毗邻的语言现象。

所有的真实，其实都是过于真实。正如所有的虚无，其实都是过于虚无。所以，从写作的角度看，真实像虚无一样，都不过是一种诗的自由体操。

我们在人生中体验到的最深刻的孤独,从来也没有深刻过我们在诗歌中抵达的语言。这差不多是所有写作的秘密。

现代诗歌史上,二流的批评曾反复纠合大众势力,担心我们会逃避到诗歌中。其实,这种忧虑是多余的。语言的真相和生存的真相早已挑明:我们已不再有任何可能逃避到诗歌中。

反过来讲,如果在历史上真的存在过这样的事情:我们曾逃避到诗歌中,那么,这种逃避本身反而彰显了诗歌的一种责任。

从探索生命的意义,到关怀生命的意义;从关怀生存的意义,到探索生存的意义:诗的诚实渐渐明白了一件事,它只能卓越于影子的张力。

作为诗人,你必须有勇气面对这样的事情:你的思想感胜过你的思想。就如同作为发明语言的人,你不能让任何现实胜过你的现实感。

冷静是诗的语言的一种自我过滤。

换句话说,与其将诗的冷静理解成一种语言的品质,莫如将它理解成一种想象力的精确。

冷静,灵感的镜子。

从现代的意义上讲,诗的情感对诗歌写作的期待是,不仅要放射出钻石的光芒,而且要具有钻石的硬度。

天才是诗歌中的必要的深渊。

身为诗人,不论我们意识到了怎样的危机,我们都必须坚守一个底线:诗的写作绝不能出自一种危机感。这样做,也许会让我们在阅读视野中损失一些容易被人辨认的标签,但不这样做,我们损失的就会是母语的品位。

我们会喜爱很多诗,会羡慕很多诗,也会和很多诗产生共鸣,但我们只会钦佩这样的诗:它严格于诗是一种伟大的自我教育。

这是诗对批评产生的一个幻觉:一首诗的命运可以独立于诗的命运。

这是诗对写作本身产生的一种幻觉:一首诗的命运也许能改变诗的命运。

只有结构会呼吸了,一首诗才能创造出关于它自己的记忆。

我们的呼吸，语言的呼吸，诗的呼吸，构成了一笔神秘的三角债。

就诗歌文化而言，我们缺乏的不是真实，而是对真实的思考。就新诗史而言，新诗缺乏的也不是真实，而同样是对真实的思考。

这是诗歌写作中的一个底线，诗的态度反映着语言的兴趣。但如果我们想要将诗歌写作本身发展成一种独立的诗歌文化，那么，我们就需要这样纠正这一底线：诗的态度即语言的兴趣。

从写作的角度看，我们的新诗文化犯过的一个错误就是，诗的理想与诗的兴趣严重脱节。换句话说，诗的理想只有通过语言的兴趣才能反映出来。

过去的诗人面对的基本问题是，如何抒发情感。如今，当代诗人面临的基本问题却是，如何处理情感。

就世俗经验而言，诱惑通常和幸福无关。但对语言而言，诗的诱惑能造就诗的幸福。比如，我们每天都有几个语言的秘密等待着要去处理。

对诗而言，最深刻的经验无非是一种语言的姿势。并且，它也仅仅只是一个姿势而已。

诗提供了两种智慧的可能性:一、最大的智慧:超越自我。二、最神秘的智慧:尽可能地避免超越自我。并且,最诡异的是,只有最聪明的蠢货才会觉得两者之间是矛盾的。

严格地说,一个意象必须出自一个创意。

一个意象必须看上去像语言中的蜘蛛网。

令人意外的是,一个意象的语言能量是由一个创意来释放的。

诗的自由不过是我们在语言的孤独中捕获到的生命的宁静。换句话说,假如我们在别处可以享受到自由,那么,在语言中,诗的自由是捕捉到的。

他们迷恋流动的传统。而我在意的是移动的传统。

从流动的传统到移动的传统,意味着,诗曾拯救过传统。

当代诗确实比新诗更激进地面对过这样的双重主题:传统拯救我们,我们拯救传统。

道可诗道,非常诗道;诗名可名,诗非常名。

个人的兴趣,作为一种诗的契约。如果我们的诗歌契约总试图排斥个人的兴趣,那么最终诗的活力也会随着这种排斥而渐渐流失。

对写作而言,诗的机遇神秘地源于个人的兴趣。

诗的最核心的情感:骄傲。换句话说,某种意义上,诗的抒情性的最根本的特征就是,深刻于骄傲。

诗的纯粹让我们意识到了语言的鼻子,以及我们是否曾被语言的鼻子嗅过。仅此而已。

诗的想象力必须纯正于历史的缺陷。

诗的语言必须纯正于道德的缺陷。

诗的责任的要点在于:启示曾共鸣过。

诗的责任是没有答案的。如果我们追问什么是诗的责任,这无非是表明,诗的故事在我们这里又重新开始了。

诗的描述性只有成为一种语言的觉醒，才会带来一种写作的生机。

坚持描述，就仿佛它是伟大的语言中才会有的一种诗的礼貌。

你必须这样赌：只有强烈的优点才能让诗的记忆安静下来。

迄今为止，人类历史上最重要的文化成就依然是，我们能有机会幸运于诗的私人性。

每个时代的诗，都需要新的定义。这不是应不应该的事，而是诗的胃口的问题。但人们可能不会想到，其实，每一首诗也迫切地需要新的定义。对于诗，新的定义就像新鲜的蔬菜，是必不可少的。

天真的经验是诗歌中的一个湍急的漩涡。转得越快，启示也就越深刻。

很可能，我们面对的是这样一种诗歌的情形：最深刻的经验是天真的经验。

这么讲吧。如果我们在意时间的秘密对人生的启示，那么，我们也就明了技艺在诗歌中的重要性是怎么回事了。

语言的魅力在本质上体现着一种诗的激励。

语言的浮力，是诗歌贡献给我们的一个真正的礼物。

坏的诗歌里始终有一个陷阱。好的诗歌里曾经有过许多陷阱。

诗对语言的信任必须抵达这样一种强度，就好像在我们给出这一信任之前，语言还从未被诗信任过。

诗的批评在本质上必然是一种赞美。诗的批评不同于其他的批评类型，如果诗的批评目的在于贬低或否定，那它根本没有存在的必要。说诗的批评在本质上是一种赞美，这并非是说这种赞美仅仅是对人事的简单的颂扬，这种赞美类似宗教的洞察，它是一种文明的基础。

就诗的秘密而言，过于严肃就是明显地缺乏诗的诚实。吊诡的是，这来自诗的体会竟然也适于对人世的观察。

诗的意思是，不能和语言混为一谈的东西，很快会以极其堕落的方式与思想混为一谈。诗的纯洁,某种意义上,就体现在有些最珍贵的东西是可以混为一谈的。

我们的耐心会为诗歌带来一种语言的愉悦。同样,语言的耐心为会我们带来一种诗的愉悦。多么诡异,就写作而言,天才的耐心是一面镜子,映照出天才的愉悦。

诗的诚实,仅仅在于避免愚蠢。假如诗的诚实可以有道德上的引申的话,那么这才是它的真谛。

信念,作为一种写作的节奏。某种意义上,诗的想象想要达成一种连贯性的强度,它就会触及这种节奏。而对诗来说,信念,作为一种语言的节奏,既珍贵难得,又会滋生可怕的美丽。

没有诗的跳跃,语言就不可能升华我们的羞愧。与人们设想的相反,诗的跳跃实际上源于我们借助语言的速度来弥补我们的羞愧。诗的跳跃是我们的想象力自我完善的一个必然的步骤。

诗的想象力必须精通于语言的陌生化和思想的陌生化之间的关系。

如果诗人的羞耻缺乏神秘,那么诗人遭受的伤害就会致命地波及到诗。

诗人始终面对着两份契约:诗的秘密契约和诗的社会契约。但我们的诗歌文化习惯于无视乃至蔑视诗的秘密契约。不仅如此,还常常蠢蠢欲动地将这诗的社会契约扭曲成一种精神搜查证。

从发掘诗和语言之间的革命关系,到重塑诗和革命之间的语言关系,这中间没有对错,只有可敬的轮回。并且,只有直面这种轮回,诗才可能有一种新生。

愉悦,诗的最深邃的洞察。某种意义上,这也是诗的敬畏之所以有可能显得真实的一个语言的基础。

沉默的自我,是诗的最重要的引文。或许,对诗的写作而言,我们能否辨认诗的自我固然重要,但最迫切的,是我们能否意识到我们的语言对自我的引用。

诗的形式,作为语言的欲望的一个奇迹。某种意义上,你确实可以这么说,形式是语言留给诗的最后的奇迹。

对诗而言,写作必须强烈于语言的紧迫感。

迫切的语言的微妙的绝望,是诗的清晨中的一杯咖啡。

对诗来说,除了微妙的绝望,没有其他的绝望。但对生存的严峻而言,绝望可以有很多种,唯独没有微妙的绝望。

真正的诗傲慢于绝望。

在诗歌中最重要的工作就是,打断自我。对个人而言,这意味着纠正自我和世界的关系。对诗歌史而言,这意味着延迟诗的独创性,迫使诗歌史的空间向更多的差异开放。

最重要的诗歌技艺,在不同的诗歌传统里会有不同的面目,但究其本质就是:打断自我。

对外行而言,诗的机遇,似乎是超越传统。对内行而言,其实只有穿越传统。换句话说,没有一种传统是可以超越的。就诗而言,与其说超越传统,莫如说穿越传统。

最好的诗歌批评,其实不是内行讲内行话,而是内行讲外行话。而我们的确也常常会遭遇这样的情形:外行讲内行话。这种僭越也确实好玩,因为它提供了一种批评的精神错乱。这确实会督促内行在更深刻的意义上讲外行话。

诗的写作会需要完整性？——外行讲的貌似内行的话，这句就很典型。诗的写作发展到今天，就是要向任何完整性开战。诗的最无耻的敌人，就是所谓的完整性。对诗而言，完整性是本质主义残留在诗歌内部的最后的迷障。

在诗的写作中，对语言的最重要的使用，是改变词语的溶解在语言的组织中的速度。从前，诗的观念往往会强调词语是石头，而忽略了词语的液体属性。其实，在诗歌中，使用词语，就是要洞悉词语的溶解的秘密。

不仅仅是，词语在溶解，甚至写作本身也在溶解。某种意义上，我们从诗的写作或诗的阅读中体验到的最隐秘的感觉，就是语言中那种无名的溶解感。

真正的传统能给诗的写作带来传统的错觉。

诗的创造性从对传统的错觉中获得的启示，远远多于它从对传统的直觉中得到的东西。

构陷纯诗和现实的对立，似乎是某种文学政治的道德鸦片秀。其实，稍稍有点见识，人们就会明白，纯诗恰恰是现实的一种。

作为一个概念,诗胆显得很偏僻。诗胆孤独于豹子胆,但好玩于熊胆。

解决好诗的氛围与词语的速度的关系。

好吧,就算这是一种诗歌理论吧:读者,其实是诗人身份中的恋母情结。诗人,其实是读者身份中的弑父情结。

所谓诗的复杂:就是诗从未比语言更复杂。换句话说,诗的复杂是用来纠正语言有时会试图比诗更复杂的一种内在的机制。

多么诡异,诗的最大的诚实竟然是从克服我们的诚实中艰难获得的。

多么诡异,很多好诗不是在天才的身份中完成的,而是在理想的读者中成就的。换句话说,理想的读者是诗人的角色构成中最核心的部分。

对诗的写作而言,很多时候,作为天才的读者,比作为天才的诗人所扮演的角色更重要。

诗的写作偶尔独特于这样的命题:自我,作为一个天才的读者。

诗,从语言的布局突变到词语的布局。就好像只有词语的布局才能刷新语言的组织。

诗,水晶球里语言的遥远的爆炸。

这是我能肯定的为数不多的秘诀之一:只有好诗才能真正分散诗歌的精力。

集中语言的精力,然后分散诗的精力。这或许是诗的原则中的原则。

诗的机智,最重要的词的最天真的用法。

微妙是诗的一种最基本的权利。但在大多数场合,我们却以为它只是一种表达的手段。

一般情况下,诗确实不需要解释。但你必需明白,这种无知或者这种托词背后的真正的意思是,我们的成熟只存在于诗的解释之中。

在诗歌中,让场景有风度,是最难做到的。
词的风度取决于句子的戏剧性是否迷人。句子的风度取决于我们的对语言的洞察的程度。而场景的风度则取决于我们如何在诗歌中看见我们自己。

写的时候,诗是礼物。读的时候,诗已是信物。换句话说,我们在礼物的意义上写诗,在信物的意义上读诗。

诗,礼物中的信物。

诗的实验可以造就一种独特的语言的平衡:意志与灵感的结合。

语言是梦的媒介,就好像我们是语言的媒介。这构成了一种诗的轮回。

诗的声音必须有解开扣子的声音。这意味着,在诗歌中,准确于分寸,我们才会准确于天赋。

信任悬念,这是诗独有的一种思想力量。

词语的深浅并不对应着情感的深浅。这对诗来说,是一种难堪,也是一种机遇。

对诗的阅读而言,我们想读这样的诗:诗的主题微妙于诗的个性。对诗的写作而言,我们想写这样的诗,诗的个性微妙于诗的主题。最诡异的是,这几乎不构成一种矛盾。

这是诗的契约里新增加的条款:让诗的主题集中于诗的个性,而不是让诗的个性服从于诗的主题。

在写作过程中,词语临时的冲动往往比语言永久的冲动更敏锐。

对诗来说,起伏才是最重要的节奏。

诗,重返我们对隐喻的无知。
某种意义上,诗的独创性也无非就是重返我们对隐喻的巨大的无知。

首要的是,成为实践的诗人。

只有诉诸于诗的行动,我们才可能抵达诗人的见识。

我们见识过好的诗歌,我们见识过好的散文,那么很自然的,我们就会在写作的奇迹中遇到诗和散文的好的结合。

在大诗人那里,诗的想象垄断了语言的朦胧。在小诗人那里,语言的朦胧垄断了诗的激情。

成就一种语言的方式,同时成就一种经验的方式,这种工作构成了诗人的本质。

微妙地忠实于自我,这是一种诗的秘密。尽可能地忠实于自我,这是一种诗的文化。

真正的诗必须有能力转化语言的斗争。

诗的隐喻是以语言的直觉为基础的。

诗的传统在本质上其实就是这样一种关系:个人与传统。它可以是一种平常的相遇,也可以是一种特殊的遭遇。只有在极其罕见的情形里,它才会是一种奇遇。

在我们和世界之间,语言最大的贡献是我们终于有了一种诗歌的方法。

真正的阅读开始之后,诗比语言贡献大。真正的写作开始之后,语言比诗贡献大。

经常比较诗与思想,但不是比较它们的大小,更不是比较它们的深浅。从这种比较中,诞生了一种生命的视野。

最激进的诗歌秘密：我们最终或许能得体于诗歌。

小说里没有深渊，但诗歌里却有深渊。

诗和散文的界限，是大诗人写作之后才出现的。但在小诗人那里，诗和散文的界限却只会出现在写作开始之前。

我捕捉语言，诗捕捉我。这是一种创造的秩序。奇妙的是，在其中，不是捕捉的感觉，而是被捕捉的感觉决定了诗的意识。

我几乎想说，诗的阅读，都是在水下进行的。或者，假如我们能像鲸鱼那样阅读诗歌，我们就会发现对阅读来说诗究竟是怎么回事了。

或者这么讲吧。小说是在水上阅读的，诗歌是在水下阅读的。

大诗人依赖减速获得诗的真实，小诗人倚赖加速获得诗的真实。

对诗来说，语言的孤独其实是一种诗人的幸运。所以，没什么好抱怨的。

诗能激发一种生命的觉醒。但是一个令人尴尬的事实是，大多数时候，人们并不知道如何享用这种诗的觉醒。这也许和我们的诗歌文化的缺陷有关。我们的诗歌文化只鼓励诗的觉醒，却很少激励人们享用诗的觉醒。

朴素是诗的风格的大麻。没有人知道服用多少是合适的。所以，一旦服用，你的天赋就会沦为一种剂量。所幸还存在着一种微妙的防御装置：朴素弄懂我们的时间，要远远多于我们弄懂朴素的时间。

最好的情形是，让朴素尖锐于我们，而不是让我们尖锐于朴素。

得体于诗的复杂，这是一种杰出的标志。

比语言更警觉，这是我们和思想容易在诗歌中犯的一个可爱的错误。

我们只能得体于诗的责任，正如诗的责任只能得体于诗的语言。

诗的精确，是一种秘密的尊严。换句话说，很多时候，我们是为了某种尊严而渴望在诗的写作中抵达一种精确。而诡异的是,针对精确的渴望,有可能是非常孤独的,但诗的精确却从未孤独过。

其实,诗的素材本身就是一个筛子。我们负责筛选意象,意象负责筛选诗的意义。

在诗歌中,最深邃的情感都是对雄辩的反动。

某种意义上,新诗的诗歌文化是一种雄辩的文化,它基于这样一种信念:诗的情感必须是一种雄辩。这样做的原因是,新诗总试图说服历史。这种倾向延伸到当代诗时,甚至出现了一种更激进的变体:试图驯服历史。但从诗的记忆的角度看,诗的情感在本质上其实是一种反雄辩。

雄辩是风格的秘密的润滑剂。

完全没有雄辩,诗的写作就会因过度内敛或过度沉溺而流入一种偏狭的趣味。过度雄辩,诗的情感就会遭遇一种语言的内伤。

最好的情形是,我们能得体于秘密的雄辩。

最深邃的安慰,我们因为诗歌而得体于秘密。或者,更难的,诗歌因为我们对语言的使用而得体于秘密。

对诗的经验而言,准确是一种修辞的美德,但却不一定是语言的美德。对诗的想象力而言,准确只是一种风格的欲望。

诗的内容是一种形式的欲望。换句话说,诗的内容必须成为诗的形式,诗的形式也必须成为诗的内容。这有点像,我们天生是我们,但是,基于一种神秘的期待,我们也必须成为我们。

我们是诗人的一部分。这意思是,对诗的阅读发明了一种生命的权利。

形式感是一种特殊的现实感。但是最终,由于诗歌引发的组织方式的变化,我们会意识到,现实感不过是一种特殊的形式感。

诗中的散文,是诗的想象力的一种生理学现象。换句话说,从想象力的角度看,诗与散文的关系不是一种界限关系;在诗歌中,散文就是诗歌之手摊开后呈现的那些美丽的掌纹。

将诗的嫉妒人格化,这是很多诗人的写作在类型上日趋狭窄的一个重要的原因。诗的嫉妒,一直是诗的写作中的一个暧昧的秘密。将诗的嫉妒引向诗的纯粹,是一个挑战,也是一种邀请。

在我们和诗歌的关系中,首要的是,诗和语言的关系,而不是我们和语言的关系。这也许有点令人难堪,但却是诗歌写作中的一个基点。同样,在我们和语言的关系中,首要的也依然是,诗和语言的关系。这不是正确与否的问题,这是机遇的问题。

意象必须具有一种遥远的重量。当诗句因为这重量接近承受的极限时,诗的联想才能从生命的内部被激活。

我们必须加速诗的私人性,开发诗的私人性,才能促进一种新的诗歌希望。在我们以往的诗歌文化中,通行的观念和原则普遍敌视诗歌的私人性。诗的私人性要么被彻底压抑,要么被当成一个出发点,似乎最终还是要借助文化机制升华为一种公共性。

境界和汉语的关系为诗的写作积累了这样一种感觉:我们能很深地看见诗,因为这可看见的部分里有看不见的诗。

诗的好奇,是一种语言的进步。

对诗的写作而言,最大的自由很可能误解了最深的诗的个性。换句话说,在诗的写作过程中,如果缺少迷信诗的个性的方法,我们也就难以领悟语言和个性之间的真正的关系。

道德的误读对诗的损伤常常是致命的,但信仰的误读却有可能引发诗的伟大。

出于对语言的最深的直觉,诗从不想只迷信于死地。而在我们所处的历史境遇里,从公共话语到个人积习,似乎都以贬损迷信为乐。

在诗的书写中,不但要敢于,而且要善于借鉴形式的盲目。

这是一种来自写作的乐趣:对诗的独创的迷信,从来不可能是真的,也从来不可能是假的。

在诗歌中,对于形式的误解之美,揭示了形式的另一个秘密。

有一种惊人的美源于语言对诗的迷信。另一方面,有一种可怕的美源于诗对语言的迷信。

这是诗的写作在现代性中找到的一种乐趣:每个句子都是一根看不见的导火索。

句子的长度取决于诗人的语感或结构感,这是我们所熟悉的。另一方面,句子的长度也取决于意象在句子中所积蓄的语言的能量何时会爆炸。

诗和个人应该建立起一种新的生活关系。或者,诗和生活应该建构一种新的个人关系。这两种情形有一个隐秘的交汇点:在某种意义上,诗的质量决定着生活的质量。

我们喜欢说,诗来源于生活。我们也喜欢说,诗不仅仅来源于生活。但从表述的完整性讲,我们其实应该说:诗来源于生活,但这是天堂或地狱都没想到的事。

诗的历史责任在于,诗必须敢于向历史提供一种最大的无知。

狂喜,作为一种诗的见识。
很多时候,人们只把狂喜当成一种情绪反应,多半还是被动的。他们很少会意识到,狂喜本身也是一种诗的见识。

语言的狂喜从生命的内部塑造了一种诗的记忆。这种记忆的形成体现了诗的意义。

追求诗的诞生,这是新诗的最独特的传统。这也是新诗对汉语诗歌的一个传统意义上的贡献。

在诗的风度中确认语言的无度，这是大诗人无意中显露的一个写作的秘密。

在诗的无度中有语言的风度，对有的诗人来说，这是一种诗的造诣；而对另一些诗人来说，这只是一种诗的性格。

黄灿然的诗歌，从生活的日常经验出发，却传达了一种存在的见识。

A：你的诗歌具有一种侵略性。
Z：诗对平庸确实有强烈的侵略性。伟大的诗更是如此。

当代诗，作为生命的事件。换句话说，我们的诗歌，确实经历了这样一种嬗变：从生命的现象到生命的事件。

原始场景是诗中的最大的事件。

诗的心智始于语言的重温。特别是，我们对原始场景的重温。

诗，我们生命中的一个事件。

某种意义上,诗的意义生成自自我作为语言的一个事件。

或许只有作为一个事件,诗,才能激活生命的象征。

与人们习惯想象的不一样,小诗人的个性几乎从未苍白过。只有大诗人才会敢于某种苍白的个性。济慈的诗,显示过苍白的个性;叶芝的诗,也显示过苍白的个性。某种意义上,苍白的个性可以说是伟大的诗的一种绝好的免疫力。

形式意志可以激发出最深的诗歌意识。它就像我们和语言之间的一块试金石。摸过的人,他的写作里会留下一片风格的老茧。

脆弱的准确,这才是词语在诗歌中应处的位置。换句话说,在诗歌中,词语的组织中都显露了一种神秘的脆弱。

对诗而言,形式的魅力是由语言的能量来积蓄的,也是由它来释放的。

诗的写作将一种语言的团结秘密地献给了诗的困难。但这也促使我们意识到,在诗身上,始终都存在着一种艰难的权威。

从原型上讲,每首诗都事关一种伟大的批评。

在开始阶段,诗人是诗的祭品。在无所谓开始也无所谓结束的阶段,诗是诗人的祭品。但在最秘密的阶段,我们写出的东西,让诗人成为诗的禁果。

语言的冲动往往比诗的冲动完美,这不是一种代价,这是一种仔细想来相当独特的装置。

脆弱的诗意,这是大诗人才敢接触并使用的一个主题。

除了自我,诗歌中没有其他的禁果。对诗歌而言,伟大的自我是伟大的禁果。

诗的阅读也是铁锅里的热油。诡异的是,有些人在阅读诗歌时,不是缺少这样的热油,而是缺少一口铁锅。

诗人的原型依然处于竞争之中:在高级的诗歌类型中,浮士德依然遥遥领先。但幸运的是,我们知道,这种遥远太依赖能力,而非出于一种机遇。

出于一种新的创造力,诗人必须对语言做出一种新的反应。这也重申了一个秘密的原则:诗的语言同样必须对诗的创造力做出一种新的反应。

在句子中超越语言,这就是诗的词语特有的一种脉搏。

这是一种巨大的遗憾:我们有一个新诗史,尽管存在着争议;但我们缺少一个新诗的阅读史。换句话说,我们的诗歌史写作始终缺少这样一种张力:新诗史是对新诗阅读史的一种修正,新诗阅读史也是对新诗史的一种修正。

新诗史也是一种语言学意义上的土壤史。但我们的新诗批评却很少意识到这一点。这是新诗史写作的一个基石:像古诗一样,新诗同样是汉语最丰饶的土壤。在诗歌史的写作中,我们要谈汉语的观念和实验,也同样要谈汉语的土壤学。

处理诗歌素材的一个原则:让诗的结构具有一种想象力。

诗的结构,严格地说:只有一个本质,就是诗人的结构感。

我们应该为私人的阅读或心灵的阅读写一部诗歌史。

我们目前推崇的诗歌史模式,实际上在相当程度上压抑了诗的私人阅读作为一种历史的存在。

最精湛的诗歌技艺的一个标志:让语言的想象力获得一种诗人的结构感。

从写作类型上看,小诗人喜欢轻蔑物质。这种轻蔑很安全,很容易获得一种肤浅的道德满足感。但对大诗人而言,诗的秘密之一是学会尊重物质。没有学会尊重物质的诗,也不会容纳多少生命的秘密。

这是最令语言感到伤心的一个代价:诗,它是时间的建筑。

私人的诗歌阅读史高于通行的诗歌史。正因为如此,人们需要谨慎地对待它。假如这种差别仅仅被用来蔑视诗歌史,那就会变得比乖戾更阴暗。好的诗歌史是和我们的文学政治玩的一种游戏,但多少兼顾了诗歌真理的面子。而私人的诗歌阅读史并不是以纯洁取胜的,它只是更沉溺于生命所独享的语言的乐趣。

最深刻的诗歌智慧是秘密地适可而止。但我们的确可以这样问:真的是这样吗?

多么诡异,随着时间的流逝,只有诗越来越秘密地信任盲目的力量。

诗的力量不同于语言的力量,这种差异凸显了作为一种补充的生活的力量。但假如这种补充缺少心智的微妙,生活的力量就会失去它的本义,转而堕落成一种野蛮的道德嗅觉。

我们确实修订过一种诗的觉悟:语言的机遇是诗歌中的最大的张力。

对诗歌而言,直率只是一件风格的衣服。并且,也只有作为一种风格的局部现象,直率才产生一种机智的效果。换句话说,诗的直率在本质上只是一种语言的机智。

诗的偏见只是语言的偏见的一种不自觉的借口。

大诗人的偏见像一头鲸鱼,它让语言的活动成为一种遥远的景象。小诗人的偏见像一只乌贼,它只迷恋营造一种语言的特色。

诗的朗诵发明了语言的另一颗心脏。换句话说,在诗的朗诵里,有语言最危险的秘密。不能被朗诵吸引的诗人,他的天赋里一定潜藏着语言最深的自卑。

朗诵,既是诗的最倔强的部分,也是语言最倔强的部分。诗的朗诵有可能自主地重塑语言的自我意识,但这也常常是惊魂的时刻。所以,对诗的朗诵,我们最基本的反应是爱恨交加。

从写作的角度看，所谓诗的成熟的个性不过是一次迟到的割礼。而从诗歌史的角度看，成熟的诗，不仅反映了批评的一种腐败，而且也反映了阅读的一次退化。真正的诗永远都不会成熟。但是，没准我们也需要偶尔想一想：宇宙会成熟吗。

诗的语言中须有风格的果断。偏向沉思的诗的语言对风格的果断的需要更甚。某种意义上，我们可以将这种风格的果断理解为一种节奏意识，但从根本上讲，它体现着诗歌想象力对语言的速度的修正能力。

诗歌中有生命的一个原点。这是我们喜爱的诗歌的一个私人原因。以前，谈论对于诗歌的喜爱，我们很少关注到其中的私人原因。即使是从个人经历出发，谈论对于诗歌的喜爱，人们也多半会混淆喜爱诗歌的私人原因和公共原因的界限。

对真理缺少敏感的诗，往往喜欢裸露自己。它以为裸露得越是彻底，这种裸露越是会展现诗的本真。

唯有诗的微妙能克服存在中最深的羞愧。

这或许是一个巨大的遗憾：我们的诗歌史，我们的诗歌文化，从未意识到要尊重人们和诗歌之间的私人关系和私人原因。

诗的雄辩,至少有一半本该出自私人原因。

真相从来就不是秘密。这或许就是诗歌高级的地方。

真相从来就不是秘密。或者,真相本身毫无秘密可言。这也许就是诗歌高级的地方。诗的民主也许向我们兜售了很多真相,但它并没能让诗的秘密失去它本身的高级。

对诗来说,语言是一个和死亡有关的细节。换句话说,好的语言首先意味着一个巨大的细节。

也可以这样谈论诗的精确,我们可以精确到将想象力作为一种诗的器官。

小诗人利用语言的陌生,大诗人使用语言的陌生。利用语言的陌生,是不想付出什么代价。使用语言的陌生,则意味着要为这种使用承担某种代价。比如,晦涩的代价。孤独的代价。

举个例子吧。骆驼穿过的针眼就是诗的结构。没穿过针眼的结构,也不全然无用,它也可以拿来听个响。

最温柔的反差:巨大的细节中的准确的力量。对诗的写作而言,反差是一种想象力的句法。这种句法很隐蔽,常常处于一种潜意识状态。

只有诗的自我，没有诗人的自我。这是一种情形。与其默认诗人的自我，不如雄浑诗的自我。这又是一种情形。把最深的信任留给诗的自我，用最深的愉悦提炼诗人的自我，这是另一种情形。

对诗而言，伟大的怀疑是一种礼物。假如在诗歌中，怀疑不是一种伟大的礼物，它就会堕落成一种乖戾。

诗的个性其实是语言的一种独特的氛围。换句话说，诗的个性与其说是由诗人的天赋锻造的，莫如说是由一种语言的气氛酝酿的。

最深的诗的个性是诗人有能力给这种语言的氛围加入一个循环。

伟大的诗必须过重复这一关。

布罗茨基相信，诗歌存在的目的在于它可以容纳个人的拯救。如果这确实是诗歌存在的一个基点，我愿意这样理解：我们投身于诗歌，我们读诗和写诗的最根本的原因是，诗有可能不仅仅止于个人的拯救。我更愿意将诗歌看成是探索个人的拯救的一种可能性。一种积极的自我实践。

将诗的记忆塑造成一种情感,这是我们已做到的事情。将诗的记忆拓展成一种洞察,这是我们正在做的事情。

既没有缩小,也没有夸大,诗促使我们严格于一个内在的事实:我们的语言是我们的觉悟。

从调试词语到调试句子,是诗的写作中的一次自我蜕变。从词语是否被调试过,我们能看出一个诗人在诗的听觉方面有多少想象力。从句子是否被调试过,我们能判断出一个诗人的想象力在诗的听觉方面有多少天赋。

在小诗人那里,对语言的调试,大多出于一种习惯。在大诗人那里,对语言的调试,大都出于一种神秘的兴趣。此外,对语言的调试,也反映出诗人对语言的情景的敏感程度。

调试句子,某种程度上,就是调试诗的现场感。

不调试语言,我们就无法准确地听到诗中的思想。

调试一个句子,有点像调试一个梦。

只有伟大的风格能让伟大的风暴安静下来。

对诗而言，直觉只是一种建议。也就是说，我们最好把直觉当成一种建议。诗的直觉不是一种借口，或者一种真理。诗的直觉只是建议了语言能建议的事情。

调试句子，是因为从原型的意义上讲，一个句子就像一匹黑马。它在我们中间寻找骑手。

调试故事，这是诗歌才能想象的事情。小说从不会想到要调试故事。

无趣是诗中唯一的代沟。

记住，诗的自我是没有代沟的。

到最后，你在诗歌的代沟里只能找到语言的钩子。

帝国，这是我们阅读诗歌时的一个身份。如果你不够自觉，它会是一个颓败的身份。如果你足够自觉，它会是一个伟大的身份，并激活你和诗歌之间的秘密。

从诗歌语言的角度看，汉语其实是一种非常慷慨的语言，但在新诗的实践中，我们的诗歌观念却一直回避这种语言的慷慨。

其实,这种回避也暴露了我们的诗歌在尺度方面的匮乏。

如果没能写出语言的慷慨,我们也就不会拥有完整的诗歌的秘密。

小诗人只能被风格出卖一次。大诗人则可以被风格出卖无数次。伟大的诗人则是风格无法出卖的,伟大的诗人只能被神秘的羞愧出卖。

就常识而言,我们确实有一部新诗史。里面充斥着大量的前新诗,以及数目也很惊人的后新诗;唯独缺少诗歌意义上的新诗。也许,我们现在写的东西才符合人们对新诗的期待,才可称得起是新诗。

语言的耐心反衬着诗人的野心。换句话说,语言中的完美的耐心澄清了诗歌中的完美的野心。

小诗人面对的情形是,语言比我们有耐心。大诗人面对的情形是,我们可以做得比语言更有耐心。

缺少表面的诗,是对诗的一种犯罪。

诗的深刻,主要不是深刻在语言的内部,而是尽可能深刻在语言的表面。就写作而言,深刻在语言的内部的诗并不难写出。深刻在语言的表面的诗,却很难写。

针尖,诗的抒情性收到过的最好的礼物。

小诗人喜欢迷恋独立的思考。大诗人从来不需要独立的思考。也不妨说,大诗人从不独立地思考。此外,对诗歌讲独立的思考,无异于班门弄斧。

对诗而言,语言的解放是一个幻觉。不涉及真假。它是一个自觉的幻觉,也是一个有益的幻觉。

最重要的是,是改变诗和诗之间的距离,而不是改变人和诗之间的距离。新诗的观念一直将重心放在改变人和诗之间的距离。这固然促进了语言的解放,也促成了抒情主体在诗歌身份上的多样性,但它却冷落了诗的秘密。

出于一种文学性,动词通常比名词自私。但对诗的写作而言,名词的自私是根本的。对一个句子而言,只有确保名词比动词更自私,一个句子才能被写透。

没有写出风格的自私,就不会有真正的诗歌意识。

没有写出风格的自私，就不会有诗歌的成熟。

没有面具的诗，不值得阅读。但诡异的是，它是否值得写出，却很难回答。

具有魔力，是词语的潜意识。但人们却常常误以为那是他们辨认词语的风格特性时使用的一种尺度。

到最后，人们确实有权询问诗的写作是否有能力展示出语言的荣誉。

在伟大的局限和残酷的局限之间，诗已做出了选择。

对诗性而言，思想代表了一种残酷的局限。

在诗歌中，十个带有耻辱印记的错误，可赢得一次伟大的信任。

如果更严格的要求的话，诗的写作应该在语言中激活一种秘密的荣誉。

缺乏荣誉感的语言，可能已很好，甚至可能已达写作的极致，但依然没能企及诗的语言中最深的秘密。

一种诗歌的幸福:听任语言为我们选择方向。

最高的诗歌批评其实是谈论。谈论一个诗人高于批评一个诗人。谈论一个诗人的最好的方式就是:把他从故事里挖出来,再把他埋进故事中。

最具独创性的诗歌批评常常无异于活埋。对已逝的诗人,将他挖出来并使之复活,然后把他转移到更恰当的诗歌史场合重新掩埋。对在世的诗人,则是敢于把他当成死者仔细地掩埋。

故事是诗人的坟墓。另一方面,我们不能说,故事是诗的坟墓;也不能说,诗是故事的坟墓。

最为诡异的是,小说有自己的坟墓。而诗却没有自己的坟墓。

不会讲故事的诗歌批评,到最后只能沦为给诗歌挠痒痒。

没有故事,就没有诗人。这的确会让很多人感到意外。他们以为正确的答案应该是:没有故事,就没有小说家。

小说的感觉是,故事在形象的后面。诗的感觉是,形象在故事的后面。

大诗人的诗只想和时间维持一种特殊的关系。所以,他会着眼于有何失败可言。

小诗人的诗却总想和时间保持一种伟大的关系,所以,他们往往会欣然于"有何胜利可言"。

诗,不是高贵于有何胜利可言,而是高贵于有何失败可言。

伟大的诗对循环怀有一种独特的兴趣。也不妨说,面对时事和世事的纷杂,伟大的诗创造出了一种对时间的循环的独特的信任。

诗的循环让心灵和语言成为彼此的镜像。

诗的高贵暧昧于诗的多样性。

在最好的诗的语言中,从来就没有孤独。这或许也是汉语诗歌带给世界文学的一种最独特的遗产。

杜甫的伟大绕不过陶渊明,但陶潜的伟大却可以绕过杜甫。

诗不是对我们讲道德,而是必须对语言讲道德。这是我们的诗歌文化必须要过的一关。

大诗人更信任天赋的盲目而不是天赋的自觉。而小诗人则只偏爱天赋的自觉,并且对天赋的盲目感到无名的恐惧。

语言里面有好活,诗里面才会有大眼光。这是诗的道德的起点。

斗狠于语言:这是诗的类型对诗的个性的诱惑。这也是大诗人身上的小诗人最爱干的事情,并且往往会堕落成一种诗的习性。

斗狠于语言中的语言,这是只有大诗人才能激活的一种诗的记忆。假如你想克服类型的诱惑,它会是一种秘密的代价。假如你想超越个性的诱惑,它会是一个神秘的赌注。

在我们的诗歌文化中,对诗的危机的误会已成为一种恶习。

没有灰尘的诗不可能是新的。
没有灰尘的诗,也不会带来任何新意。

诗几乎总能及时地意识到人的问题,而人却极少能及时地意识到诗的问题。

这件事有两种谈论的方式:一、很抱歉,诗没有问题。二、诗没有我们以为它会有的那些问题。

兰波的《通灵者书信》，我不知道读过多少遍。每读一次，我都会受到意想不到的启发，它们就像神奇的热带水果，只要稍微用点力，总能挤出味道鲜美的果汁。而且很奇怪，很多时候，真正吸引我阅读这几封信的，并不是对获得启发的渴望，而是对诗歌的心灵氛围的一种好奇。曾有过那样的时刻，我陷入过某种严厉的洁癖：假如没读过兰波的《致保尔·德梅尼》，那么我们干嘛还要浪费时间与别人谈诗呢？

诗的密度是对生命的密度的一次转化。所以，我们需要的不是透风的密度，而是给密度透透风。

加强密度，减少密度，在诗的写作中都很重要；但在这方面，最重要的是，通过场景转化密度。

不是作为一种思想，而是作为一种思想根源，诗在自省的意义上促进了一种自我的改造。

更艰难的情形无疑是，诗所增进的人的知识造就了生命本身的洞察。

好诗，多半在阅读过程中造成这样一种感觉：它用从语言中租来的东西制作了我们再也无法还给语言的记忆。

当代诗面临两个难题：一、诗，没学会如何强调诗。二、诗人也没学会如何强调诗。

在我们的处境中，当代诗，只有矛盾于历史，才能获得它应有的历史价值。

诗，紧张地出没于边缘的情感和边缘的思想之间。而我们能想到的理由是，它这样做，是为了更好地协调诗的好奇和诗的责任。

假如你的确面对的是诗，那么，你遇到的只可能是一些困难，而不是困惑。而在我们的诗歌文化中，很多人往往喜欢把诗带给我们的困难误会成一种困惑。

真正的诗是不会令人感到困惑的。

换句话说，如果面对诗时，你感到困惑，这绝不是诗的问题，这是你的问题。

坦率地说，在诗面前，感到困惑，是一件极其可耻的事。

换句话说，从困惑的角度去看待诗，注定不会触及诗的本质。

谈论诗的朴素时,我们常常会忘记一件事,即对诗而言,朴素是神秘的。

换句话说,假如诗和朴素的关系最终让诗和朴素都失去了神秘的特征,那么,朴素也就和语言的诡计没什么分别了。

诗的朴素,某种意义上,是我们的复杂性在语言上取得的一种审美效果。

诗,最根本的使命始终是重新发明我们的孤独。

诗,必须刻骨地矛盾于人的孤独。

一方面,我们将诗的孤独用于抵抗,另一方面,我们将诗的抵抗用于孤独。

但无论如何,我们还必须有这样一面,我们必须懂得如何抵抗孤独对我们的腐蚀。

对诗而言,可怕的不是孤独对我们的侵蚀,而是孤独对我们的腐蚀。

词语和思想之间的对立,对诗来说,是一个必要的幻觉。

从词语开始,而不是从思想开始,这种方式塑造了诗的交流。

在诗涉及的意识活动中,词语是思想的浮标。

作为一种可能,诗可以降低我们对世界的依赖。
或者,作为一种机遇,诗可以减弱我们对世界的依赖。

这么讲吧。诗,是一种奇妙的节约时间的方式。

对诗来说,记忆是想象的必要的裂痕。
不能在裂痕的意义上理解诗的语言,写作就无法触及到可能的诗意。

诗的宽宏,是一个新的语言事件。

致力于诗的宽宏,一种多少显得有点孤独的诗歌动机。

就诗的本意来说,看不懂其实是件很牛 X 的事。看不懂,本来不该弄成诗歌阅读中一个自卑事件的。
也许可以这么想:看不懂,其实是诗向我们和生活提供的一种特殊的语言服务,其目的就是阻止我们在生活中陷入平庸。事实上,阅读诗歌的收获之一,就是人们总能从所谓的看不懂中获得奇妙的启发。

我现在更倾向于这样展现新诗和古诗的关系:新诗矛盾于古诗。以往,我们过于强调新诗对古诗的反叛,新诗对古典诗学的颠覆。但从更大的语境看,新诗只是矛盾于古诗。并且,可以毫不夸张地说,这种矛盾,是我们的汉语曾有过的最大的财富。

多么诡异:只有大诗人才需要过博学这一关。
而小诗人所能做的,要么是激烈地反对博学,要么是聪明地嫉妒博学。

说到底,对诗的而言,博学不过是一种运气。

博学是诗人和诗之间的一种距离。而有些诗人似乎很幸运,他们从未需要过这种距离。

就诗的能力而言,真正的博学是一种带领诗的语言来到边缘的力量。

假如诗的平衡仅仅出自一种博学,那么它很快就会堕落为一种语言的势利。

人们习惯于将诗的平衡看成是诗人的能力的一种结果。比如,优异的诗人才有能力取得一种诗的平衡。这固然不错,但它也妨害了另一种体察。即,诗的平衡不仅和诗人的能力有关,它本身其实也是语言的能量的一种展现。就此而言,最好的平衡不完全是由诗人的能力造就的,它理应是通过激活语言的能量而释放出来的一种文本的布局。

对诗而言,形式和内容都不过是一种语言的视力,它们分别显示了语言的两种不同的审视能力:从外表上看,形式即内容。从内部看,内容即形式。

对写作而言,内容的审美比形式的审美更具有优先权。

也不妨说,一首诗可以在形式上不那么依赖审美,但它在内容上必须绝对依赖审美。否则,它就是在浪费我们的时间。

诗的形式是一种深刻的自我发现。

或者,诗的形式最终揭示了一种深邃的自我发现。

这么说吧。如果我是一个形式主义者,那也只意味着我赞同将诗的形式用于最深的自我发现。

我们曾反复谈论诗的感性。但是很奇怪,我们竟然很少提及这样的维度:必须敢于想象感性。

在诗的批评中,不乏这样的例子:这是一个非常感性的诗人,唯一令我们感到遗憾的是,他从未想象过感性。

我们谈论纯诗,很可能并不为了要弄清它的含义,而是为了领略它引起的差异。

要敢于想象纯诗。纯诗与否,不完全取决于审美的判定,更多的时候,它只是涉及诗自身的一种想象。

我倾向以想象来解决什么是纯诗。

这是一道诗的数学题:诗的可能源于语言的想象。诗的不可能,基本上可归咎于想象的匮乏。

你就这么想吧。在诗的语言中,形象是境界之手。

诗的记忆是一次试音。

这绝不仅仅是诗要面对的一种情形:自我是一个大师。

在诗的觉悟中,真正的自我敢于面对死亡也不敢面对的事体。

从语言上讲,诗的写作中最根本的原则就是,每一种表达都应该是一个诗的发明。

换句话说,不经过诗的发明,我们的表达就会存有本质的缺陷。

这其实是一种严肃:诗的表达即诗的发明。

也不妨这么说,对诗来说,更经常的情形是:表达即发明。

人们似乎很熟悉这样的事情:诗是散文的保证。他们不知道,真正值得关注的东西本该是:散文是诗的保证。

现代以来,伟大的诗并不倾向于诗是诗的保证,而是倚重于散文是诗的保证。

诗的分寸源于这样一种风格意识:对语言的感觉即对命运的感觉。与此相关的,我们会尽量避免说,对命运的感觉就是对语言的感觉。因为那会触及一种神秘的尴尬。

对诗的现代性而言,怎么用韵即怎么比喻。

或者,用韵如同用火。比如,为了躲雨,在山洞里用枯树枝生火。

我们必须将语言使用到这一步:情境中有可感的氛围,氛围中有具体的情境。

你在小说的氛围里是捡不到骨头的,但你在诗的氛围里是能见到骨头的。这是一种非常独特的语言上的区别。

为了重塑生命的记忆,诗必须致力于发明原始场景。

诗人和语言的关系,在某种意义上,就是诗和场景的关系。

诗的场景是想象力和语言之间一份永久的契约。

虽然我们不能这样说:错过了场景,就等于错过了诗。但是,我们可以假设,我们曾听到过有人这样说。

诗的场景是我们的语言中的一种独特的骄傲。
与此相关,可以这么看,诗的疯狂在本质上是一种孤独的原始场景。

最深奥的悔悟是,我们在一个无趣的人身上浪费了太多的时间。而有趣的是,诗,在另一个意义上敏锐地借鉴了这一点。

诗是诗的氛围。

这仿佛和诗对信仰的建议有关:有伟大的耐心,就会有伟大的惊喜。

从根本上讲,诗的沉思是一种语言的伦理现象。但长期以来,我们的新诗文化不太愿意认同这一点。它更习惯于诗的沉思是一种风格现象。

对诗而言,自我是一个终极事实。假如自我不是一个事实,那么我们就会深陷在一种想象的缺陷之中。

大诗人可以因真实而微妙,小诗人只喜欢沉浸于因真实而自我感动。

小诗人兴奋于超越自我,大诗人专注于生成自我。

对诗而言,新和旧其实是一种边界现象。

这是游弋在两种诗歌文化之间的一种独特的迟钝:对一些人来说,古诗是新诗的秘密;而对另一些人来说,新诗是古诗的秘密。遗憾的是,这种状况经常被误解为一种立场的选择,其实它涉及的是一种语言态度,以及我们的写作能在多大程度上渗透到语言的本能之中。

回首新诗史,或许确实存在着一个遗憾,我们没能好好地使用新和旧的矛盾。多数时候,倾向于把新和旧的矛盾简化为生死之辨。要么夸张新和旧在语言上的差异,要么激化新和旧在观念上的冲突。另一方面,有一种批评的野心也是需要警惕的:它幻想着能运用批评的力量解决这一矛盾。其实,就写作而言,我们最大的遗产是拥有并追随这一矛盾。

不知为什么,我非常喜欢伪造奥登讲过这句话:诗必须迟钝于羞耻。从诗歌史的角度看,我们的新诗在写作上依赖于对羞耻的敏感。这种状况确实造就了一些犀利的作品,但从境界上讲,损失的东西也很大。

诗起源于快乐比痛苦更深刻。有趣的是,几乎所有来自世俗的生存感受仿佛都能轻易地驳倒诗的这个出发点。

快乐比痛苦深刻,这是诗送给生存的一个礼物。但大多数时候,我们都太性急。我们会迫不及待地用生活的尺度来衡量这个礼物。稍有偏差,我们便会深刻地抱怨这个礼物,而很少会反思我们自身的问题。

或者这么说吧。就意义而言,深刻于痛苦是比较容易做到的。但是,深刻于快乐,却不那么容易做到。而诗的魔力恰恰在于它对深刻的快乐的发现。

在生存的荒谬和生命的快乐之间,存在着一种艰难的平衡。

唯有诗秘密地钟情于这一平衡。

诗的密度不仅是来自形式的一种考验,它本身也体现着形式的魅力。

非常奇怪,不喜欢密度的诗人总是很容易陷入对诗的道德的臆想。

新诗和古诗之间的问题,说到底是一个政治问题。

新诗的汉语身份只能由新诗的实践给出。

这是我们再评价当代诗时需要考量的两种情况:

1. 你写得再好,也可能会失败。

2. 你尽管失败了,你却没辜负你已写得很好。

假如是 1949 年,你说新诗失败了。这可能是话里有话。

假如是 1994 年,你说新诗失败了。这其实不关新诗什么事,而是你把汉语诗的传统想歪了。

到了 2013 年,你还说新诗失败了。这就是冒傻气,几近于在神庙前裸奔了。

诗和足球,也许在很多方面都不相像。但诡异的是,诗的批评和足球评论也极其相像。但有趣的是,在新诗的文化场域里,事情很多时候反过来了:诗和足球在很多方面都很相像,但诗的批评和足球评论却鲜有相像之处。比如,在足球批评中,你无论怎么狠批,你的评价都不会愚蠢到说足球本身有问题。而在新诗的批评中,人们经常会看到这样的情形,他们批评新诗的目的,是想表明新诗本身是失败的,新诗的实践本身从一开始就是错的。说实话,看到这样的评论,原来不太相信上帝的人,也会觉得上帝是确实存在的。什么样的反应才算不失风度呢?古人已树立了榜样:"尔曹身与名俱灭,不废江河万古流"。但我觉得这样的反应还是太经典,太正经了,我觉得还是本山大叔的反馈简练而实用:"宝贝,走两步"。

缺乏戏剧性,曾经是汉语诗歌的一个致命的弱点。但以今天的眼光看,这反而像是一种走运。

新诗的实践在写作上建构了一个了不起的对比:汉语诗歌和西方诗歌的对比。但大多数时候,我们却不善于运用这个对比,要么过于轻信这个对比,要么莫名地憎恨这个对比。不仅如此,我们在当代刚刚获得的诗歌成就,还让一些人滋生了彻底废弃这个对比的欲念。另一方面,西方汉学家在看待新诗的实践时,常常会受到这个对比的误导,丧失了应有的文学洞察,从而倾向于低估新诗的文学能力。

事实上,这个对比对新诗的写作来说是一种独有的财富。

完全没必要为此感到自卑和焦虑。

知识分子没能讲好这个故事，新诗是如何从传统的重负中摆脱出来，走向一种写作的欢乐的。话说回来，也不能怨他们，因为事实上，他们也没能讲好性质相似的另一个故事：究竟有没有东西从传统的重负中走了出来。

现在看来，要讲好这个故事，还得靠当代诗人自己。如果我们讲不好这个故事，新诗文化永远都会有一个阴影。

诗固然涉及好坏之分，但假如诗只涉及好坏之分，而不涉及到新旧的区别，这就是一种醒目的无能。事实上，诗的好坏之分常常是通过涉及诗的新旧来体现的。

多数情形中，我们不太愿意直接看见思想。因为那可能意味着人的认知活动中的一种语言的失控。但在诗的情形中，我们常常能看见思想。有趣的是，大诗人觉得这是一种麻烦，而小诗人却对此很满足。

这是诗的写作中一种独有的恍惚：有时，我们偏爱对语言的使用；有时，我们偏爱对词语的运用。假如在一种情形中，这两种偏爱同时交集涌现，那就大致可以确定，我们的机会来了。

对生活和生存的辨析，考验着诗人的洞察力，但更主要的，它考验的是诗人对语言的使用。

某种意义上，诗的思想必须克服诗人的思想。

多数情形中，新诗文化并不知道怎样区分诗的思想和诗人的思想。

在诗的写作中确实存在着这样一种情形：诗如果写得真好，它表面看上去常常会显得缺乏思想的。而这一点，又恰恰容易被聪明地利用。

我们曾有过的最大的缺点，就是不能善意地对待诗和生活的关系。这甚至不是一个缺点，而是一种无能。也不妨说，由于极度缺乏省察，新诗有过的最严重的缺陷，就是不能在诗中善意地看待生活。

诗和天才的关系很容易被误解。诗绝不可能是这样的事：我是一个天才。诗，几乎也不会是这样的事：你是一个天才。

严格地说，写诗这件事只涉及到：他是一个天才。

某种意义上，这也是对兰波的指认的一个遥远的呼应——我是另一个他。

写诗这活儿，说简单也简单，它不过是帮我们回忆一下天才是怎么回事。

说一首诗好不好，其实就是在说一首诗值不值得信任。诡异的是反过来的情形：当我们说一个人值不值得信任时，我们经常不知道，这其实是在间接地谈论一首诗好不好。

对诗歌批评来说，最艰难的挑战是，一首诗的好如何值得信任。

这其实是诗的写作中最伟大的荣誉之一：他几乎全部是用散文来写作。就像卡尔维诺在弗朗西斯·蓬热那里辨认出的，这显示了一种新的活力。

对诗而言，技巧从来就不是一个简单的反对或赞成的话题。
对诗人而言，技巧带来的是一种原始的恐惧。这种恐惧如此原始，甚至超过了人们能发出最强烈的诘问——没有技巧，诗会是什么呢。所以很可能，轻蔑技巧或推重技巧，都不过是一种诗人的面具。
真相或许很简单，技巧不过是出没在诗人的写作中的，一个欢喜冤家。

对诗人而言，难的不是在生活中显露诗的智慧，而是在诗中展现生活的智慧。

诗是生活的尺度。反过来,生活也是诗的尺度。这种情形必然是双向的。更有意思的是,度量的原因,以及度量的结果,往往会因人而异。

诗,必须设法赢得记忆。
创造新的记忆,是诗赢得记忆的最根本的方法。

对诗而言,创造出新的记忆,意味着我们要么在诗中抵达词语的力量,要么在诗中捕捉到词语的力量。

在很大程度上,诗的成就取决于我们如何理解诗的记忆。

与其说诗深化了我们和语言之间的一种关系,莫若说诗造就了生命和语言之间的一种关系。假如没有这层关系,我们就不会意识到错过诗的秘密是一种怎样的缺憾。

对现代诗来说,它首要的语言任务必须是:好看。
现代诗在语言上对"好看"的要求是持久的,这和古诗不同;古诗几乎不太在乎诗的"好看",它以为那不过是语言之筌。

与其说诗取决于深刻,不如说诗取决于好看。
从语言的角度看,诗的好看是一种极其独特的空白现象。

新诗文化中有过一种很恶俗的东西,即轻慢乃至贬低诗的好看。其实,诗对好看的诉求,不仅是来自一种技艺的内省,也来自我们对诗的力量的重新认识。

诗是我们身体里的双料间谍:既是生命的间谍,又是语言的间谍。

但诡异的是,在写作过程中,我经常感到自己是新诗的身体中屡遭同伙出卖的间谍。

诗歌中的谜,源于一种独特的尊重:即我们不该浪费语言的直觉,诗应该以世界的秘密为素材。

诗有两个特殊的伴侣:完美的睡眠,完美的清醒。
诗的完美,取决于完美的睡眠的不完美。
诗的高贵,取决于诗人如何定义完美的清醒中的悲悯。

诗的清醒触及伟大的悲悯。

在这样的时代,假如诗还有什么可以公开的任务的话,那么,除了诗可以给我们带来一种"个人的任务",别的实在不值一提。坏诗败坏个人的任务。好诗则在生命内部促进个人的任务。

怀着谦卑受益于词语,这是某种力量在人生的孤独中教会我们做的事情。而诗歌要做的是另外一件事情:怀着骄傲受益于词语。

对诗而言,修辞的最隐秘的思想动机,不是用一个词拯救一首诗,而是用一首诗拯救一个词。

必须有能力终止语言的颓败:这是诗的神秘的功能,也是诗人的秘密的使命。

诗,在人生的悬念中揭示幸福的悬念。
就生命的可能而言,诗,是我们有过的最好的悬念。
其实,完全可以更简单:悬念构成了诗的最内在的倾向。
诗的悬念是对人的命运的一种使用。

假如可以更纯粹的话,我愿意独自面对一种悬念诗学。

对诗而言,所谓的天才,不过是语言的乳房。

语言是时间的乳房。这意味着诗人的工作,既带有日常的特性,又具有神秘的症候。诗人必须从这乳房中挤出羊奶,牛奶,或骆驼奶。同时,这件工作也构成一种神秘的循环,它不断重复着未知的力量。一方面,它借助诗人重复它自己,另一方面,诗人也借助它重复诗人的创造力。

这也许是诗人独有的生命悖论:当我们陷入盲目时,我们最清醒。或者,当我们拥有完全的盲目时,我们的洞察最彻底。

在优异的诗人身上,存在着一种秘密的关系:我是我见过的最坚强的盲者。

换句话说,盲者是诗人的最基本的原型。一方面,盲者是诗人的镜子。另一方面,诗人也是盲者的镜子。

伟大的诗人必须显示两种秘密的能力:面对世界的真相,在生活和艺术之间确立出一种等级关系。面对生命之美,在诗歌和语言之间建立起一种等级关系。

诗和诗歌之间的等级,常常是暧昧的。之所以暧昧,是因为存在着诗的秘密。但对一个诗人而言,假如他足够强大,他还得更频繁地更尖锐地面对诗和语言之间的等级关系。

我们在乎诗艺,信任诗艺,是因为诗艺可以帮我们打破诗和语言之间的等级关系。

这是我们的写作刚刚揭示出来的一种文学史情形:新诗比

汉语还母语。或者,母语比汉语还新诗。

诗的境界:从情境生成为幻象。也不妨说,大多数时候,我们面临的,不是什么是诗的境界,而是诗如何境界?

大多数情形中,梦决定了诗。但是因为你的出现,诗决定了梦。

从诗歌中汲取力量,意味着生命的愉悦。

几乎每一首好诗都和伟大的真理打过赌。

不要把诗的强度建筑在真理的绝对之上。

诗和理智的关系中最核心的问题,不是我们能在多大程度上弄懂什么是诗的理智,而是我们比以往更明确地知道:对诗的写作而言,诗的理智只是一种选择。

有时,诗必须比语言大胆。有时,语言必须比诗大胆。但最重要的,在写作中,我们必须设法避免这种状况:作为诗人,你总是比你的题材更大胆。最能让写作受益的情形是,你的题材永远比你更大胆。

对诗的语言而言，天才不仅是一种身体现象，而且更是一种年龄现象。在某种意义上，完全可以这么讲，年龄是诗的语言的味道。

流行的诗歌观念中，经常把诗的见证误解为诗的印证。

这会是真的吗？听到一个声音说：不怕死，至少在诗歌中是真的。

写诗的过程中，最好经常拍打一下隐现在语言中的警句的弧度。

下　卷

从观念上说,并非每一首诗的背后都有一个传统。但诡异的是,就事实而言,每一首诗的背后都有一个传统。

面对诗和传统的关系时,人们应意识到,传统对诗的依赖,要远远大于诗对传统的依赖。这种情形至少可以促进我们的省察:传统从来就不是衡量诗的唯一的尺度。就衡量而言,传统与其说是一种尺度,莫如说是一种视角。

这是另一种面目:传统,不过是诗的一个巨大的读者。也不妨说,在思考诗歌与传统的关系时,我们应该意识到,传统,既是一种批评的视角,也是一种阅读的视角。我们不仅面对传统的衡量,也面对传统的自我修正。这种修正是通过传统对我们的阅读产生的。一句话,我们必须敢于面对传统的读者学。

诗,能让我们省悟到完美的挽留。但是,诗本身不是完美的挽留。诗只涉及体面的挽留。

一首诗能解决什么呢? 也许可以这样回答:一首诗的确不能解决多少人的问题,但它可以解决神的问题。或者更犀利,一首诗可以解决我们在神那里遇到的问题。

很显然,有些好诗是在我们以诗为对手的情形下写出的。但出于某种神秘的原因,很少有诗人愿意公开承认这一点。

必须意识到这一点:诗,从不需要读者。而且更有可能,诗,其实没有读者。所有流行的关于诗的读者的观念,实际上都暗含了一种糟糕的预设:即读者处在诗的外部。读者,意味着我们还没有进入诗歌。真实的情形是,读者比诗人更接近诗的内部。

有时,诗以生命为对手。有时,诗以语言为对手。所以,有一点是可以确定的,诗很少以物质为对手。由此可以推想,在我们的诗歌观念中,期待诗参与物质批判的欲求,是一种浅薄的文化癔症。

因为诗,我们觉悟到,奇妙源于不连续。

在诗中,感染即变形。某种意义上,诗的感染力即诗的语言在我们身上展开的变形的能力。

在今天,诗的写作必须触及想象力的转型。

诗必须更大胆地参与积极的分类。通过积极的分类,促使诗的警惕与生命的觉悟处于同一共振之中。

人们经常陷溺于用古代和现代之分来编码诗意。他们很少想过,其实,对诗的直觉而言,存在着一种情形:诗意从未古代过,或者,诗意也从未现代过。

诗和观念的关系始终令我们感到尴尬。但在某种意义上,诗又必须站在观念之上重塑我们的感觉。一种直觉,那些声称已完全摆脱了观念的诗,也许确实减轻了某些东西,但最终,那不过是一种讨巧。

一种使命:面对汉语,成为新诗的考古学家。

一个角度,汉语在新诗中。

新诗,汉语的一种命运。所以,在某种意义上,它确实无关诗的胜利,或诗的失败。这不是我们有没有勇气面对它的问题,而是我们只能这样迎向它的存在。

我们经常会忘记这一点：诗本身就是一种已经给出答案的批评。

对某些人而言，诗受益于我们和语言的紧张关系。而对另一些人而言，诗是对我们和语言的紧张关系的克服。但在大诗人展示的写作类型中，最明显的征兆是，他们最终只受益于诗和语言的紧张关系。从这个角度看，新诗与汉语的紧张关系，算得上是我们的一笔财富。

在诗中，词语与句子的关系取决于句子与语言的关系。这意味着我们必须养成一种新的语言意识：安排一个句子，不仅要激活词语本身所包含的语言能量，而且要激活语言本身所蕴含的词语能量。

诗和语言的关系，还远远不是诗和母语的关系。同样，诗和母语的关系，也还远远不是诗和语言的关系。衡量一个诗人的文学能力是否强大，我们既要看他在写作中如何处理诗和母语的关系，也要看他在风格层面如何点化诗和语言的关系。

诗和母语的关系，与诗和语言的关系是两个互有交织又有差异的范畴。谈论诗和母语的关系时，本该以诗与语言的关系为参照；但吊诡的是，在我们的诗歌文化中，人们谈论诗和母语的关系时表现出的作派,就如同他们在谈论诗和语言的关系。

在我们的诗歌文化中,存在着一种典型的堕落:即把诗和人的关系降格为诗人与大众的关系。人们原本应该更智慧地谈论诗和人的关系,但在现实的诗歌场域里,他们却把大量精力浪费在谈论诗人和大众的关系上。其实,在我们设定的诗人和大众的关系中,我们已不能代表任何一方。我们只能沦落为第三者。

诗人与复杂的关系无论如何复杂,都还远远不及诗与复杂的关系。令人吃惊的是,对诗而言,复杂在本质上体现了一种独特的忠实。当我们说一个诗人很复杂时,这意味着我们谈论的这个诗人比我们希望的还要忠实于我们的世界。与此相对,诗的单纯也许更可贵,但却与诗人的忠实无关。

一个诗人不能凭借单纯来体现诗的忠实。但是,一个诗人可以凭借复杂来体现诗的忠实。

对诗来首,单纯是一个可贵的品质,复杂则基本上不涉诗的品质。从表达能力上讲,存在着这样的可能:单纯是一种比复杂更老练的语文能力。

诗人的自我表现,只是诗的自我表现中很小的一部分。换句话说,诗的自我表现中,只有一小部分和诗人的自我表现是重合的。

诗的原创性也许并不存在。这多少有点像上帝有时也并不存在一样。但是，有关诗的原创性的说法，必须存在于我们潜入诗歌之水的入口处。当我们不断下潜，它至少应该看起来像上浮的可见的气泡。

这不是提示，也不是暗示：与其将诗的自我主体化，不如将诗人的自我结构化。或者，换一种表述：以前，他们的写作基点是建立在自我是一种主体现象之上的，而我们面临的一种诗的可能性，却意味着，诗的自我主要是一种复杂的结构现象。

诗必须过内容这一关。诗必须对内容保持兴趣。但同时，诗也必须抵制内容。这种抵制始终是双重的——首先，抵制我们对诗的内容的冲动，其次，抵制诗的内容对我们的诱惑。令人吃惊的是，很多时候，诗的意义实际上是通过诗人对内容的激烈抵制而生成的。

诗的活力不完全是一个诗歌的事实。这一点非常重要。

有魅力，不一定有活力。有活力，不一定有魅力。从诗艺的角度看，最难得的是，诗的活力即诗的魅力。

诗和活力的关系有两面性。一方面，诗努力做出一些事情，以显示自身的活力。这是我们熟悉的。另一方面,诗还必须学会借口活力,以便做出了另一些东西。这是我们不熟悉的。

诗追求语言,而语言却屡屡出卖诗。诡异的是,这与其说是诗人的宿命,不如说是读者的宿命。

新诗历史上,几代诗人写的差不多都是对诗的差异感到痛苦的诗。但是今天,随着当代诗的文学能力的迅猛进展,我们这几代诗人终于写出了从诗的差异中受益的诗。

对诗而言,我们要做的是,不是把真相带入写作,而是把秘密带入写作。换句话说,无论我们选择怎样的性别意识,对诗人而言,自我都不是一个对象。自我是诗歌中的一个事件。

在回顾古诗和新诗的关系时,很多人都把新诗看成是一种替代性的方案。即在汉诗的现代性转型中,新诗的实践是过渡性的。有点类似鲁迅的"中间物"的概念。其中的潜台词好像说,到了未来某个阶段,新诗就会被历史淘汰。这实际上从根本上误解了新诗和汉语的现代关系。

新诗的发生,有非常戏剧性的一面。如何看待这种戏剧性,考验着我们的文学智慧。但无论怎样,作为一种诗歌实践,或作为一种文学方案,新诗都不是替代性的。新诗的写作意在从根本上解决汉诗和现代语言之间的复杂关系。某种意义上,可以说,无论有何局限,新诗的实践都是一种根本性的解决方案。

吊诡的是,很多从事新诗写作的人也在文学潜意识深处接受了这样的看法——即新诗也许真的是一种替代性的文学方案。所以,目前流行在批评台面上的有关新诗的许多问题,包括新诗的种种局限,其实都是在骨子里以一种替代性的方案来打量新诗,才显得煞有介事的。

有时,一首诗的完成意味着你经受住了一场想象力的暗战。

分寸感是诗的灵感中的一道闪电。

就写作而言,所有的灵感最终都必须由诗人的分寸感来洗礼。

对人生来说,诗歌是一种幸运。所以,小诗人把什么都写得像是幸存者的遗言。只有大诗人敢于矛盾于这种幸运。

有时,我们确实可以这样说,诗的真理都是并置出来的。

其实很简单:诗和陌生的关系,以及它的延伸——语言和陌生的关系,就是我们和新生的关系。

某种意义上,诗人就是善于使用筛子的人。这的确显得可疑,但这可疑,并不指向我们能举出多少反证;它指向我们的乐趣大多数时候迟钝于我们的想象。

诗的速度秘密地源于两种状况:天才是疯癫的筛子。或者相反,疯癫是天才的筛子。

其实也可以这么讲,大多数时候,对诗歌文化而言,诗的天才不过是一种暧昧的自我幻觉。

上联:诗意就埋伏在我们周围。
下联:我们也埋伏在自我周围。
横批,这确实不是对联。

我们已没有古人那么幸运。我们现在的情形是:遭遇诗意。

今天,我们必须意识到,新诗从一开始就有多个版本:激进的版本,与古诗断裂,受虐于诗的现代性。私下的版本,充满开放性,积极于汉语的可能性。

诗强化了一种压力:过去有可能是遗产,也有可能是垃圾。

B:你问我什么是诗的仁慈？Z:最有效的最不容易产生歧义的回答如下:诗的仁慈就是让"我不相信"见鬼去吧。

对个体的生命权力而言,诗的写作之所以可能,就在于诗创造了一种机遇,它让我们有机会免于从天才的怨恨开始。

一个诗人身上最深刻的东西就是他对深刻的恐惧。

认为思想比诗深刻,这其实是一种双重的误解:既误解了诗,也误解了思想。这是因为,诗最吸引我们的,不是诗有可能比思想深刻,而是诗在生命的记忆和人生的感受之间建构了一种深邃的关系。同样,思想最吸引我们的,也不是思想比诗深刻。如果非要说到深刻,那么,思想的伟大虚弱于诗的仁慈,这或许可称之为思想最深刻的自我意识。

他们遇到的最大的问题是,新诗的汉语化。而我们遇到的最核心的问题是,汉语的新诗化。

以往,我们在谈论新诗与古诗的关系时,往往局限于风格和修辞之差异,并屡屡将"传统"动用为一种狭促的观念来激化这中间的差异。其实,换一个角度看待,古诗和新诗的关系可以理解为一种语言地图的扩展与变迁。也就是说,它们之间的核心关联其实是一种地理意义上的语言的变化。

在古诗和新诗的关系上，我们看到的也许是两张汉语的地图。它们之间有重合，也有新的疆域的变化。从文化的角度看，它们之间的关系似乎应以传统为核心。这其中，最重要的，是我们已习惯于文化的连续性是建立在传统之上的。这没有错，但这还不是事情的全部。从文明的角度看，古诗和新诗之间的最核心的关系其实是汉语的地理现象。

从这个意义上讲，最好的诗的语言是人文地理的一个缩影。

通常，诗的写作向我们还原了一种生命的过程。这差不多也是它吸引我们的根本原因。但另一方面，作为一种生命的技艺，我们也应有能力把这样的写作本身引向一种生命的氛围。

诗的写作刷新了这样一种关系：词语是形象之心。形象是词语的性感。

也许这可以用来衡量我们的写作是否足够勇敢：诗的记忆精确于语言的欲望。

诗歌中的三种好：1. 好得还是有点遗憾。2. 好得过分。3. 好得如此恰当。第一种好，表明写作和球场只有一墙之隔。第二种好，表明人生和写作之间互为台阶。第三种好，表明语言存在着可以跨越的私人边界。这多少意味着,诗歌中的好,是一种结束在边界上的记忆现象。

如果真想讨论新诗的历史,我们就该像尊重历史的细节那样,尊重新诗的细节。即使我们无法完全做到历史地看待新诗的细节,但至少我们应该努力从细节的角度看待新诗的历史。从这个意义上讲,新诗是汉语的他者。新诗不过是想激活汉语自身中的"异"之可能性。

关于诗的叙事性其实是有一个底线的:即诗有义务将语言的事实处理成一份分寸。假如缺少这样的分寸,诗的审美就会游离于诗的见识。

假如在惊异和震惊之间,存在着语言的选择的话,诗必然偏向于语言的震惊。但是,请再耐心一点。当我们在驾驭语言方面足够老练,并将这老练融汇于仁慈,我们就会意识到,伟大的诗在事实上源于语言的惊异。

最严酷的生存境况是,你的背后有诗。最美妙的生存情境也是,你的背后有诗。就自我启示而言,诗是语言的黑暗中的一次神秘的转身。

游戏,也许不是语言的悬念,但在某种意义上,它绝对是诗的最大的悬念。

在诗的写作中，隐喻能否翻译我们的经验，主要取决于词语对距离的使用。

新诗对汉语最大的贡献就是，新诗的实践为汉语带来了异常丰富的不确定性。从某种意义上讲，这种不确定性比语言的自由更具体，也更具有推进作用。而传统的诗歌范式强化了汉语的完美，但在某种程度上，它促使汉语过于依赖确定性，所以说，它的完美是以减损汉语的可能性为代价的。

就文学能力而言，与新诗相比，当代诗完成了一种深刻的转向：时至今日，当代诗已能轻易地做到比思想更复杂，比复杂更深邃。但是，当代诗不觉得这是多么了不起的成就。当代诗最钟情的，最执迷的责任，依然是让我们回到汉语的进展之中。

深刻的诗是一种深刻的错误。它和好不好没多大关系。某种意义上，诗的幸运也在于它和我们一样没办法完全避免这样的错误。相比之下，深奥的诗则是一种美丽的错误。

诗和思想的关系几乎是无法确定的。它基本上也是一种例外关系。K 觉得，诗和思想无关。对 Z 来说，这只能在特例的意义上是有可能的。反过来，Z 强调诗必须呈现思想。这也只是作为例外才会有启示的意义。

人们很容易指出：某一首诗缺乏思想。或，某一类诗缺乏思想。这种批评也很容易产生自我居高的快感。但从审美意识的角度看，当人们批评诗缺乏思想的时候，最该脸红的，其实不是诗，而是思想。

我们最终抵达的境界：要么，诗是生活的例外。要么，生活是诗的例外。换句话说，例外是一种最根本的诗学状况。

小诗人的诗里，往往有不止一个对立面。而大诗人的诗里几乎没有对立面。换句话说，从原则上讲，好诗没有对立面。

说起来有点残酷，诗的道德在于，诗从未背叛过迷宫。

诗的修改，如果仅仅出于一种严格的要求，那么它很容易变成一种房间里的粉刷。时间一久，仍会露出颓败的迹象。所以，从意识的角度讲，诗的修改其实源于一种独特的书写快感。亦即，诗的修改涉及的是写作中的这样一种规则：用反对句子的方式来赞成句子。

非诗歌的问法是，什么是诗的神秘？如果以这样的方式提问，前景多半会很郁闷。关于诗的神秘，我们只能这样问：但是，什么是诗的神秘呢?

诗的句子有着一种奇怪的重量。就好像大象可以踩在荷叶上,而在荷叶下面,睡觉的鱼不会感觉到丝毫的异样。

这是一个写作的底线:现实的背后,也许有诗歌。但是,诗的背后,绝对不存在现实。

读诗的最重要的原则就是不要贬低沙漠。

我们都是在看不见的沙漠之上阅读诗歌的。

大多数情形中,诗歌中的问题都不涉及真与伪。但由于我们的怯懦,也由于我们贪图方便,有意无意地,我们却将诗歌中的大部分问题都转化成真与伪的分辨,并为此纠缠不休。

对诗而言,没有神圣,其实也就没有了可能性。

对小诗人来说,诗的神圣是一种束缚。所以,取消神圣,在他们看来,是一种彻底的解放。而对大诗人来说,诗的神圣确立了一种边界。所以从精神的角度看,诗的神圣其实是一种边界现象。也不妨说,正是这一边界的存在,我们拥有了最深刻的生命感觉。

发现一个诗的素材:阴暗的人对神圣有一种天生的怨恨。

和时间谈判,涉及诗的哲学。和语言谈判,涉及诗中的诗。

与语言搏斗的诗,曾经激励过我们。但我们现在面对的更真实的情形是,诗必须学会和语言谈判。

我们必须学会写有能力和语言谈判的诗。

小诗人的写作里往往缺乏身外之物。大诗人的写作中则每每尖锐地涉及身外之物。

新诗是汉语的悬崖。从这个角度反过来看,和诗有关的语言活动:从下面开始的,又叫攀岩。从上面开始的,也叫蹦极。

一方面,诗必须面对常识。另一方面,我们也必须面对一种醒悟:诗没有常识。这种情形,也许是一种诗的常识。

诗面对常识,但这并不意味着诗必须依赖常识。

依赖常识的诗,或许可以促成一种短暂的亲切,但从根本上讲,它减弱了诗的洞察。

诗研究艰难的善意。

在善意的提醒和虚无的抨击之间,并不存在可供诗落脚的钢丝。

请想象一下,诗其实没有外部。也许正是这一点,表明了诗和思想的不同。

我们想读的,仿佛是这样的诗:既是现代的,又是古典的。而我们想思考的诗却是这样的:既回应了现代,又呼应了古代。这两种情形之间已出现了不小的裂痕。但真正的裂痕在于,我们想写出的,仿佛是这样的诗:既有能力改造现代,也有能力改变古典。

这里,确实牵扯到一种诗的哲学尴尬:在多大程度上,我们是我。

诗矛盾于文学。这意味着,从文学的意义上看待诗,和从诗自身的意义上看待诗,从来就不是一回事。

当代诗歌批评中一个常见的误区就是,对这种差别缺乏敏锐的辨识。

就汉语的使用情形而言,诗的进展取决于我们是否愿意面对一个事实:诗矛盾于文学。

从现代的意义讲,一个诗人面临的最深刻的艺术矛盾,不是诗矛盾于诗,而是诗矛盾于文学。

作为诗人,我更愿意面对的情形是,诗矛盾于诗。
作为诗人批评家,我不得不面对的情形是,诗矛盾于文学。

诗的批评必须具有这样一种能力,我们既可以在文学的意义上谈论诗,也能从诗自身的意义上谈论诗。

对于诗,一个细节就是一个小小的奇迹。但对于诗人,每个细节都可能是一副刑具。

每个诗人都在某种程度上继承了诗的一个信念:诗的细节是我们的奇迹。

审美,诗和语言的关系中的一个数学问题。

关于诗,最接近底牌的定义:诗,不是诗。
关于诗,最容易被利诱的定义:诗,不仅仅是诗。

像面对个人性那样,诗,也需要面对私人性。

诗,如果不懂得面对私人性,它就谈不上有什么真正的进展。这话如果听起来很极端的话，那就真的表明，我们对诗的看法的确存在着某种问题。

诗的私人性，不同于诗的个人性。

在私人和个人之间做出的那些区分，或许能为诗带来一种新的美感。

诗的复杂，更接近于一种个人的需要。同样，诗的朴素，也根植于一种个人的需要。你不需要，或者，你没有意识到你的需要，并不代表它们就没有存在的理由。我们的诗歌文化，偏向于用少数还是多数来看待诗的复杂。这反映出一种可耻的权力崇拜。

诗的复杂，并不属于少数人。它也不是少数人的特权。就像数学中的黎曼猜想。诗的复杂，是诗的总体能力的一种反应。

我们可以从风格层面谈论我们对诗的复杂的偏好或嫌恶，但必须明确地意识到，诗的复杂和个人的需要之间的关系，绝不是风格能决定的事。

在诗中，词语用得是否精准，句子用得是否恰当，放到技巧层面来考量的话，是件很折磨人的事。但如果从写作意识的角度看，可用来衡量的东西其实很简明，即，句子是词语的尺度。

换句话说，在诗中，句子的天性是成为词语的尺度。

在诗的写作中，语感相当于一次放水。而语体则像渐渐被水填满了的渠道。换句话说，在写诗过程中，敏感于语体意味着我们在回应神秘的语感时保持了应有的风度。

我们和语感打架的结果，让我们在诗中有了一次面对语体的机会。

时间能改变我们。但真正令人心动的是，诗能改造我们。

与其说诗是结局，不如说诗是结局的反动。

诗必须坚持自己的孤独。诗的孤独是对现代的暴力和荒诞的最深刻的抵抗。回顾新诗的历史，我们会越来越意识到，新诗的百年孤独，其实不是我们要改变的东西，而是我们的最珍贵的遗产。

诗的孤独，不是诗的真相。但很可能，它是我们的真相。甚至不止于此，它也是我们的底线。

谁害怕这样的定义呢——诗人是曾死去但又活下来的人。

诗的最根本的意义在于,我们足以因语言而获得新生。

诗的最根本的意义在于,我们足以因语言而获得新生。就诗的可能性而言,这意味着两种并行的人文实践:1.我们必须创造出新的语言。2.我们必须加大对语言的新的使用。

新诗的兴起,说到底是这样一个问题:我们还有没有勇气对汉语进行新的使用。我们还愿不愿意从对汉语的新的使用中获得我们的新生。

在我们的诗歌文化中,最可鄙的事就是,把诗人作为一种人生的外部现象来看待:即他们是诗人,我们是普通的正常人。其实,以人生作为一个范围而论,诗人从来都是一种内在的生命形象。诗人并非外在于我们,并非外在于我们的人生。

我们和诗之间有过的最深刻的洞察是:诗揭示了个人的文明,并且很罕见地,这种洞察本身也体现了一种理想。

换句话说,诗的可能性源于我们对个人的文明开始有了另外一种想法。

诗的活动很少与进步这样的概念发生关联。现在,几乎每个诗歌问道者从一开始就自觉不自觉地知道:诗的进步是一个假象。从诗歌的历史实践看,用现代汉语写诗,这个文学事件本身尽管存在着争议,但它绝对算得上是汉诗的一种进步。

这也许不仅仅是一种表面的类似:说诗几乎从没有什么进步,就如同说宇宙也没什么进步。

但另一方面,一定存在着某种比诗的进步更惊魂的事件:诗的进展即语言的扩展。

小诗人的写作得益于诗几乎没有什么进步。大诗人的写作则重塑了诗为什么没有进步。

新诗历史上,只有海子的诗绝然地显示了这样的文学信念:诗歌是兄弟。

将语言视为母亲的诗人比将语言视作父亲的诗人,更容易获得阅读的认可。但从某种意义上讲,对诗来说,最大的误会就是诗人把语言视为母亲。从写作的角度看,诗的最基本的命运就是,我们应该把语言视为父亲。

将语言视为兄弟的诗人,比起将语言视为母亲的诗人或将语言视作父亲的诗人,会经历更多的写作上的挑战。换句话说,对诗而言,最孤独的写作事件就是将语言视为兄弟。

诗的眼光几乎难以觉察地包含着对父亲的怨恨。意识到这一点,是一回事;敢不敢清醒地面对,又是一回事。诡异的是,怨恨最激烈的诗人往往也具有最敏锐的包容力。

在某种程度上,形式即诗的化身。

诗的写作正悖论般面临着一种新的语言洁癖:好诗无不脱胎于诗人与语言的鬼混。换句话说,没与语言鬼混的诗人,几乎没机会触及诗的秘密。

诗的句子必须写到这样的份上:就好像我们在锤炼诗句的过程中正经历着我们对语言的发明。也不妨这么看,作为一个缘由,它涉及我们用现代汉语写诗的正当性。而且很可能,这是一种根本性的触及。

一首真正的诗必须有能力塑造出一种心灵的记忆。

从耳朵开始,诗的所有器官都是成双的。这对我们辨认什么是诗,非常重要。

诗的力量的形成与呈现,在今天多多少少与我们对现代质感的诉求有关。这种情形表明,诗人的意识在现代发生了一个根本性的转变:诗的任务不是要在诗中超越散文,剔除散文,而是要把散文带回到诗中,甚至是带到诗的深处。

诗是天气的一个理由。这或许是和诗有关的语言交流的一个思想基础。

我和诗的关系,就如同我和你的关系。
或者,我们和诗的关系,就像我和你的关系。

对语汇的感觉,秘密地强化了诗人对措辞的感觉。甚至可以这么讲,诗的写作在今天面临的一个更内在的挑战就是,我们必须比以往的时代更注重锤炼对语汇的感觉。

措辞感与修辞感不同,假如诗的写作触及语言的秘密航行,那么,措辞感就是这秘密航行中的一个罗盘。

乡愁也许是诗的压舱石,甚至会构成一种想象的起源;但从诗的书写特征看,乡愁还远远不是诗歌意义上的语言的真相。

对诗人来说,最大的个性其实是非个人性。对诗来说,尽管理解起来,会有不少疑惑,但从根本上讲,诗的最大的个性也是非个人性的。
写作主体中的这种权力的异变,某种意义上,已投影在福柯所说的"作者已死"之中。而这个投影,甚至可以追溯到我们的传统中的"天人合一"。

从不存在的潜能到内在的潜能，这就是诗。换句话说，一个人和诗的距离，不在于他是否需求诗，而在于他是否意识到诗是生命中的潜能。

对诗的辨认，从根本上说，就是对生命的潜能的辨认。

诗的最大的政治性，不在于诗对外部事物的介入，而在于我们从诗的实践中越来越清醒地意识到诗是我们的潜能。

对诗来说，唯一体面的就是，真正和诗打交道的，只是一个个独立的、自觉的生命。

一个真相是，在诗中，从来就没有过大众。这种观念乍看上去像是藐视大众，其实这恰恰是对大众的尊重。
一个更极端的例子是，大众文化里其实也很少有大众。

现代诗歌史上，我们确实喜欢从大众的角度谈论诗歌，这种谈论本身也许无法避免，但这并不意味着在诗的事物中，大众就不是最大的烟幕弹。

从潜能的角度看，诗，注定主要是一种内部现象。换句话说，诗的衰落，主要还不是一种社会文化的衰落，一种文类的衰落,而体现为一种生命能力的败坏。在我们的诗歌场域里,经常会有人散布说,诗歌正远离大众,或大众正远离诗歌;这其实都是把诗作为一种外部现象而产生的错觉。

对诗来说,真正的问题只有一个:就是个人和诗的关系是否出现了问题。

关于短诗和长诗的关系的一些体会:

长诗是短诗的后悔药。

短诗是长诗的父亲。只有在极其个别的情形下,短诗才是长诗的母亲。

某种意义上,短诗和长诗,其实都是关于诗的句子的多寡的一种错觉。换句话说,短诗的洞察或容量不一定逊于长诗。

短诗的文学抱负甚至比长诗的文学抱负更强烈。

短诗涉及一种诗的战略性的眼光。长诗往往沉溺于一种战术性的行动。

短诗体现了一种微妙而伟大的决心:它敢于把诗写短。换句话说,好的短诗从来没有在诗的意义上短小过。

长诗往往是短诗的缩影。而好的短诗绝不会是长诗的缩影。

长诗比短诗更容易取得文学之外的优势。

一个基本的立场是,我怀念长诗,但我更热爱短诗。

一个基本的判断是,一个没有写过长诗的诗人是有缺陷的。

但这个缺陷不是他自己的缺陷,而更像是我们的缺陷。

诗是一种自赎,这听起来很好听,仿佛也很深刻。但真正深刻的是,诗仅仅是一种自助。

也就是说,诗和个人之间最根本的关联在于,诗是一种自助。

诗的自助源于对诗的秘密的体认。诗的自赎则源于对诗的真理的体认。

诗的秘密胜过诗的真理。但我们很少会公开这样讲。我们更愿意传布的是,诗的真理优先于诗的秘密。

诗的内容只存在于神秘的召唤之中。

作为诗人,我们被期待着能写出真正的内容。这种期待,既来自外部的呼吁,来自读者急迫的认同感;也来自内在的催促,来自诗人自身的严格的省察。但困难在于,诗人触及诗的内容的现代方式,很少被理解过——我们是以抵抗内容的方式投身到内容对我们的吸引之中的。

诗的私人性其实是我们看待诗歌的一个基础。但目前流行的诗歌文化却喜欢以妖魔它为乐趣。

没有对诗的私人性的尊重,也就谈不上有什么诗的道德。

所谓诗人,就是在我们和世界的遭遇中发现并建立起新的联系的语言人。

换句话说,诗人是艰难的世界中新的关系的创建者。

在诗的边缘,我们得以安静地体察诗的秘密。

真正的诗不会忧虑它正滑向边缘。相反,真正的诗还会设法创造边缘。因为对诗而言,边缘不仅是诗的秘密的归宿;更重要的,边缘是诗的最奇特的语言隐私。

不写诗,我们就不会意识到生命中有这么多语言的边缘。

新诗的核心观念与其说是要求语言介入现实,莫如说要求语言介入历史。

百年新诗史上,大多数时候,诗人们都是在以语言为对手的情形中写诗的。这与新诗的兴起中独特的历史意识有关:人们想通过诗的参与改变历史。这种局面直到最近 20 年才发生了根本性的改观。我们终于可以不必以语言为对手开始诗的书写了。我们越来愈意识到我们最终能完成的事情,只是尽力改变我们的语言。

诗人最基本的任务是改变语言。与其说这是一种文学观念,不如说这是一种审美自觉。即我们从诗的书写中日渐体会到这样一个事实:诗诉诸语言的行动。

我们在语言的活动中遇到的最有意思的事情就是,诗的意味即词语的异味。

当我们谈论诗的意义时,诗必须是有意味的。当我们谈论诗的意味时,诗必须是有意思的。

小诗人喜欢斤斤计较诗的必须。而大诗人则坦然于诗歌中难免会有一些必须。

诗歌写作中的一个隐秘的侧面:从得意不忘形到得异不忘形。

小诗人的写作往往很容易滑入得异忘形,大诗人的写作则始终清醒于得异不忘形。

当我们非议诗和知识的关联时,必须记住,诗的知识从来就没有知识过。

诗有知识的一面,正如知识有诗的一面。也就是说,在诗与知识的问题上,诗是"两面派"。遗憾的是,在我们的诗歌文化中,我们都太擅长扭曲这两者。不仅擅长扭曲,甚至是以扭曲两者为乐。

　　可鄙的,不是诗与知识有关,而是诗与知识无关。

　　也可以这么看,知识是诗的一种独特的阅读效果。

　　每个句子都是诗的风景线。但对我们而言,更幸运的是,并不是每个句子都是诗的风景线。

　　在诗的写作中,不够天才,说白了其实就是,不够勇敢。

　　对诗来说,天才于羞耻,有时比天才于词语,更能激活我们身体中的语言的自觉。

　　诗,有可能只是一种很好的错误。
　　或者,我们也可以试着这样说,好的诗歌也是好的错误。

　　诗和真理是一种友谊现象。只有当我们破除了诗对真理的依赖时,诗,才能在诗与真理的关系上呈现出新的洞见。

在诗和真理的关系上,真理犯的错误,绝不比诗少。

真理不可能超越诗,但诗却有可能超越真理。更奇妙地,这牵扯到一种生存的尺度。

诗必须皈依真理,它才具有价值,也才会具有一种力量。令我吃惊的,不是这类信念包含了怎样的启示,而是它居然在诗的观念中比在真理的观念中更通行无阻。

一个现代的趋向:诗和真理的关系越密切,诗便越有力量。我们对诗的力量的焦虑,让我们渐渐远离了诗的耐心。这和在爱情中一样,我们对爱的见证的焦躁,让我们失去了爱的耐心。

也许,我们应该探索另外一种诗的力量:它起源于诗和真理的渐渐远离。但这远离,并不是全然没有关系,而是最终平衡在一种寂静的引力之中。

诗,意味着我们有可能通过语言学会珍惜自己的时间。或者更犀利地——诗,意味着我们敢于珍惜自己的机遇。

他们倚靠跟历史撒娇,甚至在这撒娇中不惜出卖语言的尊严,来投机诗歌;但我们不一样,我们依靠与语言的孤独厮守到底,来触及诗的秘密。

诗,取决于你的态度。但有意思的是,你无法预先知道,这种情形什么时候会出现在你的语言中。

在诗中,日常性的经验其实是我们的奇迹性的一个缩影。

借助于历史背景的,公开的升华仿佛已受到了彻底的质疑,但是,借助于语言的戏剧性的,秘密的升华从来就没离开过我们。

换句话说,秘密的升华——将我们充分暴露在陌生的我前面,作为一种秘密的诗的仪式,从来就没有远离过诗与生命之间的个人联系。

在诗中,新即异。

比如说,在多数情形中,诗不是新奇于历史,而是有异于历史。在我们的诗歌文化中,我们喜欢把诗歌之新,看成是建立在新和旧的关系之上的一种绝对的东西;这在极其个别的情形下,或许是存在的;但总体说来,诗歌之新其实是诗本身的一种差异性能力的体现。

诗歌之新,不在于指证说,这种语言组织比那种语言形态在时间上有多么领先,而在于启发性地标识出,前者比后者,或这个比那个,在空间上显示了怎样的差异。

也就是说,诗歌之新,主要不是针对旧的语言关系,而是针对语言之中包含的差异。

当我们安静的时候,最终让我们吃惊的,是这样一种可能性:诗,不是新颖于历史,而是新异于自我。

诗,除了自我,就只剩下垃圾了。

人们以为这是关于诗的最极端的说法,但其实,这只是关于诗的诸多真实的说法中一种不想再兜圈子的说法而已。

这是两种完全不同的诗歌类型:一种是,我们信任并使用不断远离我们的语言来呈现的诗意,另一种是,我们信赖并运用不断向我们返回的语言来显现的诗意。我们以为这两者之间应该存在着某种钟摆现象,但实际上却没有。

有趣的是,从书写的角度看,诗的天才是对这两种类型之间的深渊的一个偶然的弥合。

诗和思想的关系也不妨这么表述:诗不是思想,诗是思想活动。并且,当诗是思想活动时,我们还随时面临着一种独特的局面,我们必须面对思想活动对我们的重新辨认,以及我们对什么是思想活动的重新追问。

这也涉及一种根本性的辨认:诗是发生在人类的自我意识中的思想活动。

诗，语言的伤口。诗的天才，一种完美的愈合能力。

诗是更严厉的区分。但从自我意识的角度讲，这种严厉主要不是用于区分我和他人，而是用于区分我和另一个我。

这种内在的严厉，也是诗的警觉的一个重要的精神起源。

诗的自我在本质上是一种他者现象。

从诗的角度看，这也是我们谈论自我超越的一个最根本的来源。

越纯粹的自我，越接近自我和他者之间的微妙的僭越。

新诗和翻译的关系，既是汉语的一种外在状况，又是汉语的一种内在情形。大多数时候，我们容易陷入前者来谈论新诗和诗歌翻译的关系，并将翻译对汉语的改造，想象成一种异质的蹂躏。但其实，任何一种有活力的语言在其自身发展中，都会把翻译现象转变成一种语言的内在情形。新诗对翻译的使用，即是如此。

今天，我们确实面临着一种文学的尴尬：一方面，人们呼吁当代诗应更有思想，呼吁当代诗必须呈现深度。另一方面，当代诗已写得如此优异，如此具有深度，以至于喜欢思想的人很难找到现成的框架来判断它的价值。换句话说，当代诗中呈现出来的诗与思想的关联，依然是当代批评中的一个巨大的空白。

诗,塑造了一种内部的思想。

这是一个现在才慢慢显露出来的真谛:诗的形式从不会出错。

我们讨论了那么多古诗和现代诗在形式上的差异,并且有意无意地动用了古代的形式标准来衡量现代的实践,却很少意识到在诗的形式问题上存在着一个简单的道理:即诗的形式,既不会因时代而出错,也不会因我们的偏见而出错。

总有一天,我们会意识到这其实是一种非常可贵的生命境遇:这些诗还没有被人读过。真正的诗,总会带给我们这样一种感觉,真正读过它的人是极其罕见的。换句话说,还没有被阅读过,是诗的最核心的秘密之一。

我们遇到的最浅薄的情形:诗必须有内容。同样,我们遇到的最深刻的情形也可能是:诗必须有内容。诗的内容源于我们对文化记忆的一种无意识的渴求。诡异的是,我们天然地倾向于信任内容,但诗的内容则天然地倾向于背叛我们的信任。

诗人必须过内容这一关。学会微妙地信任内容,而不是轻信它。

某些情形中,我们也许能抵达诗的深刻,但几乎没可能胜任诗的深刻。

诗,的确有可能在内容上做到过于深刻。但就诗本身而言,过于深刻,这其实是一种诗的不幸。

对小诗人来说,诗的内容构成了一种巨大的压力。而对大诗人来说,诗的内容只是一种微妙的压力。

我们以为诗的内容关乎道德的养成。但事实上,诗的内容只关乎道德的深刻。

大多数时候,对诗而言,内容是一种反内容。

诗的内容是一种深刻的道德幻觉。

我们的主要目的是必须把诗写得有点绝。但我们最主要的目的却不是把诗写得有点绝。

好的阅读多半和清醒有关,好的诗歌多半和睡眠有关。但这还远远不是事情的全部。事情的全部仿佛是,在清醒的睡眠中写诗,在睡眠的清醒中读诗。并且,最开始的那段时光,写诗,读诗,似乎是两种节奏。但某一时刻,它们突然合并成一个生命的节奏。

在诗的现代书写中,这是一种深刻的幻觉:母语未必不是外语。

换句话说,在写诗过程中,存在着一种伟大的创造性的时刻,我们也许可以将母语作为外语来使用。

某种意义上,甚至也可以说,在诗的书写中,如果一个诗人无法将母语作为外语来使用,那么他的写作也就在语言最根本的意义上缺少了创造的可能性。

对我们来说,诗是现实的面子。对他们来说,现实是诗的面子。表面上,这是一种分歧。但实际上,这只是一种方向的选择。并且从根本上说,这种选择是在生命的潜意识中做出的。它是节省时间的方法,也是用于身心的专注。

诗中可以没有年龄的影子,但最好有年龄之谜。

诗的废话是对我们的无知的一种纠正。

问:如何从根本上理解诗人的本质? 答:诗寻找诗的另一面时,我正好出现在那里。

问:如何从根本上理解诗的本质? 答:我寻找我们的另一面时,诗正好出现在那里。

问:为什么不是我寻找我的另一面?答:这正是诗的神秘所在。

多年前也是这一天,正私下斟酌两个句子该如何自洽:1.诗必须写得正派。2.诗的写作神秘于诗的正派。突然听到脑后有声音断喝:什么叫诗的正派?别说,还真被惊魂了片刻。片刻之后,低调回曰:诗的正派就是绝不回答什么叫诗的正派。

最好的诗是已进入工作状态的诗。同样,最好的针对诗的阅读也必须进入工作状态。换句话说,对诗的阅读必须是一种强烈的带有秘密色彩的阅读。

诗的阅读,从最根本的特征上讲,它意味着生命有一个秘密。

也就是说,读诗,意味着辨认生命本身的某种最特异的特征。

从阅读诗到欣赏诗,似乎是一个飞跃的过程。通常,人们以为它是单向的。但还有一个更独特的境界,就是从欣赏诗再次返回到阅读诗。从欣赏中返回的阅读,把我们和诗的关系引向了一种奇异的专注。

一般而言,语感不是一种诗歌技巧。它更接近于一种未受规训的语言意识。但在好的诗歌写作中,它往往看上去很像一种技巧。一种介于语言和意识之间的技巧。

暮春的一天,偶遇以前也写诗但现在只专注于宗教文化的朋友,问我能否用最短的话在比喻的意义上说出——新诗与当代诗之间的分别。我想了片刻,这样回答:新诗是犹太人。当代诗只是假想中的罪人。说起来,当代诗比新诗的命运,还是要幸运一些。

问:阅读诗歌真的能体验到美妙的时刻吗?答:绝对。比如,我在杜甫身上认出了希尼的伟大。在希尼身上同样认出了杜甫的卓越。

对当代的诗歌批评而言,最大的麻烦是,大多数诗人都是在天才的抱怨中学会写诗的。

作为一种诗的警觉,随和比谦卑更伟大。从诗的形象学上看,谦卑更容易在风格上赢得人们的好感。但是,在很多方面,谦卑也降低语词的烈度。而随和,既可以是一种微妙的反应,也可以是一种心灵的态度。更有可能,在诗的洞察方面,随和,意味着一种罕见的专注。

诗的洞察是建立在诗人的好奇之上的。

也许存在着一个秘诀,神游和散步在诗中没有区别。或者也可以说存在着一种语言的直觉:神游和散步在诗中已没有分别。

只有诗才能挑明这样的语言诱惑:散步在神游中。

我们面对的,不是从锤炼语言到锤炼内容,而是锤炼语言即锤炼内容。

仅仅体会到词语在诗歌中的性格还不够,我们还必须设法捕捉到词语在诗的语言中的性情。

诗的活力,也可从语言的情境上来理解:即从上面看,是诗在语言中的释放能力。从下面看,是语言以诗为尺度展现出的自我引爆的能力。

好诗必须表现出一种自觉的语言态度,即语言的边界既是诗的边界,也是思想的边界。并且,这种自觉,基本上不是从内部获得的,它在绝大程度上是经由外部来抵达的。也就是说,对诗而言,获得的自觉低于抵达的自觉。也只有这样,随后的越界,才有可能触及语言的洞察。

好诗通常会有两条语言的边界：一条边界出现在诗的内部。它以激烈的裂痕为标志。另一条边界则出现在诗的表面。它提醒我们，好诗是看出来的。没错。当我们遭遇阅读的荒诞时，我们的确可以从返回到对诗的观看来获得一点文明的机会。当我们足够智慧，的确可以说，好诗是用眼睛看出来的。

很长时间以来，现代的诗歌文化都误解了诗的匠心。诗的匠心不一定来自诗人的成熟，或诗人本身所显示的精湛的技艺。诗的匠心完全可以是诗的语言中的一个秘密的空间。有时，我们只是路过那里，仅仅偶然的触及，我们的分寸感便在那里擦出耀眼的词语的火花。

诗，其实没有内部的问题。或者，诗也许有自己的问题，但这些问题的真正的解决却绝不限于诗的内部。

诗的问题可以在诗的内部得到解决。但如果我们更有抱负的话，诗的问题其实应放到诗的外部来解决。这样，每一次的解决，都可以将诗的内部向外扩张一轮。

当然，诗的问题，最理想的解决的地点，应该是在诗的内部和外部的结合处。

我们必须智慧地看待这个事实：诗，不可能单独醒来。

如果只想成为一个独醒者,这是一种诗的耻辱。

作为诗人,我们必须更明确地意识到,诗的自我只能是少数。大我和小我的分辨不过是假借辩证法的幻觉对诗的自我施行的一种戕害。

无论是在写作中,还是在阅读中,诗都比以往更依赖于少数。

作为一种生命的秘密,同时也作为一种文学的秘密:诗不是依赖于少数,而是取决于少数。

一个诗人的成就最终是建立在他对诗与个人经验的关系的洞察之上的。作为诗人,他是如何理解诗与个人经验之间的关系的。他的写作,又如何推进并拓展了我们对诗与个人经验的关系的理解。

就形象而言,某种意义上,诗人的天赋不过是个人经验的一个漩涡。但诗的写作有时会变成一种奇妙的反弹,会让我们真切地以为,在写作中,个人经验是天赋的一种漩涡。

现代诗人和古代诗人的关系常常是隐秘的。这种关系的建立,充满了偶然性和私人性。但诗的批评却以为这种关系是由文学史来安排的。比如，一个当代诗人对杜甫的阅读，首要的是，一个诗人和另一个诗人之间就诗的秘密而发展出的私人关系。他可能只是想知道古代诗人是如何处理诗的经验的。这种阅读行为，并不一定就代表诗人对传统的皈依。但诗歌史却喜欢从批评的角度，把所有对古代诗人的阅读，都纳入到我们对传统的一种反应。

诗的传统不一定就在过去，它也存在于未来之中。

换句话说，不存在不包含未来的诗的传统。如果我们真的想在今天重新反思新诗与传统之间的关系，就必须注意到这一点。

人们在谈到新诗与传统的关系时，总喜欢说新诗应回归传统。但事实也许是，新诗从一开始就是传统的一个未来形态。虽然有过激进的言论，但从传统的本义讲，新诗从未在汉语的实践上外在于传统。

新诗的起源还包含了一个极其重要的文化动机，从语言的实践上重新激活汉语的丰富性。换句话说，借助于现代性，在新的语言空间里，现代诗人突然意识到了古代诗人不可能意识到、也没有机会意识到的汉语的可能性——即包容在语言的丰富性中的汉语的可能性。

写不写长诗，更像是愿不愿意经历一个诱惑。这个诱惑，在西方的意象里,是伊甸园里的苹果;在我们这里,是玄奘的肉身。

写短诗,就很不一样。如果说写长诗,需要面对诱惑的话,那么,写短诗,要面对的就是吸引。被秘密所吸引。

写短诗,你几乎没办法撒娇。你几乎没有机会跟诗本身撒娇。但是,写长诗,如果缺少强大的心智的话,到最后基本都会沦为撒娇。要么对流行的观念撒娇,要么对自己的偏见撒娇。

对诗来说,首要的是对秘密的关注,其次才是对真谛的关注。

在我们周围,对真谛的解释或呈现中,有太多强制性的东西。几乎每个真谛,都有野蛮的东西。而呈现在诗的发现中,几乎每一个秘密,都对我们构成了一种深刻的吸引。

新诗史上,历史和诗之间的关联,既把诗变成了历史的工具,也把诗人变成了历史的工具。但迄今为止,人们依然对此缺少反省。

诗人的根本任务是重建诗的记忆。这一点,就我们所处的人文环境而言,尤其显得迫切而关键。作为诗人,我们必须想尽办法阻止诗的记忆堕入意识形态的陷阱。

诗的记忆体现了我们对生存的最基本的渴求。

诗的控制力体现在,从记忆的漩涡到语言的漩涡这一冷却的过程之中。

诗的秘密在于对碎片的享有。不妨这么设想:这些碎片,既来自对偶像的打破,也来自宇宙的大爆炸。

最终,那些在道德上有顾忌的诗,很可能比那些惯于藐视道德的诗更吸引我们的心智。

诗,必须包含强烈的风俗意识。
换句话说,缺乏风俗感的诗人最终只能靠欺负幻觉来卖弄自己的才能。

爱的秘密对我们构成的吸引,或可用于觉察诗的秘密对我们构成的吸引。

没有触及爱的秘密的人生,似乎充满了遗憾。同样,没有触及诗的秘密的写作,也充满了遗憾。

事情很可能是这样的:诗的秘密并不是一开始就出现在诗的写作中的,而是随着诗的写作的扩展和积累渐渐呈现出来的。
换句话说,诗的最高的乐趣包含在这样的书写实践之中:诗的秘密是在诗的写作中慢慢显露的。这种显露，既有自我生成的一面，又包含对诗的真理的古老的回应。

诗的秘密矛盾于诗的真理。

在某种程度上，诗的写作会在我们的生命感觉中激起一种解决的冲动。

在诗的希望中，必须有运气的成分。正如在我们对运气的绝望中，必须有诗的成分。

诗写得好不好，固然和诗人的天赋有关，但在某种程度上，它更与诗人的运气有关。

写诗需要运气。把诗写好更需要运气。但容易为我们忽略的是，读诗同样需要运气。甚至可以这么说，把一首诗读透了，比把一首诗写好了，更需要运气。

海子的诗中，天赋的东西要多于运气的成分。顾城的诗中，运气的成分要多于天赋的成分。

诗的写作，既是一种神秘的浪费时间的方式，又是一种神秘的节约时间的方式。

开始写作时，写诗很像是在浪费时间。这种浪费，随着写作的深入,它又会蜕变成一种节约时间的神奇的方式。这种变化,既反映出写作技艺的逐渐成熟,也反衬出写作心智的日益健全。

人们往往觉得过于陌生的语言方式构成对诗的阅读的一种冒犯。但这个问题也可以从另一个方面考虑,作为诗人:我们不使用读者熟悉的语言方式,其最基本的诗歌动机,恰恰是出于对读者的尊重。

诗的写作早晚会触及这一限度:我们很难完全摆脱伟大的诗对写作本身的吸引,我们也很难在被吸引的时候不做出某种剧烈的抗拒。

换句话说,伟大的诗不仅仅是一种外部现象。就写作而言,它在本质上是一种内部现象。这意味着,伟大的诗,既会对我们造成阴影和压力,也会成为我们的光源和潜力。

伟大的诗是一种不小的麻烦。但假如没有它,我们在写作上的麻烦会更可怕。

诗的平常其实是一种伟大的激情。

诗的平凡如果不触及更多的、更谨慎的修辞限度,就会蜕变成一种松散的语言状态。

诗关乎生命的尊严。

换句话说,诗引发的语言行动,在根本上揭示了生命的尊严。

诗的骄傲,是生命的一种机遇。

在诗歌中抱怨,固然与缺乏品位有关,但从根本上说,它是一种野蛮的体现。

句子和意象的关系,是诗人的语言意识中最基本的韧带之一。

意象是句子的多棱镜,它把句子里的意义之光反射给我们。而句子的任务是布置出一种有弹性的充足的空间,以便安放意象。

对诗而言,要求语言简洁,在某种意义上,即要求词语具有魔力。否则,这简洁很快会陷入风格的干涩之中。

在语言的简洁和词语的魔力之间,晃动着一架诗歌的秋千。

就差别而言,散文是节约时间,所以,散文最根本的形式意志在于:一本书足以包容一切。一本书写完了,任务也就完成了。《白鲸》《尤利西斯》《瓦尔登湖》在某种意义上,莫不是如此。

而诗歌是挥霍时间。诗歌最根本的形式意志在于,一首诗总是通向另一首诗。但从生命的实践上看,诗却比散文帮我们节约了更多的时间。

诗的洞见并不取决于诗人的洞见。在某些特殊的情境中,两者紧密重合在一起,看上去好像是一体的。身为诗人,为诗人的洞见所吸引,也许无法避免。但人们必须懂得,我们真正需要听从的是来自诗的洞见的召唤。

在文学潜意识里,古诗每每以新诗为它的边界,但新诗,特别是当代诗,却很少堕入这样的圈套。新诗很少会以古诗为它的边界。换句话说,从语言边界的角度看,古诗的可能性已很小,但当代诗则充满了可能性。古诗的语言边界已非常明显,而新诗的语言边界还望不到踪影。

有时,我几乎想说,翻译才是新诗的边界。但又担心上帝将这句话听得太懂了。

诗,只有扎根于个人的义务之中,才可能促成一种生命的觉醒。

优异的诗矛盾于自传。而伟大的诗则刷新人们对自传的认知。

假如诗,不能秘密地成为一种狂喜,那只表明生命的退步已越出了语言的边界。

对诗而言,形式是形式的代价。

换句话说,一首诗想要在语言的意义上获得成功,它必须在形式上付出微妙的代价。

某种程度上,也可以说,诗的技艺的精髓在于懂得如何控制诗在形式上必须付出的那些代价。

其实这事情也可以很简单。诗是无法翻译的。这是很多人的立场。但对上帝而言,诗绝对是可以翻译的。这么说吧。

如果诗真的没法翻译的话,人绝对比上帝更孤独。

新诗的重要性,绝不限于实践领域。在我看来,正是由于新诗的兴起,我们第一次得以从翻译的角度向汉语提出了诗的本质的问题。

诗人的个性是从诗的斗争中产生的。但有点突兀的是,没有人能告诉你什么是诗的斗争,就像没有人告诉你诗是什么。你必须通过写作,在持续的写作中逐渐领悟到有关的东西。

某种程度上,也可以说,诗的洞见是从诗的斗争中产生的。

大诗人的写作不断地提供诗的洞见,小诗人的写作不停地美化诗的偏见。

也可以这么看,诗的形式是我们和词语分享语言的一种方式。

诗歌中最美妙的时刻,是词语在语言的想象中突然被唤醒了。

一种诗的行动:我尝试着以诗为神圣的来源。

与其说诗应具有伦理之美,不如说诗应抵达伦理之美。这无关诗的标准,也无涉诗的呼吁。这牵涉到诗人的语言意识。换句话说,一种语言意识让诗人内省于诗应具有伦理之美。

伟大的诗矛盾于自然。

如果一种诗歌文化足够成熟,它就会意识到:伟大的诗人其实是一种结构性的现象。

在诗歌写作中,我们对语言的信任是从对词语的信任中开始的。若想避免写作陷入空洞,必须记住这一点。

在诗歌写作中，学会信任词语比学会信任语言更为关键。

一首诗的批判意识与一个诗人的批判意识是不同的。

回顾新诗史，大多数时候，诗人的批判意识都处在一种虚假的思想张力之中，要么被历史所利诱，要么被现实所利用；但这还不是最致命的。最吊诡的是，诗人的批判意识被某种道德幻觉所蒙蔽，从而堕落成一种肤浅的语言姿态。

要写出优异的诗，你必须懂得，诗是一种浪费时间的方式。而要写出伟大的诗，你必须懂得，诗是一种节约时间的方式。

流行的诗歌教育的误区在于，它传布了这样的东西：完美的诗是用完美的语言写出的。实际上，对现代的诗歌书写而言，最核心的诗的观念是，我们可以用不完美的语言写出完美的诗。

用完美的语言写完美的诗，几乎是一种耻辱。

多么诡异，完美的诗只有作为一种次要的东西，它才有机会在我们的内心中触及伟大的感受。

这几乎是一个秘诀吧。人们以为完美的诗是不完美的诗的楷模。其实，完美的诗只是不完美的诗的一个影子。

换句话说,在诗的写作中,最重要的,不是臻及诗的完美,而是要将语言的活力尽可能深地插进诗的完美和不完美之间的张力之中。

事情本来应该是简单的:古诗里绝没有诗的古典原则。只有新诗里,我们才会遭遇诗的古典原则。

对诗而言,朴素确实触及了一种语言的力量,但它太依赖于风格之间的差异,从而降低了创造性。

另外,朴素触及的语言上的力量,很容易在诗的观念领域沦为一种道德的幻觉。假如对此缺乏足够的警醒,它会从诗歌内部极大地败坏诗的洞察。

在诗歌方面,最吸引人的,其实还是和朴素的追求无关的朴素。它经由时间的沉淀,在语言的回望中,竟突然变成了一种锋利的东西。

有毒的诗之所以有毒,就在于它在个体生命之中激活了一种语言意识。但我们常常会误解这种状况,我们以为它从诗的语言活动中唤醒了一种生命的意志。

有毒的诗将真理抛进了我们对存在的个人体验之中。

正是在此种情形中,诗的真理开始生成,并成为个体生命中的最深邃的安慰。

有毒的诗,拓展了我们和世界之间的对峙。

与有毒的诗相比照,我们会意识到,流行的诗歌文化所萦怀的反抗的诗,几乎很少不是肤浅的。

假如诗可以被看成是一种建筑的话,那么,无论它的外形和风格怎样姿态万千,生命意识都是诗的最基本的结构。

风格既是诗的真相,也是诗的假象。

对诗而言,最重要的概念,就是怎样分享语言的秘密。

经常会有人问,你为什么写这么多诗?原因只有一个,因为我比他们更清醒地意识到,无论我们生前写过多少东西,但最终的结局只能是,我们只写过一首诗。所以,神秘的,远远不是诗的数量,而是诗的动机。

必须经常提醒自己:语言的精确即诗的道德。

诗,既意味着绝对的胜利,也意味着绝妙的失败。这种情形,进入现代以来变得越来越突出。与此同时,也造就一种独特的审美亢奋,以为诗的真相就在非此即彼中。但其实,站在现代的立场,在这两者之间,我们若偏向任何一端,只会陷身到极其乏味的蒙昧之中。

诗,也许只是我们的失败,所以谈诗和失败的时候,最好也要意识到,诗永远是它自身的胜利。否则,我们就会被一种二流的虚无感带进死胡同。

史蒂文斯,作为一个诗人,有很多缺点,却没有什么局限。在他的对面,弗罗斯特,几乎没有什么缺点,却有明显的局限。

人的结局取决于诗,而诗的结局却不取决于人。有时想想,这样的格局其实也挺好的。

诗是秘密,更是对秘密的克服。正是这一点帮我们看清了诗和语言的意志之间的关联:诗是神圣的嬉戏。也不妨说,正是由于诗的存在,向我们的生命敞开的自由嬉戏必然是神圣的。

关于当代诗的写作水准?或者,关于我们是否还有可能从整体的角度谈论当代诗的好与坏?如果遇到困惑,我建议我们不妨重温波德莱尔的洞见:在现代,我们想要写得不好,已不太可能了。

我们和语言之间的关系是否重要,不仅决定着诗歌的品位,也决定着人生的尺度。在我们周围,就生存观感而言,很多人和物的关系似乎都比我们和语言的关系更重要。这也没什么好特别抱怨的。但是,我们必须意识到,归根结蒂,我们和语言的关系是最重要的。这意味着一种神秘的信任。

诗,是生命中的一种事件。诗,是世界的一个线索。我经常会在这两者间犹豫不决。事实上,我很可能有点过于纵容自己在这两者间徘徊不已。但就心愿而言,我知道,最好的情况其实是,我们曾有充足的机会面对这样的事情:诗是一种不断自我延伸的线索。

凡不懂诗是线索的人,都无法写得很长远,也不可能写出什么真正的东西。细想起来,这真是一件很奇怪的事情。

一种诗的诚实:语调即经验。或者,一种更卓越的诗的诚实:伟大的诗甘愿以诗的语调为经验的边界。

我们必须促使自己习惯这样的诗歌特征:诗的描述性也可以是一种隐喻机制。在优异的写作中,描述性越是精确于诗的场景,诗的隐喻越是会激发更多的象征含义。

区别仅仅在于,他们因困惑而卷入思考,你因诗而置身思索。

诗的乐趣包含了一种神秘的开放性，它源于我们在多大程度上愿意把自己托付给诗的书写。不仅仅是通过诗的书写来接近一种生命的自我启示，而是坦然于你也许能在诗的书写中完成你自己。

诗必须以反对智力的方式凸现诗的智识特征。诗的书写，一方面激发了生命天性中创造性的表达能力，另一方面也激活了一种美妙而强悍的理解力。小诗人的写作满足于对自然感受的激发。大诗人的写作则将诗的自然感受转化为一种高度的智识活动。

诗，一种返回我们自身的方式。所以，最优异的诗歌都展示了一种本源性的想象力。对小诗人来说，这种返回自身的方式是一次性的。一次性的完成。但对大诗人来说，它是频繁的，不断显现的，比生命的轮回还抵近一种神秘的狂喜。

阅读诗歌的目的只有一个，即通过阅读诗歌得以让我们自己被诗歌所阅读。就阅读的行为性而言，阅读诗歌只是一部分，更重要的是另一部分，被诗歌阅读。所以，最大的麻烦是，由于人类自身的愚蠢，我们总是本能地害怕进入被诗歌所阅读。这种畏惧的典型表现就是在阅读诗歌时近乎歇斯底里地纠缠看不懂。

诗没有秘密,是诗的秘密的一部分。或者,诗没有其他的秘密,是诗的秘密的一部分。

或者,说白了吧,诗有没有秘密,就像人有没有秘密一样:既简单,又复杂。

写诗的过程重演了另一种诞生的情境:你进入兰波意义上的他者,你也被这个他者进入。所以,从某种意义上讲,诗的写作启示的是一种生命本身所独有的魔力:我们在进入的同时也被进入着。

一种真实。迷恋真实的人,从来不想知道他自己就是那个被真实背叛最多的人。一种诗的真实。谁迷恋真实,谁就得设法经受住真实的魔鬼逻辑的考验。

真实的诗学,往往与我们设想的相反。我们以为真实是一种守护,但事实上,真实在本质上是一种背叛。所以,更多的真实往往意味着更多的背叛。

在诗中,句子的转换应尽可能地借助于词语的脉冲。换句话说,词语和词语的粘连,在诗句中既源于意义的指派,也源于词语和体验之间那种神秘的音响效果。词语即唤醒,我们必须在这样的节奏中使用语言。或者更明确地,身为诗人,我们必须将促进总体意义上的语感的紧迫视为一种根本性的技艺。

诗的介入,常常沦为一种语言的疾病:词语的裸阳癣。所以,在本质上,它是一种语言的表演。但是,它也有自己的伟大的例外。在大诗人的写作中,它的演出往往更能取得令人意外的深刻的效果。

在诗中,词语如小小的灯盏。我们以为我们知道它们照亮的是什么,但其实,大多数时候,它们照亮的是什么,并不如看上去那样为人所知。最好的情形是,我们能敏锐地感觉到它们仿佛在照亮什么,并在生命的自省中保持这一敏感的强度。

所以从根本上讲,对诗而言,词语意味着一种观看的方式。除了有助于观看,词语并不奢求另外的深意。

写出深刻的诗,其实没想象得那么难。因为就事实而言,诗本来就很深刻了。所以,与此相关的真正的问题是,诗必须超越深刻。或说,诗应该超越我们对深刻的迷恋。事实上,追求深刻的诗,几乎都被诗的深刻出卖得很惨。

对个人来说,诗的最本质的也是最可贵的能力是它有语言的魔法能帮你从最深的生命内部清空你自己。某种意义上,这和中国古代诗人的直觉很相近:即存在的人可以使用诗性的语言来抵达一种忘我,然后再通过这种忘我唤醒一种奇妙的面向整个宇宙的邀请。换句话说,奇妙的邀请塑造了生命的诗意的可能性。

走进诗歌的路仿佛有很多。但其中有两条路径始终处于平行状态,它们几乎从无交叉:第一种,经常去怀疑什么是诗?并通过克服巨大的焦虑,来获得一些见识。第二种,相对来说,要简单一点,天才即诗。

诗的技艺的本质在于,请你不要浪费我的时间。

诗的技艺也涉及一种写作的自动反应。即,对真正的写作而言,诗的技艺激活了语言的自我暗示。

经常会听到有人以诗的名义谈论我们和技艺的关系,这种谈论试图给人造成一种印象,似乎以否定和轻慢的态度来贬低诗的技艺,往往颇能显示诗人的人类关怀。其实,诗人和技艺的关系,只是诗和技艺的关系中的一部分。诗和技艺的关系,说到底,其实就是地球一直在围绕太阳转。

有时,曾经有过的关于诗的无数的界说就突然短路了。于是,在你面前,诗,就是那神秘地邀请你穿越许多风景后的抵达之地。换句话说,诗,既是语言的风景本身,也是语言的抵达本身。

　　一种可能的自我实践:诗,作为自我的仪式,在我们对语言的使用中诱导出了一种原生的力量。

　　诗的分寸即语言的现场感。某种意义上,可以说,诗的深刻是通过语言的分寸感体现出来的。这是一种缓慢的力量,但却有效地触及并揭示了我们的生存本质。

　　诗的分寸源于细节的力量。或者说,它源于诗人对写作的细节的洞察。

　　为什么要写诗? 这实在很难回答。因为诗触及了一种最根本的生命的乐趣。

　　诗的语言,在事实上,就是洞穴的语言。另外还有一种表述:诗的语言在本质上只能是一种洞穴的语言。这意味着,诗,对这个世界的理解,对现实的诊断,对存在的洞察,是一种在内部发生并且完成的生命事件。也不妨说,诗让生命的内部变成了一种事件。

　　唯一的技艺是,我们曾将诗的感觉塑造成语言的洞察。

诗的真理,在本质上只是一份契约。但棘手的是,大多数时候,我们并不真正知道契约的另一方是谁。

神秘的是,很多时候,我们会觉得,诗一点也不神秘。

诗和日常经验最深刻的关联在于,诗的书写确实神秘地验证了这样一种生命的情形:诗是神性的一半。

对诗来说,在语言中醒来,是一门艺术。对语言来说,在诗中睡去,也一门艺术。作为一种原则,好诗大都涉及如何从语言中醒来。但是,必须意识到例外的情形:伟大的诗则致力于帮我们如何在醒来的语言中更好地睡去。

多么残酷而又隐蔽的文学事实:小诗人的写作以现实为边界。大诗人的写作以语言为边界。

对诗人而言,边界的意思是,语言是我们能面对的也是必须面对的最大的最根本的现实。

举个例子吧。杜甫的诗以看不见的李白为边界。这意味着,某种意义上,李白的诗也以看不见的杜甫为边界。从这个角度讲,语不惊人死不休,是所有以汉语的诗性为经验的诗人的一份秘密的契约。

就诗的经验而言,吊诡的是,以传统为耻辱远比以传统为骄傲更深刻地激活了传统的可能性。同样,今天的汉语诗歌要想写得有出息,也必须学会以现代性为耻辱。以现代性为耻辱,不同于简单地排斥或拒绝现代性,也不同于无知地恐惧现代性。某种意义上,我们只有学会以现代性为耻辱,当代诗才能超越现代性。

一种内在的承诺,将最好的心智积极地用于诗的正义。

一方面,诗应该具有当代性。另一方面,诗必须生成当代性。换句话说,我们写出的诗,不能仅仅满足于显示当代性,而应该敢于积极地建构当代性。对诗的当代性的一种理解:唯有诗的写作能创建我们和语言之间的更深刻的联系。

以诗人的焦虑为耻辱,这或许是诗的语言臻于成熟的一个内在的标志。

或许,存在着这样一种可能:唯有诗的信念能让我们得体于人的恐惧。

在现代的观念中,我们被教导要怀疑语言。但诗的秘密则涉及另一种情形:诗人的最根本能力其实是学会如何信赖语言。

诗的写作的确能从怀疑语言中获得很多便利,但是,假如一个诗人的天赋过于依赖从怀疑语言中汲取写作的快感,他的诗歌眼界就会越来越偏离语言的智慧。

我们更愿意受惠于从哪一种写作的态度:1.诗的语言与其说是一种风格现象,莫若说是一种心智现象。2.诗的语言既是一种风格现象,也是一种心智现象。

对诗人而言,理解诗歌传统的最好的方式就是,我们曾以传统的方式错过传统。

重新将生命的记忆猛地按入深邃的感觉,这才是诗人的最根本的使命。不仅如此,这也是我们理解诗和记忆的关系的基础。

真理的真实,人生的真实,世界的真实,见识过那么真实之后,你也许会猛然省思到,只有诗的真实是以宇宙为边界的。

偶尔,我们会极大地受惠于这样的幻觉,诗的秘密是一种语言的氧气。

那个促使他成为诗人的秘密原因。这种寻找也许很隐秘,并很少对外部公开。事情可能还远远不止于此。成为诗人的秘密原因,或许也是一种内在的生命动机,存在于每个人的生存意愿之中。

所以,写诗这活计,看似很个人化,但也涉及一个普遍的生命主题:它促使我们在生命内部寻找成为诗人的秘密原因。

诗的好坏,当然是一个问题。但其实也可以这么看:诗的好坏,也许是一个问题。

新诗和古诗的差异,有的人喜欢将它归结为一个僵局。按照这种视角,新诗怎么写,都不如古诗。但在我看来,新诗和古诗的差异,其实是汉诗的一种机遇。不妨这样看,在古典的诗歌书写中,诗人最大的愿望是,回到诗歌中。而当代诗人的机遇则是另一番情形:身为当代诗人,我们最大的文学愿望是,回到写作中。

诗和语法的关系:第一步,诗没有语法。第二步,如果涉及语法的话,诗是对语法的特殊使用。这意味着,不合语法是诗的最基本的语言现象。第三步,假定我们有能力抛开偏见的话,诗和语法之间也是一种友谊现象。诗的语法是草原狼眼中的大雁。

曾经的难题是,要么成为拉金,要么成为叶芝。现在的艰难则是,要么在拉金身上挖掘到一个叶芝,要么在叶芝身上锤炼出一个拉金。有趣的是,这主要还不是我们在诗人的精神原型上遇到的选择问题。我更愿意把这理解为一种状况,它暗示了诗歌语言自身的命运。

在现代的诗性中,完美的诗几乎不存在。但诗的完美,却依然可以作为一种语言的自省机能,在风格的塑形中发挥它的作用。换句话说,在诗的现代书写中,诗的完美不再依赖于确定的文类规约,它更多地形成于风格的例外。它遁形于即兴的表达,或是语言的内在的暴力之中。它甚至害怕成为我们追求的目标。

现代诗的目光不同于古典诗歌的目光,古典诗歌的目光主要是想习得借助自然的视线的能力,而现代诗的目光则决然于学会向前看。

诗是高贵的。它很难解释,但困难还不在于你很难解释清楚这一切。它激化一种神秘的选择,所以困难在于你是否愿意意识到它,并为你做出的选择,去承受任何可能的后果。

如果过于依赖语言的沉默,诗就会走入道德的歧途。也可以这么讲,依赖沉默,不过是一种诗的错觉。大多数时候,作为一种策略的沉默和作为一种德性的沉默,是很难被区分的。即使我们有能力加以区分,那么这种区分也会因过于繁琐而削弱诗的表达。诗,还是要坦然地着眼于歌唱和回声。

好的诗必须要过现场感这一关。不同的文化背景,现场感会有很大的差异。这是理由,但这也可能不是理由。正是有鉴于此,所以说,好的诗都必须过现场感这一关。另一方面,也必须明白,诗所涉的现场感,主要不是用来纠正诗的问题的。最好的情形下,现场感是作为诗人的语言意识的泄洪装置而出现的。

否定和肯定都曾想方设法拉拢过诗的现代性。否定的诗因为敏感于谎言而很少出错,它容易在警觉和洞察方面赢得我们的好感。肯定的诗几乎很难和否定的诗相比,它只能执着于希望的力量,并试图通过纯洁的力量赢得语言的秘密。这样,事情就变得简单了。如果你偏爱生命的直觉,那么你几乎无法不选择走向诗的肯定。

诗的阅读,既是一种解释,也是一种实践。这就意味着,阅读诗歌,其实就是以我们自己的生命为边界,不断移动。在不同的情境中,源于不同的心智状态,这种移动,也许是回归,向过去的追溯;也许是探险,向未来的开放。

当我们觉得语言的音乐性是诗的核心时,这实际上反衬了语言的视觉性的极端重要。当我们觉得语言的视觉性更能体现诗的本体时,这也不意味着我们就会忽视语言的音乐性在诗的真理中的核心作用。

回到具体的诗歌写作,这两种认知,都不过是从不同维度反映了某种写作的情形。换句话说,对个人的创造性而言,与其说它们是一种确定的观念,不如说它们更接近于一种游移的意识。

这既是一个个人的问题,也是一个心智的问题:你是否愿意以诗的纯粹作为一种神秘的代价。回顾当代的诗歌写作,似乎存在着这样一条脉络:我们以偏离诗的纯粹,向不纯的诗靠拢,以为不纯的诗更能表现这个时代的历史转向,却很少自觉地意识到,不纯的诗其实是一种从不愿意付出任何代价的写作类型。

与其取悦于灵魂的秘密,不如取悦于诗的秘密。但幸运的是,很少有人能在诗的写作中抵达这样的深度。更飘忽不定的,这或许不是一种深度,而是一种语言的强度。

诗的想象,实际上是作为一种创造性发现出现在诗的现代书写中的。诗的想象,虽然可以指向无限的主观感受,但这只是事情的一面;写作的另一方面,也要求我们自觉地将诗的想象引向一种创造性的发现。在这种要求的背后,徘徊着严酷的艺术效率对诗人的鞭策。

诗句的自我中断,虽然常常令人错愕,但鉴于我们所置身的这个世界如此颓败,这些诗歌中的中断反而构成了对我们的最强有力的弥补和缝合。换句话说,生命的洞察就是在诗的中断中慢慢恢复起来的。

从体验和表达的关联上看,语言不仅充满陷阱,而且非常可疑。但正是由于我们从这种矛盾的情形中意识到写作的可能性,学会信任语言,才是诗人的最可贵的品质。相比之下,怀疑语言也能让我们体会到某种深刻的东西,但和信任语言相比,这些深刻的东西终究是一片落叶。

诗的日常性,从根本上讲,它依然是一种装饰性的概念。一方面,它能为我们所真实感受,另一方面,这种基于体验的真实性,可能也是一种深刻的艺术幻觉。换句话说,它在本质上是一种风格现象。诗的日常性,增加了诗的可读性,但是,更重要的,诗的根本在于它的想象性,在于它的想象向我们开放了一种生命的释放。

诗的日常性,与其说是一个审美的目标,不如说是一个多变的视角。

我渴望在我们之间发明诗歌的动词学。比如,良知,与其说是一个名词,不如说是一个动词。我们谈论了那么多诗人和良知的关系,却很少能警醒到,内心世界主要不是一个名词性的意识空间,而是一个动词性的意识空间。

敢不敢这样写,一个人的所有的短诗都是对长诗的一次蜕皮。或者更尖锐的,敢不敢这样面对一种诗的神秘:所有的短诗都把长诗变成了一把刚刚蜕去的蛇皮。

在诗歌中呈现的非凡的技艺,事关形式意志,因此从根本上讲,它是一种诗歌精神的体现。它绝不是外在的。而倘若我们从劳作和诗歌的关系来考察,就会体悟到,非凡的诗歌技艺无不出于伟大的信念。

诗和伟大的关联,可以作为一个谈话的对象漂移在我们中间;这时,与其说我们会感到很棘手,莫若说它自身也会感到很尴尬。而另一方面,诗和伟大的关系,也可以作为一种生命情境出现在我们和自我的对话中。谈论诗的伟大,需要我们在日常场景里学会并保持某种仪式感。这有点难,但也许,它值得我们这样做。

我们熟悉这样的写作情形:诗和语言仿佛是同时生成的。然而,在当代的诗歌书写中,诗所使用的语言,实际上越来越倾向于另外一种情形,语言是在语言之后产生的。换句话说,在当代,诗的书写越来越密切地和生命的自我洞察联系在了一起。

与其向诗歌索要一种真相,不如向诗歌求得一个秘密。诗歌和真相的关联,当然很重要;但是,当我们考虑到诗歌和秘密的关联时,就会发现,迄今为止,人们从诗歌中索要来的真相,大都不过是一些临时性的解决方案。

我们原来受到的教育是,诗体现了一种确定的献身精神。它的荣光,是由诗人和文化共同体之间的纽带来赋予的;它的代价,也是由两者之间的默契来补偿的。但是,现在,我们知道,我们面对的命运是,诗越来越滑向于一种不确定的献身精神。它的残酷,也越来越偏僻;甚至它的甜蜜,也是偏僻的。

诗不是知识,但诗可以作为一种秘密的知识。事实上,进入现代之后,诗一直就和秘密的知识难解难分。特别地,当整个存在都已堕入一种晦暗,作为秘密的知识,诗帮我们开启了生命之光。

诗,愉悦的意外中的意外的愉悦。

因为诗,我们回忆起这样的情景:语言的愉悦绝对可以是我们的边界。不断移动的边界,就好像语言的愉悦足以在生命的内部构成一种自我的开放。

重要的,不是诗是什么? 而是我们和诗的关系意味着什么?

换句话说,诗是什么?对我们而言,它只是一种不断变异的充满矛盾的现象。它就像出没在荒野中的一只奔跑的狼,它不是没有答案,而是不需要答案。

人们反感诗和思想的关联,在本质上,其实是恐惧诗和思想的关联。这种恐惧中,夹杂着无知、低劣和自卑,也混杂有闪光的直觉;但这些都不是最主要的。关键在于,厌烦诗和思想的关联,恰恰在文学潜意识的深层,反映出对诗和思想的关联的一种极端的肯定。

在诗的写作中,有一个原则隐蔽得很深:即我们必须学会原谅语言对我们的可能的迷惑。假如不能学会原谅语言对我们的迷惑,写出的诗注定会极其无趣。

诗歌的逆向透视:词语和语句之间的缝隙即语言的地形。换句话说,词语和词语之间的关系不仅仅是一种语法关系;通过强力的书写,我们应该让诗的感觉形成于词语和词语之间的地理关系。我们应努力改变我们对词语和词语之间是如何连接的认知习惯。

就好像只有在现代的命运中,我们才能察觉到这样的情形:对诗的忠诚,并非出于某种至深的信念,而是出于生命的直觉。也不妨说,现代诗让我们省察到一种内在的生命情形,直觉的力量定义了信念的强度。

诗的神圣性,恰恰来自我们更强烈地感觉到,诗是从羞耻中诞生的。所以,从写作的角度讲,诗歌写作中的神圣性,绝非一种风格的幻觉,而是一种渗透骨髓的人生意识。

新诗百年,经常有人哀叹新诗已经失败;就好像我们怎么写,都写不过杜甫。其实,就汉语的现代诗性而言,一个明显的诗歌真相却是:在今天,我们面对的最大的问题是,我们已不可能写得比杜甫还差。某种意义上,也不妨说,这才是当代诗面临的真正的麻烦。

诗和自传的两种关系:诗神秘于自传。诗严格于自传。最理想的情形是,人们得以在自传的意义上理解诗的启示性。比如,叶芝的诗,就非常接近于他的精神自传。但假如我们以为这种情形是诗的归宿,并在阅读中,按照诗的文本来追踪诗人的形象,我们多半会陷入一种无趣的愚蠢中。更常见的,诗是对自传的反动。

对有些诗人而言,没有技巧,是一个令人兴奋的幻觉。而对另一些诗人而言,没有技巧,则是一种深刻的假象。换句话说,伟大的技巧有着伟大的脆弱。恰恰是这脆弱,使写作构成了一种生命的机遇。

诗的纯粹，比人们想象的，更具有内在的暴力。或者说，在现代诗的最经典的原始场景中，诗的纯粹，是作为一种语言的暴力来展现的。假如我们只习惯于将它看成是一种美学的逃避，那我们就陷入了一种最可鄙的自我麻木中。在大诗人那里，诗的纯粹，从来都是最具颠覆性的暴力主题。

语言的表面，曾是诗所达到过最深的地方。这听上去像是一种回溯，但其实，探测的却是一种未来。

也许，真正的成就是能在诗歌中成就一点理智。但，这太难了。这不仅涉及到悲伤，如布罗茨基暗示的，而且也牵涉我们对人世的暧昧的绝望。

从来就没一种真理能比人的厌恶更深刻。诗，强烈地意识到这一点。但是，诗也从来不想借助厌恶来获得它的深刻。诗的价值在于它的独异性。而这种独异性来自神秘的现实感。

语调，往往容易被归于诗的声音。表面上看，语调当然是一种声音现象。但语调的生成，毕竟也神秘地触及到诗的排列。实际的写作中，这种排列为什么会比那种排列更富于审美意味？正是这种自我审视，让我们意识到语调也是诗的空间现象。

诗和经验之间的绝对的关联，也许是这样的：热爱诗的人，他喜欢作为动词的"经验"的,要远远超过他对作为名词的"经验"的感觉。某种程度上,这也是我们所能经验到的最奇妙的生命事件。早年的日记中,我确实写过,我唯一的遗憾是,在有些诗的场合中,我并没能更勇敢地对自己说:请经验一下。

用诗和源头的关联来分类,我们会遇到两种绝然不同的诗:一、害怕遗忘诗的源头的诗。二、伟大的诗基本上都是对诗的源头进行了深刻的遗忘的诗。如此,诗的未来也是诗的源头。更深的关联在于,作为诗人,我们需要更敏锐地意识到,在本质上,诗的形式也是宇宙的形式。

和诗有关的问题,最终只能是:诗是对诗的追问。

热爱诗歌的人,常常会困惑于诗和技艺的关系。庞德的忠告其实蛮交心的:在艰难的世事中,技艺可以确保诗的真诚。但是,这依然显得很难懂。诗的技艺是一种语言的自我过滤。技艺是对诗的时间的一种强力的节约。或者,也可以这么看,技艺不仅仅释放了诗的能力,它其实更是诗的一种空间现象。没有技艺,诗的空间就显得非常单薄。

对技艺进行复杂和简单的区分,或许是对技艺本身的最大的一种误解。严格地讲,对诗而言,只要是技艺,它就不简单。但是更有可能,复杂的技艺或简单的技艺,这样的类型区分,对诗来说就是无效的。技艺不是一种前提,比如,它不是你掌握了某种技艺就可以写诗。从根本上讲,诗的技艺是对技艺的一种追问。

诗的技艺,从大的方面来说,它也是一种语言事件。不理解这一点,人们就会反复陷入一种表态的循环:或者贬低技艺,或者将技艺绝对化。或者更可鄙的,通过无知地表白技艺只是诗的皮毛来彰显某种可疑的道德姿态。诗的技艺,不是一种主观的取舍。诗的技艺是一种事件。只要你写诗,它就会发生,并作用于你。

区分技艺和技巧,多数情形都是在浪费时间。但是很诡异,这种对时间的浪费,也可能是对写作的一种神秘的节约。

从根本上讲,技艺是一种语言的机能。写作越具有身体性,这种技能的作用就越大。技艺的成熟,能令我们更深入写作的身体之中。

新诗是我们的传奇。即使不使用百年新诗这样的尺度,人们也能隐隐感觉到这一点:新诗是汉语的现代传奇。但在柏林诗歌节上,我也能强烈地感受到另外的情形:西方人只愿意把新诗当成是我们的一种分类简陋的政治文献。对他们而言,新诗不过是一种文献诗。

最好这样理解诗的形式：大多数时候，诗的形式只是我们对被我们叫做诗的形式的那种东西的一种感觉。

换句话说，就诗的现代观念而言，诗的形式其实是一种形式感。这种形式感，既依赖个人的见识发挥作用，也依赖特定的诗歌文化发挥作用。

对诗而言，形式的意义在于示范我们有能力将语言打开到何种程度。这就意味着，在某种意义上，也可以这么理解现代诗的形式观念：诗的形式是我们突然将语言打开又毫无征兆地突然将语言关闭的一个过程。在古典的诗歌抒写中，诗的形式不具有如此强烈的过程性。

诗的形式和文学史的时差。以前，诗的形式主要成型于诗人将语言关闭之后。现在，诗的形式主要形成于诗人将语言打开的过程之中。

也就是说，诗人能打开多少语言，他就能建构多少诗的形式意味。诗人能将语言打开到何种程度，决定着诗的形式张力的文体状况。

在静止的读者和漫步的读者之间，诗，天然地倾向于漫步的读者。作为一种类型，漫步的读者将诗的阅读默化为对风景的领略。而静止的读者，则深受意识形态偏见的影响，将每一次阅读都降低为一种道德的嗅闻,或是黑白的鉴定。

如果涉及真相,诗,首先是它自己的声音的真相。换句话说,诗的声音即诗的真相。诗的声音来源于过去,也存在于未来。这样,我们实际上也大致清楚了诗的真相的图谱:诗的真相,从根本上说,不是一种溯源现象,它包含对起源的回顾和省思,但它也更多地向未来开放。诗的未来是诗的真相的一部分。

我曾经以为很激进的想法,其实是一种诗歌的底线:诗的自我即诗的语法。把自我从我们中解放出来,仔细想想,其实和把诗从语言中解放并无本质的区别。从真相的角度看,诗和语法的关系,从根本上讲,就是我们必须把诗从语言中解放出来。合乎语法的诗,头顶上都盘旋着上百只秃鹫。

一种诗的自觉,假如我们经常能奇妙地感觉到自身的平凡。

一种隐秘的敬畏:诗人是诗的作品。表面上,似乎不容置辩的,诗是诗人的作品。但就创造活动的本质而言,我们也需要逼近另一种洞察:诗人其实是由诗塑造的。

这几乎是一个文学史的事实:新诗是我们的神话。或,新诗是现代汉语的神话。就批评而言,我们一直强调要给神话祛魅。某种意义上,新诗也确实是一种历史实践的产物。但假如我们

464

只看新诗和历史的关联,看不到新诗和汉语本身的更隐秘的非历史的关联,我们的批评就会永远浅薄于新诗的伟大。

着眼于诗本身的乐趣,我们也许需要用神话的眼光重新反观新诗的现代实践。

诗的愉悦是对语言的能量做出的一种内在的反应。换句话说,诗的愉悦,是语言本身具有的一种能量。如果把它仅仅作为一种风格标记,诗的批评很可能会犯低级的错误;比如,在我们的诗歌文化中,诗的愉悦经常被用来和痛苦诗学作比照,从而沦为可疑的道德对象。其实,诗的愉悦,是一种非常高级的表达能力。

如果不能学会用愉悦来辨认诗歌的核心标记,或者,如果不能学会用愉悦来定义诗歌的力量;我们不仅无法走进诗歌,最根本的,我们实际上已丧失了领略诗的秘密的可能性。

最好的诗必然出自最神秘的信任。这就意味着,写诗这活计,天才很重要,但也只是,它可能很重要而已。真正起作用的,还是运气。

诗的现代观念中最核心的一条,诗即存在。诗的存在是一种独特的事实状况。如何理解诗的存在性,仍然有很多纷争。

但从根本上讲,诗的存在,仅仅给出独特的语词排列,是不够的。诗,存在于独特的词语排列给出的神秘的氛围。这个氛围,既呼应生存的基本感觉,也对应于精神的内在渴求。

就此而言,诗,是一种氛围现象。诗是语言的一种特殊的氛围。诗将我们对语言的无边的感受凝练成了一种生命的氛围。

古人将诗和语言的理想关系归入境界。也许,最核心的诗性感受并无那么大的变化,但差异毕竟也不完全是历史的虚构。我们总要拿出点像样的东西,对得起我们曾深刻地自觉于语言的差异。某种意义上,我们的最好的选择或许只能是,将诗和语言的终极关系归于氛围。

现代诗出于对语言的氛围的极端敏感。

诗出于微妙的氛围。作为一种写作观念,它也许太内在了。但作为一种神秘的提醒,它或许有意想不到的效用。

诗的启示,它既是一种经验的隐喻类型,又是一种体验的语言装置。但是,当我们说及某些诗富于启示的时候,我们想说的是,诗的启示,在我们的身体中重新开发了一个感官的领域。换句话说,就语言效果而言,诗的启示,指向了一种被遗忘的感官状态。诗的启示,唤起的首先是一种神秘的视觉经验。

诗,平行于生活中的存在。这意味着,在大多数情形下,出于一种更严厉的自我省察,我们必须委婉而又坚决地推迟这样的结果:诗是生活中的存在。

诗的独立,其实更多源于语言的类型经验。比如,在汉语的诗歌经验中,诗的独立,就不是一种很重要的经验类型。在新诗的现代实践中,这种情形曾导致过很深的创痛。我们曾寄望于一种诗的现代性:诗的价值源于诗的独立。但现在,我们必须意识到,诗的独立在本质上其实体现为一种平行现象。

家是诗的隐喻。诗是家的原型。但是,除非机缘特别适合,我们最好不在公开场合谈论这一点。

诗的形式,从根本上讲,是一种命名能力。这种命名如果想具有说服力,就需要诗人对事物之间的关系富有敏锐而丰富的想象。另一方面,这种命名也不是随意的,它必须根植于人的天性中的诗意渴望;也就是说,这种命名能否变成一种审美记忆,还取决于诗人对命名的原始场景必须有深刻的自我省察。

经常被问及这样的问题,你的诗为什么在语言立场上偏于温柔,在基调上偏于暖色? 你的诗对微观场景的揭示有何用意? 实际上,法国人贝尔纳·斯蒂格勒早就明确这样的语言立场:针对现代媒体展示的意识形态骗局和暴力氛围,我们的写作应更鲜明地更积极地参与温柔的表达。作为一种政治性,语言的温柔远远超过我们的想象。

见识和敬畏之间并无特别的关联。但是出于神秘的原因,我们希望,诗的见识至少能深刻于一种敬畏。诗的敬畏,很容易被误解,也很容易被利用。对风俗而言,敬畏指向一种生存的感觉;而对诗而言,敬畏是一种节能现象;所以在某种程度上,诗人的敬畏刻画着语言的见识。

如果有必要,就再重申一次:诗是写给优异的心灵的。或者,唯有高贵能拯救诗。优异的心灵,并不仅限于个体;对诗而言,它更接近于一个精神共和国。

在现实情境中,越敏感的诗人越会感到孤独。这样,无形中,人的孤独就变成了语言的尺度。但其实,和语言的孤独相比,诗人的孤独始终是次要的。而对写作而言,关键还不在于它是否次要。关键是,这样会遏制诗歌的探险。作为诗人,就必须承担一种结局,即我们必须在语言的孤独中体会人的命运。

现代诗的阅读和古诗的阅读反映的是,语言的欲望的不同方面。这也就意味着,现代诗和古诗的分歧,不完全是表面上显现的那样,是由人们的兴趣决定的;它其实是由汉语的欲望决定的。

意识到这一点,我们就不能再像以往那样,把现代诗和古诗的分歧简单地视为一种文学史现象。新诗和古诗的分歧既然主要不是文学史现象,那就意味着,我们不能指望用文学史的方法解决他们之间的裂痕。

诗,就是当我们以为不可能有东西在那里的时候,有东西在那里。

这是一种独特的记忆:因为诗,我们觉得我们是首次到达那里的人。

新诗百年,我们对新诗的现代性的最大的误解也许是,我们时刻都希望看到一种局面:新诗必须写出语言的优势。但其实,诗只能写出诗的优势。将语言的优势混淆为诗的优势,在新诗的文学史视野中造就了一种独特的迷障。

真理是诗的前提。他们推荐了那么多次。但是,从我的立场出发,我更愿意回到语言和日常存在之间的关联:即,诗是真理的前提。

诗取决于我们和语言的关系。其实,古代的诗歌秘密早就洞察到了这一点,但它从根本上不信任语言和思想的关系,总觉得语言是一种工具。某种意义上,我们并不比古代诗人更智慧,但由于时代和历史的张力,我们的确比他们更有运气;我们更深切地感受到这一点:诗取决于我们和语言的现实关系。

诗意和描绘的一个关联:诗意深刻于语言的描绘。与其说这反映的是一种观念,莫若说它标识了一种词语的现代命运。

诗是贵族的,或,诗是平民的。用这样的方式去摸索诗的主体性,都会把事情弄得很棘手。如果说诗曾经是贵族的,那么从开放性的角度看,对现代而言,诗既是贵族的也是平民的。并且,这种情形可能越来越不适于揭示现代诗的主体性。换句话说,诗既是贵族的也是平民的——它反映的只是诗歌本身的一种进展。

很多时候,诗人面临着的基本的工作情形是:将诗人的天赋落实到语言的能力中。对诗而言,天赋本身是一种能力;但假如我们想更自觉于语言的表达,我们就需要从诗人的天赋中发展出一种新的能力。

诗的推土机。从诗人的个性中推出诗的非个人性。这里,这个推,带出的语言感觉,非常关键。以往的理解中,人们似乎偏于强调,诗的非个人性是一种坩埚般的提炼的结果,如艾略特所传授的;但我觉得,提炼固然重要,但还不够开放,诗的想象动力中应该有一种更为粗粝的类似推土机的机制在起作用。

每削弱一份人的傲慢，就增强一次诗的骄傲。对诗而言，人的骄傲，乃至诗人的骄傲，都是需要加以避免的人生的错觉；但诗的骄傲绝不在此列。诗的骄傲，不是一种性格现象，而是内在于生命的心灵视野。

迄今为止，诗是来自冥冥之赐的最好的游戏。这没什么好隐瞒的。换句话说，诗是游戏——假如我们不能这样看待它，那恰好反映出我们的无能。诗是伟大的游戏，我们无能意识到它的这一面，那么，我们实际上比我们所能是的，还要无趣。此外，诗之所以是游戏，恰恰表明诗是游戏不止于诗是游戏。它自有神圣性。

在写作中，词语的运动看似自由散漫，方向不定，但大致还是有一个基本的意愿向度的：即回到诗的直觉。诗人的敏感源于我们能深刻地意识到，词语的冲动是建立在诗的直觉之上的。

诗的想象力，诗的洞察，诗的经验张力，助我们触及并揭示最复杂的生存问题，我们仿佛可以在诗歌中拥有很多东西；但其实，最好的生命情境无外乎，与其在人的经验中拥有无限的能力，不如在诗的心智中只剩下语言的直觉。某种意义上，唯一的诗歌问题，即我们是否愿意将语言的直觉作为心智的最自洽的形式。

一个强烈的感觉:就目前的汉语诗歌文化而论,判断新诗,评估当代诗,仅仅采用诗的标准是不够的,还必须在更大的范围里采用文学的标准。某种意义上,也可以这么理解:在当代,诗的标准取自文学的标准,才能更具说服力,也才能对如此复杂的诗歌现象作出相对有效的判断。

古诗和新诗的断裂,就像不同的地球板块之间的移动,它既是一种地质现象,也是一种地理现象。

新诗和好诗的关系,迄今为止依然是一片考古现场。

诗的标准其实是一种岛屿现象。在茫茫阅读中,人们本能地想靠向坚实的东西。由此,我们有两种谈论新诗的标准的方法。1.新诗没有标准。好诗才有标准。对新诗有无标准产生疑惑的人,其实对什么是好诗,也认识不足。2.相对简单一些。新诗的标准是由大诗人的写作确立的。

诗和公众的关系。在诗面前,大众其实是不存在的。这还不是最诡异的。吊诡的是,在大众面前,诗几乎总是存在的。当我们深究这一困局时会发现,大众其实是诗歌内部的一个阅读现象。但在我们的诗歌场域里,经过精心的谈论,大众却被有意地塑造为诗歌外部的一个现象。好像在诗之外,存在着一个大众。

在我看来,诗最核心的魅力就在于,诗的秘密是通过诗人总想保守某些诗的秘密而渐渐为人们所知的。换句话说,假如诗没有自己的秘密,那么,它就丧失了它的魅力。假如它不倾向于保守它的秘密,它也就在生命面前失去了它的魔力。

诗和启示的关系,在本质上,是一份生命的契约。何时能从人生的晦暗中认出它,是一个问题。但解决之道,绝不会过于特殊。就此而言,诗带给人生的最根本的启迪是,我们的心智都是从词语的晕眩开始的。甚至必要的话,也可以说,诗是从词语的晕眩开始的。

这么说吧。在风格之外,在什么是新诗令人深感困扰之际,让我们回到一个生命的事实:说到底,诗是我们的一个起点。

诗的自由源于语言的能量。或者,确切地说,诗的自由源于语言针对我们的秘密究竟能释放出多少能量。

就诗和生命的关联而言,这绝对是一种深刻的错觉:读诗的愉悦远远大于写诗的快乐。

在诗中,语言的意味必须重于诗的意义。甚至还不仅如此,意味也必须大于意义。

在诗中,与布封的"天才即耐心"相对的是,天才即伟大的厌倦。换句话说,经过神秘的启发,我们有可能胜任伟大的耐心,但只在极其罕见的情况下,我们才会胜任伟大的厌倦。

诗的素材类似于一块刚出炉的铁物:红彤彤的,带着令人胆寒的热度,安静的倔强,等待着你抡起经验的铁锤,将它们从原始的面目中击打成一种新的器形。

为了照顾一下我们的无知,诗,当然可以反映生活。但从根本上说,诗是用来发现生活的。就诗的意志而言,与其反映生活,不如发现生活。诗人最根本的能力体现在他对生活的独特的发现之中。并且,必要的话,可在发现中发明生活。

生命的细节也许和语言的细节并不完全一致,但是,诗引导我们这么看记忆的本质:语言的细节成就了生命的细节。换句话说,小说通常把细节看成是寄生在过去的时间现象,而诗歌则把细节看成是属于未来的生命现象。

生命的记忆神秘地深刻于诗的光荣。

诗的写作在当代必须具有两面作战的能力:一方面,如维特根斯坦指出的,我们必须与语言搏斗。另一方面,我们也必须学会与语言妥协。换句话说,人类的心智史上,最好的诗往往来自深刻的妥协。

诗深刻于语言意味着我们会这样辨认诗:诗的语言是对生命的本性的一种强烈的释放。换句话说,诗是对我们的释放。或许,这也是对诗的最基本的感觉。

从语言的观点看,诗的成熟只能是一种更内在的狂喜。换句话说,对诗而言,成熟即狂喜。越成熟的诗人,越体现出语言的狂喜。流行的诗歌文化大都倾向于把诗人的成熟和语言的狂喜加以分离,这其实是对诗的成熟的一种极大的误解。什么叫成熟即狂喜? 杜甫的"语不惊人死不休",即是一个卓越的说明。

读诗和读小说最大的区别就是,读诗是给上帝一个面子。读小说则无需顾及上帝的面子。

在本质上,写诗,即看在上帝的份上。

在诗和自我的关系问题上,人们说了那么多的蠢话。甚至以道德的名义,将诗和自我对立起来。但其实,就生命的权力而言,诗和自我的关系是我们在这荒谬的世界里所能遭遇的最根本的生命机遇。某种意义上,也可以说,诗和自我的关系,也是我们的生命所能依赖的最基本的道德维度。

写诗过程中，词语的浮力，最能从细节上激活我们的经验和想象。这和写小说有很大的区别。小说的写作更多的是仰赖作者对语言的浮力的敏感。

如果我们想在心里真正拥有诗，进入诗的世界，我们就必须设法适应诗和友谊之间神秘的同一性。从最世俗的角度讲，如果把阅读诗歌看成是一种友谊，那么，我们也会减少很多不必要的纠缠，从而节约最宝贵的时间。

进入诗，即进入神圣的自我。

阅读诗，寻找友谊，就行为的主体而言，我们仿佛是绝对的实施者。但是，就现象而言，无论我们在这些过程中显得多么强大，多么投入，多么富于决断，都无法减弱这样一个基本的心理事实：即诗的阅读如同友谊一样，它是对我们发出的一种神秘的邀请。

诗，我们身上最好的部分。这不是定义，这也不是观念，这只是一种假设。它揭示一种生存情境：即作为生命的主人，我们应具有一种深刻的能力，让诗成为我们身上最好的部分。

阅读诗歌的心理基础是神秘的友谊。不妨这么理解:从根本上讲,读诗是一种友谊现象。当然,你如果想从读诗中获得极大的愉悦,你就必须意识到这样的情形:最好的诗常常是友谊的政治。

诗歌的丛林战:每个词都是一根即将要投出去的长矛。必须强化手感在诗的措辞中的支配作用。手感的力度和优美,牵涉诗的形象的塑造。另一个问题,还得悠着点。大多数时候,也不是力气使得越大越好;得避免一种情形:扔得太远,长矛就变成流星了。最好是,把它扔到能听得见回声的黑暗中的某个地方。

诗是由天才创造的。作为一种观念,或者作为一种原则,我们强烈地认同它;或是基于某种文学政治,激烈地否认它。但这些,都还没涉及争议中最令人吃惊的情形:天才也许的确有助于诗,即人们通常所说的——诗是天才的事业;但诗歌中最好的部分却几乎与天才无涉。或许,这才是关键所在。

人们确实很少将信念作为一种诗的戏剧性来看待,但是,这不该妨碍我们探究这样的诗歌情形:诗的信念如果缺乏戏剧性的话,会给诗的语言造成一种暧昧的内伤。多数情形中,诗的无趣都是由此类内伤导致的。

一种内在的觉悟:我们必须天才地否定诗的天才。换句话说,否认诗的天才,假如只是一种看法的话,那也就没什么意思了。

在这个时代,在我们的处境中,只要诗写得好,就具有政治性。这也是,进入现代以来,诗遭遇到的最根本的情形。

诗的批评能力,其实是内置于写作本身的一种语言机制。如果仅仅把它理解为一种文学才能,就会对写作者的眼界造成一种严重的内伤。

这是可怕的美,还是可怕的疾病:为什么我从来就没有过读不懂别人的诗的感觉?

诗不制造需求。换句话说,诗不在我们自身之外制造生命的欲求。所以,有些诗能读懂,而有些诗读不懂,都不是什么特别的东西。但一方面,那些能懂的确实导致了奇妙的生命感受。而那些读不懂的诗,不过是海边的漂流瓶。与其为它们感到烦恼,不如把它们重新扔回到涌动的海浪中。

对诗的最大的误解在于,诗应该从思绪的混杂走向语言的秩序。这种要求残酷地剥夺了诗的本性。事实上,诗的写作的根基在于,从语言的秩序走向快乐的矛盾。诗的本性在于快乐的矛盾。

新诗和翻译的关系,总有人试图将它们扯入文体,加以变相地拘禁。他们企图用一种翻译体的说法来掩饰两者之间的丰富的可能性。其实,事情很简单。对现代汉诗而言,翻译就是种子。诗的翻译,作为一种现象,绝不仅仅是文体方面的,它是我们的植物学,也是汉语的地理学。它深刻地参与了一种语言的自我意识。

就生命和自我的关系而言,诗,确乎是一种神圣的决定。史蒂文斯说,它牵涉"最高的虚构"。但从生命的决定这一角度看,它也涉及"最高的选择"。

诗和爱的关系如此密切而深邃,但是,爱绝少是爱的真相;与此相对照的,诗,从来都是诗的真相。换句话说,在诗之外寻找诗的真相,如果不是出于一种深刻的浅薄,那么,它必定和一种聪明的愚蠢有关。

诗和语言互为睡眠。假如我们理解这种情形,那么,写作本身就有可能是一种强烈的主体行为。至少,这意味着我们拥有一种选择权:要么让写作偏向做梦,要么让写作展现生命的觉醒。

诗和天才的关系,只在极其特殊的情形中,才涉及需要不需要的问题。也不妨这么看,从事音乐需要天才。并且,这种需要,洋溢在感官的自省中。相形之下,诗歌不需要天才。但是,这种不需要,却反映了诗和天才之间的更为隐秘的内在的关联。

名词,诗歌之谜。一个倔强的例子是布罗茨基。好的诗歌都是用名词写出来。这写作的手艺感真的能用来争议吗?它是自我启示,或不断迟到的自我启迪。另一方面,副词,诗歌的诗歌之谜。而依照秘密的尺度,它不涉及缺陷。

诗只有高贵的读者。对诗而言,从来就没有普通的读者。也不妨说,在诗歌面前,普通的读者不过是现代的幻觉。

写作是一种动作。写作也是一种制作。对诗歌写作而言,动作和制作的微妙的区别在于,假如你的动作足够有力,诗的感觉就是一件语言的衣服。

诗的阅读是图像借助我们在阅读它自己。如此,诗的阅读比诗的写作更偏向于一种语言的行动。另一方面,在这个过程中,我们也不全然是被动的,通过阅读行动,我们获得了我们的耐心。一种堪称伟大的耐心。

在我们和世界之间,诗是一种可能。在我们和语言之间,诗是一种极端的可能。在我们和诗之间,诗,过去是,现在依然是,不可能中的一种可能。

一个人写诗，神秘地基于他意识到，这代表了一种可能。或者，也可以这么想：一个人写诗不写诗，不仅仅是源于一种偶发的渴求，而是基于他意识到，在普遍的生存颓败中，写诗这一行为本身依然指向了一种生命的可能。

诗的两种类型：第一种，诗即天才。第二种，诗是比天才更耐心的部分。对诗人而言，幸运的是，这两种类型，大多数时候，并不属于同一个现象的内部；也就是说，它们不是同一主体的不同阶段，或不同侧面。但可怕的是，它们有时会作为两种面目存在于同一个诗人身上。

诗是我们的最强大的弱点。在我们和他人的关系中，我们的优势并不基于诗。但是，在我们和自我的关系中，我们的优势却神秘地基于诗。此外，在我们和万物的关系中，我们的优势某种意义上也基于诗。

诗和散文的区别，如果有的话，那么在本质上，它只能是秃鹰和鹅卵石的区别。所以……

诗的不朽，是语言的自我体验。它有时会寄身于诗人的渴望。但更多的时候，它是作为写作和生命之间的一种心理布局而发挥作用的。渴望诗的不朽,这不涉及对错,但也确实会招致某种愚蠢的可爱。诗的不朽,是一种独特而诡异的感情体验,而它的本质却在于它是一种伟大的假设能力。

诗的高贵是一种内在的高度,与深渊为邻。换句话说,就人世的艰难而言,诗的高贵还远远构不成一种耀眼的光环,它只涉及一种危险的灵感。某种程度上,它比最危险的灵感还要陌生。

诗使得生命的自尊变得神秘而强大。当我们思索诗的无用之用时,这或许是一个真实的维度。换句话说,通过诗,如果我们足够努力的话,我们完全可以真实地体验到一种生命的自尊。这种体验,既强烈于瞬间的生命感受,也持续在记忆的沉淀中。

阅读诗歌的一种方法:就类型和措辞的体验性关联而言,《论语》是我读过的最有趣的一首现代诗。

这是一种强有力的氛围:诗只认图像。

有时,这会显得很麻烦,但最终热爱诗歌的人会意识到,这其实是一种捷径。

当我们出了问题,最需要解释的情形就是,诗是高贵的。但时代出了问题,最不需要解释的就是,诗是高贵的。如果把范围缩小到特殊的生命情境中,也不妨这么讲:当写作出了问题,最不需要解释的就是,诗是高贵的。当语言出了问题,最需要解释的就是,诗是高贵的。

仅仅关注语感还不够,还必须在诗的风格意识中强化某种措辞感:也就是说,作为诗人,我们必须仔细考虑如何为语言内部的斗争挑选一套适合记忆的衣服。

处理诗意时,用语感布局;解决诗的风格的阴影时,用措辞感定点清除。

诗人的语感就像刷子。挖掘题材的潜力过程中,刷子遇到尘土,就会来回摆动。而措辞感,则像洛阳铲;下手时,你必须把握好分寸。这么说确实有点笨拙,但你知道,它们绝不至于糟糕到你完全没法理解我想说的话。那么,我想说的,究竟是什么呢。

热爱诗歌可以有很多理由。其中最令我感念的是,诗可以神秘地帮我们节约时间。对我而言,正是这种诗的秘密用途定义了什么是诗。

对他们而言,诗是对时间的浪费。但对我而言,诗是对时间的节约。

在诗的观念活动中,人们经常使用否定,像使用铁锤那样使用否定,或是用否定来树立诗的批判性;但他们忽略否定的另一面,即否定和色情之间的关联。任何否定都包含色情的一面。当然,也可以委婉地说,对诗而言,否定是一只乳房。

如果你想写的是一首当代诗,那么,最重要的工作,也许不是写出他人的真理,而是要努力写出你作为一个人的见识。表面上,诗的抱负似乎降低了。但其实,没有你作为一个人提供的那些真切的见识,真理便如同叵测的谎言。

针对当代诗的麻雀战从来就没停止过——诸如:"我现在最想的是把诗写得不像诗",或"我现在很不耐烦像诗的诗"。这些小火花倒是喷得挺起劲,也颇能丝丝冒光。其实,你如果真有诗人的自信,如果你真写的是诗,又何必在乎诗看起来像什么呢。帕斯早申明过:所有的诗都是实验诗。

传统也可以是当代的自我重构。而且很可能,这不仅仅局限于一种现象。换句话说,诗的传统不应只是当代诗的对立面,外在于当代诗的历史。诗的传统也可以作为当代诗的一种自我重构现象来看待。

私底下,我最喜欢做的事之一,就是在罗兰·巴特的脑袋里重复奥克塔维奥·帕斯说过的这句话——所有的诗都是实验诗。

在诗和想象力的关系上,我们经常谈及,诗人应该尽力去发挥想象。这里,如何发挥? 凭什么发挥? 就有点暧昧了。其实,对诗的写作而言,最重要的,能让我们终生受益的,乃是学会让想象力进入一种工作状态。也不妨说,我们必须学会和想象力一起工作。

诗人的孤独即诗人的理智。

诗的孤独即诗人的秘密。

唯一还有可能的、针对诗的思考就是:诗是诗的根源。换句话说,给诗下定义,之所以显得困难,就在于在我们思考何为诗歌之前,诗已安排好了给诗下定义的唯一的一种可能:诗是诗的根源。

大多数情形中,诗的深度不过是我们对语言的一种错觉。凭借诗的深度,我们或许确实在某种意义上能抵达一种真相。但这种情形,也很可能只是一种陷阱。诗的深度很难发展成一种语言的兴趣。诗的批评有时会迷信诗的深度,这几乎无药可治。一个偏方就是不断提醒它:与诗的秘密相比,诗的深度太接近于答案。

小小的戏剧性颠簸着两种诗歌境遇：一种是，你们这些诗人真有意思。另一种是，再怎么有意思也不如，你们这些诗的读者真有意思。

语言的新颖，不仅仅是一种风格的迹象，它也是诗的肖像。甚至可以说，它是诗的最具骨感的一幅肖像。

诗，意味着这样一个故事：我们既是书写它的人，也是被它书写的人。

因为书写，我们体验着一种警醒。因为被书写，我们接触到一种觉醒。它们像两种内在的力量作用于生命的自我审美中。

人世中，觉醒通常都很痛苦；这导致了一种后果，人们似乎已习惯把觉醒视为一种体验：越内在，越痛苦；这种情形对应于人生的哲学，又反过来加强了另一种自我暗示：越痛苦，就越表明体验的深入。其实，我们应该及时申明，诗的觉醒必须是一次强有力的例外。它既是体验，又是智慧。

将新诗作为诗的例子来看待，这种观念根深蒂固。其实，也可以反过来，在很多方面，诗，才是新诗的更特殊的例子。就批评立场而言，针对当代诗的实践，人们应该用一种新的眼光来看待新诗的状况：即经过百年的实践，新诗已不再是诗的一个例子。而且很可能,诗,更像是新诗的一个特殊的例子。

一方面,写得好,和诗的技艺有关。另一方面,写不好,也和诗的技艺有关。这既是一种效果,也是一种机制。更本质地,诗的技艺是不可逆的。诗歌现场中,很多人喜欢通过反思诗的技艺来跟诗歌撒娇,以轻蔑技艺来标榜某种姿态,其实,这反而凸现了技艺的神话。

事实上,在诗歌中,技艺是语言的一种自我能力。一种最根本的能力。

就本质而言,在诗歌中,技艺首先是一种语言现象;其次,技艺才是一种诗人现象。换句话说,我们看到的,并加以指认的,一个诗人拥有某种出色的技艺——对诗的写作而言,这只是一种非常表面的外在现象。

诗的技艺之不可逆在于,一个人实际上不可能通过他仅仅对诗的技艺表明某种说辞——诸如,我认为诗的写作中有比技艺更高的东西,或者,技艺在诗的写作中并不重要,等等,就能扭转诗的技艺在诗的创造中的神秘作用。可以这么说,就语言活动涉及的创造性而言,诗的技艺意味着一种深刻的赋予。技艺即赋予。

自觉于诗的写作,即从容地面对诗的技艺的不可逆性。

一个诡异的现象:当代诗也许没有能更好地完成当代诗的任务,但它却很好地完成了新诗的任务。换句话说,从当代诗的角度重新给新诗下一个定义,已变得迫在眉睫。

应该比以往更敏锐地意识到当代诗歌中的英雄主义的内在矛盾。北岛的英雄主义,及其夸张的悲剧姿态,也许确实显得装腔作势;但海子的英雄主义,则带有一种深刻的神话意味。

问:您如何频繁地高密度写作诗歌,究竟想干什么呢?难道仅仅是出于对诗的热爱?或者,一种写诗的本能?或者,像您自己说的,您是诗歌动物?答:也许都沾点边,但都不是最根本的。可以这么理解,如此密集地写诗,是为了学会从语言内部威胁诗歌本身。

就新诗而言,《就新诗而言》会是一本什么样子的书呢?另一方面,就当代诗而言,《就当代诗而言》能写到哪一步呢?再往前,就诗歌而言,《就诗歌而言》能对流行的诗歌偏见做什么呢?

没有误解过诗的神秘的人,几乎不存在。但差异在于,优秀的诗人能反思到这一误解,并将这误解转化为一种深刻的洞察。而耽于狭隘的偏见的诗人,则专断地将这一误解消费为浅薄的讥嘲。

恰恰是对生活充满丰富的感受的人,在我们的世界中意识到了诗的神秘。换句话说,诗的神秘,主要不是一种主观的心理感受,而更多的意味着一种对外部世界的敏感和洞察。

在阅读方面具有天赋,这是诗人最本质的特征之一。换句话说,从生命的肖像学的意义上讲,拥有阅读的天赋,有时比拥有创造的才能更本质。大多数情形中,我们太满足于拥有阅读的技艺,而忘记了激活我们自身所可能据有的潜在的阅读天赋。

B:诗究竟为谁而写? Z:为最优异的心灵写作。B:好的,但能不能解释一下,这意味着什么呢? 能否把这理解为诗的目的,或诗的任务吗? Z:我觉得可以这么理解,它代表了一种信念,一种诗歌意志。它也指向一种语言的理想。但最根本的,它标记了一种生命的态度。

昨天在采访中突然被问及,你为谁写作? 闪过脑海的答案像霹雳:我不为任何人写作。如果非要在人和写作之间建立联系,我宁愿说,我是为人的本质写作。或者,按我自己的感受,我是为优秀的心灵写作。也许,我有点悲观,因为在我看来,与优秀的心灵相比,人,不过是优秀的心灵的注脚而已。

这个世界上,平凡很少会被作为一个对象来看待。唯有诗,随时都渴望与平凡的事物竞争。换句话说,好诗都必须过伟大的平凡这一关。

与其愤怒出诗歌,不如散步出诗歌。换句话说,从愤怒出诗歌,到散步出诗歌,并不仅仅是一种观念的变化,它更是一种心智的变异。这变异的核心,源于生命的自我省察。

穿上鞋,系好鞋带,你不必刻意准备什么,因为种种情况表明,好诗基本上是散步散出来的。

诗是走出来的。诗是散步散出来的。诗是旅行出来的。诗是漫游出来的。四种说法,表面上看,仿佛说的是同一个意思。但其实,却有微妙的差别。比较起来,最简洁的,也最令我心仪的,还是第一种。

当代诗歌中的散步主题。散步,作为诗歌的一种组织原则。

诗的晦涩令人恼怒。在很多人眼里,它就像诗的疾病,一种语言的畸变,某种意义上,这很像过去人们看待同性恋的那种情形。但如果说,人们以看待同性恋的眼光来看待诗的晦涩,他们是不会承认的。其实说到底,人们不愿面对诗的晦涩,和他们嫉恨窄门是一致的。保罗·策兰的诗是晦涩的,而且只能那样写。

一个非常典型的内部现象：诗并不总是在诗之外。

与其认同诗歌的新旧之分，不如喜欢诗歌的新旧之分。因为对诗而言，旧，缺少矛盾。而诗歌之新，充满矛盾，并荡漾着矛盾。

人们喜欢说，诗歌从未进步过，并把它作为一个观念来传布，但其实，它只是我们在某些历史时刻所面对的一种现象而已。

什么是诗人？诗人即定义过诗歌的人。诗人通过其写作定义了什么是诗歌。具体而言，诗人通过其强力的诗性书写向人的存在揭示了诗的面目。但是，多数情形里，更为常见的诗人，是被他人的诗歌所定义的写者。

我们的本意是，用诗性洗一次牌。这意图原本也很纯粹，但在现实的诗歌场域中，你会发现，这貌似单纯的诗歌意识，有时会发生惊人的异变。甚至洗着，洗着，诗人自己变成了一张牌；而且由于看上去，手气还不错，他对这一处境还浑然无知。

诗写得好不好，最终是以它能否为神秘地被我们分享来裁断的。如果诗不能触及神秘的分享；或者它的好，始终没能唤起神秘的分享，那么，它就没有完成它自己。而写出它的人也没能尽到诗人的责任。

当代诗的口语问题经常引发激烈的争辩。如果想超越审美层面上的争执,也许可以这样看待口语在当代诗歌写作中的面目:口语,作为一种经验的姿态。换句话说,在诗歌中,使用口语涉及的是,诗人更愿意以何种方式处理诗歌经验的问题。所以,在当代诗的实践中,口语不再是一个简单的风格层面的问题。

作为诗人,经过一番慎思,你还敢这么宣称吗——全部的语言冲动在于我们必须发展出一种能力,以便自觉于警句。

事实上,如何裁断诗和警句的关系,如何辨别诗中的警句的作用,从来都是一个麻烦。所以,杜甫明确哀叹过,语不惊人死不休。为什么不是宣言而是哀叹呢。这就涉及对诗的一种体认。在诗歌中,警句代表了一种独特的诗歌动作,就好像在突发的奇想中,我们狠狠踢了语言一脚。一抬头,却看见球射进了诗歌之门。

诗的书写中,声音非常重要。但反射到写作和意识的关联,这种重要性在很大程度上,要依赖我们对语言的沉默的认知。换句话说,在诗的写作中,起作用的,不是人们为诗歌制定的那些声音的规则,而是诗人对声音的敏感。这种敏感,如果来自天赋,当然好。但实际上,它来自后天的习得,能触发更多的书写快感。

诗人的判断,要么严酷于语言的精确,要么严格于词语的微妙。

一种诡异的诗歌处境:我们想写的是,诗的判断大于诗人的判断的诗,但骨子里,我们隐隐渴望阅读的却是,诗人的判断高于诗的判断的诗。

作为诗人,他着迷于这样的语言感觉:诗的措辞应该有一个底部、巨大的、看不见的底部——就像漂移在大海上的轮船。

或者这么说吧。就诗歌意识而言,在写作中,语言的底部是否可感,并不重要;但诗的措辞,最好有一个可感的清晰的底部。

也许,从语言的角度反过来再看,我们会渐渐意识到,对汉语的诗歌意识而言,最具启示性的情形是:传统只是一种倾向,就如同,现代也只是一种倾向。至少,如果我们愿意更开放地面对诗的写作,我们或许必须有意识地强化诗歌传统的这一维度:作为一种倾向的传统。

一个典型的现象:人们常常以为只要谈论古诗就是在谈论传统。其实,这是一个很大的误解。作为一个范畴,古诗不等于传统。

我们对古诗的理解在多大程度上可以转化为我们对汉诗传统的理解，始终都是一个问题。

我们有那么好的古诗，但如果把它们全都归入传统来谈论，我们的眼界就会变得越来越死板。

人们对古诗的谈论，最终会并入到一种对诗的传统的理解，这其实是一个相当特殊的过程。但在流行的诗歌观念里，这个过程，发生起来仿佛是很自然的。

诗的写作存在于两个步骤之中。第一个步骤，感觉到自己是一个老道的读者，远比感受到自己是一个老练的作者重要。第二个步骤，感觉到写作的神秘远比感觉到阅读的伟大更具诱惑性。而这一切，取决于一种信念：写作是对阅读的一种神秘的支付行为。

我们有过的最好的诗歌观念似乎是：诗是天赋。也许就是因为这个原因，我们错过的最好的诗歌观念似乎是，诗犹如天赋。

与其认可诗歌是天赋，莫如心仪诗歌犹如天赋。

经过那么多的诗歌历练之后，诗歌是天赋，作为一种观念，作为一种审美辨认，还是颇具说服力的。但诡异的是，假如我们不与这种诗歌观念作斗争，那么，它就会蜕变成一种催眠，甚至堕落为一种对我们的创造潜能的无名的剥夺。

与其受益于诗是天赋，莫如受益于诗犹如天赋。细读诗歌史，不免暗暗吃惊，那些受益于诗是天赋的诗人，到头来都没能写过那些受益于诗犹如天赋的诗人。

从传统上看，汉语诗歌中从来不缺少普遍性，但从时间和现实感的关联上看，我们在诗的观念上确实不太重视如何令普遍性变得更有效的审美能力。进入现代之后，这一症状变得突出起来。

取决于词语与时间的关系，这是两种不同的诗：第一种，词语，作为时间的肌肉。第二种，时间，作为词语的肌肉。在这个情形中，命运是作为第三者出现的。而诗人的最根本的幸福在于，他的自觉可以令他拥有选择的权力。

诗的风格，说到底起源于语言的觉醒。

多数情形中，诗的天才，要么是一种代价，要么是一种运气。纯粹的天才在诗的命运中非常罕见。这常常引发人们悲观的、甚至是怨毒的感叹。但转念想想，这种安排其实正是诗的秘密所需要的。

两种诗的状态:一、显然拥有天才的直觉。二、更善于借用天才的直觉。第一种,似乎一向容易得到人们的关注。第二种,多数情形中都被低估,甚至被轻慢。但从写作的角度看,其实,后者享有的书写的快乐,更合乎生命的本意。

深刻的语言并不能决定诗。简朴的语言也不能决定诗。相比之下,我们会意识到,美妙的语言能决定诗。也就是说,无论我们怎么写,最终,对诗而言,最终起决定作用的,是美妙的语言。

大诗人在阅读中的命运基本如此:我们只有先误解他,才有可能最终理解他。而好诗则相反。人们认出好诗的机会相对要多一些。通常,我们总能很快认出好诗,并从某些方面理解它,但最终,好诗会觉得我们还是误解了它。

记得你曾问,日常语言和诗歌语言有何区别?区别在于,诗歌语言中存在着一种隐形的信念:诗是人类的终极视野。

新诗的两次蝉变:1. 从天知道,到语言知道。2. 从汉语知道,到你知道。

一次被问及如何区别与以往的诗歌写作时,我说:他们写的是——我知道。而我写的是——你知道。现代诗的一个基准是:写我。但我最大的写作意愿是:写你。我的写作也许存在着一个总的意图,你知道。这背后才是,诗知道。

从诗知道,到《诗知道》。从《诗知道》到《新诗知道》。

从事诗歌批评的人必须更敏锐地意识到这一点:只有在极其罕见的情况下,一首诗才会在一首诗中完成它自己。通常,一首伟大的诗,只会在另一首诗中完成它自己。另一方面,阅读诗歌时,人们也应该意识到,即使一首诗完成了它自己,它也不是现成的。

公众如何理解诗歌,其实是一个风俗问题,无所谓重要或不重要。新诗文化中一个最糟糕的情形就是,我们把大众如何理解诗歌误解成了一个重要的问题。回顾新诗百年,这种情形对新诗的阅读造成了致命的伤害。真正重要的是,作为一个人,如何理解诗歌。作为一个现代人,如何理解他所处的历史情境中的诗歌。

在诗歌中,信念是一个动词。这和它在思想中的情形,非常不一样。

诗的当代性:不可能的语言中的诗的可能。

从词语的睡眠中锻造出来的东西,可归类于"意象"。从意象的性格中解放出来的东西,可称之为"视野"。换句话说,在诗的活动中,语言,最终是作为一种人类的视野来存在的。语言即视野。

一般情况下,我们只愿意说到——语言即视野,我们很少敢说——辞藻即视野。我们安然于语言的政治正确,已习惯了将我们对语言的特殊感觉——一种辞藻感,归入诗歌修辞的地牢。

针对诗的晦涩,人们最经常的抱怨就是,诗人自己都不知道他在说什么。其实,反过来想想:诗的最高境界就包含了这样的意思:诗人自己不知道他在说什么。

诗人自己都不知道他在说什么——这既不是诗人的难题,也不是诗的难题。真正的难题是,我们以为我们永远都知道诗人在说什么。

或者说,人类的麻烦是,他们不可能永远假装不知道诗人在说什么。

诗人言说的东西就是诗。作为下定义的方式,这很容易引起争议。但从另一方面看,假如这个世界里存在着伟大的信任,那么它只可能是——诗人言说的东西就是诗。

这个世界,最不可能发生的事情就是,我们不可能永远都不知道诗人在说什么。所以,从这个角度讲,将诗的晦涩归咎于诗人不知道他自己在说什么,是一种无知的反应。很不幸,我们的诗歌批评却经常陷入这样的反应。

伟大,这是诗歌中的一个过于孤立的事件。所以,人们本能地只愿意面对历史时,才会意识它的存在。而我们的抱负则不满足于此,我们有时会希望,人们在面对生活的时候,也能感觉到诗的伟大。这种错觉在诗歌文化中造成的一个明显的后果是:让人越来越失去耐心,并把伟大作为一个诗歌尺度来衡量人类的事物。

把诗的伟大作为一个事件来谈论的一个意图是,既然是事件,就意味着,你有可能在你的生命里遭遇它。假如没遭遇过,你也不必浪费时间向别人解释——你为什么还没遭遇它。某种意义上,爱情,也一样。

诗的伟大,只是诗的幸运的一个特例。

也可以这么讲,伟大的诗人时常犯三流诗人的错误。而二流的诗人几乎没有机会犯伟大诗人的错误。比如,马拉多纳,一个伟大的球员,常常会踢得像个二流球员那样。而一个二流的球员绝少会犯马拉多纳的错误一样。

经历新诗的百年,我们正慢慢接触到一个诗的事实:确实有一种叫作"诗歌立场"的东西存在。它脆弱地存在着,秘密地存在着,暧昧地存在着,甚至愤怒地存在着。换句话说,作为一个事实,我们在诗和世界的关联中,渐渐意识到一种空间现象:诗歌立场不同于哲学立场,不同于思想立场,也不同于文化立场。

当然,也可以简明地说,诗歌立场是一种不同于政治立场的政治立场。

一流的诗人很容易被打败。伟大的诗人更容易被打败。而二流的诗人则几乎很少被打败过。更诡异的,三流的诗人,基本上立于不败之地。这种情形确实令人感慨。但必须认识到:这不是我们的悲剧,这是我们的喜剧。

被催眠时,流行的诗歌心态是,诗人是我的一个角色。或,诗人不过是我的某个角色。我们很少愿意面对这样的情形:其实,更有可能,不论对世俗而言,还是对内心世界而言,我,不过是诗人的一个角色。

这是一种意识,但也是一种意志。就像在某些艰难的时刻,我们所意愿的那样:诗人是生命的原型形象。

诗的力量的一个来源:我的眼光即语言的幸运。但对诗的阅读而言,情形则刚好相反:词语的眼光是我的幸运。

当代诗确实面临着一个任务:把我们重新带回到存在的神秘之中。当我这样回答时,年轻的采访者突然插话说,你的这个说法,让我想起有位当代诗人好像说过——诗歌就是不祛魅。

对诗而言,最大的现实感,其实就是要意识到世界曾有多么神秘。

我最核心的诗歌观,其实很简单,接近于一种事实。讲得通俗点,写诗意味着你至少死过一回。否则的话,干嘛要浪费大家的时间呢。

诗和重复的关系,永远都比我们能想到的,还要美妙。听起来有点矛盾,但秘密恰恰就在于这听起来有点矛盾。

假如说阅读诗歌有什么窍门的话,就是学会和语言做朋友。如此,阅读新诗的诀窍只能是,学会与汉语重新做朋友。

这个世界,只有诗,不是一层窗户纸。

一个非正式的定义:诗,就是百叶窗。

有时,十个但丁也比不上一个杜甫。有时,十个杜甫也换不来半个但丁。起先,我以为,这只是一种不太好说的感觉。慢慢的,我发现,这其实是一种迷人的错误。

什么时候开始? 每个诗人的但丁之旅。

把人的问题交由诗来解决,不仅仅是一种迷误,而是一种可耻的势利。所以,在诗的写作中,确实存在着一种美德:不能把人的问题推到诗中来解决。

人的问题不能交由诗来解决。更诡异的,或许在某些时刻,我们也必须意识到,诗的问题其实也不能交由人来解决。

读诗,最好还是看诗如何包容我们,其次,我们如何包容它。

一个诗人最神秘的内心财富,就是他曾对传统有过虚无感。这不涉及对错。这事实上也无涉思想的深浅。新诗史上,诗人对传统怀有虚无感,确曾有浮躁的一面,但也有未被人们意识到的深刻的一面。很多时候,传统对这个世界也施以虚无感。所以,没被虚无感洗礼过的传统,它也无能发现它的新的活力。

一首诗只能是在另一首诗中才能结束它自己。

一首诗,它真正的结束是在另一首更陌生的诗中。或者,一首诗,它的真正的结束是在另一首与它对立的诗中。

更诡谲的,一首伟大的诗只能提供一个暂时的结束。换句话说,一首诗越接近伟大,它的结束也就越不确定。

诗的政治性,是一种副作用。它首先是偶然的,其次才有可能是历史的。如果用阿多诺的眼光看,它是深陷在奥登的脑回沟中的一辆坦克。

从新诗诞生起,诗的读者问题就被人们顽固地用来进行文学自耗。其实,诗有没有读者的问题是非常简单的。事实就是,只要你写得好,就有人看,就自然会有读者。诗,是一种存在,和风景作为一种存在没什么两样。正如风景永远会有看客,诗也不会缺乏需要它的人。

诗可以用于最深的道德,但这不意味着诗本身应该是道德的。甚至我们有时会脱口说出的:诗是超道德的——这种表面上的高度赞誉,依然在某种程度上贬损了诗的伟大。对诗而言,能让我们显得有点道德的做派,恰恰是我们不能按道德的逻辑来评价诗,也不能依据诗和道德的关系来规训诗的作为。

诗的只有一种读法,就是从善的角度。诗的批评也只有一种写法,就是从同情的角度。舍此,我们的才智绝无机会臻及语言的洞察。但是,天知道,我其实没想把话说得这么清楚。我遇到了我的危机吗?

诗在本质上和宇宙一样,有何危机可言。一个强大的人会遭遇到心理危机,但一个诗人只要他足够强大,他几乎没机会遭遇到诗的危机。

听起来这有点匪夷所思:真正的诗人不可能会遇到诗的危机。他也许会遭遇极大的坎坷,也许会陷入极度的虚弱,但在诗的意义上,它们都还算不上诗的危机。从流行病的角度说,确实有一种东西和诗歌的危机很相似,那就是人性这玩意几乎从不愿意相信活着的人中会有伟大的诗人。

多么诡异的现象:伟大的情感不一定能造就伟大的诗,但是伟大的厌倦却能锤炼出伟大的诗。关于诗和伟大的关系,在流行的诗歌文化中一直受到纠缠;但有一点是肯定的,伟大的诗或多或少都与伟大的厌倦有关。

成为诗人,与其说是一种个人的命运,莫若说是一种生命的意志。唯一的例外,经过积极的冒险,这种意志会出现微妙的偏差。对你而言,更明显的,成为诗人已显形为一种生命的品质。

诗的伟大不仅在于它能经得起我们之间的误解,更在于它能包容我们之间的误解。或者说,就心灵的安慰而言,诗的升华作用远比不上诗的风化作用。诗的力量之一,在于它能将我们的真相彻底风化为一种风景。

史蒂文斯说,诗必须反对智力。但从文学潜台词的角度看,他真正想表达的是,诗和智力的关系其实是一种天气现象。

我们不妨从此处开始:诗和智力的关系,从未难倒过诗和智慧的关系。

诗必须过智慧这一关。

在大诗人那里,诗既是简单的,又是复杂的。在小诗人眼里,诗要么是简单的,要么是复杂的。

汉语和一个人的最美妙的距离就是:懂得如何管诗歌叫师傅。或者说,一个最有效的个人的解决方案就是,以诗为师傅。

对诗而言,语言已足够精妙。在人和诗的关系中,最无聊的幻觉,就是常常有人以为语言不足以表达他的感知。从天赋的角度看,我们现在能面对的语言足以表达任何东西。粗俗的,始终是有人觉得他比语言更高明。

在最深的意义上,诗是一种父爱。

诗的最根本的意图,我们可以不断地回到一个起点。甚至连死亡,也不过是一个起点。

诗意的转型。历史会转型,诗意会吗?

在古诗中,诗意是有边界的。在新诗中,诗意是没有边界的。也不妨说,在古典的表达中,诗意是有大小的。但在现代的表达中,诗意被突然取消了大小。从体验的角度讲,新诗的写作根源于大诗意。

真的很抱歉。诗,不是写给人看的。一个简单的事实是,人根本就配不上诗。诗是写给最优异的心灵的。当代诗歌文化中流行的观念,诗应该说人话,其实是对诗的极大的侮辱。几乎所有自以为说人话的诗,也许在真实方面会获得某些快感,最终都不过是对诗的一次致命的矮化。

既然决心成为诗人,你首先要做的就是警惕说人话。想听人话,大街上随时都有,且充满了喧嚣。洞房花烛夜,拔蜡之后,黑暗中讲的也不是人话,确切地说,那是情话。

这么说吧。与其说诗是写给另一个我的，不如说诗是写给另一个你的。或者，在另一个我和另一个你之间，诗显然倾向于，写给另一个你。

诗，如果不是自传，它必然会付出残酷的代价。但是，更诡异的，诗如果自觉于成为自传的话，它也必须甘于付出伟大的代价。诗，必须更神秘地忍受对诗的误解，而不是仅仅幻想着用时间来抹平它们。

所以这么写的原因只有一个：将最深刻的否定用于最深刻的肯定。它的基础在哪儿？如果我们有能力回顾汉语的诗性，你会发现，在我们的诗歌之血中，诗从来都是一种深邃的自传。

诗要想有效地介入现实，保持一种敏锐的现实关怀，就必须清醒地意识到：诗，不解决现实的问题。换句话说，诗对现实的发言，是以诗不解决现实问题为前提的。从功利的观念看，这样的诗歌立场似乎很鸵鸟主义。但其实，它显示的是一种深刻的文化自省：即现实，从来不是作为一个问题出现在诗的面前的。

诗，不可能没有意义。但我们也必须懂得，诗没有意义，是诗的意义的一部分。只是在极其特殊的情况下，我们才需要面对诗的意义。大多数情形下，诗和意义不过是一种关系现象。意义并不能让诗天然地获得诗的价值。就像波德莱尔申明过的那样:诗必须首先成为它自身。

一个奇怪的现象:没有意义几乎很少会伤害到诗,而过度的意义则很容易损害诗。新诗的百年实践,虽然偶尔也反省过文以载道,但总观下来,我们的几路诗学都喜欢把意义强加给诗,要求诗对意义做出过度的反应。其实,诗生成意义的能力是强大的;从外部强行指定给诗的意义,注定是无效的。

诗和意义的关系并不简单,但就观感而言,它们有时也很像天空和眺望的关系。

谈论诗歌已死的人,几乎是外行。因为一个明显的事实是,诗不仅仅是一种言说的手段,诗是一种生命的欲求。或者说,诗是内在于生命的最基本的欲望。

诗,应该比诗本身更频繁地更激烈地用于生命的自我洞察。

小诗人忙于驯服语言;或者更糟糕的,乐道于征服语言。大诗人只是精心地专注于安放语言。

最残酷的诗歌动机:诗只存在于你和我之间。最神秘的诗歌动机:我只存在于你和诗之间。最情色的诗歌动机:你只存在于我和诗之间。

诗的独创性,它的价值和意义,主要不在它是否可以作为一种原则来施行,而在于它是否能激活一种特殊的语言幻觉。

诗,是我们的最后的荒野。

诗的自由不同于一般意义上的自由。诗的自由是对自由的最深刻的反思。或者,也可以这么说,唯有诗愿意冒险将我们的自由发展成一种关乎生命的意义的最根本的想象力。诗的自由,在本质上是想象力是否充沛的问题。

谈论诗的自由,就必须深刻地省悟到这一点:对诗本身而言,诗从来就不是自由的。诗有可能自由的,其实只是我们对诗的语言的幻觉。

诗的矛盾,恰好可用来针对人生的荒芜。

新生,简单地讲,就是矛盾于诗。换句话说,矛盾于诗,意味着我们确实拥有新生的机会。

诗,常常只意味着,在诗面前。就好像爱,只意味着在爱面前。

最糟糕的情形,把诗写成了一种借口。

诗人的最优异的品质:他知道如何信任矛盾。通常,人的矛盾意味着我们的耻辱体验。一般人不太习惯人事的矛盾;能做到稍稍包容一点矛盾,怀着从容的心态看待我们的矛盾,已实属难得。但诗人的心智不一样,他可以做到从包容矛盾到信任矛盾,并从信任矛盾中发现了存在的理由。

神秘于羞愧,这差不多是最核心的诗性体验。按奥登的判断,一个人能都把诗写好,天赋本身固然重要,但在写作的秘密中,能让我们走得更远的,不是天赋,而是我们是否能得体地神秘于羞愧。

从诗中领会到快乐,对生命而言,这不仅是一种最基本的能力,而且是一种最根本的机遇。

一个秘密:在大诗人之间,诗是没有标准的。但诡异的是,在大诗人和小诗人之间,诗的标准常常显得比热带丛林还茂密。

诗歌和标准的关系经常会引发激烈的争论。在很多人看来,当代诗的标准问题更像是一个无底洞。究其根本,非常重要的一个原因就是,人们不太习惯这样一个事实:只有在神秘的意义上,诗才是有标准的。

诗是有标准的。但最好是能达成一个默契:当我们说"诗是有标准的"时候,我们应该清楚地明白,这种说法在本质上只是一种建议。它也许包含有训诫的意味,但也仅限于自我提醒。如果将它作为一种尺度来运用,我们就必须在每个诗人的手中都放上一把长剑。

愤怒出诗人。诗和痛苦有关。是的。是的。没错,这些说辞的确都很有道理,也很容易配合我们对人生的晦暗的感触。但是,假如可以讲真话,我必须指出:诗源自一种孤独的狂喜。这么说吧:诗是一种独特的疯狂,它是向着生命之光而去的。

如果诗不能写出生命的觉悟,我们干嘛要在语言的孤独中浪费这些时光呢。

诗歌之手,仅次于上帝之手。但这究竟是什么意思呢。

诗和时代的关系,就像一只水泵。诗人和时代的关系,则是一张陌生的床。

诗人和语言的关系近乎一种神圣的契约。如果两者之间的关系,没有达到这样的强度,那么,诗人的洞察本身就会大打折扣。

诗的阅读,大多数时候,都贻误于时代的口味。诗人能做的,仿佛只是留下一个口信:真正的诗的阅读必然始于生命的觉悟。

诗涉及多种契约关系。诗是心灵的契约。诗是时代的契约。诡异的是,它们本身看上去很像定义,但其实,它们都只是人们对诗提出的一种特殊的要求。更诡异的,人们几乎很少愿意面对这样的契约关系:诗是神秘的契约。就好像后者是对生存的愚钝的一种带刺的惩罚。

人类的精神生活中,有很多东西本来只是一种眼光,却往往因误会而僵硬成一种观念。譬如:唯有诗不会误解永恒。如果我们把这句话视为一种观念,我们多半会把自己卷入到肤浅的辩驳之中。其实,它很可能只是意味着,我们在面对某种生存境遇时,可以使用某种独特的眼光。

诗的天真,也可以是一种得体的痛苦。人们经常把诗的天真和诗的深刻对立起来。这样做,当然可以找到很多佐证。但这也可能造成一种重大的遮蔽,因为对诗而言,最天真的东西,往往也是最深刻的。

现代诗的最核心的问题是,除了诗,一个人没有别的精神自传。这既预示诗的表达和生命的完成之间更内在更紧密的关系,也揭示了现代的生存境遇的严峻性。从这个意义上讲,我们和诗的关系,在现代的生命情境中,就是我们和天才的关系。

作为一个问题,从根本上讲,诗的形式意味着我们能在语言中做出多少选择。所以从书写的角度看,一个形式在本质上是一种选择。我们能做出多少选择,或者我们能面对怎样的选择,而不是我们仅仅只需遵循某种既成的体例,这种语言情形会对我们的形式观念产生越来越深刻的影响。

对小诗人来说,心灵有可能是诗的一种代价。更诡异的是,他甚至无从意识到这一点。因为他随时都能很容易堕入心灵和诗的二元对立之中。而对大诗人来说,任何时候,诗都不可能是心灵的一个代价。

诗是一种独特的局限。但奇妙的是,生命的自由恰恰是从这种诗的局限中获得的。甚至某种意义上,也不妨说,诗的最根本的价值在于,它通过其自身明显的局限为我们提供了一种巨大的解脱。

对一个人来说,在诗的自我完成和的诗人的命运之间,写得很天才,比成为一个天才,更能体现生命的觉悟。当代诗歌文化中一直存在着一种末流的焦虑,总觉得诗必须出于天才之手,才配得上称之为诗。这其实是一种蒙昧的心理误导。诗和天才之间当然有很多微妙的关系;有写诗的天才,固然是幸事,但也不必夸大天才的作用。说到底,诗是一种高于天才的现象。

对诗的当代性而言,更为迫切的,更契合内心召唤的,是要让我们的眼睛在语言中重新睁开。换句话说,诗的眼界必须建立在语言的眼力之上。以往的诗歌写作太依赖记忆和听觉之间的关系,它们不太在乎诗的眼睛有没有睁开,这种对视觉经验的忽略几乎是致命的。它不仅导致了诗歌美学的褊狭,也遮蔽了当代经验和诗歌洞察之间的更深切的关联。

就好像存在着一种诗的自我检验的方法:我们对语言的感觉大多数时候和我们对植物的感觉是一样的。

诗的形式即诗的能力。换句话说,对诗的现代书写来说,既然能力是生成的,在实践中发挥出来的,那么,诗的形式在本质上也是生成的,朝向未来的。

和朋友谈诗,他突然以我们都很熟悉的口吻说道:一个人要操蛋到泯灭多少起码的人性才能无知地放言"新诗失败"了啊。

我们最好是在上帝的笑声中谈论诗的真实。只有那样,我们才会抵近一种更敏锐的省思;并深刻地意识到,对诗而言,凡我们能用语言触及的,真实不过是一种意义。真实很重要,但它的重要性恰恰在于它是一种意义。作为经验的真实,非常罕见。而且事实上,在诗中,我们很少有机会遭遇到作为经验的真实。

关于诗的形式,人们确实发表过很多议论。这些议论有时听上去也蛮有道理,但骨子里不过是一些聪明的观感。一方面,我们必须遭遇来自形式的挑战,另一方面,我们也必须有足够的豁达;也就是说,不论我们具有怎样复杂的展现诗的形式的能力,我们都必须更清醒地意识到,诗的形式其实只有一个真相:严格地讲,对诗而言,形式即存在。

也不妨这么说,就诗的立场而言,自由其实是一种更深刻的形式。

诗的书写能触及多少自由,不仅仅是一个语言的伦理问题,而且也是人类表达的美学问题。目前流行的现代诗歌文化中,将自由和没有形式混为一谈,其实是对诗的自由的极大的误解。对诗而言,特别是诗的现代书写而言,自由,从来都指向一种深刻的形式感。诗的自由并非是对形式的抛弃。在诗歌中,自由的表达,从根本上说,它体现的是一种形式意志。

新诗和自由体之间的关系,其实一直让知识界感到难堪。这种难堪不仅反映在知识人的诗学个见之中,也反映在现代的诗歌文化本身的矛盾之中。一方面,自由的表达为新诗提供了一种活力。另一方面,我们的知识共同体从未真正信任自由和现代诗之间的书写关联。随着新诗实践的多样化,在他们的观感中,诗的自由仿佛堕入了一种语言的失控。

迄今为止:诗歌中从来就没有小事情。对诗而言,写到的东西无论多么细小,无论多么看起来无足轻重,无论多么边缘,它们都涉及我们的深邃,宇宙的秘密。这其实也涉及诗的批评。所谓小中见大,从根本上,只是一种举例的能力。但却常常被我们误解成一种方法论了。

就理解的本意而言,所有的好诗其实都不难懂。但多数情况下,好诗是难的。难懂,或不难懂,这多半是指我们能否在智力上应付诗歌之谜。马拉美意义上的诗歌之谜。而好诗一般都不会在这方面为难我们。相反,好的诗假设我们早已是它的知己。好诗的难,在于它试图以强烈的方式从生命的内部激活我们最微妙的心智反应,而我们对此却往往缺乏心理上的准备。

新诗百年之际,人们似乎特别喜欢谈论这样一个事实:古诗场域里,我们对诗有一个共同的认定。而新诗场域中,我们却对诗丧失了一个共同的认定。他们把这种状况视为一个文化的灾难,或美学的失败。但反过来想,我却认为,这样状况或许恰恰反映了新诗的最了不起的成就。人们终于有机会在汉语和诗之间进行更为多样性的选择。比如,两首好诗之间,也许不再存有共通的标准。以前这种情形很罕见,但在当代诗场域里,我们不得不更频繁地面对这样的事情:一首好诗和另一首好诗之间的差别甚至大于天壤之别。我不会哀叹这样的事情,相反,我觉得,这对诗的写作来说,绝对是一种难得的幸运。

我们和诗之间的关系,固然可以有各种各样的说法,但最为根本的,恐怕还是生命和记忆之间的关系。换句话说,诗的形式,说到底,其实是这种关系的一种反映。诗的形式,在本质上,涉及的是我们有没有能力对这种关系做出最充分的最新异的语言反应。

诗的确拥有这样的力量:它让我们的心智变成了一种现象。这已经很了不起了。但是更奇妙的,它还能克服我们的傲慢和偏见,让我们的心智成就一种心灵的氛围。

诗的音乐性,讨论起来非常麻烦,但幸运的是,也存在着一个简便而有效的定义方式:给各种各样的个性一记响亮的耳光,就是诗的声音。

写诗的乐趣之一,一个陌生的我在一个瞬间无数次击败了此时的我。

从生命和表达的关系看,诗的最基本的文学能力就是学会和自我对话。换句话说,没能发明自我的诗人,都没能对得起诗歌。

总想着朴素于复杂的诗人,代表了这样一种诗的类型,它最终不得不以道德的眼光看待这个世界,并且时常遭到他自己的文学能力的背叛。另一种诗的类型,则从复杂于朴素的诗人身上找到了它的寄身;后者在推进诗的洞察的同时,也提升了道德本身。

回顾新诗的百年实践,一直存在着这样的较量:一类诗人试图让新诗在历史中找到尊严;他们把历史看成是诗的最主要的文学动机。在这个向度上,最著名的表演就是"高尚是高尚者的墓志铭,卑鄙是卑鄙者的通行证"。它把诗歌简化成一种道德审判。另一类诗人则试图扭转这种简单的历史迷思,他们的立场是,诗的尊严绝不能在历史中去寻找;相反,历史应该从诗歌中找到它的尊严。

对现代抒写而言,诗的音乐性在本质上只能是一种词语的意义现象。抱歉,这里,不得不征用了本质一词。

当人们说,诗不是游戏的时候,不管他们说得多么恳切,这样的说辞本身都已然是诗是游戏的一个补充。诗是游戏,这是诗保持其严肃性的最后的一道底线。

好的诗都有这样的特点：它曾经是很难的。这里说的"很难"，并非指难懂。而是说，它自觉而专注地触及了诗的秘密。

追随诗的秘密，一个人欣悦于他竟然如此频繁如此陌生地抵达了生命的边界。

换句话说，随着写作的深入，诗的秘密将生命的边界暴露在我们面前。这恐怕才是诗最吸引我们的地方。

或许，诗不是人生的秘密，但它一定是生命的秘密。

人们经常困惑于什么是诗意的一个重要原因时，他们从没想过问一下自己：诗意和诗言志究竟有什么关系。换句话说，人们习惯于把诗意理解为一个对象，但其实，诗意更意味着一种能力：它展示的是我们与宇宙独处的能力。

诗的确应该尊重常识，但前提是，诗人必须知道：诗不是常识。

如果涉及立场，这么跟你说吧：背叛诗歌，意味着背叛生命之光。

也不妨这样理解,新诗和古诗的最大的区别在于汉语的速度在现代发生了巨大的变化。如果一个人对语言的现代速度缺乏敏感,他就很难领略新诗的秘密。更残酷的,这种敏感的匮乏,也使得他试图回到古诗的可能性也丧失了起码的现实感。

出于某种合理的谨慎,我们当然不便否认,我们写出的诗是由人来阅读的。但假如我们写出的诗,只能局限于这样的阅读命运,那将是非常悲惨的。事实上,也是如此。人们认出杜甫的伟大,花了很多年。辨认出陶渊明的卓异,又花了很多年。所以,诗歌阅读中的核心身份,只能是纯粹的生命。换句话说,以人的名义来阅读诗,基本上会是老一套,既不值得期待,也不值得信任。

某种意义上,对诗的现代抒写而言,诗的细节即诗的窄门。换句话说,一个诗人是否具有深邃的现代意识,只需看他在诗中如何呈现细节,就可以大致断定他的技艺已进展到哪一步了。

诗对细节的重视,是生命的自我觉醒的一个关键的步骤。就诗的现代抒写而言,诗对具体性的关注,不仅仅是一种风格的转型,它更牵涉我们对人的生命的自我洞察。所以从根本上说,诗歌观从来都是宇宙观。

假如有一种文本被叫做诗的批评,那么它存在的唯一的理由就是:一个诗人读了它之后不得不修改他的原作。假如他在阅读了这个批评之后,依然拒绝做出修改的举动,只说明出现了两种情况:第一种,这位诗人缺乏天才的羞耻感。因为就写作而言,隐秘的羞耻感是诗的最核心的秘密之一。第二种,这个批评完全是无效的,隔靴搔痒;这时候羞耻感反过来了,它对应的是,写出这个批评的人,因为后者没能写出让他的批评对象感到某种神秘的羞耻的东西。

孤独,是诗赐给我们的最珍贵的友谊。没有诗,孤独不过是一种人生的绝望。有了诗,孤独反而成为生命最内在的可用于自我提升的力量。某种意义上,完全可以说,阅读诗就是阅读我们是如何孤独的。因为只有在诗中,诗逆转了孤独作为一种绝望的体验。在诗中,我们的孤独构成了我们最根本的愉悦。

孤独,来自诗的伟大的友谊。

诗的书写中确实包含了一种天启性的东西。诗向生命提供了一种真实的机遇:天才地死去。也就是说,和现实生存中的大多数死亡情境相比,诗提供了另一种生活的可能性:与其麻木地死去,不如天才地死去。

一个诗人必须有胆量让诗的意图处于故意的含混之中。意图的模糊,实际上是意义的自我生成的一部分。作为诗人,他尽可以偏爱语言的明晰性，但假如你想写出真正的诗，他就必须向人们显示他驾驭诗的含混的能力。过去，流行的诗歌批评将它们斥责为对诗的晦涩的追求，是很片面的。事实上，诗人的最根本的能力之一，就是让诗的表述处于有魅力的含混之中，从而为我们理解万物开启新的可能性。

诗和语言的矛盾一直就存在于人类的思想之中。一方面，语言本身具有强大的言述能力，但另一方面，诗性经验从根本上来说是难以言述的。也就是马拉美指认的，诗是谜。而从诗的实践看，一直就存在着试图消除我们和语言之间的矛盾的冲动。当我们意识到没办法消除之后，便开始寻求超越。诸如作为诗人必须怀疑语言，或古人标榜的不着一字尽得风流，某种意义上，都是这种冲动的反映。古典经验将这一矛盾视为人类的暗疾；而在我看来，尽管会带来很多麻烦，但它却很可能是我们能拥有的最好的东西。我们必须学会从诗和语言的矛盾中找到最核心的生命的乐趣。而且越来越多的迹象表明，如果没有诗和语言之间的矛盾，我们的心智也不会有什么大的进展。

关于诗和独创性的关系，其实是一个立场问题。即我们必须坚持诗的独创性，尽管在某种程度上，我们知道它或许只是一个神话。但假如我们放弃这个独创性的神话，我们也等于放弃了一种内在的自我激励。更可怕的，我们或许放弃了一种诗和空间的可能的关系。因为很明显，假如没有独创性的神话，很多诗的空间也就对我们关闭了。

对诗人而言,最好的形式感就是最具洞察力的现实感。但诡异的是,对诗而言,最好的形式感却意味着我们必须学会克制这样的现实感。

有时,我们必须表明,诗是有秘密的。另一些时候,我们又必须坚持,诗是没有秘密的,它向任何生命开放。它对我们的自我没有任何保留。但在什么情形下,对什么人坦承这些东西,确实还是需要把握点时机的。

诗歌中的词性,说到底其实都是语言的地理现象。比如,一个词,我们在常规的语言场合里指出,它的词性是副词,或连词、或名词、或动词,但如果放到诗歌的场合中,这类常规的指认就会发生很大的变化。在诗中,词语的作用,取决于它的声音效果。词语的作用在于它的传递性。而这些声音,显然是从语言的地理中产生的回响。一句话,在诗歌中,副词既是它自身,也是它参与诗的声音的传递的一种现象。

诗就是,有些东西在我们和语言之间,只有你最先知道。

诗的晦涩,意味着我们正在从事拯救个体生命的事业。

人们经常抱怨诗的晦涩,其实,大多数时候,我们都先天地缺乏把诗写得晦涩的那种能力。换句话说,我们谈论很多诗的晦涩问题,也仿佛知道诗是如何晦涩的,但其实,我们从未在晦涩的意义上写出过晦涩的诗。

某种意义上,完全可以这么看:诗的难懂,恰恰是呈现在我们面前的一种生命的机遇。

这个世界上,最难的事情就是,默默承受住外部的压力,把我们生命中最好的部分留给诗。成就诗的秘密,其实也就是抵达我们自身的秘密。

关于诗的定义非常多。你其实不必知道哪个是最好的,最逼近诗的真理的,你只需知道其中的十个,其实就可以了。你知道它们的原因,是因为它们和你的身体发生了真实的交流。某种意义上,它们永远都胜过那最好的但却和你无关的诗的定义。

诗的意义是人类的经验的显影液。

诗的真实,其实源于一种独特的狂喜。美就是真,济慈这样说。但我们其实更了解,丑陋的东西更真实,甚至暴露了更多的真理。丑陋的真实程度远远胜过"美就是真"。济慈错了吗?一个很美也很真的问题就是,济慈怎么可能出错?所以,济慈其实讲出了一个真理:即诗的真实并不源自经验,它来自我们的狂喜。

客气点说,任何一首诗都是宇宙留下来的半页遗嘱。所以,诗人的技艺在本质上都可以归结为诗的记忆。换句话说,诗的技艺即诗人的记忆。

诗的意义,究其根本,即通过词语发出邀请的能力。如果发出的邀请不够有力,不够神秘,不够新奇,那么,诗的意义也就无法在我们这里完成它自己。

以往的诗歌写作,意义近似于战役要达成的目标。也就是说,通过对语言实施一种战役措施,诗的意义已飘扬在旗帜的抖动中。而诗的意图则类似于诗人的语言在战略上要获得的东西。但在当代的诗歌写作中,这种区分已发生了反转。在诗人的语言布局中,诗的意义蜕变为战略上的词语意图。诗的意图突变为诗人必须在语言的战役上要完成的东西。

或者这么说吧。是否愿意将意义归于语言的战略,将意图归于词语的战役,挑战着诗人自身在语言布局方面的敏感程度。

很多时候,我会陷入这样的感怀:一个人拥有再高的语言天赋,也不如一个人对语言的喜爱。一个人拥有多少语言天赋,看起来似乎很神秘。但其实,对诗而言,真正神秘的是,一个人如何觉悟到他对语言的喜爱。

诗没有邻居。曾有过这样的议论,新诗不够深刻的原因,是它不曾自觉地以哲学为邻。很难想象,诗如果以哲学为邻,会是怎样一幅画面。其实,大致也能猜到那意味着什么?那必定意味着我们的心智在风度上已堕落到一种势利眼的地步。诗可以和哲学发生交往,但是这种交往并不能保证诗的思想深度。

诗的控制是建立在语言像一匹奔跑的烈马之上的。如果缺乏类似的感觉,我们就无法谈及诗人的控制。它的要义指的是,诗人的手里攥着一条抖动着的缰绳。至于这条缰绳是否明确地套挂在了前冲的马头上,还得看诗人自己是如何把握语言的行动的。

新诗是以汉语的现代性为根基的。就语言的现代性而言,在我们的现代书写中,新诗和口语的关系异常密切,但如果断言新诗是以口语为根基的,比如郑敏曾指出"新诗是以口语为基础",这恐怕就是一个迷误。从错误的前提去把一个对象现象化,就会大大降低批评的质量。

一个视角:与其感谢新诗的成熟,不如感谢新诗的不成熟。

其实换一种眼光看,比如,从文学性的角度讲,在经历了百年实践之后,如果人们还敢说,新诗没有成熟。那么,我们也不妨这样指出,新诗的"不成熟",无论是作为一种阅读的观感,还是作为一种技艺的尺度,它展现的恰恰是新诗成熟的一种更深刻的文学标记。一句话,新诗的不成熟恰恰是新诗成熟的一种体现。

新诗面临的最大的危机,从来就不是新诗自身的问题已有多么可怕,而是人的无趣。一旦人乏味到无趣,我们把再好的东西放到他面前,他的反应都会带着一股浓烈的霉味,绝对比从棺材里散发出的味道还恶劣。

记住,除了美妙的自由,诗中绝不存在其他的自由。或者,也可以这么看,诗:自由和心智之间绝对的张力。

诗,可以帮我们做任何事情。但出于神秘的羞耻感,你得知道,有些事情,你必须靠自己来应付。

诗,是非常高级的东西。没错,它的确高级到我们即使用东西来称呼它,也无法辱没它的高级。诗,总会在那里的。人世的恶浊,命运的乖张,人性的诡异,常常令我们觉得诗没那么重要,没那么值得信赖,但是,所有这些误解,都无法损害它的存在。诗,甚至高级到它不愿成为我们的信念,而只想孤独地和你在一起。

诗是生命的本意。从这个角度讲,诗的根本在于它可以转化并展示了各种生命的形象。

诗是这样的场所:它提供了我们的再生。

也许,一首诗的魅力来自你已善于反省什么叫阅人无数。

一个诉求:深刻地恳请诗歌来使用你。某种意义上,这或许也是你使用语言来抵御历史的异化的最有效的方式。

诗的本意其实就是,在你发现语言之前,一只猎豹已发现了你。

我真正想留下的,并不是我的诗,而是我称之为"诗人日记"的那种东西。

诗人常常表露他们对语言充满怀疑。但事实上,就写作而言,诗人对语言的怀疑,只涉及非常特殊的情形,而且多半还很边缘;这种体会其实并非写作的主要部分。或者说,诗人对语言的怀疑,只是语言对语言的克服中的一个小黑斑。也不妨说,比起语言对诗人的怀疑,我们对语言的怀疑,不过是巨婴吃奶。

语言也渴望成为诗本身。但我们必须知道,这种渴望几乎与语言的欲望无关。小诗人的写作的迷误在于,它将诗人视为这一过程中的中介者。似乎语言要成为诗本身,必须借助诗人。这或许是诗歌文化中最深远的误会。真相是,语言只能借助语言来成为诗本身。

诗渴望成为语言,但不会以语言希望的方式那样来促进这一事件。从类型上看,小诗人的写作最固执的一面,就是它以为诗如果想成为语言,必须要按照语言本身的欲望来进行。

诗让语言看清了语言本身的真容,语言也让诗看清了诗最深的东西。但是,很奇怪,它们两者之间不是相互借用的关系。

诗和语言是一体的,它们之间的关联非常密切;这种密切的程度,很多时候,远远超出了我们的想象或思虑。诗和语言常常试图以对方为核心,诗试图以语言为核心,语言也试图以诗为核心。但另一方面,诗和语言之间又有很深的界限。诗不是语言,虽然看起来,诗几乎是语言。

诗和语言的关系,明显得就像灵魂和肉体的关系。但不那么明显的,人们经常分不清诗和语言,哪一个更像灵魂或肉体。再进一步,对诗而言,我们所有的困惑,如果不涉及微妙的矛盾,那么你也可以断定,它们基本上是一些自我蒙昧的下脚料。

诗的写作确实可以反复触及这样的生存情境:或者,语言因你的灵魂而微妙。或者,语言的灵魂因你而微妙。

在快的方面,把诗的力量和语言的大爆炸联系起来。
在慢的方面,把诗的风格托付给语言的挖掘。

对诗而言,最好的形式意味着最深的洞察。但事实上,即使天赋优异,我们也不可能每次都那么走运。

最优异的诗歌写作,有时会和语言的私刑挨得很近。这时,神秘的克制会帮你做出高贵的选择。其实,反过来,也可以这么讲,你的写作越深入,你遭遇神秘的克制的频率就越高。

说真的,对诗和我们的关系,我只有一个困惑:一个人不喝点酒,怎么可能把诗写通呢。

或许,对个人而言,诗最有魔力的地方就是它将我们的自我矛盾变成了一种生命的乐趣。

是的。是的。你必须了解我们所置身的那种状况：并不是真的没法定义诗是什么。通常，当人们附和说，诗是没法界定的。这里，真正的意思是，我们已足够了解诗是什么，这种熟悉的程度甚至包括我们知道，诗的不可定义的部分能为我们提供怎样的机遇。

或者说，这事关人文的心智：我们并不是真的不知道诗是什么。但从性情而言，从我们和语言的机遇性关系而言，我们的确从我们声称我们不知道诗是什么的情形中获得了更多的启发和乐趣。

从语言的角度看，诗的主要意图并不在于词语的标记性，而在于词语的地理性。换句话说，标记性的东西，词语在我们的记忆中编织起来的提示性，固然增进了诗和生命之间的关联；但从根本上说，诗渴望展示的是词语的可看性，即通过词语的风景对人的形象的一种还原。

诗的愉悦其实来自这样一种现实感：比诗更清醒的东西是不存在的。

新诗的要义，其实说起来也很简单。作为一种实践，新诗不过是敦促我们在语言的心智方面尽量保持一种汉语的开放性，以应对现代世界的变化。从这个角度讲，新诗想要解决的，其实主要还不是汉诗本身的问题，而是作为一种表达的汉语的开放性的问题。

诗的形式是诗的伦理的基础。诗的形式，不仅源于语言自身对完美的表达的追求，更重要的，它决定了诗的道德关怀是否具有足够的洞察力。不论我们如何争议什么是诗的形式，有一点是非常明显的，缺乏形式感，诗的伦理就流于自我蒙昧。另一方面，也必须清醒地意识到，缺乏自我变革的形式，也会败坏诗的伦理。

作为一种现代的实践，新诗的伟大在于它对汉语的诗意表达，既提出了问题，又展示了答案。

诗是一种神秘的责任。但诡异的是，其中所包含的严肃性，不在于责任，而在于神秘。

有的时候，与其反复琢磨诗的语感，不如细心咂摸诗的口感。另一些时候，语言的口感，会比你独自面对诗的语感时带来更内在的启示。

诗的意味指向了两种最根本的生命的愉悦：一、不要辱没你的心智；二、不要辜负你的潜能。

换句话说,当我们有机会思索我们为什么是诗时,我们已接受了诗对生命的暗示。也许还有更好的选择,但是,留给我们的时间太少了。

当代的诗歌文化喜欢纠缠诗的读者问题。但在如何想象诗和读者的关系问题方面,又很僵硬。其实,从根本上讲,诗从来就没有读者。阅读诗歌,并不意味着就一定能成为诗的读者。阅读诗歌,只意味着我们在不同的环节方面参与了诗的生成。诗,只向创造者和使用者开放。阅读诗歌,意味着天才地使用诗歌。

诗是人的生命中最具启发性的开放,既是自我开放,也是向他者开放;并且最令人惊异的,这种诗的开放,始终是作为一种秘密出现的。如果我们对秘密缺乏感觉,这种开放就会大打折扣。

诗歌中确实存在着比语言的暴力更狠的东西。但幸运的是,它是诗的智慧的一部分。

自屈原开始,大多数情形中,诗都是诗人凭一己之力独自写出的。表面上,没有什么比这更能意味着诗人可以独占诗的权力了。但是,我们遇到的最深刻的生命情境却是,诗并不为诗人所独有。

一个诗歌的读者,居然只能靠意淫诗歌的痛感来表白自己的生存敏感,这其实是一种莫大的悲哀。不过,万幸的是,这种自我蒙昧的悲哀,与诗歌的好坏无关,它是一种智力的悲哀。

因为诗,我们知道,语言的灵魂和人的灵魂不是一回事。两者之间有很密切的关系,语言的灵魂更接近一种地理现象,而人的灵魂则依赖文化的性格。幸运的是,诗更偏向于信赖语言的灵魂;对于后者,诗并不迷信。这的确有点令人难堪,但是,这也提供了一个衡量诗歌的更内在的尺度。

无论多么艰难,诗人的责任在于他必须有能力把握诗的最根本的特性:在语言和孤独之间建立起一种神秘的信任。

哲学的支点在于怀疑语言。哲学揭示的真相,往往必须通过怀疑语言来完成。自现代以来,诗人往往也被教导必须去怀疑语言。但这种怀疑却最终败坏了诗的品位。也许现在我们必须意识到,诗的支点在于学会信任语言,以一种神秘的眼光去信任语言。诗的真相无不来自对语言的信任。

诗如何开始,正如人如何开始。但更微妙的,也更具有启发性的,诗的结束也可以预示人如何开始。

富有诗意的东西,恰恰不能只用诗意本身去看待它。或者也可以这么表述:越是诗意的东西,越不能将它只局限在诗意本身之中来衡量。

在诗中,愉悦和智慧的关系,往往很难避免被道德化。比如弗罗斯特说,诗始于愉悦,终于智慧。表面看,很中听,骨子里已带有道德化的痕迹。诗的愉悦其实是诗的智慧的最高体现。对文本而言,诗的愉悦不是一种开始现象。其实,人们也可以这样认为,诗的智慧是为了帮我们获得诗的愉悦的一种铺垫。

也许更重要的,不是在诗的愉悦和诗的智慧之间做出新的调换,而是更明确地指出:唯有在诗的愉悦中我们才能目睹事物的新生。所以,诗的愉悦不全然是我们的一种主观感受,它揭示的其实是一种客观的生命境况。

什么时候,一个诗人觉得诗的场景比诗的形象更重要时,他便开始遭遇诗的独特性对他的语言意识所进行的独特的袭扰了。

诗人必须洞悉人生的悲哀,但另一方面,他也必须同样深刻地洞悉,诗并不想利用人生的悲哀。

诗是一种神秘的努力。尽管我们对诗的看法会受到情绪的影响,但这种努力却有它自己的语言轨迹,足以让诗避开我们对诗的情绪化的看法。

我们必须有能力思索诗是如何纯粹的,以及这种诗的纯粹在何种意义上会和生命发生关联。但所有这一切,并不意味着我们必须进入诗的纯粹。即使我们之中有人真的有能力进入诗的纯粹,他想必也是获得了这样的启示的诗人:他知道自己应设法延迟进入诗的纯粹。因为诗的纯粹提示的是一种意义,而非一种状态。

诗是一个独特的事件。而作为一个生命个体,你和这个事件的关系是否独特,取决于你的觉悟。所以,当你说你喜欢一首诗时,它是你用马尾巴就能提起来的高山流水。当你说不喜欢它时,仿佛有一种声响和它有关,而我们能看见的不过是,崩飞的嘶嘶作响的轮胎,直接落向了动物园。

阅读诗歌时,批评诗歌时,首先需要警醒自己的就是,我们都曾深刻地误解过诗的深刻。我们都曾深刻地忧虑过我们有可能写得不够深刻。任何时候,我们更需要让自己明白的是,语言不是用来深刻的,它是用来激活的。想要写出生命的深邃,诗歌就必须过深刻这一关。

诗的伟大、诗的神奇、诗的美丽、诗的魔力,就在于诗跟人们声称喜欢或不喜欢,没什么关系。

语言的华丽,在本质上,不是一种风格现象,而是语言本身的一种地理现象。这种认知,尤其适用于什么是诗。

某种意义上,在已知的诗歌情境中,我们或许确实没法回答:诗和重复的关系,以及诗人的自我重复的问题。但我们也确实知道,魔鬼从不会重复自己,这也意味着,在我们面前,恶永远是新的知识。而天使只能重复天使。这差不多同样意味着,善是原始的知识。所以,诗的重复根源于一种原始的冲动。

对诗而言,最好的洞察都是建立在诗人的丰富的情感之上的。但作为一种内在的修正,人们更渴望见证的是,诗的最好的情感是确立在诗人的最犀利的洞察之上的。

语调是诗的底盘。这听起来也许有点陌生,但我敢打赌,这至少比有人把想象的逻辑当作诗的底盘,要可靠些。

诗人或许只是诗的一种功用。伟大的诗人不过是诗的伟大的功用。但在我们的诗歌文化中,最经常看到的情形是:诗变成了诗人的一种功用。

追究诗和散文的区别时,诗人首先遭遇的现代情形是:词语早已是比语言挖得更深的战壕。

就诗歌意识而言,如果语言是一种能力,那么词语就是一种精力。或许,对一个诗人来说,最走运的事情就是,他的天赋已埋没在词语的精力之中。

回顾这一百年中针对新诗的批评,我有一个强烈的感受:不够审美,是一个问题;不够深刻,也是一个问题;甚至不够聪明,也可以是一个问题;但最主要的问题恐怕就是,不够开明。

如果你觉得诗的目标必须呈现在清晰之中,你就必须忍受自己转得比地球还快。

一种潜伏在汉语深处的自我修正:从开放的诗走向开明的诗。我们已经写出了开放的诗,我们还应该写出开明的诗。换句话说,我们学会用开明的诗歌意识,在更深邃的经验领域中来处理我们对汉语的新的感觉。

回顾百年新诗,可以这样讲,新诗的发生为汉语带来了一种新的书写向度:人们终于可以凭借自由的体验写出一种开明的诗。这种诗的开明性,在以前的汉语书写中是很微弱的;但由于新诗的出现,它得以让我们有机会在更为复杂的经验视域里重构自我和世界的关系。

对诗而言，象征固然是源于语言的意义。但我们也应意识到，象征更是语言本身的一种暗示功能。这样，在锤炼诗句的时候，诗人的注意力首先应该放在如何激活语言本身的暗示功能上，而不是用象征模式简单地套现语言的肌理。

尽管有点折磨人，但最美妙的生命的布局依然是，诗比我们更长久地拥有语言的身体。我们也许进入过语言的身体，但必须记住，我们并不拥有它。我们甚至也不拥有诗的身体。在语言面前，我们必须学会面对一种残酷：我们只珍贵地并且注定很短暂地拥有过死亡的身体。

当代诗歌的现状，牛逼哄哄并且确实也写得不错的诗人太多，骄傲的并且富有洞察的诗人太少。那么，我们如何安置自己的批评立场呢？从抱怨走向廉价的愤世，是一种选择。但是，我觉得，这一切不过是一种诗歌史的喜剧。我们不该把时间消耗在抱怨上，我们应该努力督促自己去发现真正的值得认真看待的问题。

从根本上讲，诗的技艺就是让距离在语言中变得微妙起来。换言之，对距离的控制，一直是诗歌写作中最核心的工作。一方面，距离参与了观念的生成；另一方面，通过变化，距离又从观念中释放了隐喻。

有多少距离就有多少诗。

说到底,诗事其实就有这么简单。但问题是,这真的很简单吗?

距离产生了诗,还是诗决定了距离? 这是一个问题。表面上,在两者之间进行的不同的选择,会造成诗歌观念的分歧。但这毕竟还不是最主要的。最主要的,诗决定距离,意味着我们还有可能道德于神秘的机遇,从而成就一种生命的审美。

诗和内行的关系,近乎是一种最严厉的喜剧。谈论诗,甚至判断诗的好坏,是不是内行,都还无所谓。但是,洞悉诗人的意图、他的野心、他的花招、他想偷懒的念头,他是否在他的诗艺中成就了某种价值……这些东西都必须依赖内行的眼光。

诗的成熟并非总是那么重要的。但假如我们真想关心诗的成熟,或者,真想认真谈论新诗的成熟,那么就必须意识到,诗的成熟是建立在学会尊重语言之谜的基础之上的。不想尊重语言之谜的话,就永远谈不上有什么诗的成熟。

沉湎于语言的直觉,其次才是沉湎于诗的经验。换言之,与其沉湎于语言的经验,不如沉湎于诗的直觉。或者,如何进入诗的沉湎,与其说是对诗人的写作的一种极大的考验,莫若说是对诗人的意志的一种深刻的诱惑。真正的诗歌写作必须要过沉湎这一关。

以温柔的方式,将诗的孤独用于一种尖锐的教养。换言之,假如诗不能成全这个人的教养,诗就会无可避免丧失它的诗性正义。

当代诗歌场域里,听某些人谈论其他诗人的好坏时,听上去很像倒腾鱼虾的,指责卖玉石的真假难辨。

诗的介入性,我这样理解,如果把它理解一种对世界的积极的干预,强力的修正,那么,它就必然会堕落为专断的东西。诗的介入性,最好是把它理解为在诗和真实的生活之间存在着一种积极的关系。它可用于加强生命的自省精神。

诗和渊博的关系,像诗和精准的关系一样,是一个意思。或者也可以这么表述:诗和渊博的关系即诗和精准的关系。而接下来的事情则颇有戏剧性,小诗人往往非常较真什么是渊博,什么叫精准,大诗人则投身于一种专注的情境:要么渊博于精准,要么精准于渊博。

对诗而言,孤独的改造优于哲学的改造。

更敏锐地,更自觉地,更无畏地,将诗用于孤独的改造。

对人生来说,诗也许是虚构。但对世界而言,诗从未虚构过任何事情。

诗的传统是从诗的阅读中生成的。就汉语的情形而言,传统可以由我们对古诗的阅读中产生,但必须意识到,这种阅读不一定就是全部,更非终结性的。传统也可以由我们对新诗的阅读中生成它自己。事实上也是如此。现今的语境中,对汉诗的传统指认,很多都来自人们对新诗的阅读。

每一种诗的信念都能带来一种语言的运气。人们当然知道,诗的运气并不来自诗的信念;或者,他们自以为他们知道。但诗的信念和语言的运气之间总会有令你意外的地方。所以,多数情形中,你并不需要哀叹你没有做过什么;你只需问自己,作为一个诗人,你还能用语言做点什么呢?

从未有过一种诗歌,是人们读不懂的。换句话说,也从未有过一种诗歌,是人们已完全读懂了的。对诗而言,阅读的道德在于,如果一首诗能被我们完全读懂,这绝对是一种耻辱。记住尼采的恐惧:"深刻的思想与其说担心被人误解,莫如说它更害怕被人理解"。

诗人必须过结构这一关。小诗人总会感到结构对感觉的无所不在的威胁，他们不肯面对结构，害怕被结构吞噬。而大诗人经过自觉的努力最终用想象力触及了我们最根本的经验结构，并在其独异的写作中发展出一种结构性的想象力。

假如诗歌是一面镜子，你确定你要的是，一种结构性想象力吗？

人们喜欢说诗是简单的，但其实，诗既不简单，也不复杂。或者也可以这样看，当我们刻意想指陈诗是简单的时候，这恰恰表明，诗有可能是复杂的。诗对应于我们的生存情境。即使从使用的角度讲，简单的诗可以有简单的用法，也可以有复杂的用法。

同样，当人们喜欢说诗是朴素的时候，诗既不朴素，也不华丽。指陈诗是朴素的，这只反映出一种特殊的需求，一种基于特定的文化背景的阅读期待，它并不构成对诗的总体指认。但在我们的诗歌文化里，经常会出现这样的事情，人们往往用他们自己的特殊的期待来界定诗的本质。甚至很少有人意识到，这其实是一种僭越。

越来越觉得，即兴是汉语诗的看家本领。

如果诗缺乏即兴的能力,那么它也就丧失了最根本的语言的直觉。

将诗从孤独中拯救出来的最好的方式是,首先将孤独从诗中拯救出来。

诗不仅仅是神秘于表达,更主要的,诗也神秘于语言。

诗只在乎秘密,不在乎大小。并且很显然,这构成了一种绝对的精神倾向。

尽可能善意地对待诗本身,因为这意味着一种极大的愉悦。

诗,美妙于我们有可能是美妙的。

诗非常深邃,也很丰富;但是,它不庞大。这是和诗有关的最基本的事实。谈论诗的时候,我们最好能牢记这一点。与此相关的,诗能解决我们的根本问题,但它不能解决我们以为我们必须要解决的宏大问题。

百年新诗的实践,从大的路径上讲,无非两条:一、无焦虑写作。超越新诗的现代性,将现代汉语的书写视为一种机遇和能量。二、怎么写,都逃不出焦虑写作。不断陷入纠缠回归古典或闪击翻译体的自我循环的话语泥潭。前者,仍以王敖为标高。

古诗和新诗的对立,其实是有时效的。这种对立在不同的文学史场域里具有不同的面目,它并不是固定不变的。并且,这种对立始终存在着相互共融的趋向。

其实,从语言和实践的关联看,经过百年的发展,新诗已成为汉语的一种风俗现象。换句话说,如果再用观念之争来处理新诗和传统的关系,就显得太简单了。现在,这个底牌也可以这样翻,如果说新诗最开始看上去有点像观念的产物的话,那么,它现在绝对已融入到汉语的语言风俗之中。新诗已变成汉语的一种仪式。

百年新诗,从文学史的角度看,似乎它只是一种诗歌现象;以往很多对新诗的判断都是在将它看成是文学现象的基础上做出的。所以,赞成也好,反对也好,总摆脱不了观念之争的积习。现在,我们需要从语言本身的角度来重新理解新诗的实践。新诗,既是汉语的一种书写现象,也是汉语的一种结构性的功能。

如果我们读得足够有趣和智慧,所有的古诗其实都是某种意义上的新诗。或者,也不妨说,如果古诗不能成为我们手中的新诗,古诗其实也回不到它自己的古典性之中。它必然呈现为一种游魂状态。

新诗的横向移植,过去被全然描述为一种异质化的审美过程,然后将它框定在观念之争的牢笼中。这种处理方式其实是低能的表现。面对新诗的百年实践,我们必须认识到,新诗的发生和拓展,从根本上讲是一种语言行为,是语言本身的拓展机能在起作用。换句话说,诗歌史不过是汉语的一种自然物状态。

新诗的横向移植,其实不过是语言基因的水平转移的一个看上去有点复杂的例子而已。换句话说,如果我们承认基因的水平转移是自然的,那么,新诗的实践作为一种语言的行动,它必然会从有利于完善它自身的诗歌机能的角度出发,去接纳和包容新的表达元素。

新诗的发生,与其说是历史的选择,不如说是汉语自身的拓展促成的。从这个角度看,新诗和汉语的现代转型之间的关系,虽然产生于特定的历史场域,但它包含的政治性更为深刻。这种关系,绝不像有些人说的那样,是一小撮知识分子的黑箱操作的结果;它体现了一种集体抉择,更源于汉语自身的文化觉悟。

在诗歌面前,嘀咕看不懂,或嘟啵没看懂;这就跟到了海边,说不会游泳,或以前没游过,非常相像。转念想想,这其实根本就不是人的能力的问题,这是一种人性的乖戾。

如何给诗人下定义,比怎样给诗下定义要困难得多。如果我们所处的情形是反过来的,那么,肯定是哪里出了问题。或许可以这样理解,所谓诗人,就是各种各样的线索在其身上汇聚得最密集的一个使者。

诗是一种邀请。无论它看上去多么像来自外部的一种施与,诸如有人喜欢声称,他是读过李商隐才开始喜欢雪莱的;那也不代表这种诱因全然是机遇性的。诗是一种独特的邀请:这一邀请的神秘之处就在于,它是内置于我们和语言的未来的关系中的。没错。因为诗,我们意识到我们和语言的关系从根本上讲是未来的。

常常会有一种误解:仿佛有人知道诗是写给谁的。或者,诗应该是写给谁的。但其实,不仅诗人自己无法确定诗是写给谁的,而且喜欢以读者大众为面具的人也不可能知道诗是写给谁的。甚至,诗自己都不知道诗是写给谁的。这样,我们才会知道,诗其实是写给自己的,但这"自己"又并非一个确定的主体,因为我们每个人都在这个神秘的自己中看到了自我的真相,生命的真义。

诗,只有严格地声明它是写给自我的,我们才会省悟到,我们实际上都是从那个自我中获得新生的。如果我们在诗和自我的关系上有任何疑惑的话,我们应该每隔几年就去重温一下惠特曼的《自我之歌》。甚至有时,它被翻译成《自己之歌》,听上去也是恰当的。

诗的精确,在古诗和现代诗中是两种完全不同的东西。古诗的精确多半建立在诗人的语感对诗的典故的巧妙的回应之上。现代诗的精确则来自诗人的洞察对散文的节奏的敏锐的捕捉。

现代的诗歌观念中一直有一个误区,人们以为深刻的诗只能源于自我怀疑,甚至不惜将诗的自我怀疑拖入虚无的无底洞。但其实,真正深刻的诗无不源自一种神秘的自我肯定。

散文,对诗而言,从根本上说,它是一种诗的语言的能量方式。如何看待诗歌的散文性,其实最能考验一个人的诗歌智慧。

对大诗人来说,散文是诗歌内部的一种句法现象;对小诗人而言,散文则永远都是诗歌外部的一种语言现象。从诗歌史的角度看,一直都存在着两种不同的如何看待诗和散文之间的关系的选择。一种是积极的态度,它把诗和散文的关系视为一种可能性,它不在两者之间设置本质化的界限。另一种则是消极的态度,它倾向于推断诗和散文之间有不可逾越的鸿沟;对任何存在于诗的表达中的散文性,都一概否定。

从实践的角度看,现在更为迫切的是,我们必须在诗歌文化的观念上彻底更新我们看待诗和散文之间的现代关系的眼光。诗的散文性,不仅仅是一种文体现象,它更是一种诗歌语言的能量现象。

诗的个人性,其实是一种更深刻的文明现象。或者说,个人对诗的决定权,恰恰是一种文明的成果。如果我们想在文明的意义上谈论诗,首先必须承认诗和个人之间的关系。对我们来说,这种关系也是诗和生命之间的关联的一种体现。新诗的历史,假如有什么东西需要反省的话,就是新诗文化对个人和诗的关系的极度忽视。

诗是诗的主题,从根本上讲,是诗是人的主题的一个极端的延伸。在这个问题上,大诗人的写作充满了对诗是诗的主题的深刻的误读,而小诗人的写作则常常表现为对诗是诗的主题的单纯的信奉。诗,要想获得绝对的启示性,它就必须专注于诗是诗的主题。但是,另一方面,诗要想达成交流,诗又必须给经验一些面子;这样,诗是诗的主题就需要做出一些假摔性动作:比如,就像中国古人在《诗纬》宣告的那样:"诗者,天地之心也"。

诗最大的可能性在于,诗是一门艺术。诡异的是,诗的困境也在于,诗是一门艺术。换句话说,诗是一门艺术,但和大多数人想象得正相反,只在极其特殊的情形下,诗才是语言的艺术。诗借由语言生成,但又常常受困于语言的约定俗成。它以语言为战场,以记忆为丰碑。真正的晦暗之处在于,诗,并不想成为我们以为它必然会渴望成为的那种语言的艺术。就动机而言,诗只想成为伟大的艺术。诗,没有坟墓。

诗的游戏性,恰恰是诗值得我们去认真看待它的原因。换句话说,诗的游戏性布局了诗的反游戏性。而诗的反游戏性又为诗的游戏标识出了更深邃的灵魂的边界。

其实,没有人真正知道诗的救赎和宗教的救赎之间最根本的区别在哪里? 这不是智力上的问题,这是一种独特的设计,其目的在于无限推迟我们对否定性的粗糙的依赖。但是,从另一方面来说,作为一种事件,诗的严肃性就在于我们可以假定我们之中有人也许会猜到那个区别。

对诗而言,最准确的个人的声音其实和忘我有关。诗的忘我,其实是一种声音现象。比如,在倾听面前,所谓的天籁在本质上就是一种忘我的极端的状态。以前,在探究古典诗学中的忘我观念时,我们习惯将忘我归入一种诗的主体性来看待,要么将忘我理解成一种诗的视角,要么将忘我理解为诗的境界的一种前提。但其实,古典诗歌中的忘我观念源于古代的耳朵对诗的声音的独特的敏感。就此而言,艾略特所说的非个性原则,在骨子里,其实也是一种诗的声音观念的反映。就此而言,诗的最美妙的声音几乎全是我们从事物内部的谈话中偷听来的。里尔克的声音观念里,也曾流露过这样的自觉。

诗和故事的关系,可能比现在流行的叙事学探究过的,要神秘得多。对故事没感觉的人，其实写不好诗。这话也许说的有点残酷，但基本可以断定对故事没感觉的人，对存在本身也不会有什么深透的洞察；最致命的，这种缺陷会损害诗性的洞察本身。也不妨这么说，一方面诗必须提防故事对它的同化，另一方面又必须意识到一种情形：就风格而言，故事是诗的窄门。说得更直白点：小说是诗的窄门。

诗和虚构的关系在本质上只涉及两种情形：小诗人喜欢痛感到虚构的魅力，并热衷于上虚构的当。大诗人则激活了一种潜能：既然诗必须过虚构这一关，甚至没法不上虚构的当，那就在假装上虚构的当的同时，也让虚构本身上几回诗歌的当。

和什么是诗无关。诗就是方言的意志。或者说，诗神秘于方言的神秘的信念。马拉美几乎表达过这样的意思，诗的力量在于它是"部落的语言"。和诗歌有关的创造性的展示，说到底，无非是我们曾有过一种自觉：我们也许有机会在方言的意义上发明诗。

诗的最大的效率在于它的无用。或者说，无用恰恰是诗的神奇的效率。

现在通行的诗歌阅读学都存在着一个问题，那就是总是千方百计引诱或鼓励读者从一首诗中读出所有的诗。这种倾向其实很恶劣,它很容易败坏人们对诗的喜爱。真正的诗歌阅读,要义是从一首诗里只读出半首诗。甚至在理想的读者那里,它比一半还要少。

一个人和诗的语言的关系是偶然的,但从天赋的角度看,这种偶然性一旦发生,它又是绝对的。所以,假如我们非要从现象的角度来梳理诗的历史的话,那么我们就必须意识到,诗,首先是自在之物。谈论新诗的历史,首先要学会承认这一点。否则任何谈论都必将沦为笑料。这方面的教训太多了,比如,五十年前,钱钟书曾自信地断言,五十年后,新诗会像飞灰一样早就不存在了。

和定义无关:诗,就是你埋伏在语言中神秘地等候我的永远的缺席。

生活经常跑来试探诗,但真正的诗从不去试探生活。不过也有例外,小诗人最喜欢干的事情就是,用诗去试探生活。并且,他们还喜欢将熏过的模样视为终于经历了人间烟火的洗礼。这里面,其实还涉及一个残酷的尺度问题:大诗人经得起任何试探。小诗人几乎经不起什么试探。

有时,真正的好诗会让一个人冒冷汗。更诡异的,这冷汗会汇聚在你的脚下,变成一面自我之镜。从里面,你看到的东西,不会太多,但它是你和天启之间的最后的联系。

现代的诗歌感性的核心是如何激活自我。这是生命和诗之间的秘密契约。卢梭曾直觉地讲过,如果人的言述有危机的话,那么它恰恰是"缺乏自我意识"。所以,现代诗必须过自我这一关。对诗而言,自我并不仅仅是一种主体现象,正如惠特曼展示的,它更是一种生命的歌唱状态。其实不妨就这么亮出底牌:自我是一种诗性的状态。尽管现代的知识学倾向于解释,自我缺乏连贯性,难以撑起一个完整的主体性。但作为诗人,我们应该有胆识也有办法把生存的意义推向这样的情形:诗的可贵之处,就是我们能创造性地假定自我是非常连贯的。

为了对得起人最好的那一面,必须承认,诗是有毒的。或者,委婉点说,诗有时是有毒的。假如没有这美丽的毒性,人的自我蒙昧将会更加肆无忌惮。

新诗的伟大不该只是一个少数人的秘密。我们不仅应该学会辨识新诗的伟大,更重要的,更为迫切的,我们还应该懂得,承认新诗的伟大是我们的责任。感觉不到这种责任,谈论新诗的好坏,最终不过是过眼烟云。

诗人和语言的关系,基本上只会沿着两条路径发生:一、敏感。二、自觉。敏感于语言,需要激活天赋,但大抵而言,这种能力已存在于诗人的潜能中,并带有个体生命的独特的印记。自觉于语言,需要激发诗人对现实的语言场域的强力洞察。它可归结为一种强大的现实感。一方面,诗人必须警惕现实主义的强制性的诱惑,另一方面,诗人也必须明白,一个诗人的最核心的成就是对语言的现实性的塑造。

谈论新诗和汉语诗歌史的关系时,我们都曾受到过一种知识分子视角的干扰。在这种视角下,按流行的诗歌史叙事,新诗的实践被归结为各种问题;这种文化倾向的弊端是,它总要试图把新诗问题化。诸如,新诗还不成熟。新诗还没建立起自己的格律。换句话说,目前的诗歌史在叙事方式上存在的一个大问题就是,它把新诗的存在无意中简化为一种文学现象来对待。但事实呢,新诗不仅仅是一种现象,新诗就是一种存在。

历经百年,新诗的存在性确实取得了非常了不起的成就,甚至可以说是伟大的成就:假如说新诗的兴起还离不开对历史的依赖,新诗的实践也曾深陷在新诗的历史化的泥淖中,但是今天,新诗的存在已和历史拉开了距离。新诗的历史化本身沦为一种过去。可以说,当代诗已彻底摆脱了对历史的依赖。在文学观念上,在抒写意志上,当代诗已挣脱了新诗历史化的阴影。

将新诗百年作为一个话题的最好的方式就是,我们得学会面对一个基本的文学事实:即新诗和诗的关系,其实就是古诗和诗的关系。

如今,在诗和美的关联中,有很多比陷阱更可怕的沼泽,它们能将热爱诗的生命无声无息地拖入永恒的黑暗中,且不留下一点痕迹。美,有很多可怕的假象。但从另一个角度说,尽管四周遍布着这样危险的情形,假如我们真渴望成就诗的伟大,我们就必须将美感列为最核心的生存体验。对诗而言,背叛美,就意味着背叛诗的运气。

如果你没有见识过诗的力量,你不妨想象一下,那隐藏在诗性书写中的某种东西,曾令深渊倒立过来。

当代诗歌的两个真正的敌人:一、对知识分子身份的势利的幻想。二、极具吞噬性的诗歌原始主义倾向。回顾百年新诗,如果说真有什么诗歌之战的话,那么它肯定不是有些人喜欢臆想的那种模式,比如,独立的写作对抗体制性的规训。对汉语的现代诗性而言,真正的诗歌之战始终是,天才的写作对现代文化中的诗歌原始主义的抵抗。

对诗而言,现实只是一种特殊的意义。并且,大多数时候,作为一种意义,现实是有待诗人去发明的。作为对象的现实,也许会在文学动机方面刺激诗歌,但正如刺激这个字眼本身所显示的那样,它很可能将诗引入一种低级的反应。因此,诗人的现实感最终只能体现在一种神秘的平衡能力之中。

一个秘密,一个诗人如果不能回应信仰的启示,那么在诗的洞察力方面,他将陷入致命的缺陷。一个诗人不一定非得置身仪式性的信仰,但他至少得感受到信仰和智慧的最深切的关联。

一个契约,语言是诗歌的骰子。唯一的疑问是,那将骰子抛出去的力量能把我们甩出多远呢。在诗性的表达中,如何信任这种抛掷的力道,几乎是写作的一个至深的秘密。

来自诗的最深刻的礼貌,就是诗对诗的意义的疏远。作为诗人,我们必须学会用诗的意味克服诗的意义。

警惕意义的诱惑,有时比警惕意义本身更能考验一个诗人的智慧。

诗的洞察源于对快乐的深刻的体认。几乎所有认为诗的深刻是建立在对痛苦的把握之上的观念,都在抒情的本意上降低了诗的力量。叔本华说过,人生就是烦忧。所以,诗和痛苦的关联几乎是常识性的。但是,相比之下,诗对生命的愉悦的洞察,却几乎只能是神秘的;更重要的,它也是本源性的。

对诗而言,源于否定的写作,有一个问题就是它太容易抵达深刻。这是它不够神秘的地方。倾向于肯定的写作,和否定性的诗歌书写相比,它看上去似乎不够深刻,但在想象力的本源上,它是神秘的。诗的立场,归根到底是站在神秘一边。

诗,既是我们的深刻,也是我们的天真。

这意味着,当我们想深刻地谈论诗时,必须记得,诗矛盾于深刻。同样,当我们以为我们可以天真地谈论诗时,也必须记得,诗矛盾于天真。

诗,既是一种拯救,也是一种放任。

伪善的东西往往只想让我们看到前者,而害怕我们接触到后者。更可怕的是,我们也想让我们自己相信,我们只应该看到前者。

伟大的诗会心于孤独的友谊。

或者更直接的,伟大的诗在本质上展现的是一种孤独的友谊。

新诗的自由曾令人感动惶惑。它特别增加了文化阳痿者最内在的恐惧。但是,诗,兰波宣称的——"必须绝对现代"的诗,既在拯救中得到自由,又在自由中得到救赎。难道这不是我们曾选择过的事情吗?

如果不是在诗的洞察的意义上谈论诗，我们还不如去钓鱼。

和诗意有关的问题，其实也不妨试一下这样的回答方式：什么是诗意？通过想象力。诗意能干什么？通向想象力。

真正的诗歌批评要成就的是，一种渗透着伟大的同情的洞察。

诗和批评的区别，其实很可能并不如人们散布的那么大：写诗是一种寻找；写批评同样是一种寻找。运气好的话，或者理想的话，诗因为寻找而开辟出一片新的领域，批评则在这领域里重新建立了另一种寻找。所以，从寻找的角度看，在伟大的写作中，写诗和写批评不是那么泾渭分明的，吸引两者的，几乎是同一种东西。

20世纪中国诗歌的两次拯救：第一次，把诗从保守的传统中拯救出来。第二次，把诗从粗鄙的文化中拯救出来。这两次拯救都涉及诗和政治的现代性关联。

对诗而言，原创性很重要。但这种重要性如何实施，却是一个非常棘手的话题。原创性，可以是一种意识，这样最好。它也可以是一种观念，但把握它需要很高的悟性。最危险的做法，是把原创性作为一个判别的尺度，那基本上是用苏格拉底意义的无知折磨诗歌。

　　在这个话题上，我自己也常常陷入困惑。当我困惑时，我就求助这样的例子：杜甫和叶芝的关系，取决于你有没有能力把杜甫读成叶芝。

　　在诗歌写作中，真正的难度在于，没有难度的诗并不存在。

　　诗和纯粹的关系，是一种情人关系。诗和不纯的关系，是一种婚姻关系。在我们这里，流行的诗歌批评总试图把自己打扮成通天的裁判，总想着在诗和这两者的关系问题上裁断出一个大是大非。其实，无论是诗和纯粹的关系，还是诗和不纯的关系，在本质上都不涉及对错。没有诗的纯粹做映照，诗的不纯绝对会变得粗鄙不堪。

　　诗写得好不好，纯粹或不纯粹，都不是最关键的因素。对诗人而言，偏向任何一边，都意味着诗对运气的依赖又加深了一层。

　　这么说吧，诗的纯粹，归根到底，看的是一个人敢不敢用他的诗歌天赋做下注。

　　诗和思想的关系里历来有两个错觉：存在着有思想的诗，和没有思想的诗。和诗有关的真正的思想是，有思想的诗，是一种残酷的假象。相比之下，没有思想的诗，反而只是一种蒙昧的假象。真正的诗和真正的思想从不会误解彼此。在诗面前，深刻的思想不过是一种可怕的错误。

如果说有什么关系的话,诗和思想也许是因果论的一种畸恋。两种情形同时存在:因为诗,思想很深邃。因为思想,诗很伟大。但无论如何,它们不是彼此的目标。

某种意义上,诗要承担的道德只有一个:重新开始研究生活。没有研究过生活的诗人,最终要露出语言的破绽。也不妨说,留给我们这代诗人的最后机遇,就是更加自觉地开始研究生活。

个人的决断,是现代诗的书写行动中出现的一个主题。它大抵也是现代诗和个人的关系中最具有魔力的一个方面。一个人的写作如果无法逼近个人的决断,那么基本可以断定,他还没写到位。就语言和生命的关系而言,也可以说,诗只有一个现代意义上的主题:诗如何决断。

诗的意义依赖于诗的场域,并且在那个场域里,就原型身份而言,我们只是旁观者。而这样的位置,或者说地位,其实已足够高抬我们了。诗的意义,是我们和诗之间的一种奇遇。当我们想认真对待诗的意义时,永远都不要忘记,诗的意义首先包含着它自身对我们理解诗的意义的方式的一种极度的恐惧。

其实,最为迫切的,不是我们能在何种程度最大限度地接近什么是诗,而是我们能开辟出怎样的个人和诗之间的关系。换句话说,对生命的秘密而言,最重要的成就,永远都是一个人和诗之间的关系曾深入到怎样的境地。

有关诗的形式的议论,往往无助于形成有益的形式观。因为它们多半都迟钝于形式和颜色的关系。诗的形式,是有颜色的。缺乏颜色,形式就会滑入声音的囚笼。形式是否有力,往往和词语的感光度有关。诗人的眼力并不能取代词语的眼力,两者只能重合在特殊的题材之中,并以闪电为作料。

一个可能的起点:在新诗的百年实践中,诗和思想的关联从来都没有被积极地思考过。或者更坦白地说,诗和思想的关联从来都没有被政治地思考过。

对诗而言,最接近真实的情形只能是:除了诗意,我们没有别的真实。意识到这一点,并不难。难的是,我们害怕承认这一点。

在外行眼里,诗的完美是一种令人嫉妒的技艺。但在诗的内部,诗的完美是一种深刻的耻辱。或者也不妨说,诗的完美其实是对生存的痛苦的一种极端的体验。

在大诗人那里，语言大于时间。在小诗人那里，语言小于时间。但诡异的却是，大于时间的诗，从未真正赢过小于时间的诗。

小诗人往往止于诗是诗的世界。大诗人则从不止于诗的世界。这也从一个侧面表明，诗的意义多半不是由诗的文学性来决定的。

能对一个诗人的想象力构成真正考验的，是诗和世界的关系。相比之下，我们和世界的关系，诗人和世界的关系，都不过是一种幻念。呈现诗和世界的关系，或者更深刻地揭示诗和世界的关系，意味着诗人的工作在本质上必然是一种生命的行动。

与其说我们受益于诗，毋宁说我们受益于诗的存在。就诗的批评而言，真正的洞察是对诗的存在的洞察。

一个人能被语言吸引，是他在生命情境中遭遇到的最大的幸运。但是，真正令我们心惊的是，唯有诗能让这吸引变得伟大。

诗的伟大，并非如某些人想当然的那样，指向一种压抑自我的对外部事物的盲目的认知；诗的伟大在本质上展现的是一种异常的语言能力，即我们可以在语言中恢复我们最宝贵的精神能力——折服。也不妨说，唯有诗激发了隐含在我们身体中的这种最深奥的认知能力。

古典的观念,诗必须"思无邪"。如若胆敢犯禁,诗教文化会动用最记仇的伦理规范将它们绞杀在文学史的死牢之中。柏拉图的想法,在骨子里其实也是如此;不过是掺杂了一点政治智慧的博弈。但现代的观念,诗是有毒的。倘若诗完全"无毒",不仅会陷入最可怕的自我欺骗,而且最要命的,它会腐蚀生命本身。有点毒的诗,恰恰是最有营养的,它会滋养生命的智慧。

最难写的诗,是从状态到状态的诗。诗,发源于天才的状态:这理解起来不算太难。难的是,把零碎在意识和灵魂之间的东西,激活为一种艺术性的状态。百年新诗史,我们善于静物诗、政治诗、现实诗、存在诗;但写状态诗,基本上还是生手。

图书在版编目(CIP)数据

非常诗道/臧棣著.
—上海:华东师范大学出版社,2023
ISBN 978-7-5760-3779-1

Ⅰ.①非… Ⅱ.①臧… Ⅲ.①诗歌评论—中国—当代 Ⅳ.①I207.22

中国国家版本馆 CIP 数据核字(2023)第 064264 号

华东师范大学出版社六点分社

企划人 倪为国

本书著作权、版式和装帧设计受世界版权公约和中华人民共和国著作权法保护

非常诗道

著　者　臧　棣
责任编辑　倪为国　古　冈
责任校对　彭文曼
特约审读　史雨晴
封面设计　卢晓红

出版发行　华东师范大学出版社
社　　址　上海市中山北路 3663 号　邮编　200062
网　　址　www.ecnupress.com.cn
电　　话　021-60821666　行政传真　021-62572105
客服电话　021-62865537　门市(邮购)电话　021-62869887
地　　址　上海市中山北路 3663 号华东师范大学校内先锋路口
网　　店　http://hdsdcbs.tmall.com

印　刷　者　上海盛隆印务有限公司
开　　本　787×1092　1/32
插　　页　1
印　　张　18.5
字　　数　350 千字
版　　次　2023 年 6 月第 1 版
印　　次　2023 年 6 月第 1 次
书　　号　ISBN 978-7-5760-3779-1
定　　价　88.00 元

出 版 人　王　焰